In meinem Himmel

ALICE SEBOLD

In meinem Himmel

Roman

Aus dem Amerikanischen

von Almuth Carstens

Weltbild

Die amerikanische Originalausgabe erschien 2002 unter dem Titel
The Lovely Bones bei Little, Brown and Company, New York.

Besuchen Sie uns im Internet:
www.weltbild.de

Genehmigte Lizenzausgabe für Verlagsgruppe Weltbild GmbH,
Steinerne Furt, 86167 Augsburg

Übersetzung: Almuth Carstens
Umschlaggestaltung: Atelier Seidel, Teising
Umschlagmotiv: Masterfile (© masterfile / Brad Wrobleski), Düsseldorf
Gesamtherstellung: Bagel Roto-Offset GmbH & Co.KG, Schleinitz
Printed in the EU

ISBN 978-3-8289-8872-9

2010 2009 2008 2007
Die letzte Jahreszahl gibt die aktuelle Lizenzausgabe an.

Für Glen

In der Schneekugel auf dem Schreibtisch meines Vaters befand sich ein Pinguin, der einen rot-weiß gestreiften Schal trug. Als ich klein war, pflegte mein Vater mich auf seinen Schoß zu ziehen und nach der Schneekugel zu greifen. Er stellte sie auf den Kopf, sodass sich der ganze Schnee oben sammelte, und drehte sie dann schnell um. Wir sahen beide zu, wie der Schnee den Pinguin sacht umrieselte. Der Pinguin war allein da drinnen, dachte ich, und ich machte mir Sorgen um ihn. Als ich meinem Vater davon erzählte, sagte er: »Keine Angst, Susie; er hat ein schönes Leben. Er ist in einer perfekten Welt eingeschlossen.«

1

Mein Nachname war Salmon, also Lachs, wie der Fisch; Vorname Susie. Ich war vierzehn, als ich am 6. Dezember 1973 ermordet wurde. Auf Zeitungsfotos in den Siebzigern sahen die vermissten Mädchen meistens aus wie ich: hellhäutig und mit mausbraunen Haaren. Das war, bevor Bilder von Kindern aller Hautfarben und Geschlechter nach und nach auf Milchtüten und in der Tagespost auftauchten. Damals glaubten die Leute noch, so etwas geschehe einfach nicht.

Für mein Jahrbuch in der Junior High hatte ich mir ein Zitat von einem spanischen Dichter ausgesucht, auf den mich meine Schwester aufmerksam gemacht hatte, Juan Ramón Jiménez. Es ging so: »Wenn sie dir liniertes Papier geben, dann schreib quer dazu.« Ich wählte es, weil es meine Verachtung für eine klar strukturierte Umgebung wie mein Klassenzimmer ausdrückte und ich außerdem fand, dass es mich, da es kein bescheuertes Zitat von einer Rockband war, als literarisch gebildet kennzeichnete. Ich war Mitglied des Schachclubs und der Chemie-AG und ließ alles anbrennen, was ich in Mrs. Delminicos Hauswirtschaftsunterricht zuzubereiten versuchte. Mein Lieblingslehrer war Mr. Botte, bei dem wir Biologie hatten, und der die Frösche und Krebse, die wir sezieren mussten, gern zu neuem Leben erweckte, indem er sie in ihren gewachsten Tiegeln tanzen ließ.

Mr. Botte hat mich übrigens nicht getötet. Glauben Sie nicht, dass jeder Mensch, dem Sie hier begegnen, verdächtig ist. Das ist das Problem. Man kann nie wissen. Mr. Botte kam zu meiner Trauerfeier (wie, wenn ich das hinzufügen darf, fast die gesamte Junior High – so beliebt war ich noch nie) und weinte ziemlich heftig. Er hatte ein krankes Kind. Das wussten wir alle, und obwohl wir uns manchmal dazu zwingen mussten, lachten wir deshalb mit, nur, um ihn glücklich zu machen, wenn er über seine eigenen Witze lachte, die schon einen Bart hatten, ehe er mein Lehrer wurde. Seine Tochter starb anderthalb Jahre nach mir. Sie hatte Leukämie, aber in meinem Himmel habe ich sie nie gesehen.

Mein Mörder war ein Mann aus unserer Nachbarschaft. Meiner Mutter gefielen seine Blumenrabatten, und mein Vater unterhielt sich mal mit ihm über Düngemittel. Mein Mörder glaubte an altmodische Zutaten wie Eierschalen und Kaffeesatz, die, wie er sagte, seine eigene Mutter schon benutzt hatte. Mein Vater kam lächelnd nach Hause und riss Witze darüber, dass der Garten des Mannes zwar wunderschön sein mochte, aber zum Himmel stinken würde, sobald eine Hitzewelle zuschlüge.

Am 6. Dezember 1973 allerdings schneite es, und ich nahm auf dem Heimweg von der Schule eine Abkürzung durch das Maisfeld. Es war bereits dunkel, da die Tage im Winter kürzer sind, und ich erinnere mich, wie die abgebrochenen Maisstängel mir das Gehen erschwerten. Der Schnee fiel sacht, wie ein Schauer aus kleinen Händen, und ich atmete durch die Nase, bis sie so sehr lief, dass ich den Mund aufmachen musste. Zwei Meter von Mr. Harvey entfernt streckte ich die Zunge heraus, um eine Schneeflocke zu kosten.

»Krieg keinen Schreck«, sagte Mr. Harvey.

Natürlich erschrak ich in einem Maisfeld im Dunkeln.

Nachdem ich tot war, fiel mir ein, dass ein leichter Duft von Kölnischwasser in der Luft gelegen hatte, ich jedoch nicht darauf geachtet oder geglaubt hatte, er käme von einem der Häuser vor mir.

»Mr. Harvey«, sagte ich.

»Du bist das ältere Salmon-Mädchen, stimmt's?«

»Ja.«

»Wie geht's zu Hause?«

Obgleich Älteste von drei Geschwistern und oft die Beste in einer Klassenarbeit in Naturkunde, fühlte ich mich in Gegenwart von Erwachsenen nie ganz wohl.

»Gut«, sagte ich. Ich fror, aber die natürliche Autorität seines Alters und dazu die Tatsache, dass er ein Nachbar war und sich mit meinem Vater über Düngemittel unterhalten hatte, ließen mich wie angewurzelt stehen bleiben.

»Ich habe hier was gebaut«, sagte er. »Möchtest du es sehen?«

»Mir ist ein bisschen kalt, Mr. Harvey«, sagte ich, »und meine Mom hat es gern, wenn ich vor Einbruch der Dunkelheit zu Hause bin.«

»Es ist schon dunkel, Susie«, sagte er.

Heute wünschte ich, ich hätte gemerkt, wie unheimlich das war. Ich hatte ihm meinen Namen nie genannt. Vermutlich dachte ich, mein Vater hätte ihm eine der peinlichen Anekdoten erzählt, in denen er selbst bloß Liebesbeweise gegenüber seinen Kindern sah. Mein Vater gehörte zu den Dads, die ein Foto von ihrer nackten dreijährigen Tochter in das Bad im Erdgeschoss hängen, dasjenige, das die Gäste benutzen. Gott sei Dank hat er das mit meiner kleinen Schwester Lindsey gemacht. Diese Erniedrigung blieb mir zumindest erspart. Doch er erzählte gern, wie ich, sobald Lindsey geboren war, so eifersüchtig auf sie wurde, dass ich eines Tages, als er im Nebenzimmer am Telefon war, auf der Couch entlangrobbte – er konnte mich von seinem Standort aus sehen – und versuchte, Lindsey in ihrem tragbaren Bettchen anzupinkeln. Diese Geschichte demütigte mich jedes Mal, wenn er sie erzählte, dem Pastor unserer Kirche, unserer Nachbarin Mrs. Stead, die Therapeutin war und deren Einstellung dazu er hören wollte, und jedem, der irgendwann mal meinte: »Susie hat eine Menge Mumm!«

»Mumm!«, pflegte mein Vater dann zu sagen. »Über ihren Mumm kann ich Ihnen was erzählen«, und dann ließ er umgehend seine Wie-Susie-Lindsey-anpinkelte-Geschichte vom Stapel.

Wie sich aber erwies, hatte mein Vater uns Mr. Harvey gegenüber nicht erwähnt und ihm auch nicht die Wie-Susie-Lindsey-anpinkelte-Geschichte erzählt.

Später sollte Mr. Harvey, als er auf der Straße mit meiner Mutter zusammenstieß, diese Worte sagen: »Ich habe von der grässlichen, grässlichen Tragödie gehört. Wie hieß Ihre Tochter noch mal?«

»Susie«, sagte meine Mutter, die unter der Last des Namens all ihre Kräfte zusammennehmen musste, einer Last, von der sie naiverweise hoffte, dass sie irgendwann leichter werden würde, denn sie wusste nicht, dass sie für den Rest ihres Lebens nur auf neue und mannigfaltige Weise schmerzen würde.

Mr. Harvey sagte das Übliche: »Ich hoffe, sie kriegen den Mistkerl. Es tut mir Leid, dass Sie sie verloren haben.«

Ich war inzwischen in meinem Himmel, wo ich meine Gliedmaßen zusammensetzte und seine Dreistigkeit nicht fassen konnte. »Der Mann hat kein Schamgefühl«, sagte ich zu Franny, meiner Aufnahmeberaterin. »Genau«, sagte sie, und das war alles, was sie antwortete. In meinem Himmel gab es nicht viel Gequatsche.

Mr. Harvey meinte, es würde nur einen Augenblick dauern, also folgte ich ihm ein Stückchen weiter ins Maisfeld hinein, wo weniger Stängel abgebrochen waren, weil keiner hier die Abkürzung zur Junior High nahm. Meine Mom hatte meinem kleinen Bruder Buckley erzählt, der Mais auf dem Feld sei ungenießbar, als er fragte, warum niemand aus der Nachbarschaft ihn äße. »Der Mais ist für Pferde, nicht für Menschen«, sagte sie. »Auch nicht für Hunde?«, fragte Buckley. »Nein«, erwiderte meine Mutter. »Auch nicht für Dinosaurier?«, fragte Buckley. Und immer so weiter.

»Ich habe ein kleines Versteck gebaut«, sagte Mr. Harvey.

Er blieb stehen und wandte sich zu mir um.

»Ich sehe nichts«, sagte ich. Mir war bewusst, dass Mr. Harvey mich merkwürdig anschaute. Ältere Männer hatten mich schon öfter so angeguckt, seit ich meinen Babyspeck verloren hatte, aber normalerweise drehten sie meinetwegen nicht durch, wenn ich meinen königsblauen Parka und meine superweiten, gelben Schlaghosen trug. Seine Brille war klein und rund und hatte ein goldfarbenes Gestell, und seine Augen blickten über sie hinweg auf mich.

»Du solltest aufmerksamer sein, Susie«, sagte er.

Ich hatte das Gefühl, ich müsste meine Aufmerksamkeit auf den Heimweg richten, doch ich tat es nicht. Wieso nicht? Franny meinte, solche Fragen seien fruchtlos. »Du hast es eben nicht getan, und damit hat sich's. Grüble nicht darüber nach. Das bringt nichts. Du bist tot, und das musst du akzeptieren.«

»Versuch's noch mal«, sagte Mr. Harvey, und er hockte sich hin und klopfte auf den Boden.

»Was ist das?«, fragte ich.

Meine Ohren waren eiskalt. Die bunte Mütze mit der Bommel und den Glöckchen, die meine Mutter mir zu Weihnachten gemacht hatte, mochte ich nicht tragen. Ich hatte sie in meine Parkatasche gestopft.

Ich entsinne mich, dass ich hinüberging und neben ihm auf den Boden stampfte. Er fühlte sich noch härter an als gefrorene Erde, die schon ganz schön hart ist.

»Das ist Holz«, sagte Mr. Harvey. »Damit der Eingang nicht einbricht. Ansonsten besteht es nur aus Erde.«

»Was ist es?«, fragte ich. Ich fror nicht mehr und war auch nicht mehr merkwürdig berührt von dem Blick, den er mir zugeworfen hatte. Es war, als wäre ich im Naturkundeunterricht: Ich war neugierig.

»Komm und guck's dir an.«

Der Einstieg war unbequem, das räumte er ein, sobald wir beide in dem Loch waren. Aber ich staunte so sehr darüber, wie er einen Schornstein gebaut hatte, der den Rauch ableiten würde, falls er da unten jemals ein Feuer machte, dass ich über die Unbequemlichkeit des Ein- und Ausstiegs gar nicht nachdachte. Außerdem muss ich hinzufügen, dass Flucht kein Konzept war, mit dem ich wirklich Erfahrung hatte. Das Schlimmste, dem ich bisher hatte entfliehen müssen, war Artie gewesen, ein seltsam aussehender Junge in der Schule, dessen Vater Leichenbestatter war. Er tat gern so, als hätte er eine Spritze mit Einbalsamierungsflüssigkeit bei sich. Auf seine Hefte zeichnete er Spritzen, aus denen dunkle Kleckse tropften.

»Das ist klasse!«, sagte ich zu Mr. Harvey. Er hätte der Glöckner von Notre Dame sein können, über den wir im Französischunterricht etwas gelesen hatten. Mir war es egal. Ich machte eine totale Kehrtwende. Ich war mein Bruder Buckley bei unserem Tagesausflug ins Naturkunde-Museum in New York, wo er sich in die dort ausgestellten riesigen Skelette verliebt hatte. Das Wort *Klasse* hatte ich seit der Grundschule nicht mehr in der Öffentlichkeit benutzt.

»Als ob man einem Baby seinen Lutscher wegnimmt«, sagte Franny.

Ich sehe das Erdloch vor mir, als wäre es gestern gewesen, und das ist es auch. Für uns ist das Leben ein ständiges Gestern. Das Loch war so groß wie ein kleines Zimmer, die Abstellkammer in unserem Haus zum Beispiel, wo wir unsere Stiefel und Regenmäntel aufbewahrten und Mom noch eine Waschmaschine mit Trockner hineingequetscht hatte, übereinander. Ich konnte fast aufrecht darin stehen, Mr. Harvey dagegen musste sich bücken. Durch die Art und Weise, wie er gegraben hatte, war an den Längsseiten eine Bank entstanden. Er setzte sich unverzüglich hin.

»Sieh dich um«, sagte er.

Ich starrte es voller Erstaunen an, das Bord über ihm, wo er Streichhölzer, eine Reihe Batterien und eine batteriegetriebene Leuchtstofflampe deponiert hatte, die das einzige Licht im Raum ausstrahlte – ein unheimliches Licht, das seine Gesichtszüge verschwimmen ließ, als er auf mir war.

Auf dem Bord lagen auch ein Spiegel und ein Rasierer und Rasierkrem. Das fand ich komisch. Erledigte er das nicht zu Hause? Aber ich nahm wohl an, dass ein Mann, der ein vollkommen intaktes Einfamilienhaus hat und dann nur eine halbe Meile entfernt davon einen unterirdischen Raum baut, ein bisschen verrückt sein muss. Mein Vater hatte eine nette Art, Menschen wie ihn zu beschreiben: »Der Mann ist ein Original, weiter nichts.«

Also dachte ich wohl, Mr. Harvey sei ein Original, und der Raum gefiel mir, und er war warm, und ich wollte wissen, wie er ihn gebaut hatte, wie das Ganze funktionierte, und wo er all das gelernt hatte.

Aber bis der Hund der Gilberts drei Tage später meinen Ellbogen fand und mit einer verräterischen Maishülse daran nach Hause brachte, hatte Mr. Harvey das Loch verschlossen. Ich war währenddessen im Transit. Deshalb kriegte ich nicht mit, wie er sich abschuftete, die hölzerne

Verstärkung entfernte, sämtliche Beweisstücke zusammen mit meinen Körperteilen einsackte, bis auf jenen Ellbogen. Als ich dann endlich das Nötigste bereithatte, um wieder aufzutauchen und mir das Treiben auf der Erde anzuschauen, war ich mehr an meiner Familie als an irgendetwas anderem interessiert.

Meine Mutter saß mit offenem Mund auf einem Stuhl an der Haustür. Ihr blasses Gesicht blasser, als ich es je gesehen hatte. Ihre blauen Augen starr. Meinen Vater drängte es zur Betriebsamkeit. Er wollte Einzelheiten in Erfahrung bringen und gemeinsam mit den Polizisten das Maisfeld durchkämmen. Ich danke Gott heute noch für einen kleinen Kriminalbeamten namens Len Fenerman. Er wies zwei Uniformierte an, meinen Dad in die Stadt zu begleiten und ihn alle Örtlichkeiten aufzeigen zu lassen, wo ich mich mit meinen Freundinnen rumgetrieben hatte. Die Beamten hielten meinen Dad den ganzen ersten Tag lang in einem einzigen Einkaufszentrum auf Trab. Niemand hatte Lindsey etwas erzählt, die dreizehn war und alt genug gewesen wäre, oder Buckley, der vier war und, um ehrlich zu sein, nie vollständig durchblicken würde.

Mr. Harvey fragte mich, ob ich eine kleine Erfrischung wolle. So formulierte er es. Ich sagte, ich müsse nach Hause.

»Sei höflich und nimm eine Cola«, sagte er. »Die anderen Kinder würden bestimmt eine trinken.«

»Welche anderen Kinder?«

»Ich habe das hier für die Kinder aus der Nachbarschaft gebaut. Ich dachte, es könnte vielleicht so eine Art Clubhaus sein.«

Ich glaube nicht, dass ich ihm das abnahm, auch damals nicht. Ich war der Meinung, dass er log, doch ich fand, es war eine jämmerliche Lüge. Ich dachte mir, er sei wohl einsam. Wir hatten in Sexualkunde über Männer wie ihn gelesen. Männer, die nie heirateten und jeden Abend Tiefkühlgerichte aßen und solche Angst vor Ablehnung hatten, dass sie nicht einmal Haustiere besaßen. Er tat mir Leid.

»Okay«, willigte ich ein. »Ich nehme eine Cola.«

Nach einer Weile fragte er: »Ist dir nicht warm, Susie? Warum ziehst du nicht deinen Parka aus?«

Ich tat es.

Dann sagte er: »Du bist sehr hübsch, Susie.«

»Danke«, erwiderte ich, obwohl er mich so anguckte, dass mir, wie meine Freundin Clarissa und ich es nannten, ganz blümerant zu Mute wurde.

»Hast du einen Freund?«

»Nein, Mr. Harvey«, sagte ich. Ich schluckte den Rest meiner Cola herunter, eine ganze Menge, und sagte: »Ich muss gehen, Mr. Harvey. Es ist toll hier, aber ich muss gehen.«

Er stand auf und zog vor den sechs ausgegrabenen Stufen, die in die Welt führten, seine Glöckner-von-Notre-Dame-Nummer ab. »Ich weiß nicht, warum du glaubst, dass du gehen könntest.«

Ich redete, damit ich mir nicht klarmachen musste, dass Mr. Harvey kein Original war. Jetzt, da er den Eingang versperrte, war er mir unheimlich und ekelte mich an.

»Mr. Harvey, ich muss wirklich nach Hause.«

»Zieh deine Sachen aus.«

»Was?«

»Zieh deine Sachen aus«, sagte Mr. Harvey. »Ich will überprüfen, ob du noch Jungfrau bist.«

»Das bin ich, Mr. Harvey.«

»Ich will sichergehen. Deine Eltern werden mir dankbar sein.«

»Meine Eltern?«

»Sie wollen nur brave Mädchen«, sagte er.

»Mr. Harvey«, sagte ich, »bitte lassen Sie mich gehen.«

»Du gehst nicht, Susie. Du gehörst jetzt mir.«

Fitness war damals keine große Sache, *Aerobic* den wenigsten ein Begriff. Mädchen sollten weich und sanft sein, und nur die Mädchen, die wir im Verdacht hatten, lesbisch zu sein, konnten in der Schule die Seile hochklettern.

Ich wehrte mich heftig. Ich wehrte mich, so gut ich konnte, dagegen, dass Mr. Harvey mir wehtat, doch mein So-gut-ich-konnte war nicht gut genug, nicht annähernd, und so lag ich bald auf dem Boden, im Boden, und er auf mir, keuchend und schwitzend, nachdem er bei dem Gerangel seine Brille verloren hatte.

Ich war so lebendig damals. Ich dachte, es sei *das Schlimmste auf der Welt*, mit einem Mann auf mir flach auf dem Rücken zu liegen. In der Erde gefangen zu sein, ohne dass jemand wusste, wo ich war.

Ich dachte an meine Mutter.

Meine Mutter sah bestimmt auf das Zifferblatt der Uhr an ihrem Backofen. Es war ein neuer Herd, und es gefiel ihr zu gut, dass er eine Uhr hatte. »Ich kann alles auf die Minute genau zubereiten«, sagte sie zu ihrer eigenen Mutter, einer Mutter, der Backöfen vollkommen schnuppe waren.

Sie würde über meine Verspätung besorgt sein, allerdings eher ärgerlich als besorgt. Während mein Vater in die Garage fuhr, würde sie herumfuhrwerken, ihm einen Drink eingießen, einen trockenen Sherry, und eine wütende Miene aufsetzen. »Du kennst doch die Junior High«, würde sie sagen. »Womöglich ist Frühlingsfest.« »Abigail«, würde mein Vater erwidern, »wie kann Frühlingsfest sein, wenn es schneit?« Nachdem sie damit gescheitert war, scheuchte meine Mutter vielleicht Buckley ins Zimmer und sagte: »Spiel mit deinem Vater«, während sie in die Küche abtauchte und sich selbst einen Schluck Sherry genehmigte.

Mr. Harvey fing an, seine Lippen auf meine zu pressen.

Sie waren schwabbelig und nass, und ich wollte schreien, aber ich war zu verängstigt und zu erschöpft von dem Kampf. Ich war schon mal von jemandem geküsst worden, den ich mochte. Er hieß Ray und war Inder. Er hatte einen Akzent und dunkle Haut. Eigentlich durfte ich ihn nicht mögen. Clarissa nannte seine großen Augen mit den halb geschlossenen Lidern »freakmäßig«, aber er war nett und intelligent und ließ mich bei der Algebra-Prüfung abschreiben, wobei er so tat, als wäre nichts. Er küsste mich an dem Tag, bevor wir unsere Fotos für das Jahrbuch abgaben, an meinem Spind. Als das Jahrbuch Ende des Sommers herauskam, sah ich, dass er das standardisierte »Mein Herz gehört« unter seinem Bild mit »Susie Salmon« ergänzt hatte. Ich nehme an, er hatte Pläne gehabt. Ich erinnere mich, dass seine Lippen aufgesprungen gewesen waren.

»Nicht, Mr. Harvey«, stieß ich hervor, und das eine Wort sagte ich immer wieder. *Nicht.* Und außerdem sagte ich oft *bitte*. Franny hat mir erzählt, dass fast jeder »bitte« fleht, ehe er stirbt.

»Ich will dich, Susie«, sagte er.

»Bitte«, sagte ich. »Nicht.« Manchmal kombinierte ich die zwei Wörter zu »Bitte nicht« oder »Nicht, bitte.« Es war, als bestünde man darauf, dass ein Schlüssel funktioniert, obwohl er es nicht tut, oder »Ich hab ihn, ich hab ihn, ich hab ihn« schreit, während der Ball über einen hinweg in die Zuschauertribüne segelt.

»Bitte nicht.«

Doch er bekam es satt, mich betteln zu hören. Er langte in die Tasche meines Parkas und knüllte die Mütze zusammen, die meine Mutter mir gemacht hatte, und stieß sie mir in den Mund. Der einzige Laut, den ich danach noch von mir gab, war das schwache Klingeln von Glöckchen.

Als er mich mit nassen Lippen auf Gesicht und Hals küsste und begann, seine Hände unter mein Hemd zu schieben, weinte ich. Ich fing an, meinen Körper zu verlassen; ich fing an, die Luft und die Stille zu bewohnen. Ich weinte und kämpfte, damit ich nichts spürte. Er riss meine Hose auf, da er den unsichtbaren Reißverschluss nicht fand, den meine Mutter kunstvoll seitlich eingenäht hatte.

»Große weiße Höschen«, sagte er.

Ich fühlte mich riesig und aufgebläht. Ich fühlte mich wie ein Meer, in dem er stand und pisste und schiss. Ich fühlte, wie die Winkel meines Körpers sich nach innen und nach außen bogen, wie beim Fadenspiel, das ich mit Lindsey spielte, nur um sie glücklich zu machen. Er begann, sich über mir zu erregen.

»Susie! Susie!«, hörte ich meine Mutter rufen. »Das Abendessen ist fertig.«

Er war in mir. Er grunzte.

»Es gibt grüne Bohnen und Lamm.«

Ich war der Mörser, er war der Stößel.

»Dein Bruder hat ein neues Bild gemalt, und ich habe Apfelstreuselkuchen gebacken.«

Mr. Harvey ließ mich still unter sich liegen und dem Klopfen seines und meines Herzens lauschen: Wie meins hüpfte wie ein Kaninchen, und wie seins schlug, ein Hammer auf Tuch. Wir lagen da, und unsere Körper berührten sich, und während ich zitterte, überwältigte mich ein mächtiges Wissen. Er hatte mir diese Sache angetan, und ich hatte überlebt. Das war alles. Ich atmete noch. Ich hörte sein Herz. Ich roch seinen Atem. Die dunkle Erde, die uns umgab, roch wie das, was sie war, feuchter Schmutz, wo Würmer und Tiere tagtäglich lebten. Ich hätte stundenlang schreien können.

Ich wusste, dass er mich töten würde. Mir war in dem Moment nicht klar, dass ich ein Tier war, das bereits starb.

»Warum stehst du nicht auf?«, fragte Mr. Harvey, während er sich auf die Seite wälzte und sich dann über mich kauerte.

Seine Stimme war sanft, ermutigend, die Stimme eines Liebenden an einem späten Morgen. Ein Vorschlag, kein Befehl.

Ich konnte mich nicht bewegen. Ich konnte nicht aufstehen.

Als ich es nicht tat – lag es nur daran, nur daran, dass ich seinen Vorschlag nicht befolgte? –, drehte er sich zur Seite und tastete über seinem Kopf den Vorsprung ab, wo sein Rasierzeug lag. Er holte ein Messer hervor. Nackt lächelte es mich an, zu einem Grinsen gekrümmt.

Er nahm mir die Mütze aus dem Mund.

»Sag mir, dass du mich liebst«, sagte er.

Leise tat ich es.

Das Ende kam trotzdem.

2

Als ich in den Himmel kam, dachte ich zuerst, dass jeder sähe, was ich sah. Dass es in jedermanns Himmel Fußballtorpfosten in der Ferne gäbe und schwerfällige Frauen, die Kugeln stießen und Speere warfen. Dass die Gebäude überall aussähen wie in den Sechzigern erbaute Vorort-Highschools im Nordosten der USA. Große, vierschrötige Kästen, die sich auf gärtnerisch trostlos gestalteten sandigen Parzellen erstreckten, mit vorstehenden und offenen Flächen, damit sie modern wirkten. Am besten gefiel mir, dass die farbigen Häuserblöcke türkis und orange waren, genau wie die Blöcke der Fairfax High. Auf der Erde hatte ich meinen Vater manchmal gebeten, mich an der Fairfax

High vorbeizufahren, damit ich mir vorstellen konnte, ich ginge dorthin.

Nach der siebten, achten und neunten Klasse der Mittelstufe wäre die Highschool ein neuer Anfang gewesen. Wenn ich auf die Fairfax High käme, würde ich darauf bestehen, Suzanne genannt zu werden. Ich würde mein Haar fransig schneiden lassen oder zu einem Knoten hochstecken. Ich würde einen Körper haben, den die Jungen begehrten und die Mädchen mir neideten, doch ich würde dabei so nett sein, dass sie mich aus lauter Schuldgefühl nur vergöttern konnten. Ich sah mich gern – nachdem ich eine Art Königinnen-Status erreicht hatte – als Beschützerin der Außenseiter in der Cafeteria. Wenn jemand Clive Saunders wegen seines mädchenhaften Ganges verspottete, würde ich mit dem Fuß umgehende Rache an den weniger geschützten Körperteilen des Spötters üben. Wenn die Jungen Phoebe Hart mit ihren großen Brüsten aufzogen, würde ich eine Rede darüber halten, warum Busenwitze nicht komisch sind. Ich würde vergessen müssen, dass auch ich die Ränder meiner Hefte mit Listen bekritzelt hatte, wenn Phoebe vorbeiging: Milchtüten, Stoßdämpfer, Euter. Am Ende meiner Träumereien saß ich hinten im Auto, während mein Vater fuhr. Ich war über jeden Tadel erhaben. Ich würde die Highschool in Tagen durchlaufen, nicht in Jahren, oder unerklärlicherweise schon im ersten Jahr einen Oscar als beste Schauspielerin gewinnen.

Das waren meine Träume auf Erden.

Nach ein paar Tagen im Himmel begriff ich, dass sich die Speerwerferinnen und die Kugelstoßerinnen und die Jungen, die auf dem rissigen Asphalt Basketball spielten, alle in ihrer eigenen Version des Himmels befanden. Ihre passte einfach nur zu meiner – sie war nicht direkt ein Duplikat, aber es geschahen sehr ähnliche Dinge in ihr.

Holly, die meine Mitbewohnerin werden sollte, lernte ich am dritten Tag kennen. Sie saß auf einer der Schaukeln. (Ich fand es nicht fragwürdig, dass eine Highschool Schaukeln hatte: schließlich waren wir im Himmel. Und die Schaukeln waren nicht flach – sie hatten alle Schalensitze aus hartem, schwarzem Gummi, die einen wiegten und in denen man vor dem Schaukeln wippen konnte.) Holly saß da und las ein Buch mit merkwürdigen Buchstaben, die ich mit dem gebratenen Reis mit Schweinefleisch assoziierte, den mein Vater aus der Hop Fat Kitchen mit nach Hause brachte, einem Laden, dessen Namen Buckley liebte, so sehr liebte, dass er aus vollem Halse »Hop Fat!« schrie. Inzwischen kann ich Vietnamesisch, und ich weiß, dass Herman Jade, dem das Hop Fat gehörte, kein Vietnamese war und dass Herman Jade nicht Herman Jades richtiger Name war, sondern der, den er angenommen hatte, als er aus China in die USA kam. Das habe ich alles von Holly.

»Hallo«, sagte ich. »Ich heiße Susie.«

Später sollte sie mir erzählen, dass sie ihren Namen aus einem Film hatte, *Frühstück bei Tiffany*. Aber an jenem Tag ging er ihr ganz glatt von der Zunge.

»Ich bin Holly«, sagte sie. Weil sie in ihrem Himmel nicht die Spur eines Akzents haben wollte, hatte sie auch keinen.

Ich starrte ihr schwarzes Haar an. Es glänzte wie die Verheißungen in Zeitschriften. »Wie lange bist du schon hier?«, fragte ich.

»Drei Tage.«

»Ich auch.«

Ich setzte mich auf die Schaukel neben ihr und drehte mich so lange, bis die Ketten zusammengezwirbelt waren. Dann ließ ich los und ließ mich herumwirbeln.

»Gefällt es dir hier?«, fragte sie.

»Nein.«

»Mir auch nicht.«

So fing es an.

In unserem Himmel wurden unsere einfachsten Träume wahr. Es gab keine Lehrer in der Schule. Wir mussten sie nie betreten, außer zum Kunstunterricht bei mir und für die Jazzband bei Holly. Die Jungen kniffen uns nicht in den Hintern oder sagten uns, wir stänken; unsere Lehrbücher waren *Seventeen* und *Glamour* und *Vogue*.

Und unser Himmel wurde größer, je weiter sich unsere Beziehung entwickelte. Wir hatten sehr ähnliche Wünsche.

Franny, meine Aufnahmeberaterin, leitete uns an. Franny war alt genug, um unsere Mutter zu sein – Mitte vierzig –, und es dauerte eine Weile, bis Holly und ich begriffen, dass das etwas war, was wir uns herbeiwünschten: unsere Mütter.

Franny diente in ihrem Himmel und wurde mit Ergebnissen und Dankbarkeit belohnt. Auf der Erde war sie Sozialarbeiterin für Obdachlose und Arme gewesen. Sie war für eine Kirche namens St. Mary's tätig, die nur an Frauen und Kinder Mahlzeiten ausgab, und für alles zuständig, vom Beantworten der Telefone bis zum Totschlagen der Kakerlaken – im Karatestil. Sie wurde von einem Mann ins Gesicht geschossen, der seine Frau suchte.

Am fünften Tag kam Franny zu Holly und mir herüber. Sie reichte uns zwei Pappbecher mit Limonade, und wir tranken. »Ich bin hier, um zu helfen«, sagte sie.

Ich schaute in ihre kleinen, von Lachfältchen umringten blauen Augen und sagte ihr die Wahrheit. »Wir langweilen uns.«

Holly war mit dem Versuch beschäftigt, ihre Zunge so weit herauszustrecken, dass sie sehen konnte, ob sie grün geworden war.

»Was möchtest du?«, fragte Franny.

»Ich weiß nicht«, antwortete ich.

»Du musst es dir nur wünschen, und wenn du es dir stark genug wünschst und verstehst, warum – es wirklich weißt –, dann wird es eintreffen.«

Es klang so einfach, und das war es auch. So kamen Holly und ich zu unserem Doppelhaus.

Ich verabscheute unser Haus auf der Erde. Ich verabscheute die Möbel meiner Eltern und fand es schrecklich, dass man von unserem Haus auf ein weiteres Haus und noch ein Haus und noch eins guckte – ein gleichförmiges Echo, das sich über den Hügel zog. Unser Doppelhaus ging auf einen Park hinaus, und in der Ferne, nahe genug, um zu wissen, dass wir nicht allein waren, aber nicht zu nahe, konnten wir die Lichter anderer Häuser sehen.

Irgendwann begann ich, mir mehr zu wünschen. Was ich seltsam fand, war, wie sehr ich mir wünschte, das zu wissen, was ich auf der Erde nicht gewusst hatte. Ich wollte erwachsen werden dürfen.

»Die Menschen werden erwachsen, indem sie leben«, sagte ich zu Franny. »Ich möchte leben.«

»Das geht nicht«, erwiderte sie.

»Können wir die Lebenden nicht wenigstens beobachten?«, fragte Holly.

»Das tut ihr doch schon«, sagte sie.

»Ich glaube, sie meint ganze Lebensläufe«, sagte ich, »von Anfang bis Ende, um zu sehen, wie sie es gemacht haben. Um die Geheimnisse in Erfahrung zu bringen. Damit wir besser so tun können, als ob.«

»Ihr werdet es nicht erleben«, stellte Franny klar.

»Vielen Dank, Superhirn«, sagte ich, doch unsere Himmel begannen sich zu vergrößern.

Die Highschool war immer noch da, der gesamte Fairfax-Komplex, aber jetzt führten Straßen hinaus.

»Benutzt die Wege«, sagte Franny, »und ihr findet, was ihr braucht.«

Also machten Holly und ich uns auf. In unserem Himmel gab es eine Eisdiele, wo niemand sagte, wenn man Pfefferminzeis am Stiel wollte: »Dafür ist jetzt nicht die Jahreszeit«; es gab eine Zeitung, die oft Fotos von uns veröffentlichte und uns bedeutend wirken ließ; auch richtige Männer waren darin und wunderschöne Frauen, denn Holly und ich waren von Modemagazinen begeistert. Manchmal schien Holly unaufmerksam, und manchmal war sie nicht da, wenn ich nach ihr suchte. Das war, wenn sie sich in einem Teil des Himmels aufhielt, den wir nicht miteinander teilten. Dann vermisste ich sie, aber es war eine merkwürdige Form des Vermissens, weil ich mittlerweile wusste, was ewig bedeutete.

Was ich mir am meisten wünschte, konnte ich nicht haben: dass Mr. Harvey tot wäre und ich am Leben. Der Himmel war nicht vollkommen. Doch allmählich gelangte ich zu der Überzeugung, dass ich vielleicht, wenn ich genau beobachtete und es mir wünschte, das Leben derjenigen auf der Erde verändern konnte, die ich liebte.

Es war mein Vater, der am neunten Dezember den Anruf entgegennahm. Das war der Anfang vom Ende. Er teilte der Polizei meine Blutgruppe mit, musste die Helligkeit meiner Haut beschreiben. Sie fragten ihn, ob ich irgendwelche besonderen Merkmale hätte. Er fing an, mein Gesicht im Detail zu beschreiben, und verlor sich darin. Detective Fenerman ließ ihn schwadronieren, da die nächste Neuigkeit zu schrecklich war, um jemandem damit ins Wort zu fallen. Aber dann sagte er es: »Mr. Salmon, wir haben nur einen Körperteil gefunden.«

Mein Vater stand in der Küche, und ein Übelkeit erregendes Zittern überfiel ihn. Wie sollte er Abigail das erzählen?

»Sie wissen also nicht sicher, dass sie tot ist?«, fragte er.

»Nichts ist jemals sicher«, sagte Len Fenerman.

Das war der Satz, den mein Vater zu meiner Mutter sagte: »Nichts ist jemals sicher.«

Drei Nächte lang hatte er nicht gewusst, wie er meine Mutter anfassen oder was er sagen sollte. Sie waren nie zuvor beide gleichzeitig am Boden gewesen. Normalerweise war es der eine, der den anderen brauchte, aber nicht beide, die einander brauchten, und es hatte die Möglichkeit der Berührung gegeben, um an der Kraft des Stärkeren teilzuhaben. Und sie hatten nie begriffen, wie sie es jetzt taten, was das Wort *Entsetzen* bedeutete.

»Nichts ist jemals sicher«, sagte meine Mutter und klammerte sich daran, wie er es gehofft hatte.

Meine Mutter war diejenige, die die Bedeutung jedes Anhängers an meinem Armband kannte – wo ich ihn herhatte und warum er mir gefiel. Sie machte eine peinlich genaue Aufstellung der Dinge, die ich bei mir gehabt und getragen hatte. Falls irgendetwas davon Kilometer weit entfernt an einer Straße gefunden würde, konnte ein dortiger Polizist es vielleicht mit meinem Tod in Verbindung bringen.

Im Geiste schwankte ich zwischen der bittersüßen Freude, meine Mutter all die Sachen, die ich bei mir gehabt hatte und liebte, benennen zu sehen, und der Aussichtslosigkeit ihrer Hoffnung, dass es auf diese Sachen ankäme. Dass ein Fremder, der einen Radiergummi in Form einer Comicfigur fand oder ein Rockstar-Abzeichen, der Polizei seinen Fund melden würde.

Nach Lens Anruf streckte mein Vater seine Hand aus, und die beiden saßen zusammen im Bett und blickten starr geradeaus. Meine Mutter klammerte sich wie betäubt an ihre Liste, und mein Vater hatte das Gefühl, einen dunklen Tunnel zu betreten. Irgendwann begann es zu regnen. Ich spürte, dass beide dasselbe dachten, doch keiner von ihnen sprach es aus. Dass ich irgendwo da draußen war, im

Regen. Dass sie hofften, ich sei in Sicherheit. Dass ich es irgendwo trocken und warm hatte.

Keiner von beiden wusste, wer zuerst einschlief; mit vor Erschöpfung schmerzenden Knochen nickten sie ein und wachten schuldbewusst zur selben Zeit auf. Aus dem Regen, der sich mit dem Sinken der Temperatur mehrmals verändert hatte, war mittlerweile Hagel geworden, und der Lärm, den er machte, kleine Steine aus Eis, die auf das Dach über ihnen schlugen, weckte sie beide auf.

Sie sprachen nicht miteinander. In dem spärlichen Licht der Lampe, die auf der anderen Seite des Zimmers noch brannte, schauten sie sich an. Meine Mutter fing an zu weinen, und mein Vater nahm sie in die Arme, wischte ihr mit den Ballen seiner Daumen die Tränen ab, die ihre Wangenknochen krönten, und küsste sie ganz sanft auf die Augen.

Ich blickte beiseite, als sie sich berührten. Ich richtete mein Augenmerk auf das Maisfeld, um zu sehen, ob es dort etwas gab, das die Polizei am Morgen finden konnte. Der Hagel beugte die Stängel und trieb alle Tiere in ihre Löcher. Flach unter der Erde waren die Labyrinthe der wilden Kaninchen, die ich liebte, der Häschen, die das Gemüse und die Blumen in der Nachbarschaft fraßen und die manchmal unwissentlich Gift mit in ihren Bau einschleppten. Dann rollte sich in der Erde, weit entfernt von dem Mann oder der Frau, die einen Garten mit vergifteten Ködern ausgelegt hatten, eine ganze Kaninchenfamilie zusammen und starb.

Am Morgen des zehnten goss mein Vater den Scotch in das Spülbecken in der Küche. Lindsey fragte ihn, warum.

»Ich habe Angst, dass ich ihn trinke«, sagte er.

»Was war das für ein Anruf?«, fragte meine Schwester.

»Welcher Anruf?«

»Ich habe gehört, wie du das gesagt hast, was du immer über Susies Lächeln sagst. Wie explodierende Sterne.«

»Das habe ich gesagt?«

»Du bist irgendwie ein bisschen ausgeflippt. Es war ein Polizist, oder?«

»Keine Lügen?«

»Keine Lügen«, stimmte Lindsey zu.

»Sie haben einen Körperteil gefunden. Es könnte Susies sein.«

Das war ein Schlag in die Magengrube. »Was?«

»Nichts ist jemals sicher«, versuchte es mein Vater.

Lindsey setzte sich an den Küchentisch. »Mir wird gleich übel«, sagte sie.

»Schatz?«

»Dad, ich möchte, dass du mir sagst, was es war. Was für ein Körperteil, und dann muss ich mich übergeben.«

Mein Vater holte eine große, metallene Rührschüssel herunter. Er trug sie zum Tisch und stellte sie neben Lindsey, bevor er sich hinsetzte.

»Okay«, sagte sie. »Erzähl's mir.«

»Es war ein Ellbogen. Der Hund von den Gilberts hat ihn gefunden.«

Er hielt ihre Hand, und dann übergab sie sich, wie versprochen, in die glänzend silbrige Schüssel.

Am späteren Vormittag klarte es auf, und nicht weit von unserem Haus sperrte die Polizei das Maisfeld ab und begann mit ihrer Suche. Regen, Graupel, Schnee und Hagel, die geschmolzen waren und sich vermischt hatten, hatten den Boden durchweicht; trotzdem gab es eine Fläche, wo die Erde vor kurzem offensichtlich umgewühlt worden war. Dort fingen sie an zu graben.

An manchen Stellen, so sollte das Labor später feststellen, war die Erde mit einer starken Konzentration meines

Blutes durchsetzt, aber an jenem Tag wurden die Polizisten immer frustrierter, als sie den nassen Boden durchpflügten und nach einem Mädchen suchten und nichts fanden.

Am Rande des Fußballplatzes hielten sich ein paar von meinen Nachbarn in respektvoller Entfernung von der Polizeiabsperrung und wunderten sich über die Männer in den schweren, blauen Parkas, die ihre Schaufeln und Rechen schwangen wie medizinische Instrumente.

Mein Vater und meine Mutter blieben zu Hause. Lindsey saß in ihrem Zimmer. Buckley war nebenan bei seinem Freund Nate, wo er neuerdings viel Zeit verbrachte. Sie hatten ihm erzählt, ich sei für ein Weilchen bei Clarissa zu Besuch.

Ich wusste, wo mein Leichnam war, aber ich konnte es ihnen nicht sagen. Ich beobachtete sie und wartete, um zu sehen, was sie sehen würden. Und dann, wie ein Blitzstrahl, hielt am späten Nachmittag ein Polizist seine erdverkrustete Faust hoch und schrie.

»Hier rüber!«, rief er, und die anderen Beamten liefen hin und umringten ihn.

Die Nachbarn waren nach Hause gegangen, bis auf Mrs. Stead. Nachdem Detective Fenerman mit der Runde um den Polizisten, der die Entdeckung gemacht hatte, konferiert hatte, brach er aus ihrem düsteren Haufen aus und näherte sich ihr.

»Mrs. Stead?«, fragte er über die Absperrung hinweg, die sie voneinander trennte.

»Ja.«

»Haben Sie ein Kind, das zur Schule geht?«

»Ja.«

»Könnten Sie bitte mitkommen?«

Ein junger Beamter geleitete Mrs. Stead unter der Polizeiabsperrung hindurch und über das holprige, aufgewühlte Maisfeld dorthin, wo die übrigen Männer standen.

»Mrs. Stead«, sagte Len Fenerman, »kommt Ihnen das bekannt vor?« Er hielt ein Taschenbuchexemplar von *Wer die Nachtigall stört* hoch. »Lesen sie das in der Schule?«

»Ja«, sagte sie, und aus ihrem Gesicht wich die Farbe, während sie das kleine Wort aussprach.

»Macht es Ihnen etwas aus, wenn ich Sie frage …«, setzte er an.

»Neunte Klasse«, sagte sie und schaute in Len Fenermans schieferblaue Augen. »Susies Klasse.« Sie war Psychotherapeutin und auf ihre Fähigkeit angewiesen, sich schlechte Nachrichten anzuhören und die schwierigen Einzelheiten aus dem Leben ihrer Patienten rational zu erörtern, doch jetzt merkte sie, wie sie sich an den jungen Polizisten lehnte, der sie hergeführt hatte. Ich konnte spüren, wie sie wünschte, sie wäre mit den anderen Nachbarn nach Hause gegangen, wünschte, sie wäre im Wohnzimmer bei ihrem Mann oder hinten im Garten zusammen mit ihrem Sohn.

»Wer unterrichtet die Klasse?«

»Mrs. Dewitt«, sagte Mrs. Stead. »Für die Kinder ist es eine echte Erleichterung nach *Othello*.«

»*Othello?*«

»Ja«, sagte sie, deren Kenntnisse über die Schule plötzlich so wichtig waren – sämtliche Polizisten lauschten. »Mrs. Dewitt wechselt gern ab mit ihrem Lesestoff, und kurz vor Weihnachten macht sie ordentlich Druck mit Shakespeare. Dann kommt als Belohnung Harper Lee dran. Wenn Susie *Wer die Nachtigall stört* bei sich hatte, bedeutet das, dass sie ihr Referat über *Othello* schon abgegeben haben muss.«

All das erwies sich als zutreffend.

Die Polizisten telefonierten. Ich beobachtete, wie der Kreis sich weitete. Mrs. Dewitt hatte mein Referat. Irgendwann schickte sie es meinen Eltern zurück, unzensiert, mit der Post. »Ich dachte, Sie hätten das vielleicht gern«, hatte Mrs. Dewitt auf einen beigefügten Zettel geschrieben. »Es tut mir wirklich sehr Leid.« Lindsey erbte das Referat, weil es für meine Mutter zu schmerzlich war, es zu lesen. »Der Verfemte: Ein Mann allein«, hatte ich es betitelt. Lindsey hatte »Der Verfemte« vorgeschlagen, und ich dachte mir die andere Hälfte aus. Meine Schwester lochte es und heftete jede sorgfältig mit der Hand geschriebene Seite einzeln in einen leeren Ordner. Sie legte ihn in ihren Schrank unter ihren Barbie-Koffer und den Karton, der ihre Raggedy-Ann-und-Andy-Puppen enthielt, beide in bestem Zustand, um die ich sie immer beneidet hatte.

Detective Fenerman rief meine Eltern an. Sie hätten ein Schulbuch gefunden, glaubten sie, das mir wahrscheinlich an jenem letzten Tag ausgehändigt worden war.

»Aber das könnte doch jedem gehören«, sagte mein Vater zu meiner Mutter, als sie eine weitere ruhelose Nachtwache begannen. »Oder sie hat es unterwegs fallen lassen.«

Die Beweise häuften sich, doch sie weigerten sich, sie zur Kenntnis zu nehmen.

Zwei Tage später, am zwölften Dezember, fand die Polizei meine Notizen von Mr. Bottes Unterricht. Tiere hatten das Heft von dort weggeschleppt, wo es ursprünglich vergraben gewesen war – die Erde entsprach nicht den Proben aus der Umgebung; doch das Millimeterpapier mit den hingekritzelten Theorien, die ich nie verstand, aber pflichtbewusst mitschrieb, war entdeckt worden, als eine Katze ein Krähennest auseinander nahm. Fetzen des Papiers waren zwischen den Blättern und Zweigen verstreut. Die Polizei entwirrte das Millimeterpapier zusammen mit Streifen anderen Papiers, dünner und spröde, das nicht liniert war.

Das Mädchen, das in dem Haus wohnte, neben dem der Baum stand, erkannte einen Teil der Handschrift. Es war nicht meine Schrift, sondern die Schrift eines Jungen, der in mich verknallt war: Ray Singh. Auf dem speziellen Reispapier seiner Mutter hatte Ray mir einen Liebesbrief geschrieben, den ich nie gelesen hatte. Er hatte ihn während unserer Laborstunde am Mittwoch in mein Heft gesteckt. Seine Handschrift war charakteristisch. Als die Beamten kamen, mussten sie die Fetzen meines Biologieheftes und die von Rays Liebesbrief zusammensetzen.

»Ray geht es nicht gut«, sagte seine Mutter, als ein Ermittler bei ihnen vorbeischaute und mit ihm sprechen wollte. Aber sie erfuhren von ihr, was sie wissen wollten. Ray nickte ihr zu, als sie ihrem Sohn die Fragen des Polizisten wiederholte. Ja, er hatte Susie Salmon einen Liebesbrief geschrieben. Ja, er hatte ihn in ihr Heft gesteckt, nachdem Mr. Botte sie gebeten hatte, die Klassenarbeiten einzusammeln. Ja, er hatte sich selbst als den Mohren bezeichnet.

Ray Singh wurde der erste Verdächtige.

»Dieser liebe Junge?«, sagte meine Mutter zu meinem Vater.

»Ray Singh ist nett«, sagte meine Schwester beim Abendessen monoton.

Ich beobachtete meine Angehörigen und merkte, dass sie Bescheid wussten. Ray Singh war es nicht gewesen.

Die Polizisten fielen über sein Haus her, setzten ihn schwer unter Druck, indem sie Andeutungen machten. Sie wurden angespornt durch das Schuldgefühl, das sie in Rays dunkle Haut hineininterpretierten, durch die Wut, die sie wegen seines Auftretens verspürten, und durch seine schöne, aber zu exotische und unzugängliche Mutter. Doch Ray hatte ein Alibi. Ein ganzes Heer von Nationen konnte zu seinen Gunsten aussagen. Sein Vater, der an der University of Pennsylvania postkoloniale Geschichte lehrte, hatte seinen Sohn gedrängt, seine Erfahrungen als Teenager im Rahmen eines Vortrags wiederzugeben, den er am Tag meines Todes im International House hielt.

Zunächst hatte man in Rays Abwesenheit von der Schule einen Beweis für seine Schuld gesehen, doch sobald der Polizei eine Liste mit fünfundvierzig Teilnehmern vorgelegt wurde, die Ray zum Thema »Suburbia: Erfahrungen in Amerika« sprechen gehört hatten, mussten sie seine Unschuld eingestehen. Die Polizei stand vor dem Haus der Singhs und zupfte kleine Zweige aus den Hecken. Es wäre so einfach gewesen, so märchenhaft, wenn ihnen die Lösung buchstäblich aus einem Baum vom Himmel gefallen wäre. Aber Gerüchte verbreiteten sich, und was Ray in der Schule bisher in sozialer Hinsicht an Fortschritten gemacht hatte, kehrte sich um. Er ging jetzt immer gleich nach dem Unterricht heim.

All das machte mich verrückt. Zuzuschauen, aber nicht in der Lage zu sein, die Polizei auf das grüne Haus zuzusteuern, so nahe dem meiner Eltern, wo Mr. Harvey saß und Kreuzblumen für ein Puppenhaus im gotischen Stil schnitzte, das er baute. Er sah die Nachrichten und blätterte die Zeitungen durch, trug jedoch seine eigene Unschuld wie einen bequemen alten Mantel. In ihm war Aufruhr gewesen, und nun herrschte Ruhe.

Ich versuchte, mich mit Holiday, unserem Hund, zu trösten. Ich vermisste ihn so, wie ich mir bisher nicht erlaubt hatte, meine Mutter und meinen Vater, meine Schwester und meinen Bruder zu vermissen. Diese Form des Vermissens hätte bedeutet zu akzeptieren, dass ich nie wieder bei ihnen sein würde; es mag albern klingen, aber das glaubte ich nicht, wollte ich nicht glauben. Holiday schlief nachts bei Lindsey, stand jedes Mal neben meinem Vater, wenn er einem neuen Unbekannten die Tür öffnete. Nahm fröhlich an jeder heimlichen Nascherei meiner Mutter teil. Ließ sich im Haus der verschlossenen Türen von Buckley am Schwanz und an den Ohren ziehen.

Es war zu viel Blut in der Erde.

Am fünfzehnten Dezember kamen nach den vielen, die anklopften und meiner Familie damit signalisierten, sie müsse sich noch weiter abstumpfen, ehe sie Fremden ihre Haustür öffnete – den freundlichen, aber unbeholfenen Nachbarn, den stotternden, aber grausamen Reportern – diejenigen, die meinen Vater schließlich überzeugten.

Es waren Len Fenerman, der so nett zu ihm gewesen war, und ein Polizist in Uniform.

Sie traten ein, inzwischen vertraut genug mit dem Haus, um zu wissen, dass es meiner Mutter lieber war, wenn sie das, was sie zu sagen hatten, im Wohnzimmer sagten, damit meine Geschwister nicht mithörten.

»Wir haben etwas gefunden, von dem wir glauben, dass es Susie gehört«, sagte Len. Len war vorsichtig. Ich sah, wie er seine Worte abwog. Er achtete darauf, so zu formulieren, dass meine Eltern von ihrem ersten Gedanken befreit wurden – dass die Polizei meine Leiche gefunden hatte, dass ich mit Gewissheit tot war.

»Was?«, fragte meine Mutter ungeduldig. Sie verschränkte die Arme und machte sich auf ein weiteres belangloses Detail gefasst, in dem andere eine Bedeutung sahen. Sie war eine Mauer. Schulhefte und Romane waren nichts für sie. Ihre Tochter konnte auch mit einem Arm überleben. Eine Menge Blut war eine Menge Blut. Es war kein Leichnam. Jack hatte es gesagt, und sie glaubte daran: Nichts ist jemals sicher.

Als sie aber den Beutel mit meiner Mütze darin hochhielten, zerbrach etwas in ihr. Die dünne Wand aus Bleikristall, die ihr Herz geschützt – sie irgendwie taub für das Glaubenmüssen gemacht hatte – platzte.

»Die Bommel«, sagte Lindsey. Sie hatte sich aus der Küche ins Wohnzimmer geschlichen. Niemand außer mir hatte sie hereinkommen hören.

Meine Mutter gab einen Laut von sich und streckte die Hand aus. Es war ein metallisches Quietschen, wie von einem Maschinenmenschen, der kaputtgeht und letzte Geräusche ausstößt, bevor der Motor blockiert.

»Wir haben die Fasern getestet«, sagte Len. »Anscheinend hat derjenige, der sich Susie genähert hat, diese Mütze bei dem Verbrechen benutzt.«

»Was?«, fragte mein Vater. Er war machtlos. Man erzählte ihm etwas, das er nicht fassen konnte.

»Um sie zum Schweigen zu bringen.«

»Was?«

»Sie ist mit ihrem Speichel durchtränkt«, gab der uniformierte Beamte, der bislang still gewesen war, unaufgefordert von sich. »Er hat sie damit geknebelt.«

Meine Mutter riss sie Len Fenerman aus den Händen, und die Glöckchen, die sie in die Bommel genäht hatte, klingelten, als sie auf den Knien landete. Sie beugte sich über die Mütze, die sie mir gemacht hatte.

Ich sah, wie Lindsey an der Tür erstarrte. Unsere Eltern waren nicht wieder zu erkennen für sie; nichts war wieder zu erkennen.

Mein Vater begleitete den wohlmeinenden Len Fenerman und den Uniformierten zur Haustür.

»Mr. Salmon«, sagte Len Fenerman, »bei der Menge Blut, die wir gefunden haben, und der Gewalttätigkeit, die sie, wie ich fürchte, bedeutet, sowie aufgrund anderer Hinweise, die wir erörtert haben, müssen wir von der Annahme ausgehen, dass Ihre Tochter getötet wurde.«

Lindsey hörte, was sie bereits wusste, seit fünf Tagen wusste, seit mein Vater ihr von meinem Ellbogen erzählt hatte. Meine Mutter begann zu wimmern.

»Wir werden die Sache von jetzt an als Mordfall behandeln«, sagte Fenerman.

»Aber es ist keine Leiche da«, versuchte es mein Vater.

»Alles deutet darauf hin, dass Ihre Tochter tot ist. Es tut mir sehr Leid.«

Der uniformierte Beamte hatte an den flehenden Augen meines Vaters vorbeigestarrt. Ich fragte mich, ob sie das in der Ausbildung lernen. Len Fenerman dagegen begegnete dem Blick meines Vaters. »Ich schaue später noch mal vorbei«, sagte er.

Als mein Vater sich wieder dem Wohnzimmer zuwandte, war er zu sehr am Boden zerstört, um auf meine Mutter zuzugehen, die auf dem Teppich saß, oder auf die verhärtete Gestalt meiner Schwester daneben. Er konnte nicht zulassen, dass sie ihn so sahen. Er stieg die Treppe hoch und dachte dabei an Holiday auf dem Vorleger im Arbeitszimmer. Dort hatte er ihn zuletzt gesehen. In die tiefe Fellkrause, die sich um den Hals des Hundes zog, würde mein Vater sich gestatten zu weinen.

An diesem Nachmittag schlichen die drei schweigend umher, als ob der Klang von Schritten die Neuigkeit bestätigen könnte. Nates Mutter klopfte an die Tür, um Buckley zurückzubringen. Keiner machte auf. Sie trat zurück, denn sie merkte, dass sich im Haus, das genauso aussah wie die Häuser daneben, etwas verändert hatte. Sie machte sich zum Mitverschwörer meines Bruders, indem sie ihm sagte, sie würden jetzt Eiskrem essen gehen und ihm den Appetit verderben.

Um vier standen meine Mutter und mein Vater schließlich im selben Zimmer im Erdgeschoss. Sie waren durch unterschiedliche Türen hereingekommen.

Meine Mutter schaute meinen Vater an. »Mutter«, sagte sie, und er nickte. Er erledigte den Anruf bei meinem einzigen lebenden Großelternteil, der Mutter meiner Mutter, Grandma Lynn.

Ich sorgte mich, dass meine Schwester, allein gelassen, etwas Unbesonnenes tun würde. Sie saß in ihrem Zimmer auf der alten Couch, auf die meine Eltern verzichtet hatten, und arbeitete daran, sich abzuhärten. *Atme tief ein und halte den Atem an. Versuch, immer länger ganz reglos zu bleiben. Mach dich klein, wie zu einem Stein. Klapp deine Ränder hoch und falte sie unter dir, wo niemand sie sehen kann.*

Meine Mutter sagte ihr, sie solle selbst entscheiden, ob sie vor Weihnachten noch zur Schule gehen wollte – es war nur noch eine Woche –, und sie entschied sich dafür.

Am Montag, beim Morgenappell, starrten sie alle an, als sie vorn im Klassenzimmer auftauchte.

»Der Direktor würde dich gern sehen, mein Kind«, vertraute Mrs. Dewitt ihr flüsternd an.

Meine Schwester schaute Mrs. Dewitt nicht an, als sie sprach. Sie war damit beschäftigt, die Kunst, mit jemandem zu reden und dabei durch ihn hindurchzugucken, zu vervollkommnen. Das war der erste Hinweis für mich, dass ihre Nerven zum Zerreißen gespannt waren. Mrs. Dewitt war Englischlehrerin, aber wichtiger noch, sie war mit Mr. Dewitt verheiratet, der die Jungen im Fußball trainierte und Lindsey ermutigt hatte, sich in seiner Mannschaft zu bewerben. Meine Schwester mochte die Dewitts, aber an diesem Vormittag begann sie, nur noch den Menschen in die Augen zu schauen, gegen die sie kämpfen konnte.

Während sie ihre Sachen zusammensuchte, hörte sie überall Getuschel. Sie war sich sicher, dass Danny Clarke, kurz bevor sie den Raum verließ, Sylvia Henley etwas zugewispert hatte. Weiter hinten im Klassenzimmer hatten einige Schüler etwas fallen lassen. Das taten sie, so glaubte sie, damit sie, wenn sie es aufhoben und wieder an ihren

Platz zurückkehrten, zu ihren Tischnachbarn ein, zwei Worte über die Schwester des toten Mädchens sagen konnten.

Lindsey ging durch die Flure und zwischen den Reihen der Spinde hindurch – jedem ausweichend, der ihr nahe kam. Ich wünschte, ich könnte neben ihr gehen, den Direktor nachäffen und die Art, wie er eine Zusammenkunft in der Aula immer einleitete: »Euer Direktor ist euer Kumpel mit den Direktiven!«, würde ich ihr ins Ohr winseln und sie zum Losprusten bringen.

Zwar war sie mit leeren Fluren gesegnet, doch als sie das Hauptbüro erreichte, wurde sie mit den rührseligen Blicken trostbereiter Sekretärinnen gestraft. Egal. Sie hatte sich zu Hause in ihrem Zimmer darauf eingerichtet. Sie war bis an die Zähne gegen jegliche Mitleidsattacke gerüstet.

»Lindsey«, sagte Direktor Caden, »ich habe heute Morgen einen Anruf von der Polzei erhalten. Es tut mir Leid, von deinem Verlust zu hören.«

Sie schaute ihn offen an. Es war nicht so sehr ein Blick als vielmehr ein Laserstrahl. »Was für ein Verlust denn?«

Mr. Caden war der Meinung, er müsse heikle Themen bei Kindern direkt ansprechen. Er kam hinter seinem Schreibtisch hervor und führte Lindsey zu dem Sitzmöbel, das von den Schülern allgemein als Das Sofa bezeichnet wurde. Irgendwann sollte er Das Sofa durch zwei Sessel ersetzen, als die Politik sich des Schulbezirks bemächtigte und ihm mitteilte: *»Es ist nicht gut, hier ein Sofa stehen zu haben – Sessel sind besser. Sofas vermitteln die falsche Botschaft.«*

Mr. Caden setzte sich auf Das Sofa und meine Schwester ebenfalls. Ich stelle mir gern vor, dass sie sich in diesem Moment, egal wie sehr außer Fassung, ein bisschen darüber freute, auf dem legendären Sofa zu sitzen. Ich stelle mir gern vor, dass ich ihr nicht alles genommen habe.

»Wir sind dazu da, auf jede erdenkliche Weise zu helfen«, sagte Mr. Caden. Er tat sein Bestes.

»Mir geht es gut«, sagte sie.

»Möchtest du darüber reden?«

»Worüber?«, fragte Lindsey. Sie war, was mein Vater »schnippisch« nannte, wie in »Susie, sprich nicht in diesem schnippischen Ton mit mir.«

»Deinen Verlust«, sagte er. Er beugte sich vor, um das Knie meiner Schwester zu berühren. Seine Hand war wie ein Brandmal, das sich in sie einbrannte.

»Mir war gar nicht bewusst, dass ich etwas verloren habe«, sagte sie und machte sich mit übermenschlicher Anstrengung daran, sich übers Hemd zu fahren und ihre Taschen zu überprüfen.

Mr. Caden wusste nicht, was er sagen sollte. Im letzten Jahr war Vicki Kurtz in seinen Armen zusammengebrochen. Es war schwierig gewesen, ja, doch nun, im Rückblick, erschienen ihm Vicki Kurtz und ihre tote Mutter als eine kunstvoll gemeisterte Krise. Er hatte Vicki Kurtz zur Couch geführt – ach nein, Vicki war selbst losmarschiert und hatte sich auf sie gesetzt –; er hatte gesagt: »Dein Verlust tut mir sehr Leid«, und Vicki Kurtz war geplatzt wie ein zu stark aufgeblasener Ballon. Er hielt sie in den Armen, während sie schluchzte und schluchzte, und er brachte noch am selben Abend seinen Anzug in die Reinigung.

Aber Lindsey Salmon war ein ganz anderes Kaliber. Sie war begabt, eine von zwanzig Schülern und Schülerinnen seiner Schule, die für das Begabten-Symposion des Bundesstaates ausgewählt worden waren. Der einzige Makel in ihrer Akte hatte mit einer kleinen Auseinandersetzung Anfang des Jahres zu tun, als eine Lehrerin sie tadelte, weil sie obszöne Literatur – *Angst vorm Fliegen* – mit ins Klassenzimmer gebracht hatte.

»Bringen Sie sie zum Lachen«, hätte ich am liebsten zu

ihm gesagt. »Gehen Sie mit ihr in einen Marx-Brothers-Film, setzen Sie sich auf ein Furzkissen, zeigen Sie ihr die Boxershorts mit den kleinen, Hotdogs essenden Teufeln, die Sie anhaben!« Alles, was ich konnte, war reden, aber auf der Erde hörte mich keiner.

Das Schulbezirksamt führte Prüfungen für alle durch und entschied dann, wer begabt war und wer nicht. Ich wies Lindsey gern darauf hin, dass ich wegen ihrer Haare viel saurer war als wegen meines Dummerchen-Status'. Wir waren beide mit dichten blonden Haaren zur Welt gekommen, aber meine fielen bald aus und wurden durch widerspenstig wuchernde mausbraune ersetzt. Lindseys blieben, wie sie waren, und brachten ihr eine Art mythischer Position ein. Sie war die einzige echte Blondine in unserer Familie.

Als begabt eingestuft zu werden spornte sie allerdings dazu an, dieser Bezeichnung alle Ehre zu machen. Sie schloss sich in ihrem Zimmer ein und verschlang dicke Bücher. Während ich *Hallo, Mr. Gott, hier spricht Anna* las, las sie Essays von Camus. Vielleicht verstand sie das meiste davon nicht, aber sie trug sie mit sich herum, und das führte dazu, dass die Leute – einschließlich der Lehrer – sie in Ruhe ließen.

»Ich will nur sagen, dass wir alle Susie vermissen, Lindsey«, ließ sich Mr. Caden vernehmen.

Sie reagierte nicht.

»Sie war sehr intelligent«, probierte er.

Sie starrte ihn ausdruckslos an.

»Nun liegt alles auf deinen Schultern.« Er hatte keine Ahnung, was er eigentlich meinte, aber er dachte, das Schweigen bedeute womöglich, dass er ein Stück weiterkam. »Du bist jetzt die einzige Salmon-Tochter.«

Nichts.

»Weißt du, wer mich heute Morgen aufgesucht hat?« Mr. Caden hatte sich sein großes Finale aufgespart, das bestimmt helfen würde. »Mr. Dewitt. Er erwägt, eine Mädchen-Mannschaft zu trainieren«, sagte Mr. Caden. »Auf diesen Gedanken ist er durch dich gekommen. Er hat beobachtet, wie gut du bist, ebenso sportlich wie seine Jungs, und er glaubt, andere Mädchen würden sich anschließen, wenn du die Mannschaft anführst. Was sagst du dazu?«

Das Herz meiner Schwester schloss sich wie eine Faust. »Ich würde sagen, es wäre ganz schön schwierig, auf einem Fußballplatz zu spielen, der ungefähr zehn Meter von der Stelle entfernt ist, wo meine Schwester angeblich ermordet wurde.«

Tor!

Mr. Cadens Mund öffnete sich, und er starrte sie an.

»Sonst noch was?«, fragte Lindsey.

»Nein, ich ...« Mr. Caden streckte erneut die Hand aus. Es war immer noch ein Faden da – ein Verlangen zu verstehen. »Ich möchte, dass du weißt, wie Leid es uns tut«, sagte er.

»Ich komme zu spät zur ersten Stunde«, sagte sie.

In diesem Moment erinnerte sie mich an eine Figur aus den Western, die mein Vater so liebte und die wir uns gemeinsam spät nachts im Fernsehen anschauten. Es gab da immer einen Mann, der seine Pistole, nachdem er sie abgefeuert hatte, an die Lippen hob und über die Mündung pustete.

Lindsey stand auf und nahm sich Zeit für ihren Weg aus Direktor Cadens Büro. Die Rückwege waren ihre einzigen Atempausen. Auf der anderen Seite der Tür waren Sekretärinnen, vor der Klasse standen Lehrer, an jedem Pult saßen Schüler, zu Hause waren unsere Eltern, die Polizei kam vorbei. Sie würde nicht zusammenbrechen. Ich beobachtete sie, fühlte die Sätze, die sie sich im Geiste immer wieder vorsagte. *In Ordnung. Alles ist in Ordnung.* Ich war tot, aber das war etwas, das ständig geschah – Menschen starben eben. Als sie an jenem Tag das Vorzimmer passierte, schien sie den Sekretärinnen in die Augen zu schauen, doch in Wirklichkeit konzentrierte sie sich auf ihren schlecht aufgetragenen Lippenstift oder ihre bunt gemusterten Crêpe-de-Chine-Kostüme.

Abends legte sie sich zu Hause auf den Fußboden ihres Zimmers und klemmte ihre Füße unter die Kommode. Sie machte zehn Runden Situps. Dann nahm sie die Position für Liegestütze ein. Aber nicht die Mädchen-Variante. Mr. Dewitt hatte ihr erzählt, wie er es bei den Marines gemacht hatte, Kopf hoch erhoben oder einhändig mit Klatschen zwischendurch. Nach zehn Liegestützen trat sie an ihr Regal und wählte die zwei schwersten Bücher aus – ihr Lexikon und einen Weltalmanach. Sie machte Bizeps-Übungen, bis ihr die Arme wehtaten. Sie konzentrierte sich nur auf ihre Atmung. Auf das Ein. Das Aus.

Ich saß im Pavillon auf dem größten Platz in meinem Himmel (unsere Nachbarn, die O'Dwyers, hatten einen Pavillon gehabt; ich hatte sie immer darum beneidet) und sah zu, wie meine Schwester wütete.

Stunden bevor ich starb, hängte meine Mutter ein Bild an den Kühlschrank, das Buckley gemalt hatte. Auf der Zeichnung trennte ein dicker blauer Strich Luft und Erdboden voneinander. In den Tagen, die folgten, beobachtete ich, wie meine Familie vor dem Bild hin- und herging, und ich gelangte zu der Überzeugung, dass jener dicke blaue Strich ein realer Ort war – ein Dazwischen, wo der Horizont des Himmels auf den der Erde traf. Ich wollte hineinspazieren in das Kornblumenblau des Buntstifts – das Königsblau, das Türkis, das Firmament.

Oft stellte ich fest, dass ich mir ganz simple Dinge wünschte, und ich bekam sie. Reichtümer in pelziger Verpackung. Hunde.

Jeden Tag rannten in meinem Himmel winzige Hunde und große Hunde, Hunde aller Rassen, durch den Park vor meinem Zimmer. Wenn ich die Tür öffnete, sah ich sie, dick und fröhlich, dünn und behaart, auch mager und haarlos. Pitbulls rollten sich auf den Rücken, die Zitzen der Weibchen gebläht und dunkel, ihre Jungen auffordernd, zu kommen und zu saugen, glücklich in der Sonne. Bassets stolperten über ihre Ohren, wenn sie gemächlich vorantrotteten, um die Hinterteile von Dackeln, die Fesseln von Windhunden und die Köpfe von Pekinesen anzustupsen. Und wenn Holly ihr Tenorsaxofon zur Hand nahm und sich vor die Tür setzte, die in den Park führte, und den Blues spielte, kamen alle Hunde angelaufen, um sie als Chor zu begleiten. Jaulend saßen sie auf ihren Hinterbacken. Dann öffneten sich weitere Türen, und Frauen traten aus Wohnungen, in denen sie allein oder mit anderen lebten. Auch ich trat vor die Tür, Holly stimmte eine endlose Zugabe an, die Sonne ging unter, und wir tanzten mit den Hunden – alle gemeinsam. Wir jagten sie, sie jagten uns. Wir liefen hintereinander im Kreis. Wir trugen getupfte Kleider, geblümte Kleider, gestreifte Kleider, einfarbige. Wenn der Mond hoch stand, hörte die Musik auf. Der Tanz war zu Ende. Wir erstarrten.

Dann holte Mrs. Bethel Utemeyer, die älteste Bewohnerin meines Himmels, ihre Geige hervor. Holly bearbeitete leise ihr Horn. Sie spielten ein Duett. Eine Frau, alt und schweigsam, eine andere, noch ein Mädchen. Im Hin und Her spendeten sie einen merkwürdigen, gespaltenen Trost.

Alle Tänzerinnen gingen langsam nach drinnen. Das Stück hallte wider, bis Holly ein letztes Mal die Melodie weitergab und Mrs. Utemeyer, still, aufrecht, historisch, mit einer Gigue schloss.

Das Haus schlief inzwischen; das war meine Abendandacht.

3

Das Komische an der Erde war, was wir sahen, wenn wir hinunterguckten. Das erste Bild, das sich unseren Augen bot, war vorhersagbar, das bekannte Wie-Ameisen-vom-Wolkenkratzer-aus-Phänomen, doch außerdem waren da die Seelen, die überall auf der Welt ihre Körper verließen.

Oft betrachteten Holly und ich forschend die Erde und stießen ein, zwei Sekunden lang, im prosaischsten Moment nach dem Unerwarteten Ausschau haltend, auf die eine oder andere Szene. Eine Seele lief an einem Lebewesen vorbei, berührte es sacht an Schulter oder Wange und setzte ihren Weg in den Himmel fort. Die Toten werden von den Lebenden zwar nie richtig gesehen, aber viele Menschen scheinen deutlich zu spüren, dass sich in ihrer Umgebung etwas verändert hat. Sie sprechen von einem kalten Lufthauch. Die Partner von Verstorbenen wachen aus Träumen auf und sehen eine Gestalt an ihrem Bettende stehen oder – wie ein Phantom – einen städtischen Bus besteigen.

Auf meinem Weg fort von der Erde berührte ich ein Mädchen namens Ruth. Sie ging in dieselbe Schule wie ich, doch wir waren einander nie nahe gewesen. Sie stand mir in jener Nacht, als meine Seele kreischend die Erde verließ, im Wege. Ich musste sie einfach streifen. Sobald ich vom Leben befreit war, das ich mit solcher Brutalität verloren hatte, hatte ich keine Zeit zum Nachdenken. Bei Gewalttaten ist es das Entfliehen, auf das man sich konzentriert. Wenn man beginnt, über den Rand zu gleiten und das Leben sich aus einem entfernt wie ein Boot, das unweigerlich von der Küste forttreibt, hält man sich am Tod fest wie an einem Seil, das einen befördert, und man schwingt sich daran empor in der Hoffnung, an einem ganz anderen Ort zu landen.

Wie ein Anruf aus der Gefängniszelle fegte ich an Ruth Connors vorbei – falsche Nummer, zufällig gewählt. Ich sah sie da neben Mr. Bottes rotem, verrostetem Fiat stehen. Als ich an ihr vorüberstrich, schnellte meine Hand vor, um sie zu berühren, das letzte Gesicht zu berühren, die letzte Verbindung mit der Erde in diesem keineswegs durchschnittlichen jungen Mädchen zu erfühlen.

Am Morgen des siebten Dezember beklagte sich Ruth bei ihrer Mutter, sie habe einen Traum gehabt, der ihr zu real vorkäme, um ein Traum zu sein. Als ihre Mutter sie fragte, was sie meine, sagte Ruth: »Ich überquerte gerade den Lehrerparkplatz, da sah ich plötzlich vom Fußballplatz her ein Gespenst auf mich zugerannt kommen.«

Mrs. Connors rührte die fest werdende Hafergrütze in ihrem Topf um. Sie beobachtete, wie ihre Tochter mit den langen, dünnen Fingern ihrer Hände gestikulierte – Hände, die sie von ihrem Vater geerbt hatte.

»Es war weiblich, das konnte ich spüren«, sagte Ruth. »Es flog aus dem Feld hoch. Seine Augen waren hohl. Es hatte einen dünnen, weißen Schleier über dem Körper, so leicht wie Gaze. Ich konnte dadurch sein Gesicht sehen, die Züge schienen hindurch, die Nase, die Augen, das Gesicht, die Haare.«

Ihre Mutter nahm die Hafergrütze vom Herd und stellte die Flamme kleiner. »Ruth«, sagte sie, »du lässt deine Fantasie mit dir durchgehen.«

Ruth verstand den Wink, sie solle den Mund halten. Sie erwähnte den Traum, der kein Traum gewesen war, nicht wieder, auch nicht zehn Tage später, als die Geschichte meines Todes durch die Schulflure zu wandern begann und dabei weitere Ausschmückungen erfuhr, wie alle guten Horrorgeschichten. Sie waren schwer in Bedrängnis, meine Altersgenossen, den Schrecken noch entsetzlicher zu machen, als er schon war. Allerdings fehlten die Details – das Wie und Wann und Wer wurde zu leeren Schalen, die sie mit ihren Mutmaßungen füllen mussten. Teufelsanbetung. Mitternacht. Ray Singh.

So sehr ich mich auch bemühte, ich schaffte es nicht, Ruth deutlich genug auf das hinzuweisen, was niemand gefunden hatte: mein silbernes Armband mit den Anhängern. Ich dachte, es würde ihr helfen. Es lag offen da und wartete auf eine Hand, die sich nach ihm ausstreckte, eine Hand, die es erkennen und denken würde: *Fingerzeig.* Es befand sich aber nicht mehr im Maisfeld.

Ruth fing an, Gedichte zu schreiben. Wenn ihre Mutter oder ihre zugänglicheren Lehrer nichts von der dunkleren Wirklichkeit hören wollten, die sie erlebt hatte, so würde sie diese Wirklichkeit eben mit Poesie bemänteln.

Wie ich mir wünschte, Ruth hätte zu meinen Angehörigen gehen und mit ihnen reden können! Aller Wahrscheinlichkeit nach hätte bis auf meine Schwester keiner von ihnen auch nur ihren Namen gekannt. Ruth war das Mädchen, das beim Sport als Vorletzte in die Mannschaft gewählt wurde. Sie war das Mädchen, das sich dort, wo sie stand, duckte, wenn ein Volleyball in ihre Richtung gesegelt kam, sodass der Ball neben ihr auf den Boden der Turnhalle prallte und die anderen aus ihrer Mannschaft und der Sportlehrer sich sehr anstrengen mussten, um nicht aufzustöhnen.

Während meine Mutter auf dem steiflehnigen Stuhl in unserem Flur saß und zuschaute, wie mein Vater bei seinen diversen Erledigungen, für die er sich zuständig fühlte, hin-

und herrannte – er war sich mittlerweile der Schritte und des jeweiligen Aufenthaltsortes seines kleinen Sohnes, seiner Frau und seiner verbleibenden Tochter im Übermaß bewusst –, bemächtigte Ruth sich unseres zufälligen Zusammentreffens auf dem Schulparkplatz und tauchte unter.

Sie blätterte alte Jahrbücher durch und entdeckte meine Klassenfotos sowie Fotos von anderen Aktivitäten wie der Chemie-AG und schnitt sie mit der schwanenförmigen Stickschere ihrer Mutter aus. Obwohl ihre Besessenheit zunahm, war ich nach wie vor auf der Hut vor ihr, bis zu jener letzten Woche vor Weihnachten, als sie auf dem Flur unserer Schule etwas sah.

Es waren meine Freundin Clarissa und Brian Nelson. Ich hatte Brian immer »Vogelscheuche« genannt, denn wenn er auch unglaubliche Schultern hatte, nach denen alle Mädchen schmachteten, erinnerte mich sein Gesicht an einen mit Stroh ausgestopften Jutesack. Er trug einen Hippie-Schlapphut aus Leder und rauchte im Raucherzimmer der Schüler selbst gedrehte Zigaretten. Meiner Mutter zufolge hätte Clarissas Hang zu babyblauem Lidschatten eine frühzeitige Warnung sein müssen, doch ich hatte sie immer genau deswegen gemocht. Sie tat Dinge, die mir nicht erlaubt waren: Sie bleichte ihre langen Haare, sie trug Schuhe mit Plateausohlen, sie rauchte nach der Schule Zigaretten.

Ruth kam auf sie zu, aber sie sahen sie nicht. Sie hatte einen Stapel dicker Bücher bei sich, die sie sich von Mrs. Kaplan, der Sozialkundelehrerin, ausgeliehen hatte. Es waren alles frühe feministische Texte, und sie hielt sie mit dem Buchrücken an ihren Bauch gedrückt, sodass man die Titel nicht lesen konnte. Ihr Vater, ein Abbruchunternehmer, hatte ihr zwei superstarke elastische Bänder geschenkt. Ruth hatte sie um die Bücher geschlungen, die sie in den Ferien lesen wollte.

Clarissa und Brian kicherten. Seine Hand befand sich unter ihrem Hemd. Je weiter er sich hochtastete, desto mehr kicherte sie, doch sie hintertrieb seine Avancen, indem sie sich jedes Mal wegdrehte oder ein Stück von ihm abrückte. Ruth stand abseits, wie sie es meistens tat. Sie wäre auf ihre übliche Weise vorbeigegangen, Kopf gesenkt, Blick abgewandt, aber alle wussten, dass Clarissa meine Freundin gewesen war.

»Komm schon, Schatz«, sagte Brian, »lass mich an dein Liebesäpfelchen. Nur an eins.«

Ich bemerkte, wie Ruths Lippen sich angewidert verzogen. Im Himmel verzogen sich meine.

»Brian, ich kann nicht. Nicht hier.«

»Wie wär's mit dem Maisfeld?«, flüsterte er.

Clarissa kicherte nervös, schmiegte sich aber an die Stelle zwischen seinem Hals und seiner Schulter. Fürs Erste würde sie ihn abweisen.

Danach wurde Clarissas Spind aufgebrochen.

Verschwunden waren ihr Sammelalbum, beliebige Fotos, die innen im Spind klebten, und Brians Vorrat an Marihuana, den er dort ohne Clarissas Wissen versteckt hatte.

Ruth, die noch nie high gewesen war, verbrachte den Abend damit, aus den langen, braunen More 100s ihrer Mutter den Tabak zu klauben und sie mit Pot zu füllen. Sie saß mit einer Taschenlampe im Werkzeugschuppen, sah sich Fotos von mir an und rauchte mehr Gras, als sich die größten Kiffer an der Schule reinziehen konnten.

Mrs. Connors, die am Küchenfenster stand und Geschirr spülte, erhaschte einen Hauch von dem Geruch, der aus dem Werkzeugschuppen drang.

»Ich glaube, Ruth schließt Freundschaften in der Schule«, sagte sie zu ihrem Mann, der mit einer Tasse Kaffee über seiner Zeitung saß. Am Ende seines Arbeitstages war er zu müde, um darüber auch nur Mutmaßungen anzustellen.

»Gut«, sagte er.

»Vielleicht gibt es ja noch Hoffnung für sie.«

»Immer«, sagte er.

Als Ruth später am Abend hereingetorkelt kam, die Augen trübe vom Gebrauch der Taschenlampe und von den acht Mores, die sie geraucht hatte, begrüßte ihre Mutter sie mit einem Lächeln und sagte ihr, es sei Blaubeer-Pie in der Küche. Es nahm ein paar Tage und einige nicht auf Susie Salmon gerichtete Recherchen in Anspruch, bis Ruth herausfand, warum sie den ganzen Pie auf einmal aufgegessen hatte.

Die Luft in meinem Himmel roch oft nach Stinktier – nur ein Anflug davon. Es war ein Geruch, den ich auf der Erde immer geliebt hatte. Wenn ich ihn einatmete, spürte und roch ich ihn gleichzeitig. Die Furcht und die Kraft des Tieres vermischten sich zu einem beißenden, bleibenden Moschusduft. In Frannys Himmel roch es nach reinem Tabak von 1A-Qualität. In Hollys roch es nach Kumquats.

Ich saß ganze Tage und Nächte im Pavillon und beobachtete. Sah Clarissa von mir fortwirbeln, auf den Trost zu, den Brian bot. Sah, wie Ruth ihr hinter einer Ecke des Hauswirtschaftslehreraums oder vor der Cafeteria, die gleich neben der Krankenstation lag, nachstarrte. Anfangs war die Freiheit, die ganze Schule zu sehen, berauschend. Ich sah, wie der Assistent des Football-Trainers anonym Schokoladentäfelchen für die verheiratete Naturkundelehrerin hinterlegte oder die Anführerin der Cheerleadertruppe versuchte, die Aufmerksamkeit des Jungen zu erlangen, der so oft von so vielen Schulen verwiesen worden war, dass er selbst die Übersicht verloren hatte. Ich sah, wie der Kunstlehrer in der Töpferwerkstatt seine Freundin liebte und der Direktor den Assistenten des Football-Trainers anhimmelte. Ich schloss daraus, dass dieser Assistent des Football-Trainers in der Welt der Kennet Junior High ein Sexbolzen war, auch wenn mich sein quadratischer Unterkiefer kalt ließ.

Auf dem Rückweg zu unserem Doppelhaus ging ich jeden Abend unter altmodischen Straßenlaternen entlang, die ich mal in einer Aufführung von *Unsere kleine Stadt* gesehen hatte. Die Lichtkugeln hingen in einem Bogen von einem eisernen Pfosten herab. Ich hatte mich an sie erinnert, weil sie mir, als ich das Stück mit meiner Familie sah, gigantisch erschienen waren, wie schwere Beeren voller Licht. Im Himmel machte ich ein Spiel daraus, mich so zu bewegen, dass mein Schatten Beeren pflückte, während ich nach Hause unterwegs war.

Nachdem ich eines Abends Ruth beobachtet hatte, traf ich mittendrin Franny. Der Platz war verlassen, und vor mir begannen Blätter in einem Strudel herumzuwirbeln. Ich stand da und sah sie an – die Lachfältchen, die sich um Augen und Mund gruppierten.

»Warum zitterst du?«, fragte Franny.

Und obgleich die Luft feucht und kühl war, konnte ich nicht sagen, dass es daran lag.

»Ich muss an meine Mutter denken«, sagte ich.

Franny nahm meine linke Hand in ihre beiden Hände und lächelte.

Ich hätte sie gern leicht auf die Wange geküsst oder mir gewünscht, dass sie mich umarmte, doch stattdessen schaute ich zu, wie sie sich von mir fortbewegte, sah ihr blaues Kleid hinter ihr herschleifen. Ich wusste, dass sie nicht meine Mutter war. Ich konnte nicht so tun, als ob.

Ich drehte mich um und ging zurück zum Pavillon. Ich spürte, wie die feuchte Luft an meinen Beinen und Armen hochzog und ganz sacht die Spitzen meiner Haare anhob. Ich dachte an Spinnweben am Morgen, die kleine Juwelen aus Tau trugen und die ich mit einer leichten Bewegung des Handgelenks ohne nachzudenken zerstört hatte.

Am Morgen meines elften Geburtstags war ich sehr früh aufgewacht. Von den anderen war noch keiner auf, das glaubte ich jedenfalls. Ich schlich nach unten und guckte ins Esszimmer, wo ich meine Geschenke vermutete. Aber da war nichts. Derselbe Tisch wie gestern. Doch als ich mich umdrehte, sah ich es im Wohnzimmer auf dem Schreibtisch meiner Mutter liegen. Auf dem eleganten Schreibtisch mit der stets sauberen Fläche. Den »Schreibtisch zum Rechnungenbezahlen« nannten sie ihn. In Seidenpapier eingewickelt, aber noch nicht verpackt, war eine Kamera – die ich mir mit quengelndem Unterton in der Stimme gewünscht hatte, ganz sicher, dass sie sie mir nicht kaufen würden. Ich ging hinüber und starrte sie an. Es war eine Instamatic, und daneben lagen drei Filme und eine Schachtel mit vier Blitzwürfeln. Es war mein erster Apparat, meine Anfangsausrüstung für das, was ich werden wollte. Tierfotografin.

Ich schaute mich um. Niemand. Durch die Jalousien der vorderen Fenster, deren Lamellen meine Mutter immer schräg stellte – »einladend, aber diskret« –, sah ich, dass Grace Tarking, die ein Stück weiter die Straße entlang wohnte und auf eine Privatschule ging, ihr morgendliches Lauftraining mit an ihren Fesseln befestigten Gewichten absolvierte. Eilig legte ich einen Film in die Kamera ein und begann, mich an Grace Tarking anzupirschen, wie ich mich, so malte ich es mir aus, an wilde Elefanten und Nashörner anpirschen würde, wenn ich älter wäre. Hier versteckte ich mich hinter Jalousien und Fenstern, dort würde es hohes Gras sein. Ich war still, verstohlen, wie ich fand, und raffte den langen Saum meines Flanellnachthemdes mit meiner freien Hand. Ich verfolgte ihre Schritte aus unserem Wohnzimmer in den Flur bis ins Arbeitszimmer auf der anderen Seite. Während ich ihre sich entfernende Gestalt beobachtete, kam mir ein Geistesblitz – ich würde nach hinten in den Garten laufen, wo ich sie ungehindert sehen konnte.

Also rannte ich auf Zehenspitzen durchs Haus und stellte fest, dass die Tür zur Veranda weit offen stand.

Als ich meine Mutter erblickte, vergaß ich Grace Tarking vollkommen. Ich wünschte, ich könnte es besser erklären, doch ich hatte sie noch nie so reglos dasitzen sehen, so sehr *nicht da* irgendwie. Sie saß vor der mit Fliegendraht vergitterten Veranda auf einem Aluminiumklappstuhl, der dem Garten zugewandt war. In der Hand hielt sie eine Untertasse, und auf der Untertasse stand ihre übliche Tasse Kaffee. Heute Morgen waren keine Lippenstiftflecken darauf, weil kein Lippenstift da war, bis sie ihn auftrug … für wen? Es war mir nie in den Sinn gekommen, diese Frage zu stellen. Für meinen Vater? Für uns?

Holiday saß glücklich japsend neben der Vogeltränke, bemerkte mich aber nicht. Er beobachtete meine Mutter. Ihr Blick erstreckte sich ins Unendliche. In diesem Augenblick war sie nicht meine Mutter, sondern etwas von mir Getrenntes. Ich schaute auf jemanden, den ich immer nur als Mom gesehen hatte, und sah die weiche, pudrige Haut ihres Gesichts – pudrig ohne Schminke – weich ohne Nachhilfe. Ihre Augenbrauen und Augen zusammen waren formvollendet. »Ozeanaugen« nannte mein Vater sie, wenn er eine von ihren Kirschpralinen wollte, die sie als ihre privaten Leckerbissen im Schnapsschrank aufbewahrte. Und jetzt verstand ich den Namen. Ich hatte angenommen, sie hätte ihn, weil ihre Augen blau waren, doch jetzt begriff ich, es lag daran, dass sie unergründlich waren, auf eine Weise, die ich erschreckend fand. Ich hatte das instinktive Gefühl, den noch unfertigen Gedanken, ich sollte, bevor Holiday mich sah und roch, bevor der über dem Gras schwebende Taunebel verdunstete und die Mutter in ihr erwachte wie jeden Morgen, mit meiner neuen Kamera ein Foto von ihr machen.

Als der Film in einem schweren Spezialumschlag von Kodak zurückkam, sah ich den Unterschied sofort. Es gab nur ein Bild von meiner Mutter, auf dem sie Abigail war. Es war das erste, das ich, von ihr unbemerkt, aufgenommen, das ich eingefangen hatte, ehe das Klicken sie wieder in die Mutter des Geburtstagskindes verwandelte, die Besitzerin des glücklichen Hundes, Ehefrau des liebenden Mannes, Mutter einer weiteren Tochter und eines umsorgten Sohns. Hausfrau. Gärtnerin. Gut gelaunte Nachbarin. Die Augen meiner Mutter waren Ozeane, und in ihnen stand Verlust. Ich dachte, ich hätte mein ganzes Leben, um sie zu ergründen, dabei war dies der einzige Tag, den ich hatte. Einmal habe ich sie auf Erden als Abigail gesehen und mir das dann mühelos entgleiten lassen – meine Faszination wurde in Schach gehalten von dem Wunsch, sie möge meine Mutter und als diese Mutter immer um mich sein.

Ich befand mich im Pavillon und dachte an das Foto, dachte an meine Mutter, als Lindsey mitten in der Nacht aufstand und über den Flur schlich. Ich beobachtete sie, wie ich einen Einbrecher im Film beobachtet hätte, der durch ein Haus streift. Als sie den Türknauf meines Zimmers drehte, wusste ich, dass er nachgeben würde. Ich wusste, sie würde hineingehen, aber was würde sie dort drinnen tun? Mein privates Territorium war bereits zu einem Niemandsland mitten im Haus geworden. Meine Mutter hatte es nicht angerührt. Mein Bett war seit dem hastigen Aufbruch am Morgen meines Todestages ungemacht. Mein geblümtes Nashorn lag zwischen Laken und Kissen, desgleichen ein Outfit, gegen das ich mich entschieden hatte, ehe ich die gelbe Schlaghose wählte.

Lindsey ging über den weichen Vorleger und berührte

den marineblauen Rock und die rot-blaue Häkelweste, die zu zwei einzelnen, heiß verabscheuten Haufen zusammengeknäult waren. Sie besaß eine Weste in Orange und Grün in demselben Muster. Sie nahm die Weste, strich sie glatt und breitete sie flach auf dem Bett aus. Sie war hässlich und schön zugleich. Das erkannte ich. Sie tätschelte sie.

Lindsey zeichnete den Umriss des goldenen Tabletts nach, das ich auf meiner Kommode stehen hatte und das mit Anstecknadeln von Wahlkämpfen und aus der Schule gefüllt war. Mein Favorit war ein rosa Anstecker, auf dem »Alles Liebe von Hippy-Dippy« stand, den ich auf dem Schulparkplatz gefunden hatte, aber ich hatte meiner Mutter versprechen müssen, ihn nicht zu tragen. Ich bewahrte eine Menge Anstecknadeln auf dem Tablett auf und hatte noch mehr an eine riesige Filzfahne der Indiana University geheftet, wo mein Vater studiert hatte. Ich dachte, sie würde welche stibitzen – sich eine oder zwei zum Tragen nehmen –, doch das tat sie nicht. Sie hob sie nicht einmal auf. Sie strich nur mit den Fingerspitzen über die Gegenstände auf dem Tablett. Dann sah sie eine winzige weiße Ecke, die darunter hervorragte. Sie zog daran.

Es war das Foto.

Sie atmete tief aus und setzte sich auf den Fußboden, den Mund noch offen und in der Hand das Bild. Die Haltestricke der Flagge umflatterten und umpeitschten sie wie bei einem Segeltuchzelt, das sich gelockert hat. Auch sie hatte wie ich bis zum Morgen jener Aufnahme die Mutter-Fremde nie gesehen. Sie hatte die Fotos gesehen, die gleich danach aufgenommen worden waren. Von meiner Mutter, müde wirkend, aber lächelnd. Von meiner Mutter und Holiday vor dem Hartriegelstrauch, während die Sonne durch ihren Morgenmantel und das Nachthemd schien. Aber ich hatte mir gewünscht, die Einzige im Haus zu sein, die wusste, dass meine Mutter auch noch jemand anders war – jemand Mysteriöses und uns Unbekanntes.

Mein erster Durchbruch war ein Zufall. Er fand am 23. Dezember 1973 statt.

Buckley schlief. Meine Mutter war mit Lindsey zum Zahnarzt gegangen. Sie hatten in dieser Woche vereinbart, dass sie jeden Tag als Familie einige Zeit auf den Versuch verwenden wollten weiterzumachen. Mein Vater hatte sich die Aufgabe verordnet, das Gästezimmer im Obergeschoss aufzuräumen, das schon seit langem sein Arbeitszimmer war.

Sein eigener Vater hatte ihm beigebracht, wie man Flaschenschiffe baut. Sie waren etwas, das meine Mutter, meine Schwester und meinen Bruder nicht im mindesten interessierten. Ich liebte sie heiß und innig. Das Arbeitszimmer war voll von ihnen.

In seinem Beruf addierte er den ganzen Tag Zahlen – erforderliche Sorgfalt für die Versicherungsfirma Chadds Ford –, und abends baute er Schiffe oder las Bücher über den Bürgerkrieg, um sich zu entspannen. Wenn er dann bereit war, das Segel hochzuziehen, rief er mich herein. Inzwischen war das Schiff fest an den Boden der Flasche geklebt. Ich trat ein, und mein Vater bat mich, die Tür zu schließen. Oft schien es, als ob daraufhin unverzüglich die Essensglocke ertönte, als hätte meine Mutter einen sechsten Sinn für Geschehnisse, von denen sie ausgeschlossen war. Doch wenn dieser Sinn sie im Stich ließ, war es meine Aufgabe, die Flasche für ihn zu halten.

»Halt gut fest«, sagte er dann. »Du bist mein erster Maat.«

Sacht zog er an dem einen Faden, der noch aus dem Flaschenhals ragte, und voilà, die Segel waren gesetzt, ob Einmaster oder Klipper. Wir hatten unser Schiff. Ich konnte nicht applaudieren, weil ich die Flasche in der Hand hatte, hätte es aber immer gern getan. Dann brannte mein Vater das Ende des Fadens rasch mit einem Bügel ab, den er über einer Kerze erhitzt hatte. Wenn er einen Fehler gemacht hätte, wäre das Schiff ruiniert gewesen oder, schlimmer noch, die winzigen Papiersegel hätten Feuer gefangen, und ich hätte plötzlich unter gigantischem Zischen eine Flasche voller Flammen in den Händen gehalten.

Irgendwann baute mein Vater ein Gestell aus Balsaholz, das mich ersetzte. Lindsey und Buckley teilten meine Faszination nicht. Nachdem er versucht hatte, genug Begeisterung bei den übrigen dreien zu schüren, gab er auf und zog sich in sein Arbeitszimmer zurück. Für den Rest meiner Familie war ein Flaschenschiff wie das andere.

Doch als er an jenem Tag aufräumte, redete er mit mir.

»Susie, mein Schatz, mein kleines Matrosenmädchen«, sagte er, »dir haben immer diese kleineren gefallen.«

Ich sah zu, wie er die Schiffe auf seinem Schreibtisch aufreihte, nachdem er sie von den Borden geholt hatte, wo sie normalerweise standen. Mit einem alten Hemd meiner Mutter, das in Fetzen gerissen war, fing er an, die Regale abzustauben. Unter seinem Schreibtisch befanden sich leere Flaschen – Reihen um Reihen, die wir für künftige Schiffsbauten gesammelt hatten. Im Schrank standen noch mehr Schiffe – Schiffe, die er zusammen mit seinem Vater gebaut hatte, Schiffe, die er allein konstruiert hatte, und dann diejenigen, die wir gemeinsam gemacht hatten. Manche waren makellos, die Segel allerdings gebräunt; andere waren nach Jahren zusammengesackt oder umgekippt. Dann war da noch das, das in der Woche vor meinem Tod in Flammen aufgegangen war.

Das zerschmetterte er als Erstes.

Mein Herz erstarrte. Er drehte sich um und sah all die anderen, all die Jahre, für die sie standen, und die Hände, die sie gehalten hatten. Die seines toten Vaters, seines toten Kindes. Er taufte die Wände und den Holzstuhl mit der Nachricht von meinem Tod, und hinterher stand er im Gäste-/Arbeitszimmer, umgeben von grünem Glas. Sämtliche Flaschen lagen zerbrochen auf dem Fußboden, die Segel und Schiffsrümpfe zwischen ihnen verstreut. Er stand in einem Trümmerhaufen. In diesem Augenblick war es, dass ich mich, ohne zu wissen wie, offenbarte. In jedem Stück Glas, jeder Scherbe, jedem Splitter spiegelte ich mein Gesicht. Mein Vater schaute hinunter und um sich, und sein Blick schweifte durch das Zimmer. Wild. Es dauerte nur eine Sekunde, dann war ich verschwunden. Ein Weilchen war es still, und dann lachte er – ein Heulen, das aus seiner Magengrube aufstieg. Er lachte so laut und tief, dass ich in meinem Himmel erzitterte.

Er verließ den Raum und ging zwei Türen weiter zu meinem Zimmer. Der Flur war winzig, meine Tür wie alle anderen hohl genug, um mit einer Faust hindurchzuschlagen. Er wollte den Spiegel über meiner Kommode zerschmettern, mit den Fingernägeln die Tapete herunterreißen, doch stattdessen fiel er schluchzend auf mein Bett und zerknüllte die lavendelfarbigen Laken in seinen Händen.

»Daddy?«, sagte Buckley. Mein Bruder hielt den Türknauf in der Hand.

Mein Vater wandte sich um, war aber unfähig, seinen Tränen Einhalt zu gebieten. Er ließ sich, die Laken noch in seinen Fäusten, zu Boden gleiten und breitete dann die Arme aus. Er musste meinen Bruder zweimal auffordern, was noch nie nötig gewesen war, aber Buckley kam zu ihm.

Mein Vater wickelte meinen Bruder in die Laken, die nach mir rochen. Er erinnerte sich an den Tag, an dem ich ihn gebeten hatte, mein Zimmer lila zu streichen und zu tapezieren. Erinnerte sich, wie er die alten *National Geographics* in die untersten Borde meiner Bücherregale einsortierte. (Ich wollte tief in die Tierfotografie eintauchen.) Erinnerte sich an die kurze Zeit vor Lindseys Ankunft, als nur ein Kind im Haus gewesen war.

»Du bist etwas ganz Besonderes für mich, kleiner Mann«, sagte mein Vater, sich an ihn klammernd.

Buckley wich zurück und starrte das faltige Gesicht meines Vaters an, die feinen, hellen Tränenflecken in seinen Augenwinkeln. Er nickte ernst und küsste meinen Vater auf die Wange. Etwas so Göttliches, das sich keiner im Himmel hätte ausdenken können: die Fürsorge, die ein Kind einem Erwachsenen angedeihen ließ.

Mein Vater drapierte die Laken um Buckleys Schultern und erinnerte sich daran, wie ich ständig aus dem hohen Himmelbett auf den Vorleger gefallen und dabei nie aufgewacht war. Wenn er in seinem Arbeitszimmer in seinem grünen Sessel saß und ein Buch las, wurde er oft durch das Geräusch meines landenden Körpers aufgeschreckt. Dann stand er auf und ging den kurzen Weg in mein Zimmer. Er sah gern zu, wie ich fest schlief, ungestört durch Albträume oder den harten Fußboden. In jenen Momenten schwor er sich, dass seine Kinder Könige oder Herrscher oder Künstlerinnen oder Ärzte oder Tierfotografinnen werden sollten. Alles, was sie sich erträumten.

Ein paar Monate vor meinem Tod hatte er mich wieder so vorgefunden, doch diesmal steckte mit mir in meinem Bettzeug Buckley in seinem Pyjama und mit seinem Teddy, an meinen Rücken geschmiegt und schläfrig am Daumen lutschend. In diesem Augenblick hatte mein Vater das erste Aufflackern der seltsamen, traurigen Sterblichkeit des Vaterseins verspürt. Sein Leben hatte drei Kinder hervorgebracht, und diese Zahl beruhigte ihn. Egal, was Abigail oder ihm widerfuhr, die drei würden einander haben. So gesehen, erschien ihm die Linie, die er begonnen hatte, unsterblich, wie ein starker Stahlfaden, der sich in die Zukunft zog und über ihn hinaus existierte, unabhängig davon, wann er herunterfallen mochte. Sogar noch im tiefen, verschneiten, hohen Alter.

Seine Susie würde er jetzt in seinem jungen Sohn finden. Die Liebe den Lebenden zukommen lassen. Das sagte er sich vor – sprach es im Geiste laut aus –, doch meine Gegenwart zerrte an ihm, zog ihn zurück zurück zurück. Er starrte den kleinen Jungen an, den er in den Armen hielt. Er merkte, wie er sich fragte: »*Wer bist du? Woher kommst du?*«

Ich beobachtete meinen Bruder und meinen Vater. Die Wahrheit unterschied sich beträchtlich von dem, was wir in der Schule gelernt hatten. Die Wahrheit war, dass die Grenze zwischen Lebenden und Toten anscheinend unklar und verschwommen sein konnte.

4

In den Stunden nach meiner Ermordung, als meine Mutter herumtelefonierte und mein Vater begann, auf der Suche nach mir in der Nachbarschaft von Tür zu Tür zu wandern, hatte Mr. Harvey das Erdloch im Maisfeld schon zum Einsturz gebracht und trug einen Sack, gefüllt mit meinen Körperteilen, davon. Er ging nur zwei Häuser entfernt an der Stelle vorbei, wo mein Vater stand und mit Mr. und Mrs. Tarking redete. Er hielt sich an die Grundstücksgrenze zwischen zwei Reihen ineinander wuchernder Hecken – Buchsbaum bei den O'Dwyers und Goldrute bei den Steads. Sein Körper streifte die kräftigen grünen Blätter und hinterließ dabei Spuren von mir, Gerüche, die der Hund der Gilberts aufnehmen und verfolgen würde, bis er meinen Ellbogen entdeckte, Gerüche, die der Graupel und der Regen der nächsten drei Tage fortspülen würde, bevor man auch nur an Polizeihunde dachte. Er trug mich zu seinem Haus, wo ich, während er hineinging, um sich zu waschen, auf ihn wartete.

Als das Haus den Besitzer wechselte, beklagte sich der neue Eigentümer über den dunklen Fleck auf dem Garagenfußboden. Die Maklerin hatte gesagt, als sie potenzielle Käufer hindurchführte, es sei ein Ölfleck, aber ich war es, die da aus dem Sack, den Mr. Harvey trug, gesickert und auf den Beton getropft war. Der Anfang meiner heimlichen Signale an die Welt.

Es sollte einige Zeit dauern, ehe mir klar wurde, was Sie zweifellos bereits vermutet haben, dass ich nämlich nicht das erste Mädchen war, das er umbrachte. Er kannte sich aus mit dem Wegschaffen meiner Leiche aus dem Feld. Er kannte sich aus mit der Wetterbeobachtung und tötete stets während eines Übergangs von leichtem zu schwerem Niederschlag, um die Polizei etwaiger Hinweise zu berauben. Aber er war nicht so wählerisch, wie die Polizei gern glaubte. Er vergaß meinen Ellbogen, er benutzte einen Stoffsack für eine blutige Leiche, und falls jemand, irgendjemand, ihn gesehen hätte, hätte er es vielleicht merkwürdig gefunden, dass ihr Nachbar eine Grundstücksgrenze entlangging, wo es sehr eng war, selbst für Kinder, die gern so taten, als wären die ineinander wuchernden Hecken ein Versteck.

Als er seinen Körper mit dem heißen Wasser seines vorstädtischen Badezimmers abschrubbte – das denselben Grundriss hatte wie dasjenige, das Lindsey, Buckley und ich uns teilten –, waren seine Bewegungen gemächlich, nicht nervös. Er spürte, wie ihn Ruhe überflutete. Er ließ die Lichter im Bad aus und fühlte, wie das warme Wasser mich wegwusch, und er dachte in dem Moment auch an mich. An meinen gedämpften Schrei in seinem Ohr. An meinen köstlichen Todesseufzer. An das prächtige weiße Fleisch, das nie die Sonne erblickt hatte, wie das eines Säuglings, und dann so makellos von der Klinge seines Messers aufgeschlitzt wurde. Er zitterte trotz der Hitze, ein kribbelnder Genuss, der ihm eine Gänsehaut über Arme und Beine jagte. Er hatte mich in den gewachsten Stoffsack gesteckt und die Rasierkrem und den Rasierer von dem Bord aus Lehm, sein Buch mit den Sonetten und schließlich das blutige Messer mit hineingeworfen. Sie lagen verstreut zwischen meinen Knien, Fingern und Zehen, aber er merkte sich vor, sie herauszuholen, ehe mein Blut später nachts zu klebrig wurde. Wenigstens die Sonette und das Messer wollte er behalten.

Bei der Abendandacht waren alle möglichen Hunde. Und manche von ihnen, diejenigen, die ich am liebsten mochte, hoben den Kopf, wenn sie in der Luft einen interessanten Duft erschnupperten. Wenn er intensiv genug war, wenn sie ihn sofort identifizieren konnten oder wenn sie, was der Fall sein mochte, genau wussten, woher er stammte – ihr Gehirn signalisierte: »Hackfleisch, lecker« –, spürten sie ihm nach, bis sie das Objekt selbst fanden. Angesichts des realen Gegenstands, der Sache an sich, beschlossen sie dann, was zu tun sei. So gingen sie vor. Sie versagten sich ihr Verlangen nach Wissen nicht, weil der Geruch schlecht oder das Objekt gefährlich war. Sie jagten. Dasselbe tat ich.

Mr. Harvey brachte den gewachsten orangegelben Sack mit meinen Überresten zu einem Schlundloch acht Meilen von unserem Viertel entfernt, einer Gegend, die bis vor kurzem bis auf die Eisenbahngleise und eine nahe gelegene Motorradwerkstatt verlassen gewesen war. In seinem Auto dudelte ein Radiosender, der im Monat Dezember ständig Weihnachtslieder wiederholte. Er pfiff in seinem großen Kombi und gratulierte sich selbst, fühlte sich gesättigt. Warmer, gedeckter Apfelkuchen, Cheeseburger, Eiskrem, Kaffee. Satt. Inzwischen wurde er immer besser, weil er nie nach demselben Muster handelte, das ihn langweilen würde, sondern aus jedem Mord eine Überraschung für sich selbst, ein Geschenk an sich selbst machte.

Die Luft in dem Kombi war kalt und fragil. Ich konnte die Feuchtigkeit sehen, wenn er ausatmete, und das weckte den Wunsch in mir, meine eigenen versteinerten Lungen zu spüren.

Er fuhr den grashalmschmalen Weg entlang, der zwischen zwei neuen Industrieanlagen hindurchführte. Der Wagen schleuderte, als er aus einem besonders tiefen Schlagloch herauskam, und der Safe, der den Sack enthielt, der meine Leiche enthielt, krachte gegen die innere Abdeckung des Hinterrades, sodass das Plastik splitterte. »Verdammt«, sagte Mr. Harvey. Doch er nahm ohne Zögern sein Pfeifen wieder auf.

Mir fiel ein, wie ich denselben Weg entlanggefahren war, auf einem unerlaubten Ausflug von zu Hause mit meinem Vater am Lenkrad und Buckley an mich geschmiegt – ein Sicherheitsgurt reichte für uns beide.

Mein Vater hatte gefragt, ob eins von uns Kindern zuschauen wolle, wie ein Kühlschrank verschwindet.

»Die Erde wird ihn verschlucken!«, sagte er. Er setzte seinen Hut auf und zog die dunklen Korduanlederhandschuhe an, die ich so gerne gehabt hätte. Ich wusste, Handschuhe bedeuteten, dass man erwachsen, und Fäustlinge, dass man ein Kind war. (Zu Weihnachten 1973 hatte meine Mutter mir ein Paar Handschuhe gekauft. Lindsey bekam sie, aber sie wusste, dass sie mir gehörten. Sie hinterlegte sie eines Tages auf dem Heimweg von der Schule am Rande des Maisfelds. Das tat sie dauernd – mir Sachen bringen.)

»Die Erde hat einen Mund?«, fragte Buckley.

»Einen großen, runden Mund ohne Lippen«, sagte mein Vater.

»Jack«, sagte meine Mutter lachend, »hör auf damit. Weißt du, dass ich ihn draußen dabei erwischt habe, wie er die Löwenmäulchen anknurrte?«

»Ich komme mit«, sagte ich. Mein Vater hatte mir erzählt, dass es eine verlassene, unterirdische Mine war, die in sich zusammengebrochen sei und nun ein Schlundloch bildete. Mir war das egal; ich wollte ebenso gern wie jedes Kind sehen, wie die Erde etwas verschluckt.

Als ich daher Mr. Harvey dabei beobachte, wie er mich zu dem Schlundloch brachte, musste ich ihn einfach dafür bewundern, wie schlau er war. Wie er den Sack in einen metallenen Safe steckte, sodass ich von so viel Gewicht umgeben war.

Es war spät, als wir ankamen, und er ließ den Safe in seinem Wagoneer, während er sich dem Haus der Flanagans näherte, die auf dem Grundstück wohnten, wo das Schlundloch war. Die Flanagans lebten davon, dass sie die Leute für das Entsorgen ihrer Geräte bezahlen ließen.

Mr. Harvey klopfte an die Tür des weißen Häuschens, und eine Frau öffnete ihm. Der Duft nach Rosmarin und Lamm erfüllte meinen Himmel und stieg Mr. Harvey in die Nase, als er aus dem hinteren Teil des Hauses drang. In der Küche konnte er einen Mann sehen.

»Guten Abend, Sir«, sagte Mrs. Flanagan. »Sie haben was für uns?«

»Hinten in meinem Wagen«, sagte Mr. Harvey. Er hielt einen Zwanzig-Dollar-Schein bereit.

»Was haben Sie da drin, eine Leiche?«, scherzte sie.

Dabei war es das Letzte, was sie vermutete. Sie wohnte in einem warmen, wenn auch kleinen Haus. Sie hatte einen Ehemann, der immer da war, um alles zu reparieren und lieb zu ihr zu sein, weil er nicht arbeiten musste, und sie hatte einen Sohn, der noch so klein war, dass er dachte, seine Mutter sei das Einzige auf der Welt.

Mr. Harvey lächelte, und während sich das Lächeln auf seinem Gesicht ausbreitete, konnte ich nicht weggucken.

»Alter Safe von meinem Vater, hab ihn endlich mal hier rausgeschafft«, sagte er. »Habe ich schon seit Jahren vor. Keiner erinnert sich mehr an die Zahlenkombination.«

»Irgendwas drin?«

»Abgestandene Luft.«

»Dann mal los. Brauchen Sie Hilfe?«

»Das wäre reizend«, sagte er.

Die Flanagans argwöhnten keinen Moment lang, dass das Mädchen, über das sie im Laufe der nächsten Jahre in den Zeitungen lasen – VERMISST, VERDACHT AUF VERBRECHEN; ELLBOGEN VON NACHBARSHUND GEFUNDEN; MÄDCHEN, 14, WAHRSCHEINLICH IM STOLFUZSCHEN MAISFELD ERMORDET; WARNUNG AN ANDERE JUNGE FRAUEN; GEMEINDE WIRD DIE AN DIE HIGHSCHOOL GRENZENDEN GRUNDSTÜCKE NEU AUFTEILEN; LINDSEY SALMON, SCHWESTER DER TOTEN, HÄLT ABSCHIEDSREDE –, in dem grauen Metallsafe gewesen war, den ein einsamer Mann ihnen eines Abends gebracht und für dessen Versenkung er ihnen zwanzig Dollar bezahlt hatte.

Auf dem Rückweg zum Wagen steckte Mr. Harvey die Hände in seine Taschen. Darin war mein silbernes Armband mit den Anhängern. Er konnte sich nicht entsinnen, dass er es mir vom Handgelenk genommen hatte. Erinnerte sich nicht, wie er es in die Tasche seiner sauberen Hose geschoben hatte. Er befingerte es und stieß mit der fleischigen Kuppe seines Zeigefingers auf das glatte, vergoldete Metall der Nachbildung des Staates Pennsylvania, auf die Ferse des Ballettschuhs, das winzige Loch des Miniaturfingerhuts und die Speichen des Fahrrads mit den sich drehenden Rädern. An der Route 202 hielt er am Straßenrand an, aß ein Leberwurst-Sandwich, das er sich nachmittags gemacht hatte, und fuhr dann zu einem Industriegelände, das sie südlich von Downingtown anlegten. Niemand war auf der Baustelle. Damals gab es in den Vororten keine Sicherheitsmaßnahmen. Er parkte sein Auto neben einer mobilen Toilette. Damit hatte er einen Vorwand für den unwahrscheinlichen Fall, dass er einen brauchte.

Es war dieser Teil des Nachspiels, an den ich dachte, wenn ich an Mr. Harvey dachte – wie er um die schlammigen Baugruben herumwanderte und sich zwischen den untätigen Bulldozern verirrte, deren monströse Formen im Finstern beängstigend wirkten. Der Himmel der Erde war dunkelblau in der Nacht nach meinem Tod, und in diesen offenen Raum hinaus konnte Mr. Harvey meilenweit sehen. Ich entschied mich dafür, neben ihm zu stehen, diese Meilen vor mir zu sehen, wie er sie sah. Ich wollte dahin gehen, wo er hinging. Es hatte aufgehört zu schneien. Es war windig. Er trat auf eine Fläche, die, wie sein Baumeisterinstinkt ihm verriet, bald ein künstlicher Teich sein würde, und er stand da und befingerte die Anhänger ein letztes Mal. Ihm gefiel der kleine, metallene Staat Pennsylvania, in den mein Vater meine Initialen hatte eingravieren lassen – mein Favorit war das winzige Fahrrad –, und er riss ihn ab und steckte ihn in seine Tasche. Dann warf er das Armband mit den restlichen Anhängern in den künftigen von Menschen gemachten See.

Zwei Tage vor Weihnachten beobachtete ich, wie Mr. Harvey ein Buch über die Dogon und Bambara in Mali las. Ich sah den hellen Funken einer Idee, als er über den Stoff und die Seile las, mit denen sie Unterkünfte bauten. Er beschloss, wieder zu bauen, zu experimentieren, wie er es mit dem Erdloch getan hatte, und er entschied sich für ein Zeremonienzelt wie dasjenige, das in seinem Buch beschrieben war. Er würde die einfachen Materialien zusammensuchen und es innerhalb weniger Stunden hinten in seinem Garten aufstellen.

Nachdem mein Vater alle Flaschenschiffe zerschmettert hatte, traf er ihn dort an.

Es war kalt draußen, aber Mr. Harvey trug nur ein dünnes Baumwollhemd. Er war dieses Jahr sechsunddreißig geworden und probierte zum ersten Mal harte Kontaktlinsen aus. Ihretwegen waren seine Augen ständig blutunterlaufen, und viele Leute, darunter mein Vater, glaubten, er hätte angefangen zu trinken.

»Was ist das?«, fragte mein Vater.

Trotz der Herzschwäche der Salmon-Männer war mein Vater robust. Er war größer und breiter als Mr. Harvey, sodass er, als er um das grüne Schindelhaus herum in den Garten trat, wo er Harvey Gegenstände aufstellen sah, die wie Torpfosten aussahen, derb und tatkräftig wirkte. Ihm schwirrte noch der Kopf davon, dass er mich in den Glasscherben erblickt hatte. Ich schaute zu, wie er über den Rasen schritt, schlendernd, wie Schulkinder auf dem Weg in die Highschool. Kurz bevor er mit dem Handteller Mr. Harveys Holunderhecke streifte, blieb er stehen.

»Was ist das?«, fragte er noch einmal.

Mr. Harvey hielt lange genug inne, um ihn anzublicken, und wandte sich dann wieder seiner Arbeit zu.

»Ein Flechtzelt.«

»Was ist das?«

»Mr. Salmon«, sagte er. »Es tut mir sehr Leid wegen Ihres Verlusts.«

Sich hoch aufrichtend, reagierte mein Vater so, wie es das Ritual erforderte.

»Danke.« Es war, als ob ein Stein in seiner Kehle steckte.

Es folgte ein Moment des Schweigens, dann fragte ihn Mr. Harvey, der spürte, dass mein Vater nicht die Absicht hatte zu gehen, ob er gern helfen würde.

So kam es, dass ich vom Himmel aus zuschaute, wie mein Vater mit dem Mann, der mich ermordet hatte, ein Zelt aufbaute.

Viel lernte mein Vater nicht. Er lernte, gebogene Stäbe auf gezackte Pfähle zu spießen und schlankere Ruten durch diese Stäbe zu fädeln, sodass in der anderen Richtung Halbbögen entstanden. Er lernte, die Enden dieser Ruten zu raffen und sie an den Querhölzern festzuzurren. Er erfuhr, dass er das alles tat, weil Mr. Harvey etwas über den Stamm der Imezzureg gelesen hatte und ihre Zelte nachbauen wollte. Er stand da, bestärkt in der Meinung der Nachbarn, dass der Mann sonderbar war. Das war bisher alles.

Als aber die Grundkonstruktion fertig war – eine Sache von einer Stunde –, ging Mr. Harvey ins Haus, ohne zu sagen, warum. Mein Vater nahm an, es sei Zeit für eine Pause. Dass Mr. Harvey hineingegangen war, um sich Kaffee zu holen oder eine Kanne Tee zu kochen.

Er irrte sich. Mr. Harvey ging ins Haus und die Treppen hoch, um nach dem Tranchiermesser zu sehen, das er in seinem Schlafzimmer aufbewahrte. Es befand sich nach wie vor im Nachttisch, wo sein Zeichenblock lag, auf den er oft mitten in der Nacht die Entwürfe aus seinen Träumen skizzierte. Er schaute in eine zerknüllte Papiertüte. Mein Blut auf der Klinge war schwarz geworden. Als er sich daran erinnerte, sich an seine Tat in dem Erdloch erinnerte, fiel ihm ein, was er über einen bestimmten Stamm im Süden von Ayr gelesen hatte. Dass nämlich, wenn ein Zelt für ein frisch vermähltes Paar errichtet wurde, die Frauen des Stammes ein besonders schönes Laken fertigten, das das Zelt bedeckte.

Es hatte begonnen zu schneien. Es war der erste Schnee seit meinem Tod, und das entging meinem Vater nicht.

»Ich kann dich hören, Schatz«, sagte er, obwohl ich gar nicht sprach. »Was ist?«

Ich konzentrierte mich angestrengt auf die verwelkte Geranie in seinem Blickfeld. Wenn ich sie zum Blühen bringen könnte, hätte er seine Antwort. In meinem Himmel blühte sie. In meinem Himmel stand ich bis zur Taille in einem Strudel aus umherwirbelnden Geranienblütenblättern. Auf der Erde geschah nichts.

Aber durch den Schnee hindurch bemerkte ich Folgendes: Mein Vater schaute das grüne Haus mit anderen Augen an. Er hatte angefangen, sich Fragen zu stellen.

Mr. Harvey hatte drinnen ein schweres Flanellhemd angezogen, aber was meinem Vater als Erstes auffiel, war das, was er bei sich trug: einen Stapel weißer Baumwolllaken.

»Wofür sind die?«, fragte mein Vater. Er sah auf einmal ständig mein Gesicht.

»Zeltplanen«, sagte Mr. Harvey. Als er meinem Vater einen Stapel reichte, streifte sein Handrücken die Finger meines Vaters. Es war wie ein Stromschlag.

»Sie wissen etwas«, sagte mein Vater.

Er begegnete dem Blick meines Vaters, hielt ihm stand, sagte aber nichts.

Sie arbeiteten nebeneinander im fallenden, fast herabwehenden Schnee. Und während mein Vater sich bewegte, raste das Adrenalin in ihm. Er überprüfte, was er wusste. Hatte irgendjemand diesen Mann gefragt, wo er am Tag meines Verschwindens gewesen war? Hatte irgendjemand diesen Mann im Maisfeld gesehen? Er wusste, dass seine Nachbarn befragt worden waren. Die Polizei war systematisch von Tür zu Tür gegangen.

Mein Vater und Mr. Harvey breiteten die Laken über die gewölbte Kuppel und verankerten sie entlang des durch die Querhölzer geformten Quadrats, das die gezackten Pfähle miteinander verband. Dann hängten sie die restlichen Laken so an die Querhölzer, dass ihre Säume den Boden berührten.

Bis sie fertig waren, lag der Schnee weich auf den verhüllten Holzbögen. Er füllte die Hohlräume im Hemd meines Vaters aus und bildete einen Streifen auf dem Rand seines Gürtels. Ich empfand schmerzliche Sehnsucht. Mir wurde klar, dass ich mich nie wieder mit Holiday in den Schnee stürzen, nie Lindsey auf einem Schlitten anschieben, nie wider besseres Wissen meinem Bruder beibringen würde, wie er den Schnee zusammendrücken musste, indem er ihn in seine Handfläche presste. Ich stand allein in einem Meer aus bunten Blütenblättern. Auf Erden rieselten die Schneeflocken sacht und makellos, ein herabfallender Vorhang.

Mr. Harvey stand in dem Zelt und stellte sich vor, wie die jungfräuliche Braut einem Angehörigen der Imezzureg auf einem Kamel überbracht wurde. Als mein Vater sich ihm zuwandte, hob Mr. Harvey die Hand. »Das reicht jetzt«, sagte er. »Warum gehen Sie nicht nach Hause?«

Für meinen Vater war die Zeit gekommen, sich zu überlegen, was er sagen sollte. Doch alles, was ihm einfiel, war dies: »Susie«, flüsterte er, die zweite Silbe peitschend wie eine Schlange.

»Wir haben gerade ein Zelt aufgebaut«, sagte Mr. Harvey. »Die Nachbarn haben uns gesehen. Wir sind jetzt Freunde.«

»Sie wissen etwas«, sagte mein Vater.

»Gehen Sie nach Hause. Ich kann Ihnen nicht helfen.«

Mr. Harvey lächelte nicht und trat auch keinen Schritt vor. Er zog sich in das Brautzelt zurück und ließ das letzte monogrammbestickte weiße Baumwolllaken zu Boden fallen.

5

Ein Teil von mir wünschte sich schnelle Rache, wollte, dass mein Vater sich in den Mann verwandelte, der er nie hätte sein können – einen Mann, der in seiner Wut gewalttätig wurde. So sieht man es in Filmen, das passiert in Büchern, die man liest. Ein Jedermann greift zur Pistole oder zum Messer und stellt den Mörder seiner Familie; er macht ihnen den Charles Bronson, und alle jubeln.

Wie es *wirklich* war:

Er stand jeden Tag auf. Ehe der Schlaf sich verflüchtigte, war er derjenige, der er früher gewesen war. Dann, während sein Bewusstsein erwachte, war es, als sickerte Gift in ihn ein. Zuerst konnte er nicht einmal aufstehen. Er lag da unter einer schweren Last. Doch schließlich konnte nur Bewegung ihn retten, und er bewegte sich und bewegte sich und bewegte sich, und keine Bewegung reichte aus, um es wieder gutzumachen. Das Schuldgefühl, die Hand Gottes, die sich auf ihn presste und sagte: *Du warst nicht da, als deine Tochter dich brauchte.*

Als mein Vater zu Mr. Harvey ging, hatte meine Mutter im Flur neben der Statue des heiligen Franz von Assisi gesessen, die sie gekauft hatten. Sie war fort, als er zurückkam. Er rief nach ihr, sagte ihren Namen dreimal, sprach ihn aus wie einen Wunsch, der nicht erfüllt wurde, und dann stieg er die Treppe zu seinem Arbeitszimmer hinauf, um sich in einem kleinen Heft mit Spiralbindung Dinge zu notieren: »Alkoholiker? Mach ihn betrunken. Vielleicht redet er dann.« Er schrieb folgenden Text: »Ich glaube, Susie beobachtet mich.« Ich war ekstatisch im Himmel. Ich umarmte Holly, ich umarmte Franny. Mein Vater wusste Bescheid, dachte ich.

Dann knallte Lindsey die Haustür lauter zu als sonst, und mein Vater war froh über den Lärm. Er hatte Angst davor, mit seinen Notizen fortzufahren, die Wörter niederzuschreiben. Die zuknallende Tür ließ den seltsamen Nachmittag verklingen, den er zugebracht hatte, und holte ihn in die Gegenwart zurück, in die Aktivität, die er brauchte, damit er nicht unterging. Ich verstand das – was nicht heißt, dass es mich nicht ärgerte, dass es mich nicht daran erinnerte, wie ich am Abendbrottisch gesessen und Lindsey zugehört hatte, die meinen Eltern erzählte, wie gut sie bei einer Klassenarbeit abgeschnitten hatte oder dass die Geschichtslehrerin sie für eine Auszeichnung auf Bezirksebene vorschlagen wollte, aber Lindsey lebte, und auch die Lebenden verdienten Aufmerksamkeit.

Sie trampelte die Stufen hoch. Ihre Clogs krachten gegen die Kiefernholzbretter der Treppe und ließen das Haus erzittern.

Vielleicht missgönnte ich ihr die Zuwendung meines Vaters, doch ich hatte Respekt davor, wie sie die Situation handhabte. Von allen in der Familie war es Lindsey, die sich mit dem herumschlagen musste, was Holly das Wandelnde-Tote-Syndrom nannte – wenn andere Menschen die tote Person sehen und nicht dich.

Wenn die Leute, selbst mein Vater und meine Mutter, Lindsey ansahen, erblickten sie mich. Sogar Lindsey war nicht immun dagegen. Sie mied Spiegel. Sie duschte inzwischen im Dunkeln.

Danach verließ sie die dunkle Dusche und tastete sich zum Handtuchhalter vor. Im Dunkeln war sie sicher – der feuchte Dampf aus der Dusche, der noch von den Fliesen aufstieg, hüllte sie ein. Wenn es still war im Haus oder sie von unten Gemurmel hörte, wusste sie, dass sie ungestört sein würde. Dann konnte sie an mich denken, und das tat sie in zwei Varianten: entweder dachte sie *Susie*, nur das eine Wort, und weinte dabei, ließ die Tränen ihre bereits feuchten Wangen hinabrollen, da sie wusste, keiner würde sie sehen, keiner würde diese gefährliche Substanz als Kummer werten, oder sie stellte sich vor, wie ich wegrannte, stellte sich vor, dass ich entkam, stellte sich vor, dass stattdessen sie festgehalten wurde und sich zur Wehr setzte, bis sie frei war. Sie kämpfte gegen die ständige Frage an *Wo ist Susie jetzt?*

Mein Vater hörte Lindsey in ihrem Zimmer. Rumms, wurde die Tür zugeschlagen. Plumps, wurden die Bücher hingeworfen. Quietsch, fiel sie aufs Bett. Bumm, bumm, landeten ihre Clogs auf dem Fußboden. Ein paar Minuten später stand er vor ihrer Tür.

»Lindsey«, sagte er beim Anklopfen.

Keine Reaktion.

»Lindsey, darf ich reinkommen?«

»Geh weg«, war ihre resolute Antwort.

»Ach, Schatz«, flehte er.

»Geh weg!«

»Lindsey«, sagte mein Vater und sog den Atem ein, »warum willst du mich nicht reinlassen?« Er legte seine Stirn behutsam an die Tür. Das Holz fühlte sich kühl an, und einen Augenblick lang vergaß er das Pochen in seinen Schläfen, den Verdacht, den er mittlerweile hegte und der sich in den Worten *Harvey, Harvey, Harvey* wiederholte.

Auf Socken kam Lindsey leise an die Tür. Sie schloss sie auf, während mein Vater eine Miene aufsetzte, die, wie er hoffte, »Lauf nicht weg« ausdrückte.

»Was ist?«, fragte sie. Ihr Gesicht war streng, ein Affront. »Was gibt's?«

»Ich will wissen, wie es dir geht«, sagte er. Er dachte an den Vorhang, der zwischen ihm und Mr. Harvey gefallen, dass eine sichere Beute, das herrliche Abschieben von Verantwortung, ihm nicht vergönnt gewesen war. Die Mitglieder seiner Familie liefen weiter durch die Straßen, gingen zur Schule und kamen auf ihrem Weg an Mr. Harveys grünem Schindelhaus vorbei. Damit wieder Blut in sein Herz strömte, brauchte er sein Kind.

»Ich möchte allein sein«, sagte Lindsey. »Ist das nicht offensichtlich?«

»Ich bin da, wenn du mich brauchst«, sagte er.

»Hör mal, Dad«, sagte meine Schwester, ihr einziges Zugeständnis an ihn, »ich werde allein damit fertig.«

Was sollte er damit anfangen? Er hätte die Regeln verletzen und sagen können: »Aber ich nicht, ich kann nicht, lass mich nicht damit allein«, doch er stand eine Sekunde lang da und zog sich dann zurück. »Ich verstehe«, sagte er lieber, obgleich das nicht stimmte.

Ich hätte ihn am liebsten emporgehoben, wie bei den Statuen, die ich in kunstgeschichtlichen Büchern gesehen hatte. Eine Frau, die einen Mann emporhebt. Die Rettung einmal umgekehrt. Die Tochter, die zum Vater sagt: »Es ist alles in Ordnung. Du bist okay. Ich werde nicht zulassen, dass irgendetwas wehtut.«

Stattdessen beobachtete ich, wie er Len Fenerman anrief.

In jenen ersten Tagen waren die Polizisten fast ehrerbietig. Vermisste, tote Mädchen kamen in den Vororten nicht oft vor. Als aber keine Hinweise darauf eingingen, wo mein Leichnam war oder wer mich getötet hatte, wurde die Polizei nervös. Es gab ein zeitliches Fenster, innerhalb dessen üblicherweise konkrete Indizien gefunden wurden; dieses Fenster wurde jeden Tag kleiner.

»Ich möchte nicht irrational klingen, Detective Fenerman«, sagte mein Vater.

»Len, bitte.« Unter der Ecke seines Dienstbuchs klemmte das Schulfoto, das Len Fenerman von meiner Mutter entgegengenommen hatte. Er hatte bereits gewusst, dass ich tot war, bevor es jemand aussprach.

»Ich bin sicher, dass es in der Nachbarschaft einen Mann gibt, der etwas weiß«, sagte mein Vater. Er starrte aus dem Fenster seines Arbeitszimmers im Obergeschoss auf das Maisfeld. Der Besitzer hatte der Presse mitgeteilt, er würde es fürs Erste brachliegen lassen.

»Wer ist es, und wie kommen Sie zu der Annahme?«, fragte Len Fenerman. Er holte einen abgekauten Bleistiftstummel aus dem vordersten Metallfach seiner Schreibtischschublade.

Mein Vater erzählte ihm von dem Zelt, davon, dass Mr. Harvey gesagt hatte, er solle nach Hause gehen, wie er meinen Namen genannt hatte, wie seltsam die Nachbarn Mr. Harvey fänden, der keine regelmäßige Arbeit und keine Kinder hatte.

»Ich überprüfe das«, sagte Len Fenerman, weil er es musste. Das war die Rolle, die er in dem Stück spielte. Doch mein Vater hatte ihm wenig oder nichts geboten, mit dem er etwas anfangen konnte. »Reden Sie mit niemandem darüber und halten Sie sich von ihm fern«, warnte Len.

Als mein Vater den Hörer auflegte, fühlte er sich merkwürdig leer. Ausgelaugt öffnete er die Tür seines Arbeitszimmers und schloss sie leise hinter sich. Im Flur rief er zum zweiten Mal den Namen meiner Mutter: »Abigail.«

Sie war unten im Bad und naschte von den Makronen, die die Firma meines Vaters uns immer zu Weihnachten schickte. Sie aß sie gierig; sie waren wie strahlend platzende Sonnen in ihrem Mund. In dem Sommer, in dem sie mit mir schwanger war, trug sie ständig dasselbe baumwollene Umstandskleid, weil sie sich weigerte, Geld für ein zweites auszugeben, und aß, so viel sie wollte, wobei sie sich den Bauch rieb und »Danke, Baby« sagte, während ihr Schokolade auf die Brüste kleckerte.

Es klopfte ganz unten an der Tür.

»Momma?« Sie stopfte die Makronen wieder in das Medizinschränkchen und schluckte herunter, was sie noch im Mund hatte.

»Momma?«, wiederholte Buckley. Seine Stimme klang schläfrig.

»*Mommmmm-maa!*«

Sie verabscheute das Wort.

Als meine Mutter die Tür aufmachte, klammerte mein kleiner Bruder sich an ihre Knie. Buckley presste sein Gesicht in das Fleisch über ihnen.

Mein Vater hörte Schritte und ging in die Küche, wo er auf meine Mutter traf. Gemeinsam suchten sie Trost darin, sich Buckleys anzunehmen.

»Wo ist Susie?«, fragte Buckley, während mein Vater Nusskrem auf Weißbrot strich. Er machte drei Scheiben. Eine für sich, eine für meine Mutter und eine für seinen vierjährigen Sohn.

»Hast du dein Spiel weggeräumt?«, fragte mein Vater Buckley und wunderte sich darüber, dass er darauf bestand, das Thema gerade bei der Person zu meiden, die es offen ansprach.

»Was ist mit Mommy los?«, fragte Buckley. Zusammen schauten sie meine Mutter an, die in das trockene Spülbecken starrte.

»Hättest du Lust, diese Woche in den Zoo zu gehen?«, fragte mein Vater. Er hasste sich selbst dafür. Hasste die Bestechung und den neckischen Ton – die Täuschung. Aber wie sollte er seinem Sohn erzählen, dass seine große Schwester vielleicht irgendwo zerstückelt lag?

Doch Buckley hörte das Wort *Zoo* und alles, was es bedeutete – für ihn hauptsächlich *Affen!* –, und er begab sich einen weiteren Tag lang auf den schwankenden Pfad des Vergessens. Der Schatten der Jahre lastete nicht so schwer auf seinem kleinen Körper. Er wusste, dass ich nicht da war, aber wenn Menschen fortgingen, kamen sie immer zurück.

Als Len Fenerman in der Nachbarschaft von Tür zu Tür gegangen war, hatte er bei George Harvey nichts Bemerkenswertes festgestellt. Mr. Harvey war ein allein stehender Mann, der, so hieß es, mit seiner Frau hatte einziehen wollen. Sie war kurz zuvor gestorben. Er baute Puppenhäuser für Spezialgeschäfte und war ein Einzelgänger. Das war alles, was die anderen wussten. Obwohl nicht gerade Freundschaften mit ihm gediehen waren, hatte er stets das Mitgefühl seiner Nachbarn gehabt. Jedes Einfamilienhaus enthielt eine Geschichte. Besonders Len Fenerman erschien diejenige von George Harvey unwiderstehlich.

Nein, meinte Harvey, er kenne die Salmons nicht gut. Habe die Kinder gesehen. Jeder wisse, wer Kinder hatte und wer nicht, bemerkte er mit ein bisschen nach links gesenktem Kopf. »Man kann die Spielsachen im Garten sehen. Die Häuser wirken immer lebendiger«, sagte er mit verklingender Stimme.

»Ich habe gehört, dass Sie kürzlich ein Gespräch mit Mr. Salmon geführt haben«, sagte Len bei seinem zweiten Besuch in dem dunkelgrünen Haus.

»Ja, stimmt irgendwas nicht?«, fragte Mr. Harvey. Er blinzelte Len an, musste dann aber innehalten. »Lassen Sie mich meine Brille holen«, sagte er. »Ich habe gerade an einigen Details von einem Zweiten Empire gearbeitet.«

»Zweitem Empire?«, fragte Len.

»Jetzt, wo meine Weihnachtsbestellungen raus sind, kann ich experimentieren«, sagte Mr. Harvey. Len folgte ihm nach hinten, wo ein Esstisch an die Wand geschoben war. Darauf waren Dutzende kleiner Streifen von etwas, das wie eine Miniaturtäfelung aussah, aufgereiht.

Ein bisschen sonderbar, dachte Fenerman, *aber das macht ihn noch nicht zum Mörder.*

Mr. Harvey holte seine Brille und wurde gleich offener. »Ja, Mr. Salmon kam auf einem seiner Spaziergänge vorbei und half mir, das Brautzelt aufzubauen.«

»Das Brautzelt?«

»Ich mache jedes Jahr etwas für Leah«, sagte er. »Meine Frau. Ich bin Witwer.«

Len hatte das Gefühl, er dränge sich in die Privatrituale des Mannes. »Das habe ich gehört«, sagte er.

»Ich finde es schrecklich, was mit dem Mädchen passiert ist«, sagte Mr. Harvey. »Ich habe versucht, das Mr. Salmon zu verstehen zu geben. Aber ich weiß aus Erfahrung, dass in einer Zeit wie dieser nichts hilft.«

»Sie errichten dieses Zelt also jedes Jahr?«, fragte Len Fenerman. Das war etwas, das er sich von Nachbarn bestätigen lassen konnte.

»Sonst habe ich es immer drinnen aufgebaut, aber dieses Jahr wollte ich es draußen versuchen. Wir haben im Winter geheiratet. Bis es anfing zu schneien, dachte ich, es würde klappen.«

»Wo drinnen?«

»Im Keller. Ich kann es Ihnen zeigen, wenn Sie wollen. Ich habe immer noch Leahs ganze Sachen da unten.«

Doch Len verfolgte die Angelegenheit nicht weiter.

»Ich habe Sie genug belästigt«, sagte er. »Ich wollte nur noch ein zweites Mal die Nachbarn befragen.«

»Wie geht Ihre Untersuchung voran?«, fragte Mr. Harvey. »Haben Sie schon was gefunden?«

Len mochte solche Fragen nicht, obgleich sie wohl das Recht der Menschen waren, in deren Leben er sich drängte.

»Manchmal glaube ich, die Hinweise finden ihren eigenen Weg«, sagte er. »Das heißt, wenn sie gefunden werden wollen.« Es war eine kryptische, irgendwie konfuzianische

Antwort, aber sie tat ihre Wirkung bei fast jedem Zivilisten.

»Haben Sie mit dem Ellis-Jungen geredet?«, fragte Mr. Harvey.

»Wir haben mit der Familie gesprochen.«

»Er hat hier im Viertel Tiere gequält, habe ich gehört.«

»Er ist mit Sicherheit ein übler Bursche«, sagte Len, »aber er hat die ganze Zeit über im Einkaufszentrum gearbeitet.«

»Zeugen?«

»Ja.«

»Sonst fällt mir auch nichts ein«, sagte Mr. Harvey. »Ich wünschte, ich könnte mehr tun.«

Len hatte das Gefühl, dass er aufrichtig war.

»Er ist zweifellos ein schräger Vogel«, sagte Len, als er meinen Vater anrief, »aber ich habe nichts gegen ihn in der Hand.«

»Was hat er denn über das Zelt gesagt?«

»Dass er es für Leah, seine Frau, aufgebaut hat.«

»Ich erinnere mich, dass Mrs. Stead Abigail erzählt hat, seine Frau habe Sophie geheißen«, sagte mein Vater.

Len überprüfte seine Notizen. »Nein, Leah. Ich hab es mir aufgeschrieben.«

Mein Vater zweifelte an sich selbst. Woher hatte er den Namen Sophie? Er wusste genau, dass er ihn ebenfalls gehört hatte, doch das war Jahre her, bei einem Straßenfest, wo in den Geschichten, die die Leute erzählten, um gute Nachbarn zu sein, die Namen von Kindern und Ehefrauen umherschwirrten wie Konfetti und das Bekanntmachen mit Säuglingen und Fremden zu vage gewesen war, um sich am nächsten Tag noch daran zu erinnern.

Allerdings erinnerte er sich, dass Mr. Harvey nicht auf das Straßenfest gekommen war. Er war noch nie auf einem gewesen. Das war nach den Maßstäben vieler im Viertel, nicht aber nach den Maßstäben meines Vaters, seiner Sonderlichkeit zuzuschreiben. Er hatte sich bei diesen gezwungenen Bemühungen um Geselligkeit selbst nie so ganz wohl gefühlt.

Mein Vater schrieb »Leah?« in sein Heft. Dann schrieb er: »Sophie?« Ohne es zu wissen, hatte er mit einer Auflistung der Toten begonnen.

Am Weihnachtstag wäre es für meine Familie im Himmel angenehmer gewesen. Weihnachten wurde in meinem Himmel weitgehend ignoriert. Manche Menschen kleideten sich ganz in Weiß und gaben vor, Schneeflocken zu sein, aber abgesehen davon – nichts.

An diesem Weihnachtstag kam Samuel Heckler zu einem unerwarteten Besuch bei uns vorbei. Er war nicht gekleidet wie eine Schneeflocke. Er trug die Lederjacke seines älteren Bruders und ein Paar schlecht sitzende Armeehosen.

Mein Bruder war mit seinen Spielsachen im Vorderzimmer. Meine Mutter war froh, dass sie die Geschenke für ihn schon früh eingekauft hatte. Lindsey bekam Handschuhe und kirschrotes Lipgloss. Mein Vater kriegte fünf weiße Taschentücher, die sie vor Monaten per Post bestellt hatte. Bis auf Buckley wünschte sich sowieso keiner etwas. An den Tagen vor Weihnachten wurde die Lichterkette am Baum nicht eingestöpselt. Nur die Kerze, die mein Vater im Fenster seines Arbeitszimmers stehen hatte, brannte. Er zündete sie nach Einbruch der Dunkelheit an, aber meine Mutter und meine Geschwister gingen nach vier Uhr nicht mehr aus dem Haus. Nur ich sah sie.

»Draußen ist ein Mann!«, rief mein Bruder. Er hatte Wolkenkratzer gespielt, und der musste noch einstürzen. »Er hat einen Koffer.«

Meine Mutter ließ ihren Eierflip in der Küche stehen

und ging nach vorn. Lindsey ertrug, was alle Feiertage erforderten: ihre obligatorische Anwesenheit im Wohnzimmer. Sie und mein Vater spielten Monopoly, wobei sie, sich gegenseitig zum Gefallen, die brutaleren Felder ignorierten. Es gab keine Zusatzsteuer, und eine schlechte Ereignisfeldkarte wurde nicht anerkannt.

Im Hausflur strich meine Mutter mit den Händen über ihren Rock. Sie stellte Buckley vor sich und legte ihm die Hände auf die Schultern.

»Warte, bis der Mann anklopft«, sagte sie.

»Vielleicht ist es Reverend Strick«, sagte mein Vater zu Lindsey und sammelte seine fünfzehn Dollar ein, die er als zweiten Preis in einem Schönheitswettbewerb gewonnen hatte.

»Hoffentlich nicht, um Susies willen«, äußerte Lindsey.

Mein Vater hielt sich daran fest, dass meine Schwester meinen Namen sagte. Sie würfelte zweimal und rückte auf die Badstraße vor.

»Das sind vierundzwanzig Dollar«, sagte mein Vater, »aber gib mir zehn.«

»Lindsey«, rief meine Mutter. »Besuch für dich.«

Mein Vater schaute zu, wie meine Schwester aufstand und das Zimmer verließ. Wir schauten beide zu. Ich blieb bei meinem Vater sitzen. Ich war der Geist auf dem Spielbrett. Er starrte auf den kleinen Schuh, der in der Schachtel auf der Seite lag. Wenn ich ihn nur hätte aufheben und dazu bringen können, von der Schlossallee zur Seestraße zu hüpfen, wo meiner Meinung nach die besseren Menschen wohnten. »Das findest du doch nur, weil du ein Lila-Freak bist«, sagte Lindsey dazu. Und mein Vater meinte: »Ich bin stolz darauf, dass ich keinen Snob großgezogen habe.«

»Bahnhöfe, Susie«, sagte er. »Du hast immer gern die Bahnhöfe gehabt.«

Um seinen spitzen Haaransatz zu betonen und seinen

Wirbel zu zähmen, bestand Samuel Heckler darauf, sich das Haar glatt nach hinten zu kämmen. Dadurch sah er, dreizehn und in schwarzes Leder gekleidet, aus wie ein halbwüchsiger Vampir.

»Frohe Weihnachten, Lindsey«, sagte er zu meiner Schwester und streckte ihr ein kleines, in blaues Papier eingewickeltes Päckchen entgegen.

Ich konnte sehen, wie es geschah: Lindseys Körper fing an, sich zu verknoten. Sie versuchte angestrengt, jeden auszuschließen, jeden, aber Samuel Heckler fand sie süß. Ihr Herz wurde zermahlen, wie die Zutat in einem Rezept, und unabhängig von meinem Tod war sie dreizehn, er war süß, und er stattete ihr am Weihnachtstag einen Besuch ab.

»Ich habe gehört, du bist als begabt eingestuft worden«, sagte er, weil keiner sprach. »Ich auch.«

Das erinnerte meine Mutter daran, ihre Autopilot-Gastgeberin-Funktion einzuschalten. »Möchtest du dich nicht hinsetzen?«, brachte sie hervor. »Ich habe Eierflip in der Küche.«

»Das wäre wunderbar«, sagte Samuel Heckler und bot meiner Schwester zu ihrem und meinem Erstaunen seinen Arm.

»Was ist das?«, fragte Buckley, der hinterhertrottete, und zeigte auf das, was er für einen Reisekoffer hielt.

»Ein Alt«, sagte Samuel Heckler.

»Was?«, fragte Buckley.

Da sprach Lindsey. »Samuel spielt Altsaxofon.«

»Ein bisschen«, sagte Samuel.

Mein Bruder erkundigte sich nicht, was ein Saxofon sei. Er wusste, wie Lindsey drauf war. Sie machte einen auf, wie ich es nannte, hochnäsig-bräsig, also »Keine Sorge, Buckley, Lindsey macht einen auf hochnäsig-bräsig.« Meistens kitzelte ich ihn, wenn ich das Wort sagte, und grub mich manchmal mit dem Kopf in seinen Bauch, stupste ihn und sagte immer wieder »hochnäsig-bräsig«, bis sein trillerndes Lachen mich überflutete.

Buckley folgte den dreien in die Küche und fragte, wie er es mindestens einmal täglich tat: »Wo ist Susie?«

Sie schwiegen. Samuel blickte Lindsey an.

»Buckley«, rief mein Vater aus dem Nebenzimmer, »komm und spiel Monopoly mit mir.«

Mein Bruder war noch nie aufgefordert worden, Monopoly zu spielen. Alle meinten, er sei zu klein, aber das war eben der Zauber von Weihnachten. Er stürzte ins Wohnzimmer, und mein Vater hob ihn hoch und setzte ihn auf seinen Schoß.

»Siehst du diesen Schuh?«, sagte mein Vater.

Buckley nickte.

»Ich möchte, dass du gut zuhörst, was ich über ihn sage, okay?«

»Susie?«, fragte mein Bruder, der die beiden irgendwie miteinander verband.

»Ja, ich erzähle dir jetzt, wo Susie ist.«

Ich begann oben im Himmel zu weinen. Was hätte ich sonst tun sollen?

»Dieser Schuh war die Figur, mit der Susie Monopoly gespielt hat«, sagte er. »Ich spiele mit dem Auto oder manchmal mit der Schubkarre. Lindsey spielt mit dem Bügeleisen, und wenn deine Mutter mitspielt, nimmt sie gern die Kanone.«

»Ist das ein Hund?«

»Ja, das ist ein Scotchterrier.«

»Meiner!«

»Okay«, sagte mein Vater. Er war geduldig. Er hatte eine Möglichkeit gefunden, es zu erklären. Er hielt seinen Sohn auf dem Schoß, und während er sprach, spürte er Buckleys kleinen Körper auf seinem Knie – sein sehr menschliches, sehr warmes, sehr lebendiges Gewicht. Es tröstete ihn. »Von jetzt an ist der Scotchterrier deine Figur. Welche Figur war noch mal Susies?«

»Der Schuh«, sagte Buckley.

»Genau, und ich bin das Auto, deine Schwester ist das Bügeleisen, und deine Mutter ist die Kanone.«

Mein Bruder konzentrierte sich angestrengt.

»Jetzt legen wir mal alle Figuren aufs Brett, ja? Das kannst du für mich übernehmen.«

Buckley griff sich eine Faust voll Figuren und dann noch eine, bis sie alle zwischen den Ereignis- und den Gemeinschaftskarten lagen.

»Tun wir mal so, als wären die anderen Figuren Freunde von uns.«

»So wie Nate?«

»Genau, dein Freund Nate ist jetzt mal der Hut. Und das Brett ist die Welt. Wenn ich dir nun sage, dass, wenn ich würfele, eine der Figuren weggenommen wird, was würde das bedeuten?«

»Dass sie nicht mehr mitspielen darf?«

»Genau.«

»Warum nicht?«, fragte Buckley.

Er schaute zu meinem Vater empor; mein Vater zuckte zurück.

»Warum nicht?«, fragte Buckley noch einmal.

Mein Vater wollte nicht »Weil das Leben ungerecht ist« sagen oder »So ist es eben«. Er wollte etwas Gefälliges, etwas, das einem Vierjährigen den Tod erklärte. Er legte Buckley seine Hand aufs Kreuz.

»Susie ist tot«, sagte er jetzt, unfähig, die Tatsache in irgendwelche Spielregeln einzubauen. »Weißt du, was das heißt?«

Buckley streckte seine Hand aus und bedeckte den Schuh damit. Er guckte hoch, um zu sehen, ob seine Antwort richtig war.

Mein Vater nickte. »Du wirst Susie nie mehr sehen, Schatz. Keiner von uns wird das.« Mein Vater weinte. Buckley schaute unserem Vater in die Augen und begriff nicht ganz.

Buckley bewahrte den Schuh auf seiner Kommode auf, bis er eines Tages nicht mehr da war und auch noch so ausgiebiges Suchen ihn nicht zu Tage förderte.

In der Küche machte meine Mutter den Eierflip fertig und entschuldigte sich dann. Sie ging ins Esszimmer und zählte Besteck, indem sie die drei verschiedenen Gabelsorten, die Messer und die Löffel systematisch vor sich ausbreitete, »wie die Orgelpfeifen«; so hatte man es ihr in Wanamakers Brautgeschäft beigebracht, ehe ich geboren wurde. Sie sehnte sich nach einer Zigarette und danach, dass ihre Kinder, die am Leben waren, für ein Weilchen verschwänden.

»Willst du dein Geschenk nicht aufmachen?«, fragte Samuel Heckler meine Schwester.

Sie standen an der Küchentheke, an den Geschirrspüler und die Schubladen gelehnt, die Servietten und Handtücher enthielten. Im Zimmer zu ihrer Rechten saßen mein Vater und mein Bruder; auf der anderen Seite der Küche dachte meine Mutter Wedgwood Florentine, Cobalt Blue; Royal Worcester, Mountbatten; Lenox, Eternal.

Lindsey lächelte und zog an der weißen Schleife auf der Schachtel.

»Die Schleife hat meine Mom für mich gebunden«, sagte Samuel Heckler.

Sie riss das blaue Papier von dem schwarzen Samtkästchen. Vorsichtig nahm sie es in die Hand, sobald das Papier ab war. Im Himmel war ich freudig erregt. Wenn Lindsey und ich Barbie spielten, heirateten Barbie und Ken mit sechzehn. Für uns gab es nur eine wahre Liebe im Leben;

mit Kompromissen oder Neuversuchen hatten wir nichts im Sinn.

»Mach es auf«, sagte Samuel Heckler.

»Ich hab Angst.«

»Brauchst du nicht.«

Er legte ihr seine Hand auf den Unterarm, und – wow! – was ich dabei empfand! Lindsey hatte einen süßen Jungen bei sich in der Küche, Vampir oder nicht. Das war eine Neuigkeit, das war eine Schlagzeile – ich war plötzlich in alles eingeweiht. Sie hätte mir hiervon nie etwas erzählt.

Was die Schachtel enthielt, war typisch oder enttäuschend oder wunderbar, je nach Blickwinkel. Es war typisch, weil er ein dreizehnjähriger Junge war, oder es war enttäuschend, weil es kein Ehering war, oder es war wunderbar. Er hatte ihr ein halbes Herz geschenkt. Es war golden, und aus seinem Hukapoo-Hemd zog er die andere Hälfte. Sie hing ihm an einer Rohlederschnur um den Hals.

Lindseys Gesicht wurde rot; meins wurde oben im Himmel rot.

Ich vergaß meinen Vater im Wohnzimmer und meine Silber zählende Mutter. Ich sah, wie Lindsey auf Samuel Heckler zutrat. Sie küsste ihn; es war herrlich. Ich war beinahe wieder lebendig.

6

Zwei Wochen vor meinem Tod ging ich später aus dem Haus als üblich, und als ich die Schule erreichte, war das Asphaltrondell, wo die Schulbusse sonst noch verharrten, leer.

Ein Fluraufseher von der Disziplinarstelle schrieb einen

auf, wenn man versuchte, nach dem ersten Klingeln noch durch die Vordertür zu kommen, und ich wollte nicht während des Unterrichts per Lautsprecher aufgefordert werden, mich auf die harte Bank vor Mr. Peterfords Büro zu setzen, wo er mich, das war allgemein bekannt, übers Knie legen und mir das Hinterteil mit einem Brett versohlen würde. Er hatte den Lehrer, der fürs Werken zuständig war, gebeten, Löcher hineinzubohren, damit der Luftwiderstand beim Aufprall nicht so groß war und es stärker schmerzte, wenn es auf deinen Jeans landete.

Ich hatte mich nie so sehr verspätet oder sonst etwas so Schlimmes getan, dass ich mit dem Brett Bekanntschaft gemacht hätte, aber im Geiste sah ich es wie jeder andere Schüler so deutlich vor mir, dass mein Hintern jetzt schon brannte. Clarissa hatte mir erzählt, dass die Babykiffer, wie sie in der Junior High hießen, die Hintertür zur Theaterbühne benutzten, die von Cleo, der Hausmeisterin, die als Vollblutkifferin ohne Abschluss von der Schule abgegangen war, immer offen gelassen wurde.

Also schlich ich mich an diesem Tag in den Bereich hinter der Bühne und setzte meine Schritte vorsichtig, damit ich nicht über die diversen Schnüre und Kabel stolperte. Neben einem Gerüst blieb ich stehen und stellte meine Schultasche ab, um mir die Haare zu bürsten. Ich hatte mir angewöhnt, unser Haus mit der Glöckchenmütze zu verlassen und sie dann, sobald ich hinter dem Haus der O'Dwyers Deckung gefunden hatte, gegen eine alte, eng anliegende schwarze Strickmütze meines Vaters einzutauschen. Davon war mein Haar statisch aufgeladen, und so führte mich mein erster Gang meistens in die Mädchentoilette, wo ich es glatt bürstete.

»Du bist schön, Susie Salmon.«

Ich hörte die Stimme, konnte sie aber nicht gleich zuordnen. Ich schaute mich um.

»Hier«, sagte die Stimme.

Ich blickte nach oben und sah Kopf und Rumpf von Ray Singh über das Gerüst über meinem Kopf gebeugt.

»Hallo«, sagte er.

Ich wusste, dass Ray Singh in mich verknallt war. Er war im vorigen Jahr aus England hergezogen, doch Clarissa meinte, er sei in Indien geboren. Dass jemand das Gesicht eines Landes und die Stimme eines anderen haben und dann in ein drittes Land ziehen konnte, fand ich unglaublich. Dadurch war er in meinen Augen schon cool. Außerdem schien er achthundertmal intelligenter als wir übrigen, und er war verknallt in mich. Das, was ich schließlich als Affektiertheit erkannte – das Smokingjackett, das er manchmal in der Schule trug, und seine ausländischen Zigaretten, die in Wahrheit seiner Mutter gehörten –, hielt ich für den Beweis seiner besseren Kinderstube. Er wusste und sah Dinge, die wir anderen nicht sahen. Als er mich an jenem Morgen ansprach, plumpste mein Herz zu Boden.

»Hat es noch nicht geklingelt?«, fragte ich.

»Ich habe Morgenappell bei Mr. Morton«, sagte er. Das erklärte alles. Mr. Morton hatte immer einen Kater, der während des Morgenappells auf dem Höhepunkt war. Er kontrollierte die Anwesenheit der Schüler nie.

»Was machst du da oben?«

»Komm rauf und guck's dir an«, sagte er, Kopf und Schultern meinem Blick entziehend.

Ich zögerte.

»Los doch, Susie.«

Es war der einzige Tag in meinem Leben, an dem ich ein unartiges Mädchen war – oder zumindest so tat, als ob. Ich stellte meinen Fuß auf die unterste Sprosse des Gerüsts und streckte die Arme nach der ersten Querstrebe aus.

»Nimm dein Zeug mit«, riet Ray.

Ich holte meine Schultasche und kletterte dann unbeholfen nach oben.

»Komm, ich helfe dir«, sagte er und legte mir die Hände in die Achselhöhlen, was mich, obwohl ich meinen Winterparka anhatte, befangen machte. Ich setzte mich einen Moment hin und ließ meine Füße über den Rand baumeln.

»Zieh sie ein«, sagte er. »Damit uns keiner sieht.«

Ich tat, was er mir gesagt hatte, dann starrte ich ihn einen Augenblick lang an. Auf einmal kam ich mir blöd vor – ich wusste nicht, wieso ich eigentlich da war.

»Bleibst du den ganzen Tag hier oben?«, fragte ich.

»Nur, bis die Englischstunde vorbei ist.«

»Du schwänzt Englisch!« Es war, als ob er gesagt hätte, er habe eine Bank überfallen.

»Ich habe jedes Shakespeare-Stück gesehen, das die Royal Shakespeare Company aufgeführt hat«, sagte Ray. »Die alte Kuh kann mir nichts beibringen.«

Mrs. Dewitt tat mir Leid. Wenn es zum Unartigsein gehörte, Mrs. Dewitt eine alte Kuh zu nennen, machte ich nicht mit.

»Mir gefällt *Othello*«, wagte ich mich vor.

»So wie sie es unterrichtet, ist es gönnerhafter Quatsch. Eine Art *Reise-durch-das-Dunkel*-Version des Mohren.«

Ray war klug. Das sowie die Tatsache, dass er ein Inder aus England war, machte ihn in Norristown zum Marsmenschen.

»Der Typ in dem Film sah ziemlich dämlich aus mit seiner schwarzen Schminke«, sagte ich.

»Du meinst Sir Laurence Olivier.«

Ray und ich waren still. Still genug, um die Klingel zu hören, die das Ende des Morgenappells ankündigte, und dann, fünf Minuten später, die Klingel, die besagte, dass wir uns im Erdgeschoss zu Mrs. Dewitts Unterricht einfinden sollten. Mit jeder Sekunde, die nach diesem Klingelton verstrich, spürte ich, wie meine Haut sich mehr und mehr erhitzte und Rays Blicke immer weiter über meinen Körper schweiften, meinen königsblauen Parka in sich aufnahmen und den knallgrünen Minirock mit den passenden Danskin-Stumpfhosen. An den Füßen trug ich Stiefel mit einem Futter aus Schafspelzimitat, und die schmutzige synthetische Wolle quoll wie Tierinnereien über den Rand und aus den Nähten. Hätte ich gewusst, dass dies die Sexszene meines Lebens sein würde, hätte ich mich vielleicht ein bisschen darauf vorbereitet und neuen Lipgloss mit Erdbeer-Bananen-Geschmack aufgetragen.

Ich fühlte, wie Ray sich über mich beugte, und das Gerüst unter uns quietschte bei seiner Bewegung. *Er kommt aus England*, dachte ich. Seine Lippen kamen näher, das Gerüst wackelte. Mir war schwindlig, denn ich war dabei, in die Welle meines ersten Kusses einzutauchen, als wir beide etwas hörten. Wir erstarrten.

Ray und ich legten uns nebeneinander und starrten auf die Lampen und Kabel über uns. Einen Augenblick später öffnete sich die Bühnentür, und herein traten Mr. Peterford und Miss Ryan, die Kunstlehrerin, die wir an ihren Stimmen erkannten. Eine dritte Person war bei ihnen.

»Wir ergreifen diesmal noch keine disziplinarischen Maßnahmen, aber wenn du so weitermachst, werden wir es tun«, sagte Mr. Peterford. »Haben Sie das Material mitgebracht, Miss Ryan?«

»Ja.« Miss Ryan war von einer katholischen Schule an die Kennet gekommen und hatte das Fach Kunst von zwei Ex-Hippies übernommen, die gefeuert worden waren, als der Brennofen explodierte. Wir waren in unserem Kunstunterricht von wilden Experimenten mit geschmolzenen Metallen und dem Formen von Ton zum tagtäglichen

Zeichnen von Profilen hölzerner Figuren übergegangen, die sie zu Beginn jeder Stunde in steifen Positionen aufstellte.

»Ich habe nur die Aufgabe gemacht.« Es war Ruth Connors. Ich erkannte ihre Stimme und Ray auch. Wir hatten alle gemeinsam Englisch bei Mrs. Dewitt.

»Das hier«, sagte Mr. Peterford, »war bestimmt nicht die Aufgabe.«

Ray griff nach meiner Hand und drückte sie. Wir wussten, worüber sie sprachen. Die Fotokopie von einer von Ruths Zeichnungen hatte in der Bibliothek die Runde gemacht, bis sie bei einem Jungen am Zettelkatalog gelandet war, der von der Bibliothekarin damit ertappt wurde.

»Wenn ich mich nicht irre«, sagte Miss Ryan, »hatte das anatomische Modell keine Brüste.«

Die Zeichnung bildete eine liegende Frau mit gekreuzten Beinen ab. Und sie war keine Holzfigur, deren Gliedmaßen durch Drahthaken miteinander verbunden waren. Sie war eine richtige Frau, und ihre kohlefleckigen Augen – ob zufällig oder absichtlich – verliehen ihr einen lüsternen Gesichtsausdruck, dessen Anblick jeden Teenager entweder höchst unangenehm berührte oder sehr beglückte, vielen Dank.

»Das Holzmodell hat auch keine Nase und keinen Mund«, sagte Ruth, »und trotzdem haben Sie uns ermutigt, Gesichter einzuzeichnen.«

Wieder drückte Ray meine Hand.

»Das reicht, junge Dame«, sagte Mr. Peterford. »Es ist die liegende Position auf dieser Zeichnung, die den Nelson-Jungen dazu veranlasst hat, sie zu fotokopieren.«

»Ist das meine Schuld?«

»Ohne die Zeichnung gäbe es kein Problem.«

»Es ist also meine Schuld?«

»Ich möchte, dass du dir die Situation klarmachst, in die

dies die Schule bringt, und uns unterstützt, indem du das zeichnest, was Miss Ryan der Klasse aufträgt, und zwar ohne unnötige Ausschmückungen.«

»Leonardo da Vinci hat Leichname gezeichnet«, sagte Ruth leise.

»Verstanden?«

»Ja«, sagte Ruth.

Die Bühnentür ging auf und zu, und einen Moment darauf hörten Ray und ich Ruth weinen. Ray formte mit dem Mund die Worte *raus hier*, und ich kroch ans Ende des Gerüsts, wo ich meinen Fuß hinunterbaumeln ließ, um Halt zu finden.

Noch in derselben Woche sollte Ray mich an meinem Spind küssen. Es passierte nicht oben auf dem Gerüst, wie er es gewollt hatte. Unser einziger Kuss war wie ein Unfall – ein wunderschönes Schillern von Benzin.

Ich kletterte, Ruth den Rücken zuwendend, vom Gerüst. Sie bewegte oder versteckte sich nicht, schaute mich nur an, als ich mich umdrehte. Sie saß auf einer Holzkiste am hinteren Bühnenrand. Neben ihr hingen ein Paar alte Vorhänge. Sie beobachtete, wie ich auf sie zukam, wischte sich jedoch nicht die Augen ab.

»Susie Salmon«, sagte sie, einfach als Bestätigung. Die Möglichkeit, dass ich die erste Stunde schwänzte und mich in der Aula hinter der Bühne verbarg, war bis zu jenem Tag ebenso abwegig gewesen wie die, dass das gescheiteste Mädchen aus unserer Klasse vom Disziplinarbeauftragten angeschnauzt wurde.

Ich stand vor ihr, meine Mütze in der Hand.

»Das ist eine blöde Mütze«, sagte sie.

Ich hob die Glöckchenmütze hoch und sah sie an. »Ich weiß. Meine Mom hat sie gemacht.«

»Du hast also mitgehört?«

»Kann ich mal sehen?«

Ruth entfaltete die stark abgegriffene Kopie, und ich starrte sie an.

Mit einem blauen Kugelschreiber hatte Brian Nelson dort, wo die Beine der Frau gekreuzt waren, ein obszönes Loch gemalt. Ich wich zurück, und sie beobachtete mich. Ich konnte etwas in ihren Augen aufflackern sehen, eine Frage, und dann bückte sie sich und holte ein in schwarzes Leder gebundenes Skizzenheft aus ihrem Rucksack.

Die Zeichnungen darin waren wunderschön. Überwiegend von Frauen, aber auch von Tieren und Männern. So etwas hatte ich noch nie gesehen. Jede Seite war mit ihren Zeichnungen bedeckt. In dem Augenblick wurde mir klar, wie subversiv Ruth war, nicht, weil sie Bilder von nackten Frauen zeichnete, die von ihren Mitschülern missbraucht wurden, sondern weil sie talentierter war als ihre Lehrer. Sie war eine sehr stille Rebellin. Eigentlich ein hoffnungsloser Fall.

»Die sind wirklich gut, Ruth«, sagte ich.

»Danke«, erwiderte sie, und ich blätterte weiter die Seiten ihres Heftes um und sog sie in mich auf. Was sich auf diesen Zeichnungen unterhalb der schwarzen Linie des Bauchnabels befand – meine Mutter nannte es den »Babyherstellungs-Apparat« –, ängstigte und faszinierte mich zugleich.

Zu Lindsey sagte ich immer, ich wolle keins haben, und als ich zehn war, verbrachte ich fast ein halbes Jahr damit, jedem Erwachsenen, der zuhörte, mitzuteilen, dass ich beabsichtigte, mir die Eileiter durchtrennen zu lassen. Ich wusste nicht genau, was das bedeutete, doch ich wusste, dass es eine drastische Maßnahme war, die eine Operation erforderte, und mein Vater lachte laut darüber.

Ruth sah ich ab dem Tag nicht mehr als merkwürdig, sondern als etwas Besonderes an. Die Zeichnungen waren so gut, dass ich in dem Moment die Vorschriften der Schule vergaß, all die Klingeln und Trillerpfeifen, auf die wir als Kinder zu reagieren hatten.

Nachdem das Maisfeld abgesperrt, durchsucht und dann verlassen worden war, ging Ruth dort spazieren. Sie wickelte sich in einen breiten Wollschal von ihrer Großmutter und trug darüber die schäbige Matrosenjacke ihres Vaters. Sie stellte bald fest, dass die Lehrer in allen Fächern außer Sport sie nicht meldeten, wenn sie schwänzte. Sie waren froh darüber, sie nicht dabeizuhaben: Ihre Intelligenz machte sie zum Problem. Sie verlangte Aufmerksamkeit und trieb sie in ihren Lehrplänen an.

Und sie fing an, sich morgens von ihrem Vater mitnehmen zu lassen, um den Bus zu meiden. Er verließ sehr früh das Haus und nahm seine oben abgeschrägte Frühstücksdose aus rotem Blech mit, die sie, als sie klein war, als Stall für die Pferde ihrer Barbies hatte benutzen dürfen und in der er jetzt Bourbon versteckte. Bevor er sie auf dem leeren Parkplatz aussteigen ließ, hielt er seinen Laster an, ließ aber die Heizung laufen.

»Alles in Ordnung heute?«, fragte er dann immer.

Ruth nickte.

»Einen auf den Weg?«

Und ohne noch einmal zu nicken, reichte sie ihm die Dose. Er öffnete sie, schraubte das Bourbon-Fläschchen auf, nahm einen großen Schluck und gab es an sie weiter. Sie warf theatralisch den Kopf in den Nacken und drückte entweder die Zunge so an das Glas, dass nur sehr wenig Flüssigkeit in ihren Mund gelangte, oder nahm zusammenzuckend einen kleinen Schluck, wenn er sie beobachtete.

Sie rutschte aus der hohen Fahrerkabine. Es war kalt, bitterkalt, ehe die Sonne aufging. Dann fiel ihr etwas ein, das wir im Unterricht gelernt hatten: Menschen, die sich bewegen, ist es wärmer als Menschen in Ruhestellung. Also begann sie, in flottem Tempo direkt auf das Maisfeld zuzugehen. Sie redete mit sich selbst, und manchmal dachte sie an mich. Oft lehnte sie sich ein Weilchen an den Maschendrahtzaun, der den Fußballplatz von der Aschenbahn trennte, und schaute zu, wie die Welt um sie her zum Leben erwachte.

So trafen wir einander in jenen ersten Monaten jeden Morgen. Die Sonne stieg über dem Maisfeld auf, und Holiday, den mein Vater von der Leine gelassen hatte, kam, um zwischen den hohen, trockenen, verwelkten Maisstängeln Kaninchen zu jagen. Die Kaninchen liebten die gestutzten Rasenflächen der Sportplätze, und wenn Ruth sich näherte, sah sie, wie ihre dunklen Gestalten sich entlang der weißen Kreidestreifen der weit entfernten Spielfeldgrenzen aufreihten wie eine winzige Mannschaft. Ihr gefiel diese Vorstellung und mir auch. Sie glaubte, dass ausgestopfte Tiere sich nachts bewegen, wenn die Menschen schlafen. Sie dachte immer noch, in der Frühstücksdose ihres Vaters seien vielleicht Miniaturkühe und -schafe, die Zeit fänden, sich an dem Bourbon und der Mortadella zu laben.

Als Lindsey die Handschuhe von Weihnachten zwischen dem äußersten Rand des Fußballplatzes und dem Maisfeld für mich hinlegte, schaute ich eines Morgens hinunter und sah die Kaninchen Untersuchungen anstellen: Sie schnupperten an den Ecken der Handschuhe, die mit ihrer eigenen Verwandtschaft gefüttert waren. Dann sah ich, wie Ruth sie aufhob, ehe Holiday sie sich schnappte. Sie drehte einen Handschuh so um, dass das Fell herausschaute, und hielt ihn an ihre Wange. Sie blickte in den Himmel und sagte: »Danke.« Mir gefiel der Gedanke, dass sie mit mir sprach.

An diesen Vormittagen gewann ich Ruth lieb und hatte

das Gefühl, dass wir auf eine Weise, die wir uns auf den sich gegenüberliegenden Seiten des Dazwischen nie würden erklären können, dazu bestimmt waren, einander Gesellschaft zu leisten. Eigenartige Mädchen, die sich auf seltsamste Weise gefunden hatten – in dem Erschauern, das sie verspürt hatte, als ich sie streifte.

Ray ging, wie ich, morgens zu Fuß, da er am entlegenen Ende unserer Siedlung wohnte, die die Schule umgab. Er hatte Ruth Connors allein auf den Fußballplätzen herumwandern sehen. Seit Weihnachten war er den Weg zur und von der Schule so schnell gegangen, wie er konnte, und hatte sich nie lange aufgehalten. Er wünschte sich fast so sehr wie meine Eltern, dass mein Mörder gefasst würde. Bis dahin konnte Ray sich eines Rests von Verdacht nicht entledigen, trotz seines Alibis.

Er wählte einen Morgen, an dem sein Vater nicht in der Universität arbeiten würde, und füllte die Thermosflasche seines Vaters mit dem süßen Tee seiner Mutter. Er brach früh auf, um auf Ruth zu warten, und machte aus der Kugelstoßplattform aus Zement einen kleinen Lagerplatz, indem er sich auf den gebogenen Metallrand setzte, gegen den die Kugelstoßer ihre Füße stemmten.

Als er sie auf der anderen Seite des Maschendrahtzauns entlanglaufen sah, der die Schule vom Fußballplatz trennte, und innerhalb dessen sich der höchstgeschätzte aller Sportplätze befand – das Football-Feld –, rieb er sich die Hände und bereitete vor, was er sagen wollte. Sein Mut rührte diesmal nicht daher, dass er mich geküsst hatte – ein Ziel, das er sich ein ganzes Jahr, ehe er es erreichte, gesteckt hatte –, sondern daher, dass er, vierzehn Jahre alt, äußerst einsam war.

Ich schaute zu, wie Ruth in der Annahme, sie sei allein, sich dem Fußballplatz näherte. Aus einem alten Haus, das ihr Vater geräumt hatte, hatte er ihr etwas Besonderes mitgebracht, das zu ihrem neuen Hobby passte – eine Anthologie mit Gedichten. Sie drückte sie fest an sich.

Sie sah Ray aufstehen, als sie noch ein Stück entfernt war.

»Hallo, Ruth Connors!«, rief er und schwenkte die Arme.

Ruth sah zu ihm hinüber, und ihr fiel sein Name ein: Ray Singh. Viel mehr wusste sie allerdings nicht. Sie hatte das Gerücht gehört, dass die Polizei bei ihm gewesen sei, doch sie glaubte an das, was ihr Vater gesagt hatte – »Das hat kein Jugendlicher getan« –, und deshalb ging sie auf ihn zu.

»Ich habe Tee hier in meiner Thermoskanne«, sagte Ray. Oben im Himmel errötete ich an seiner Stelle. Er war intelligent, wenn es sich um *Othello* drehte, doch jetzt benahm er sich wie ein Depp.

»Nein, danke«, sagte Ruth. Sie stand in seiner Nähe, aber definitiv ein ganzes Stück weiter weg als üblich. Ihre Fingernägel pressten sich in den abgegriffenen Einband der Gedicht-Anthologie.

»Ich war auch da an dem Tag, als du hinter der Bühne mit Susie gesprochen hast«, sagte Ray. Er streckte ihr die Thermoskanne entgegen. Sie trat keinen Schritt näher und antwortete nicht.

»Susie Salmon«, erläuterte er.

»Ich weiß, wen du meinst«, sagte sie.

»Gehst du zur Trauerfeier?«

»Ich wusste nicht, dass eine stattfindet«, sagte sie.

»Ich glaube nicht, dass ich hingehe.«

Ich starrte angestrengt auf seine Lippen. Sie waren von der Kälte röter als sonst. Ruth machte einen Schritt vorwärts.

»Möchtest du Lippenbalsam?«, fragte Ruth.

Ray hob seine Wollhandschuhe an seinen Mund, wo sie sich kurz in der rissigen Oberfläche verfingen, die ich geküsst hatte. Ruth griff in die Tasche ihrer Matrosenjacke und holte ihren Lippenfettstift heraus. »Hier«, sagte sie, »ich habe Massen davon. Du kannst ihn behalten.«

»Das ist sehr nett«, sagte er. »Setzt du dich wenigstens zu mir, bis die Busse kommen?«

Sie saßen nebeneinander auf der zementenen Kugelstoßerplattform. Wieder sah ich etwas, das ich sonst nie gesehen hätte: die beiden zusammen. Das machte Ray attraktiver für mich, als er es je gewesen war. Seine Augen waren von einem ganz dunklen Grau. Als ich ihn vom Himmel aus beobachtete, zögerte ich nicht, mich in sie zu stürzen.

Es wurde ein Ritual für die beiden. An den Tagen, an denen sein Vater unterrichtete, brachte Ruth ihm in dem Fläschchen ihres Vaters ein wenig Bourbon mit; sonst tranken sie gesüßten Tee. Ihnen war eiskalt, doch das schien ihnen nichts auszumachen.

Sie redeten darüber, wie es war, in Norristown fremd zu sein. Sie lasen einander Gedichte aus Ruths Anthologie vor. Sie redeten über das, was sie werden wollten. Arzt im Falle von Ray. Malerin/Schriftstellerin im Falle von Ruth. Sie bildeten einen Klub aus den anderen Sonderlingen, die sie in unserer Klasse ausfindig machen konnten. Da waren die offenkundigen wie Mike Bayles, der so viel LSD genommen hatte, dass keiner begriff, wie er noch zur Schule gehen konnte, oder Jeremiah, der aus Louisiana kam und insofern ebenso sehr Ausländer war wie Ray. Dann gab es die stillen. Artie, der auf jeden erregt über die Auswirkungen von Formaldehyd einredete. Harry Orland, der so peinlich schüchtern war, dass er seine Turnhose über seinen Jeans trug. Und Vicki Kurtz, von der jeder dachte, es gehe ihr nach dem Tod ihrer Mutter wieder gut, die Ruth aber hinter dem Umspannwerk der Junior High in einem Bett aus Fichtennadeln hatte schlafen sehen. Und manchmal sprachen sie auch über mich.

»Es ist zu merkwürdig«, sagte Ruth. »Ich meine, wir sind seit der Vorschule in dieselbe Klasse gegangen, und trotzdem haben wir uns an dem Tag in der Aula hinter der Bühne zum ersten Mal angesehen.«

»Sie war großartig«, sagte Ray. Er dachte daran, wie unsere Lippen sich gestreift hatten, als wir allein in einer Reihe von Spinden standen. Wie ich mit geschlossenen Augen gelächelt hatte und dann beinahe weggerannt war. »Glaubst du, dass sie ihn kriegen?«

»Vermutlich. Weißt du, dass wir nur ungefähr hundert Meter von der Stelle entfernt sind, wo es passiert ist?«

»Ich weiß«, sagte er.

Sie saßen beide auf der dünnen Metalleinfassung, die den Kugelstoßern zum Abstemmen diente, und hielten Tee in ihren behandschuhten Händen. Das Maisfeld war zu einem Ort geworden, wo niemand mehr hinging. Wenn sich ein Ball vom Fußballplatz verirrte, nahm ein Junge die Herausforderung an, ihn herauszuholen. An diesem Morgen stach die Sonne direkt zwischen den toten Stängeln hindurch, während sie aufging, doch sie strahlte keine Wärme aus.

»Die habe ich hier gefunden«, sagte sie und zeigte auf die Lederhandschuhe.

»Denkst du jemals an sie?«, fragte er.

Sie waren wieder still.

»Dauernd«, sagte Ruth. Ein kalter Schauer lief mir den Rücken hinunter. »Manchmal denke ich, sie hat es gut, weißt du. Ich hasse es hier.«

»Ich auch«, sagte Ray. »Aber ich habe schon anderswo gelebt. Das hier ist nur eine vorübergehende Hölle, keine permanente.«

»Willst du damit sagen …«

»Sie ist im Himmel, falls du an so was glaubst.«

»Du nicht?«

»Ich glaube nicht, nein.«

»Ich schon«, sagte Ruth. »Ich meine nicht diesen Engel-mit-Flügeln-Quatsch, aber ich glaube, dass es einen Himmel gibt.«

»Ist sie glücklich?«

»Es ist schließlich der *Himmel*, oder?«

»Aber was heißt das?«

Der Tee war eiskalt, und es hatte bereits zum ersten Mal geklingelt. Ruth lächelte in ihren Becher. »Na ja, wie mein Dad sagen würde, heißt das, sie ist raus aus diesem Scheißloch.«

Als mein Vater bei Ray Singh an die Haustür klopfte, verschlug ihm Rays Mutter Ruana die Sprache. Es war nicht so, dass sie ihn sofort herzlich begrüßte, und sie war alles andere als heiter, doch irgendetwas an ihrem dunklen Haar und ihren grauen Augen und sogar die seltsame Art, wie sie von der Tür zurücktrat, sobald sie sie geöffnet hatte, überwältigte ihn.

Er hatte die beiläufigen Bemerkungen der Polizisten über sie gehört. Ihrer Meinung nach war sie kalt und arrogant, herablassend, eigenartig. Und so, hatte er sich vorgestellt, würde er sie vorfinden.

»Kommen Sie rein und setzen Sie sich«, hatte sie gesagt, als er seinen Namen nannte. Aus ihren Augen waren bei dem Wort *Salmon* offene statt geschlossene Eingänge geworden – in dunkle Räume, die er gern aus erster Hand kennen gelernt hätte.

Er verlor fast das Gleichgewicht, als sie ihn in das kleine, voll gestopfte Vorderzimmer ihres Hauses führte. Auf dem Boden lagen Bücher mit dem Rücken nach oben. Sie zogen sich in drei Reihen die Wand entlang. Sie trug einen gelben Sari und darunter etwas, das wie Caprihosen aus Goldlamé aussah. Ihre Füße waren nackt. Sie tappte über den Teppich und blieb vor der Couch stehen. »Was zu trinken?«, fragte sie, und er nickte.

»Was Warmes oder was Kaltes?«

»Was Warmes.«

Während sie um die Ecke in ein Zimmer abbog, das er nicht sehen konnte, setzte er sich auf die braun karierte Couch. Die Fenster ihm gegenüber, unter denen die Bücher aufgereiht waren, waren mit langen Musselingardinen verhängt, durch die das grelle Tageslicht von draußen nur mühsam einsickerte. Ihm war plötzlich sehr warm, und er hatte fast vergessen, warum er sich heute Morgen zweimal der Singhschen Adresse vergewissert hatte.

Ein Weilchen später, als mein Vater schon dachte, wie müde er sei und dass er meiner Mutter versprochen hatte, einige seit langem in der Reinigung bereitliegende Sachen abzuholen, kehrte Mrs. Singh mit Tee auf einem Tablett zurück und setzte es vor ihm auf dem Teppich ab.

»Wir haben nicht viele Möbel, fürchte ich. Dr. Singh hat noch keine Festanstellung.«

Sie ging in ein Nebenzimmer und kam mit einem lila Sitzkissen für sich selbst zurück, das sie ihm gegenüber auf den Boden legte.

»Dr. Singh ist Professor?«, fragte mein Vater, obgleich er das bereits wusste, mehr über diese wunderschöne Frau und ihr spärlich möbliertes Heim wusste, als ihm lieb war.

»Ja«, sagte sie und goss den Tee ein. Es war still. Sie hielt ihm eine Tasse hin, und als er sie nahm, sagte sie: »Ray war mit ihm zusammen an dem Tag, als Ihre Tochter ermordet wurde.«

Er wäre am liebsten in sie hineingestürzt.

»Aus dem Grund sind Sie ja wohl gekommen«, fuhr sie fort.

»Ja«, sagte er, »ich möchte mit ihm reden.«

»Er ist in der Schule«, sagte sie. »Das wissen Sie doch.«

Ihre Beine in den goldenen Hosen hatte sie seitlich eingeschlagen. Die Nägel ihrer Zehen waren lang und unlackiert, ihre Zehenspitzen schwielig vom jahrelangen Tanzen.

»Ich wollte vorbeikommen und Ihnen versichern, dass ich nichts gegen ihn habe«, sagte mein Vater. Ich beobachtete ihn. So hatte ich ihn noch nie gesehen. Die Wörter fielen aus ihm heraus wie Lasten, derer er sich entledigte, Rückstände an Verben und Substantiven, doch er schaute zu, wie sich ihre Füße an den graubraunen Teppich schmiegten und wie die kleine Pfützen des durch die Vorhänge gedämpften Lichts ihre rechte Wange berührte.

»Er hat nichts Böses getan und liebte Ihre kleine Tochter. Eine Schuljungenverliebtheit, aber trotzdem.«

Schuljungenverliebtheiten widerfuhren Rays Mutter ständig. Der Teenager, der die Zeitung lieferte, pflegte auf seinem Rad innezuhalten in der Hoffnung, dass sie in der Nähe der Tür wäre, wenn sie den *Philadelphia Inquirer* auf die Veranda knallen hörte. Dass sie herauskommen und, falls sie das tat, winken würde. Sie müsste nicht einmal lächeln, was sie außerhalb des Hauses auch selten tat – es waren ihre Augen, ihre Tänzerinnenhaltung, die Art und Weise, wie sie die kleinste Bewegung ihres Körpers zu erwägen schien.

Als die Polizisten kamen, waren sie auf der Suche nach einem Mörder in den dunklen Hausflur gestolpert, doch ehe Ray auch nur das Kopfende der Treppe erreichte, hatte Ruana sie so verwirrt, dass sie einwilligten, Tee zu trinken und sich auf seidene Kissen zu setzen. Sie hatten erwartet, dass sie in das gewohnheitsmäßige Geplapper verfallen würde, auf das sie bei allen attraktiven Frauen zählten, aber sie wurde immer ablehnender, je angestrengter sie versuchten, sich einzuschmeicheln, und sie stand aufrecht am Fenster, während sie ihren Sohn befragten.

»Ich bin froh, dass Susie so einen netten Jungen hatte«, sagte mein Vater. »Ich möchte Ihrem Sohn dafür danken.«

Sie lächelte, ohne Zähne zu zeigen.

»Er hat ihr einen Liebesbrief geschrieben«, sagte er.

»Ja.«

»Ich wünschte, ich hätte Bescheid gewusst und dasselbe getan«, sagte er. »Ihr an diesem letzten Tag gesagt, dass ich sie lieb habe.«

»Ja.«

»Aber Ihr Sohn hat es getan.«

»Ja.«

Sie starrten einander einen Moment lang an.

»Sie müssen die Polizisten in den Wahnsinn getrieben haben«, sagte er und lächelte, mehr für sich als für sie.

»Sie kamen, um Ray zu beschuldigen«, sagte sie. »Es hat mich nicht interessiert, was für Gefühle sie für mich hegten.«

»Ich nehme an, es ist schwer für ihn«, sagte mein Vater.

»Nein, das lasse ich nicht zu«, sagte sie streng und stellte ihre Tasse auf dem Tablett ab. »Sie dürfen kein Mitleid mit Ray oder uns haben.«

Mein Vater versuchte, einen Protest hervorzustottern.

Sie hob ihre Hand. »Sie haben eine Tochter verloren und sind mit einer bestimmten Absicht hergekommen. Das gestehe ich Ihnen zu, und nur das, aber dass Sie versuchen wollen, unser Leben zu verstehen, nein.«

»Ich wollte Sie nicht beleidigen«, sagte er. »Ich dachte nur …«

Wieder war die Hand oben.

»Ray wird in zwanzig Minuten zu Hause sein. Ich werde zuerst mit ihm sprechen und ihn vorbereiten, dann dürfen Sie mit meinem Sohn über Ihre Tochter reden.«

»Was habe ich denn gesagt?«

»Es gefällt mir, dass wir nicht viele Möbel haben. Es erlaubt mir die Vorstellung, dass wir eines Tages vielleicht zusammenpacken und gehen.«

»Ich hoffe, Sie bleiben«, sagte mein Vater. Er sagte es, weil er von frühester Kindheit an dazu erzogen worden war, höflich zu sein, eine Erziehung, die er an mich weitergegeben hatte, aber er sagte es auch, weil ein Teil von ihm mehr von ihr wollte, von dieser kalten Frau, die eigentlich nicht kalt war, von diesem Felsen, der kein Stein war.

»Bei aller Freundlichkeit«, sagte sie, »Sie kennen mich doch gar nicht. Wir werden gemeinsam auf Ray warten.«

Mein Vater hatte unser Haus mitten in einem Streit zwischen Lindsey und meiner Mutter verlassen. Meine Mutter versuchte, Lindsey dazu zu bewegen, mit ihr im YWCA schwimmen zu gehen. Ohne nachzudenken, hatte Lindsey aus vollem Halse »Lieber sterbe ich!« gebrüllt. Mein Vater sah zu, wie meine Mutter erstarrte, dann in Tränen ausbrach und in ihr Schlafzimmer floh, um hinter der Tür zu wehklagen. Leise steckte er sein Notizbuch in seine Jackentasche, nahm die Autoschlüssel vom Haken neben der Hintertür und schlüpfte hinaus.

In jenen ersten zwei Monaten bewegten sich meine Mutter und mein Vater in gegensätzlichen Richtungen voneinander weg. Die eine blieb drinnen, der andere ging aus dem Haus. Mein Vater schlief in seinem Arbeitszimmer in dem grünen Sessel ein, und wenn er aufwachte, schlich er sich vorsichtig ins Schlafzimmer und glitt ins Bett. Hatte meine Mutter den Großteil der Decke, so lag er eben ohne da, den Körper fest zusammengerollt, bereit, jeden Augenblick aufzuspringen, zu allem bereit.

»Ich weiß, wer sie umgebracht hat«, hörte er sich zu Ruana Singh sagen.

»Haben Sie das der Polizei erzählt?«

»Ja.«

»Was sagt die dazu?«

»Dass es fürs Erste nur mein Verdacht ist, der ihn mit dem Verbrechen in Verbindung bringt.«

»Der Verdacht eines Vaters …«, begann sie.

»Ist so stark wie die Intuition einer Mutter.«

Diesmal zeigte sie Zähne beim Lächeln.

»Er wohnt in der Nachbarschaft.«

»Was tun Sie?«

»Ich gehe allen Anhaltspunkten nach«, sagte mein Vater, wohl wissend, wie es klang, als er es sagte.

»Und mein Sohn …«

»Ist ein Anhaltspunkt.«

»Vielleicht macht Ihnen der andere Mann zu viel Angst.«

»Aber ich muss doch etwas unternehmen«, protestierte er.

»Sie fangen schon wieder an, Mr. Salmon«, sagte sie. »Sie haben mich falsch verstanden. Ich sage nicht, dass Sie das Verkehrte tun, indem Sie hierher kommen. In gewisser Hinsicht ist es das Richtige. Sie möchten in all dem etwas Weiches, etwas Warmes finden. Ihre Suche hat Sie hierher geführt. Das ist gut. Mir geht es bloß darum, dass es auch für meinen Sohn gut ist.«

»Ich will ihm nichts tun.«

»Wie heißt der Mann?«

»George Harvey.« Es war das erste Mal, dass er den Namen laut ausgesprochen hatte, außer gegenüber Len Fenerman.

Sie hielt inne und stand da. Ihm den Rücken zuwendend, ging sie erst zu dem einen, dann zu dem anderen Fenster und zog die Vorhänge auf. Es war das Nach-der-Schule-Licht, das sie liebte. Sie hielt nach Ray Ausschau, der die Straße entlangkam.

»Ray wird gleich hier sein. Ich gehe ihm entgegen. Wenn Sie mich entschuldigen, ziehe ich mir kurz Mantel und Stiefel an.« Sie zögerte. »Mr. Salmon«, sagte sie, »ich würde genau dasselbe tun wie Sie: Ich würde mit jedem reden, mit dem ich reden muss, ich würde nicht allzu vielen Leuten seinen Namen nennen. Wenn ich sicher wäre«, sagte sie, »würde ich mir eine unauffällige Methode ausdenken und ihn umbringen.«

Er konnte sie im Flur hören, das metallische Klirren von Bügeln, als sie ihren Mantel holte. Ein paar Minuten später wurde die Tür geöffnet und wieder geschlossen. Eine kalte Brise kam von draußen herein, und dann konnte er sehen, wie auf der Straße eine Mutter ihren Sohn begrüßte. Keiner von beiden lächelte. Ihre Köpfe senkten sich tief. Ihre Münder bewegten sich. Ray nahm die Tatsache in sich auf, dass bei ihm zu Hause mein Vater auf ihn wartete.

Zunächst dachten meine Mutter und ich, es sei nur das Offensichtliche, was Len Fenerman von der restlichen Truppe unterschied. Er war zierlicher als die uniformierten Hünen, die ihn häufig begleiteten. Dann gab es ein paar weniger offensichtliche Eigenschaften – dass er oft nachzudenken schien, dass er nicht gern scherzte oder versuchte, anders als ernst zu sein, wenn er über mich und die Umstände des Falles redete. Doch im Gespräch mit meiner Mutter hatte Len Fenerman sich als das gezeigt, was er war: ein Optimist. Er glaubte, mein Mörder würde gefasst werden.

»Vielleicht nicht heute oder morgen«, sagte er zu meiner Mutter, »aber irgendwann tut er etwas Unbeherrschtes. Diese Menschen sind zu unbeherrscht in ihren Gewohnheiten.«

Es war meiner Mutter überlassen, Len Fenerman zu unterhalten, bis mein Vater von den Singhs nach Hause kam. Auf dem Tisch im Wohnzimmer waren Buckleys Buntstifte auf dem Einwickelpapier verstreut, das meine Mutter dort hingelegt hatte. Buckley und Nate hatten gemalt, bis ihre Köpfe anfingen zu nicken wie schwere Blumen, und meine Mutter hatte sie hochgehoben, erst den einen, dann den anderen, und sie hinüber zur Couch gebracht. Dort schliefen sie, die Köpfe an beiden Enden, sodass sich ihre Füße in der Mitte fast berührten.

Len Fenerman kannte sich gut genug aus, um im Flüsterton zu sprechen, vergötterte aber, wie meine Mutter bemerkte, Kinder nicht. Er schaute zu, wie sie die beiden Jungen trug, stand jedoch nicht auf, um zu helfen oder Kommentare über sie abzugeben, wie es die anderen Polizisten immer taten, die sie über ihre Kinder definierten, lebendig oder tot.

»Jack möchte mit Ihnen reden«, sagte meine Mutter. »Aber Sie sind sicher zu beschäftigt, um zu warten.«

»Nicht zu beschäftigt.«

Ich sah eine schwarze Strähne ihres Haars nach vorn fallen, die sie sich hinters Ohr geklemmt hatte. Sie machte ihr Gesicht weicher. Ich sah, dass Len es ebenfalls sah.

»Er ist zu dem armen Ray Singh gefahren«, sagte sie und strich sich das heruntergefallene Haar wieder dahin, wo es hingehörte.

»Es tut mir Leid, dass wir ihn befragen mussten«, sagte Len.

»Ja«, sagte sie. »Kein Junge in dem Alter ist in der Lage...« Sie konnte es nicht aussprechen, und er drängte sie nicht dazu.

»Sein Alibi war wasserdicht.«

Meine Mutter nahm einen Buntstift von dem Einwickelpapier.

Len Fenerman schaute zu, wie meine Mutter Strichmännchen und Strichhunde zeichnete. Buckley und Nate gaben auf der Couch leise Schlafgeräusche von sich. Mein Bruder rollte sich in eine Embryoposition und steckte einen Moment später seinen Daumen in den Mund, um daran zu lutschen. Das sollte er sich, so hatte meine Mutter uns gesagt, mit unserer Hilfe abgewöhnen. Jetzt war sie neidisch auf solch mühelosen Frieden.

»Sie erinnern mich an meine Frau«, sagte Len nach langem Schweigen, während dessen meine Mutter einen orangeroten Pudel gezeichnet hatte und etwas, das aussah wie ein blaues Pferd unter Elektroschock.

»Kann sie auch nicht zeichnen?«

»Sie war keine große Rednerin, wenn es nichts zu sagen gab.«

Weitere Minuten verstrichen. Eine gelbe Sonnenkugel. Ein braunes Haus mit Blumen vor der Tür – rosa, blau, lila.

»Wieso war?«

Sie hörten beide die Garagentür. »Sie ist kurz nach unserer Hochzeit gestorben«, sagte er.

»Daddy!«, schrie Buckley und sprang auf, Nate und alles andere vergessend.

»Das tut mir Leid«, sagte sie zu Len.

»Mir auch«, sagte er, »das mit Susie. Wirklich.«

Hinten im Flur begrüßte mein Vater Buckley und Nate mit Hurra und dem wiederholten Ruf nach »Sauerstoff!«, wie er es immer tat, wenn wir nach einem langen Tag auf ihn einstürmten. Auch wenn er sich unaufrichtig vorkam, war es oft der Lieblingsteil seines Tages, für meinen Bruder in gehobener Stimmung zu sein.

Meine Mutter starrte Len Fenerman an, während mein Vater aufs Wohnzimmer zuging. *Rasch ans Spülbecken,* hätte ich am liebsten zu ihr gesagt, starr hinunter in den Abfluss und schau in die Erde. Ich bin da unten und warte; ich bin hier oben und sehe zu.

Len Fenerman war derjenige, der meine Mutter als Erster um mein Schulfoto gebeten hatte, als die Polizei dachte, ich könne womöglich noch am Leben sein. Mein Foto steckte in seiner Brieftasche in einem Stapel. Zwischen diesen toten Kindern und Fremden war ein Bild von seiner Frau. Wenn ein Fall gelöst war, hatte er das entsprechende Datum auf die Rückseite des Fotos geschrieben. Wenn der Fall ungelöst war – seiner Meinung nach ungelöst, wenn auch nicht in den offiziellen Polizeiakten –, war sie leer. Auf der Rückseite meines Fotos stand nichts. Auf der des Fotos seiner Frau stand nichts.

»Len, wie geht's Ihnen?«, fragte mein Vater. Holiday sprang auf und wedelte mit dem Schwanz, damit mein Vater ihn tätschelte.

»Ich habe gehört, Sie waren bei Ray Singh«, sagte Len.

»Jungs, warum geht ihr nicht rauf und spielt in Buckleys Zimmer?«, schlug meine Mutter vor. »Detective Fenerman und Daddy haben was zu besprechen.«

7

»Siehst du sie?«, fragte Buckley Nate, als sie, Holiday im Schlepptau, die Stufen hochkletterten. »Das ist meine Schwester.«

»Nein«, sagte Nate.

»Sie war eine Zeit lang weg, aber jetzt ist sie wieder da. Wer als Erster oben ist!«

Und alle drei – zwei Jungen und ein Hund – rannten den Rest der Strecke die lange Biegung der Treppe hinauf.

Ich hatte mir nie erlaubt, mich auch nur nach Buckley zu sehnen, weil ich befürchtete, er könnte mein Bild in einem Spiegel oder einem Flaschenverschluss sehen. Wie alle anderen versuchte ich, ihn zu beschützen. »Zu klein«, sagte ich zu Franny. »Was glaubst du denn, wo imaginäre Freunde herkommen?«, sagte sie.

Ein paar Minuten lang saßen die beiden Jungen unter dem gerahmten Grabsteinabdruck vor dem Zimmer meiner Eltern. Er stammte von dem Stein auf einem Londoner Friedhof. Meine Mutter hatte Lindsey und mir erzählt, dass sie und mein Vater sich Dinge gewünscht hatten, die sie an die Wand hängen konnten, und wie eine alte Frau, die sie in ihren Flitterwochen kennen lernten, ihnen beigebracht hatte, Reibdrucke von Grabsteinen zu fertigen. Als ich zehn war, waren die meisten dieser Grabsteinabdrücke zur Aufbewahrung in den Keller gewandert und die kahlen Stellen an unseren Vorortwänden durch bunte Grafiken ersetzt worden, die die Fantasie von Kindern anregen sollten. Aber Lindsey und ich liebten die Grabsteinabdrücke, besonders denjenigen, unter dem Nate und Buckley an jenem Nachmittag saßen.

Lindsey und ich legten uns immer auf den Fußboden darunter. Dann tat ich so, als wäre ich der darauf abgebildete Ritter, und Holiday war der treue Hund, der sich an seine Füße schmiegte. Lindsey war die Ehefrau, die er hinterlassen hatte. Es endete stets mit Gekicher, auch wenn wir noch so ernsthaft angefangen hatten. Lindsey teilte dem toten Ritter mit, eine Frau müsse sich weiterentwickeln, sie könne sich nicht für den Rest ihres Lebens von einem Mann einsperren lassen, der im Tod erstarrt war. Ich reagierte stürmisch und wütend, doch das hielt nicht lange an. Schließlich beschrieb sie ihren neuen Liebhaber: den dicken Schlachter, der ihr die besten Fleischstücke gab, den flinken Schmied, der ihr Haken schmiedete. »Du bist tot, Ritter«, sagte sie. »Zeit, weiterzuziehen.«

»Letzte Nacht ist sie reingekommen und hat mich auf die Wange geküsst«, sagte Buckley.

»Hat sie nicht.«

»Hat sie doch.«

»Wirklich?«

»Ja.«

»Hast du es deiner Mom erzählt?«

»Es ist ein Geheimnis«, sagte Buckley. »Susie hat mir gesagt, sie ist noch nicht bereit, mit ihnen zu reden. Willst du noch was sehen?«

»Klar«, sagte Nate.

Die zwei standen auf, um sich auf die Kinderseite des Hauses zu begeben, und ließen Holiday schlafend unter dem Grabsteinabdruck zurück.

»Komm und guck«, sagte Buckley.

Sie waren in meinem Zimmer. Das Foto von meiner Mutter hatte Lindsey mitgenommen. Nach einiger Überlegung hatte sie sich auch den »Alles-Liebe-von-Hippy-Dippy«-Anstecker geholt.

»Susies Zimmer«, sagte Nate.

Buckley legte die Finger auf seine Lippen. Er hatte das bei meiner Mutter gesehen, wenn sie wollte, dass wir still waren, und jetzt wollte er das von Nate. Er ließ sich auf den Bauch nieder und bedeutete Nate, ihm zu folgen, und sie schlängelten sich wie Holiday unter der Tagesdecke meines Bettes hindurch zu meinem geheimen Versteck.

In dem Stoff, der sich über die Unterseite der Springfedern spannte, war ein Loch, und dort hinein hatte ich Sachen gestopft, die kein anderer sehen sollte. Ich musste es vor Holiday sichern, der sonst daran gekratzt oder versucht hätte, die Gegenstände herauszureißen. Genau das war vierundzwanzig Stunden nach meiner Vermisstmeldung geschehen. Meine Eltern hatten mein Zimmer durchsucht in der Hoffnung, einen Zettel mit einer Erklärung zu finden, und dann die Tür offen gelassen. Holiday hatte sich das Lakritz geschnappt, das ich dort aufbewahrte. Verstreut unter meinem Bett lagen die Gegenstände, die ich versteckt hatte, und einen davon würden nur Buckley und Nate wieder erkennen. Buckley entfaltete ein altes Taschentuch meines Vaters, und da lag er, der blutverschmierte Zweig.

Im Jahr zuvor hatte ein dreijähriger Buckley ihn verschluckt. Nate und er hatten sich hinten in unserem Garten Steinchen in die Nase geschoben, und Buckley hatte unter der Eiche, wo meine Mutter das eine Ende der Wäscheleine befestigte, einen kleinen Zweig gefunden. Er steckte sich den Zweig in den Mund wie eine Zigarette. Ich beobachtete ihn vom Dach vor meinem Zimmerfenster aus, wo ich saß und mir die Zehennägel mit Clarissas magentarotem Glitzerlack bemalte und *Seventeen* las.

Mir wurde ständig die Aufgabe übertragen, auf Brüderchen aufzupassen. Lindsey war angeblich nicht alt genug dafür. Außerdem war sie ein knospendes Superhirn, was bedeutete, dass sie die Freiheit hatte, Dinge zu unternehmen, etwa diesen Sommernachmittag damit zu verbringen, mit ihrer 130er Packung Prisma-Farben detaillierte Abbildungen eines Fliegenauges auf Millimeterpapier zu zeichnen.

Es war nicht allzu heiß draußen, und es war Sommer, und ich wollte meine häusliche Internierung zur Verschönerung nutzen. Ich hatte am Morgen damit begonnen, indem ich duschte, mir die Haare wusch und meine Poren mit Dampf reinigte. Auf dem Dach trocknete ich meine Haare in der Luft und trug Nagellack auf.

Ich hatte zwei Schichten Glitzerrot drauf, als eine Fliege auf dem Nagellackpinsel landete. Ich hörte Nate herausfordernde und drohende Geräusch von sich geben, und ich blinzelte die Fliege an und versuchte, sämtliche Quadranten ihrer Augen zu erkennen, die Lindsey drinnen im Haus ausmalte. Eine Brise kam auf, die die Fransen meiner abgeschnittenen Jeans an meine Schenkel wehte.

»Susie, Susie!«, schrie Nate.

Ich blickte hinunter und sah Buckley auf der Erde liegen.

Es war dieser Tag, von dem ich Holly immer erzählte, wenn wir über Rettung sprachen. Ich hielt sie für möglich, sie nicht.

Ich schwang meine Beine herum und kroch durch mein offenes Fenster; ein Fuß landete auf dem Nähhocker und der andere unmittelbar davor auf dem geflochtenen Vorleger, und dann runter auf die Knie und aus den Startblöcken wie eine Leichtathletin. Ich rannte den Flur entlang und rutschte das Treppengeländer hinunter, was uns verboten war. Ich rief nach Lindsey und vergaß sie gleich wieder, lief durch die vergitterte Veranda hinaus in den Garten und sprang über den Hundezaun um die Eiche.

Buckley würgte und krümmte sich, und ich trug ihn mit Nate im Schlepptau in die Garage, wo der kostbare Mustang meines Vaters stand. Ich hatte meinen Eltern beim Autofahren zugeschaut, und meine Mutter hatte mir gezeigt, wie man den Rückwärtsgang einlegt. Ich setzte Buckley auf die Rückbank und griff mir den Schlüssel aus den unbenutzten Terrakottatöpfen, wo mein Vater ihn versteckte. Ich fuhr den ganzen Weg zum Krankenhaus mit überhöhtem Tempo. Ich ließ die Handbremse durchbrennen, aber das schien niemanden zu interessieren.

»Wenn sie nicht gewesen wäre«, sagte der Arzt später zu meiner Mutter, »hätten Sie Ihren Kleinen verloren.«

Grandma Lynn prophezeite, ich würde ein langes Leben haben, weil ich seines gerettet hatte. Wie üblich irrte sich Grandma Lynn.

»Wow«, sagte Nate, der den Zweig in der Hand hielt und darüber staunte, dass rotes Blut im Laufe der Zeit schwarz wird.

»Ja«, sagte Buckley. Bei der Erinnerung wurde ihm mulmig im Magen. Was für Schmerzen er gehabt hatte, wie verändert die Gesichter der Erwachsenen gewesen waren, als sie ihn in seinem riesigen Krankenhausbett umringten. So ernst hatte er sie nur noch einmal gesehen. Doch während ihre Blicke im Krankenhaus erst besorgt und dann später heiter gewesen waren, durchwoben mit so viel Helligkeit und Erleichterung, dass sie ihn eingehüllt hatten, waren die Augen unserer Eltern jetzt ausdruckslos geworden und geblieben.

Ich fühlte mich matt im Himmel an diesem Tag. Ich taumelte zurück zum Pavillon, und meine Augen flogen mit einem Ruck auf. Es war dunkel, und mir gegenüber stand ein großes Gebäude, in dem ich noch nie gewesen war.

Ich hatte als Kind *James und der Riesenpfirsich* gelesen. Das Gebäude sah aus wie das Haus seiner Tanten. Gewaltig und düster und viktorianisch. Es hatte eine umlaufende Galerie auf dem Dach. Einen Augenblick lang, während ich mich an die Dunkelheit gewöhnte, dachte ich, ich sähe auf der Galerie lange Reihen von Frauen stehen und auf mich zeigen. Ein wenig später erkannte ich jedoch, was es war – Krähen, die in ihren Schnäbeln krumme Zweige hatten. Als ich aufstand, um zu meinem Doppelhaus zurückzugehen, flogen sie auf und folgten mir. Hatte mein Bruder mich tatsächlich gesehen, oder war er bloß ein kleiner Junge, der wunderschöne Lügen erzählte?

8

Drei Monate lang träumte Mr. Harvey von Bauwerken. Er sah einen Ausschnitt von Jugoslawien, wo strohgedeckte Wohnhäuser auf Stelzen von reißenden Wassersturzbächen unterspült wurden und nachgaben. Darüber war ein blauer Himmel. Entlang den Fjorden und im verborgenen Tal

Norwegens sah er Stabkirchen aus Hölzern, die in der Wikingerzeit von Schiffsbauern mit Schnitzereien verziert worden waren. Drachen und einheimische Helden aus Holz. Doch es gab ein Gebäude im Gebiet Wologda, von dem er am häufigsten träumte: die Kirche der Verklärung. Und es war dieser Traum – sein Lieblingstraum –, den er in der Nacht nach meiner Ermordung hatte und in den Nächten darauf, bis die anderen wiederkehrten: Die Träume, die *keine Standaufnahmen* waren – diejenigen von Frauen und Kindern.

Ich konnte den ganzen Weg zurückblicken und Mr. Harvey auf dem Arm seiner Mutter sehen, wo er über einen Tisch hinwegstarrte, der mit bunten Glasscherben bedeckt war. Sein Vater sortierte sie nach Form und Größe, Dicke und Gewicht in Stapeln. Die Juweliersaugen seines Vaters hielten bei jedem Exemplar gründlich nach Rissen und sonstigen Makeln Ausschau. Und George Harvey wandte seine Aufmerksamkeit dem einzelnen Juwel zu, das seiner Mutter um den Hals hing, einem großen, ovalen Bernstein, silbern eingefasst, in dem eine ganze, völlig intakte Spinne steckte.

»Baumeister«, sagte Mr. Harvey nur, als er jung war. Später beantwortete er die Frage, was sein Vater mache, gar nicht mehr. Wie konnte er denn sagen, dass er in der Wüste arbeitete und dass er dort Hütten aus zerbrochenem Glas und altem Holz baute? Er lehrte George Harvey, was ein gutes Gebäude ausmachte, wie man sichergehen konnte, dass eine Konstruktion von Dauer war.

Es waren also die alten Zeichenblöcke seines Vaters, die sich Mr. Harvey ansah, wenn die Nicht-Standaufnahmen-Träume zurückkehrten. Dann tauchte er in die Bilder von anderen Orten und anderen Welten ein und versuchte zu lieben, was er nicht liebte. Und er fing an, davon zu träumen, wie er seine Mutter zum letzten Mal gesehen hatte, als sie über eine Wiese neben der Straße gerannt war. Sie war weiß gekleidet gewesen. Weiße Caprihosen und ein enges, weißes Oberteil mit U-Boot-Ausschnitt, und sein Vater und sie hatten in dem heißen Auto außerhalb von Truth or Consequences, New Mexico, ein letztes Mal gestritten. Er hatte sie aus dem Wagen geschubst. George Harvey saß reglos wie ein Stein auf dem Rücksitz – die Augen weit offen, nicht verängstigter als ein Stein, und beobachtete alles, wie er es mittlerweile immer tat – in Zeitlupe. Sie war gerannt, ohne stehen zu bleiben, ihre weiße Gestalt dünn und zerbrechlich und schwindend, während ihr Sohn sich an die Bernsteinkette klammerte, die sie sich vom Hals gerissen hatte, um sie ihm zu geben. Sein Vater hatte auf die Straße geschaut. »Jetzt ist sie weg. Junge«, sagte er. »Sie kommt nicht wieder.«

9

Meine Großmutter traf am Abend vor der Trauerfeier für mich in ihrem üblichen Stil ein. Sie mietete gern Limousinen und ließ sich dann vom Flughafen herfahren, während sie Champagner schlürfte und das trug, was sie ihr »dickes, fabelhaftes Tier« nannte – einen Nerz, den sie auf einem Kirchenbasar aus zweiter Hand erstanden hatte. Meine Eltern hatten sie weniger eingeladen als einbezogen, falls sie dabei sein wollte. Direktor Caden hatte Ende Januar die Idee gehabt. »Es wird gut sein für Ihre Kinder und für die Schüler hier«, hatte er gesagt. Er übernahm es, die Veranstaltung in unserer Kirche zu organisieren. Meine Eltern waren wie Schlafwandler, wenn sie seine Fragen bejahten, Blumen oder Rednern mit einem Nicken zustimmten. Als meine

Mutter es ihrer Mutter gegenüber am Telefon erwähnte, war sie überrascht, die Worte »Ich komme« zu hören.

»Aber das musst du nicht, Mutter.«

Am anderen Ende der Leitung herrschte Schweigen. »Abigail«, sagte meine Großmutter dann, »es ist Susans Beerdigung.«

Es war meiner Mutter peinlich, dass Grandma Lynn darauf bestand, ihren gebrauchten Pelz bei Spaziergängen um den Block zu tragen, und dass sie ein Straßenfest einmal stark geschminkt besucht hatte. Grandma Lynn pflegte meine Mutter so lange auszufragen, bis sie wusste, wer jeder war, ob meine Mutter das betreffende Haus schon von innen gesehen hatte, womit der Ehemann seinen Lebensunterhalt verdiente, was für ein Auto er fuhr. Sie fertigte eine vollständige Liste über die Nachbarn an. Es war ein Versuch, das erkannte ich jetzt, ihre Tochter besser zu verstehen. Eine Fehlkalkulation, ein trauriges Umzingeln, ein Tanz ohne Partner.

»Jack-y«, sagte meine Großmutter, als sie zu meinen Eltern auf die vordere Veranda trat, »wir brauchen einen starken Drink!« Dann sah sie Lindsey, die versuchte, sich die Treppe hochzustehlen und vor der erzwungenen Heimsuchung noch ein paar Minuten herauszuschlagen. »Das Kind hasst mich«, sagte Grandma Lynn. Ihr Lächeln war starr, die Reihe ihrer Zähne vollkommen und weiß.

»Mutter«, sagte meine Mutter. Und ich hätte mich am liebsten in jene Ozeanaugen voller Verlust gestürzt. »Lindsey will sich bestimmt nur was Nettes anziehen.«

»Eine Unmöglichkeit in diesem Haus!«, sagte meine Großmutter.

»Lynn«, sagte mein Vater, »es ist ein anderes Haus als das, in dem du letztes Mal warst. Ich hole dir einen Drink, aber ich bitte dich, das zu respektieren.«

»Sieht immer noch teuflisch gut aus, dieser Jack«, sagte meine Großmutter.

Meine Mutter nahm meiner Großmutter den Mantel ab. Holiday war ins Arbeitszimmer meines Vaters gesperrt worden, sobald Buckley von seinem Posten am Fenster im Obergeschoss aus geschrien hatte: »Grandma ist da!« Mein Bruder brüstete sich vor Nate oder sonst jemandem gern damit, dass seine Großmutter die größten Autos auf der ganzen weiten Welt habe.

»Du siehst reizend aus, Mutter«, sagte meine Mutter.

»Hmmmm.« Während mein Vater außer Hörweite war, fragte meine Großmutter: »Wie geht's ihm?«

»Wir kommen zurecht, aber es ist schwer.«

»Murmelt er immer noch vor sich hin, dass es dieser Mann getan habt?«

»Er glaubt es immer noch, ja.«

»Man wird euch noch verklagen«, sagte sie.

»Er hat niemandem außer der Polizei davon erzählt.«

Was sie nicht sahen, war, dass meine Schwester über ihnen auf der obersten Stufe saß.

»Das sollte er auch nicht. Mir ist ja klar, dass er jemandem die Schuld geben muss, aber ...«

»Lynn, Whiskey-Cola oder einen Martini?«, fragte mein Vater, der wieder in den Flur getreten war.

»Was nimmst du denn?«

»Ich trinke eigentlich nicht mehr«, sagte mein Vater.

»Da liegt dein Problem. Ich übernehme die Führung. Mir muss keiner sagen, wo der Alkohol steht!«

Ohne ihr dickes, fabelhaftes Tier war meine Großmutter spindeldürr. »Runtergehungert« formulierte sie es, als sie mich im Alter von elf beriet. »Du musst dich runterhungern, Schätzchen, bevor sich das Fett bei dir festsetzt. Babyspeck ist nur ein anderes Wort für hässlich.« Sie und meine Mutter hatten sich gestritten, ob ich alt genug für Benzedrin sei – ihre ganz persönliche Rettung, wie sie es nannte, nach dem Motto: »Ich biete deiner Tochter meine ganz persönliche Rettung an, und du verweigerst sie ihr?«

Als ich noch lebte, war alles, was meine Großmutter tat, falsch. Es passierte jedoch etwas Seltsames, als sie an diesem Tag in ihrem Mietwagen mit Chauffeur ankam, die Tür öffnete und hereinplatzte. Mit all ihrer abstoßenden Eleganz brachte sie wieder Licht ins Haus.

»Du brauchst Hilfe, Abigail«, sagte meine Großmutter, nachdem sie die erste richtige Mahlzeit gegessen hatte, die meine Mutter seit meinem Verschwinden gekocht hatte. Meine Mutter war verblüfft. Sie hatte sich ihre blauen Spülhandschuhe angezogen, den Ausguss mit Seifenwasser gefüllt und sich darauf vorbereitet, jedes einzelne Geschirrstück abzuwaschen. Lindsey sollte abtrocknen. Ihre Mutter, so hatte sie angenommen, würde Jack auffordern, ihr einen Verdauungsdrink einzuschenken.

»Mutter, das ist wirklich nett von dir.«

»Nicht der Rede wert«, sagte sie. »Ich laufe nur schnell in den Flur und hole meine Zaubertasche.«

»O nein«, hörte ich meine Mutter leise sagen.

»Ach ja, die Zaubertasche«, sagte Lindsey, die die ganze Mahlzeit hindurch nicht gesprochen hatte.

»Bitte, Mutter!«, protestierte meine Mutter, als Grandma Lynn zurückkehrte.

»Okay, Kinder, räumt den Tisch ab und schafft eure Mutter hier rüber. Ich mache eine Generalüberholung.«

»Mutter, das ist Wahnsinn. Ich muss doch das ganze Geschirr spülen.«

»Abigail«, sagte mein Vater.

»O nein. Mag sie dich zum Trinken verleiten, aber diese Folterinstrumente kommen nicht in meine Nähe.«

»Ich bin nicht betrunken«, sagte er.

»Du lächelst«, sagte meine Mutter.

»Dann verklag ihn doch«, sagte Grandma Lynn. »Buckley, pack deine Mutter bei der Hand und schleif sie hier rüber.« Mein Bruder gehorchte. Es machte ihm Spaß zu sehen, wie seine Mutter herumkommandiert und angetrieben wurde.

»Grandma Lynn?«, fragte Lindsey schüchtern.

Meine Mutter wurde von Buckley zu einem Küchenstuhl geleitet, den meine Großmutter zu sich herumgedreht hatte.

»Was ist?«

»Könntest du mir zeigen, wie man sich schminkt?«

»Lieber Gott im Himmel, preiset den Herrn, ja!«

Meine Mutter setzte sich hin, und Buckley kletterte auf ihren Schoß. »Was ist los, Mommy?«

»Lachst du, Abbie?« Mein Vater lächelte.

Und es stimmte. Sie lachte und weinte gleichzeitig.

»Susie war ein braves Mädchen, Schatz«, sagte Grandma Lynn. »Genau wie du.« Sie machte keine Pause. »Jetzt heb das Kinn und lass mich einen Blick auf deine Tränensäcke werfen.«

Buckley stieg herunter und nahm sich einen Stuhl. »Das hier ist eine Wimpernzange, Lindsey«, instruierte meine Großmutter. »All das habe ich schon deiner Mutter beigebracht.«

»Clarissa benutzt auch eine«, sagte Lindsey.

Meine Großmutter setzte die Gummipolster der Zange zu beiden Seiten der Wimpern meiner Mutter an, und meine Mutter, die sich auskannte, schaute nach oben.

»Hast du mit Clarissa geredet?«, fragte mein Vater.

»Eigentlich nicht«, sagte Lindsey. »Sie ist ziemlich viel mit Brian Nelson zusammen. Die schwänzen genug, um sich eine dreitägige Suspendierung einzuhandeln.«

»Das hätte ich nicht von Clarissa erwartet«, sagte mein

Vater. »Sie mag ja nicht die Hellste sein, aber sie hat doch nie Ärger gemacht.«

»Als ich sie neulich zufällig traf, roch sie nach Pot.«

»Ich hoffe, das gewöhnst du dir nicht an«, sagte Grandma Lynn. Sie trank den Rest ihres Whiskey-Cola aus und knallte das Highball-Glas auf den Tisch. »Jetzt pass auf, Lindsey, siehst du, wie die geschwungenen Wimpern die Augen deiner Mutter größer machen?«

Lindsey versuchte, sich ihre eigenen Wimpern vorzustellen, doch stattdessen sah sie die Sternenbüschelwimpern von Samuel Heckler, wenn sich sein Gesicht dem ihren zu einem Kuss näherte. Ihre Pupillen erweiterten sich und pulsierten wie wild gewordene Oliven.

»Ich staune«, sagte Grandma Lynn und stemmte ihre Hände, eine noch in die sperrigen Griffe der Wimpernzange verflochten, auf die Hüften.

»Was?«

»Lindsey Salmon, du hast einen Freund«, verkündete meine Großmutter den Umstehenden.

Mein Vater lächelte. Auf einmal mochte er Grandma Lynn. Ich auch.

»Hab ich nicht«, sagte Lindsey.

Meine Großmutter hob schon an zu sprechen, als meine Mutter flüsterte: »Hat sie doch.«

»Gott segne dich, Schätzchen«, sagte meine Großmutter, »du solltest einen Freund haben. Sobald ich mit deiner Mutter fertig bin, kriegst du die ganz große Grandma-Lynn-Behandlung. Jack, mach mir einen Aperitif.«

»Einen Aperitif trinkt man …«, setzte meine Mutter an.

»Korrigier mich nicht, Abigail.«

Meine Großmutter besoff sich. Sie verpasste Lindsey das Aussehen eines Clowns oder, wie Grandma Lynn selbst meinte, »einer Edelnutte«. Mein Vater wurde, wie sie es nannte, »schön beschwipst«. Das Erstaunlichste war, dass meine Mutter zu Bett ging und das schmutzige Geschirr im Ausguss stehen ließ.

Während alle anderen schliefen, stand Lindsey vor dem Spiegel im Badezimmer und betrachtete sich. Sie wischte etwas von dem Rouge weg, tupfte sich die Lippen ab und strich sich mit den Fingern über die geschwollenen, frisch gezupften Stellen ihrer ehemals buschigen Augenbrauen. Im Spiegel sah sie etwas Neues und ich auch: eine Erwachsene, die auf sich selbst Acht geben kann. Unter dem Make-up war das Gesicht, das sie stets als ihr eigenes gekannt hatte, bis vor kurzem, als es zu dem Gesicht geworden war, das die Leute an mich erinnerte. Durch Konturenstift und Kajal, das sah sie jetzt, wurden ihre Züge deutlich umrissen und saßen auf ihrem Gesicht wie Edelsteine, importiert aus einem fernen Ort, wo die Farben satter waren, als es die Farben in unserem Haus je gewesen waren. Es stimmte, was unsere Großmutter sagte – die Schminke hob das Blau ihrer Augen hervor. Die gezupften Brauen veränderten die Form ihres Gesichts. Das Rouge warf ein Schlaglicht auf ihre hohen Wangenknochen (»Wangenknochen können gar nicht hoch genug sein«, betonte unsere Großmutter). Und ihre Lippen – sie probierte verschiedene Gesichtsausdrücke aus. Sie machte einen Schmollmund, sie küsste, sie lächelte breit, als ob sie auch einen Cocktail getrunken hätte, sie schaute nach unten und tat so, als betete sie wie ein braves Mädchen, schielte aber mit einem Auge nach oben, um zu sehen, wie sie als braves Mädchen aussah. Sie ging ins Bett und schlief auf dem Rücken, um ihr neues Gesicht nicht zu ruinieren.

Mrs. Bethel Utemeyer war die einzige Tote, die meine Schwester und ich je gesehen hatten. Sie zog mit ihrem Sohn in unsere Siedlung, als ich sechs war und Lindsey fünf.

Meine Mutter sagte, sie habe einen Teil ihres Verstandes verloren und verlasse manchmal das Haus und wisse nicht mehr, wo sie sei. Oft landete sie dabei in unserem Vorgarten unter dem Hartriegelbaum und schaute auf die Straße, als ob sie auf einen Bus wartete. Meine Mutter ließ sie dann in der Küche Platz nehmen und machte Tee für sie beide, und nachdem sie sie beruhigt hatte, rief sie ihren Sohn an, um Bescheid zu geben, wo sie war. Gelegentlich war aber keiner zu Hause, und Mrs. Utemeyer saß stundenlang in unserer Küche und starrte auf die Tischmitte. Wenn wir aus der Schule kamen, war sie immer noch da. Und saß. Sie lächelte uns an. Oft nannte sie Lindsey »Natalie« und berührte ihr Haar.

Als sie starb, ermutigte ihr Sohn meine Mutter, Lindsey und mich zur Beerdigung mitzubringen. »Meine Mutter schien eine besondere Zuneigung zu Ihren Kindern zu haben«, schrieb er.

»Sie kannte noch nicht mal meinen Namen, Mom«, jammerte Lindsey, während unsere Mutter mit der endlosen Zahl runder Knöpfe auf Lindseys Festtagskleid beschäftigt war. *Noch so ein unpraktisches Geschenk von Grandma Lynn*, dachte meine Mutter.

»Wenigstens *hatte* sie einen Namen für dich«, sagte ich.

Es war nach Ostern, und in jener Woche hatte eine Frühlingshitzewelle eingesetzt. Jeglicher Schnee aus dem Winter, bis auf den hartnäckigsten, war in die Erde gesickert, und auf dem Friedhof der Utemeyerschen Kirche klebte unten an den Grabsteinen noch Schnee, während sich daneben Butterblumenschösslinge ihren Weg nach oben bahnten.

Die Kirche der Utemeyers war reich verziert. »Erzkatholisch«, hatte mein Vater im Auto gesagt. Lindsey und ich fanden das sehr komisch. Mein Vater hatte nicht mitkommen wollen, doch meine Mutter war so schwanger, dass sie nicht fahren konnte. In den letzten Wochen ihrer Schwangerschaft mit Buckley passte sie nicht mehr hinters Lenkrad. Die meiste Zeit ging es ihr so schlecht, dass wir ihre Nähe mieden aus Angst, zur Knechtschaft verurteilt zu werden.

Ihre Schwangerschaft erlaubte ihr allerdings, sich dem zu entziehen, worüber Lindsey und ich wochenlang nicht aufhören konnten zu reden und wovon ich noch lange danach träumte: dem Anblick des Leichnams. Ich wusste, meine Eltern wollten nicht, dass wir ihn sahen, aber Mr. Utemeyer steuerte schnurstracks auf uns beide zu, als es Zeit war, am Sarg vorbeizudefilieren. »Welche von euch ist die, die sie Natalie genannt hat?«, fragte er. Wir starrten ihn an. Ich zeigte auf Lindsey.

»Ich möchte, dass du dich von ihr verabschiedest«, sagte er. Er roch nach einem Parfüm, süßer als das, das meine Mutter gelegentlich trug, und bei dessen Brennen in meiner Nase und dem Gefühl, ausgeschlossen zu sein, hätte ich am liebsten geweint. »Du kannst mitkommen«, sagte er zu mir und streckte die Hände aus, sodass wir ihn beim Gehen flankierten.

Es war nicht Mrs. Utemeyer. Es war etwas anderes. Doch zugleich *war* es Mrs. Utemeyer. Ich versuchte, meinen Blick auf die glänzenden Goldringe an ihren Fingern zu konzentrieren.

»Mutter«, sagte Mr. Utemeyer, »ich habe das kleine Mädchen mitgebracht, das du Natalie genannt hast.«

Lindsey und ich gaben später beide zu, dass wir erwartet hatten, Mrs. Utemeyer würde sprechen, und dass wir, jede für sich, beschlossen hatten, in dem Fall die andere zu packen und wie der Teufel wegzurennen.

Ein, zwei qualvolle Sekunden, dann war es vorbei, und wir wurden wieder unserer Mutter und unserem Vater übergeben.

Ich war nicht sehr überrascht, als ich Mrs. Bethel Utemeyer zum ersten Mal in meinem Himmel sah, und auch nicht entgeistert, als Holly und ich sie Hand in Hand mit einem kleinen blonden Mädchen antrafen, das sie als ihre Tochter Natalie vorstellte.

Am Morgen meiner Trauerfeier blieb Lindsey so lange wie möglich in ihrem Zimmer. Sie wollte, dass meine Mutter das immer noch vorhandene Make-up erst sah, wenn es zu spät war, es abzuwaschen. Außerdem hatte sie sich eingeredet, dass es in Ordnung wäre, wenn sie sich ein Kleid aus meinem Schrank nähme. Dass es mir nichts ausmachen würde.

Aber es war merkwürdig zuzuschauen.

Sie öffnete die Tür zu meinem Zimmer, einer Gruft, die seit Februar immer mehr in Unordnung geriet, obgleich keiner, weder meine Mutter noch mein Vater, weder Buckley noch Lindsey, zugab, es jemals betreten oder gar Dinge mitgenommen zu haben, die sie nicht beabsichtigten zurückzulegen. Sie waren blind für die Hinweise darauf, dass sie alle kamen und mich besuchten. Für jede Unordnung, auch wenn sie unmöglich Holiday zugeschoben werden konnte, gaben sie ihm die Schuld.

Lindsey wollte schön aussehen für Samuel. Sie machte die Doppeltür zu meinem Kleiderschrank auf und inspizierte das Durcheinander. Ich war nicht gerade ordentlich gewesen, deshalb hatte ich jedes Mal, wenn meine Mutter sagte, wir sollten aufräumen, alles, was auf dem Fußboden oder Bett lag, einfach in meinen Schrank gesteckt.

Lindsey hatte die Sachen, die mir gehörten, immer aus erster Hand haben wollen, sie jedoch stets nur geerbt.

»Meine Güte«, sagte sie, in die Dunkelheit des Schranks flüsternd. Schuldbewusst und erfreut wurde ihr klar, dass alles, was sie vor sich sah, jetzt ihr gehörte.

»Hallo? Klopf-klopf«, sagte Grandma Lynn.

Lindsey fuhr zusammen.

»Tut mir Leid, dich zu stören, Schatz«, sagte Grandma. »Ich dachte, ich hätte dich hier drinnen gehört.«

Meine Großmutter stand in einem ihrer, wie meine Mutter sie nannte, Jackie-Kennedy-Kleider da. Sie hatte nie begriffen, wieso ihre Mutter im Gegensatz zu uns anderen keine Hüften hatte – sie konnte in ein gerade geschnittenes Kleid schlüpfen und es exakt so ausfüllen, dass sie, sogar mit zweiundsechzig, perfekt darin aussah.

»Was willst du hier?«, fragte Lindsey.

»Ich brauche Hilfe mit diesem Reißverschluss.« Grandma Lynn drehte sich um, und Lindsey konnte sehen, was sie bei unserer eigenen Mutter nie gesehen hatte. Den Rücken von Grandma Lynns schwarzem BH, das Oberteil ihres Unterrocks. Sie ging die ein, zwei Schritte hinüber zu unserer Großmutter und zog den Reißverschluss hoch, wobei sie versuchte, sonst nichts zu berühren.

»Was ist mit dem Haken und der Öse da oben?«, fragte Grandma Lynn. »Kriegst du die auch zu?«

Es duftete nach Puder, und auf den Hals unserer Großmutter war Chanel No. 5 gesprenkelt.

»Das ist einer der Gründe für einen Mann – so was kann man einfach nicht alleine machen.«

Lindsey war so groß wie unsere Großmutter und noch im Wachsen begriffen. Als sie Haken und Öse in beide Hände nahm, sah sie die feinen Strähnen gefärbter blonder Haare am Schädelansatz meiner Großmutter. Sie sah, wie sich das flaumige graue Haar über Genick und Rücken zog. Sie hakte das Kleid zu und stand dann da.

»Ich habe vergessen, wie sie aussah«, sagte Lindsey.

»Was?« Grandma Lynn drehte sich um.

»Ich kann mich nicht erinnern«, sagte Lindsey. »An ihren Nacken, meine ich, habe ich mir den je angeguckt?«

»O Schätzchen«, sagte Grandma Lynn, »komm her.« Sie

breitete die Arme aus, doch Lindsey wandte sich dem Kleiderschrank zu.

»Ich muss hübsch aussehen«, sagte sie.

»Du bist hübsch«, sagte Grandma Lynn.

Lindsey verschlug es den Atem. Grandma Lynn machte nie Komplimente. Wenn sie erfolgten, waren sie unerwartetes Gold.

»Wir suchen dir hier was Schönes raus«, sagte Grandma Lynn und schritt auf meine Kleider zu. Niemand konnte einkaufen wie sie. Wenn sie uns, was selten vorkam, zu Beginn des Schuljahres besuchte, nahm sie uns beide mit. Wir bestaunten sie, wenn ihre hurtigen Finger über die Bügel eilten wie über Tasten. Und dann, plötzlich, nach kurzem Zögern nur, zog sie ein Kleid oder eine Bluse heraus und hielt sie vor uns. »Wie findet ihr das?«, fragte sie. Es war stets die perfekte Wahl.

Während sie meine Sachen begutachtete, herausholte und meiner Schwester vor den Körper hielt, redete sie:

»Deine Mutter ist ein Wrack, Lindsey. So habe ich sie noch nie erlebt.«

»Grandma.«

»Psst, ich denke nach.« Sie hatte mein Lieblingssonntagskleid in der Hand. Es war aus karierter Wolle und hatte einen runden Kragen. Ich mochte es besonders deshalb, weil der Rock so weit und lang war, dass ich mit gekreuzten Beinen auf der Kirchenbank sitzen und den Saum bis auf den Boden schleifen lassen konnte. »Wo hat sie denn *diesen* Sack her?«, fragte meine Großmutter. »Dein Dad, der ist auch in einem schlimmen Zustand, aber er ist wenigstens wütend.«

»Wer ist der Mann, nach dem du Mom gefragt hast?«

Sie versteifte sich bei der Frage. »Welcher Mann?«

»Du hast Mom gefragt, ob Dad immer noch sagt, dieser *Mann* hätte es getan. Welcher Mann?«

»Voilà!« Grandma Lynn hielt ein dunkelblaues Minikleid hoch, das meine Schwester noch nie gesehen hatte. Es gehörte Clarissa.

»Es ist so kurz«, sagte Lindsey.

»Ich bin schockiert über deine Mutter«, sagte Grandma Lynn. »Sie hat dem Kind etwas Modisches gekauft!«

Mein Vater rief vom Flur hoch, er erwarte uns alle in zehn Minuten unten.

Grandma Lynn machte sich rasant ans Werk. Sie half Lindsey, sich das dunkelblaue Kleid über den Kopf zu ziehen, und dann liefen sie in Lindseys Zimmer wegen der Schuhe, und dann schließlich, im Flur, unter der Deckenlampe, besserte sie den verschmierten Eyeliner und die Wimperntusche auf dem Gesicht meiner Schwester aus. Den letzten Schliff gab sie ihr mit Kompaktpuder, den sie mit dem Wattebausch leicht und schwungvoll auf beiden Seiten von Lindseys Gesicht von unten nach oben auftrug. Erst als meine Großmutter die Treppe hinunterging und meine Mutter eine Bemerkung über die Kürze von Lindseys Kleid machte, wobei sie Grandma Lynn einen argwöhnischen Blick zuwarf, merkten meine Schwester und ich, dass Grandma Lynn auf ihrem eigenen Gesicht keinen Tupfer Make-up hatte. Buckley saß zwischen ihnen auf dem Rücksitz, und als sie sich der Kirche näherten, blickte er Grandma Lynn an und wollte wissen, was sie da tue.

»Wenn man keine Zeit für Rouge hat, dann belebt man sie so ein bisschen«, sagte sie, und Buckley machte sie nach und kniff sich in die Wangen.

Samuel Heckler stand neben den Steinpfeilern, die den Weg zur Kirchentür markierten. Er war ganz in Schwarz gekleidet, und bei ihm stand sein älterer Bruder Hal, der die verschlissene Lederjacke trug, die Samuel am Weihnachtstag angehabt hatte.

Sein Bruder sah aus wie eine dunklere Ausgabe von Samuel. Er war braun gebrannt, und sein Gesicht war vom Motorradfahren über Landstraßen und vom Wetter gegerbt. Als meine Familie näher kam, drehte Hal sich rasch um und ging.

»Das muss Samuel sein«, sagte meine Großmutter. »Ich bin die böse Oma.«

»Wollen wir reingehen?«, sagte mein Vater. »Schön, dich zu sehen, Samuel.«

Lindsey und Samuel übernahmen die Führung, während meine Großmutter zurückfiel und an der anderen Seite meiner Mutter ging. Eine vereinte Front.

Detective Fenerman stand in einem kratzig aussehenden Anzug im Eingang. Er nickte meinen Eltern zu und schien bei meiner Mutter zu verweilen. »Kommen Sie mit rein?«, fragte mein Vater.

»Danke, nein«, sagte er. »Ich wollte einfach in der Nähe sein.«

»Das wissen wir zu schätzen.«

Sie traten in das enge Vestibül unserer Kirche. Ich hätte mich am liebsten den Rücken meines Vaters hochgeschlängelt, seinen Hals umschlungen, ihm ins Ohr geflüstert. Aber ich war sowieso schon in jeder seiner Poren und Falten.

Er war verkatert aufgewacht und hatte sich auf die Seite gedreht, um zu beobachten, wie meine Mutter flach in das Kissen atmete. Seine reizende Frau, sein reizendes Mädchen. Er hätte ihr gern die Hand auf die Wange gelegt, ihr das Haar aus dem Gesicht gestrichen – doch im Schlaf erfuhr sie Frieden. Es hatte seit meinem Tod keinen einzigen Tag gegeben, an dem er aufgewacht war, und der nicht etwas gewesen wäre, das er durchstehen musste. Aber die Wahrheit war, dass der Tag der Trauerfeier nicht zur schlimmsten Sorte zählte. Wenigstens war er ehrlich. Wenigstens war es ein Tag, der sich um das drehte, was sie so sehr beschäftigte: meine Abwesenheit. Heute würde er nicht so tun müssen, als wäre er wieder normal – was immer normal sein mochte. Heute konnte er seinen Kummer zur Schau stellen und Abigail auch. Doch er wusste, dass er sie, sobald sie aufgewacht war, den ganzen Tag nicht mehr richtig anschauen, nicht in sie hineinschauen und die Frau sehen würde, als die er sie vor dem Tag gekannt hatte, an dem sie die Nachricht von meinem Tod zu sich hatten durchdringen lassen. Nach knapp zwei Monaten war der Gedanke, das sei eine Nachricht, dabei, sich aus den Herzen aller zu verflüchtigen, bis auf die meiner Familie – und auf Ruths.

Sie kam mit ihrem Vater. Sie standen in der Ecke neben dem Glaskasten, welcher einen Trinkbecher enthielt, der während des Revolutionskrieges benutzt wurde, als die Kirche ein Lazarett gewesen war. Mr. und Mrs. Dewitt plauderten mit ihnen. Zu Hause auf ihrem Schreibtisch hatte Mrs. Dewitt ein Gedicht von Ruth. Am Montag wollte sie damit die psychologische Beratung aufsuchen. Es war ein Gedicht über mich.

»Meine Frau scheint mit Direktor Caden darin übereinzustimmen«, sagte Ruths Vater gerade, »dass die Trauerfeier den Kindern helfen wird, es zu akzeptieren.«

»Was glauben Sie?«, fragte Mr. Dewitt.

»Ich finde, man sollte das Vergangene ruhen und die Familie für sich sein lassen. Aber Ruthie wollte gern kommen.«

Ruth beobachtete, wie meine Familie die Leute begrüßte, und ihr fiel mit Entsetzen der neue Look meiner Schwester auf. Ruth glaubte nicht an Make-up. Sie fand, dass es Frauen herabwürdigte. Samuel Heckler hielt Lindseys Hand. Blitzartig kam ihr ein Wort aus ihren Büchern in den Sinn: *Unterwerfung*. Doch dann sah ich, wie sie durch das Fenster Hal Heckler bemerkte. Er stand draußen bei den ältesten Gräbern und sog an einem Zigarettenstummel.

»Ruthie«, fragte ihr Vater, »was ist los?«

Sie riss sich zusammen und blickte ihn an. »Was soll los sein?«

»Du hast eben so vor dich hingestarrt«, sagte er.

»Der Friedhof gefällt mir.«

»Ach Kind, du bist mein Engel«, sagte er. »Schnappen wir uns einen Platz, bevor die besten besetzt sind.«

Clarissa war da, mit einem einfältig wirkenden Brian Nelson, der einen Anzug seines Vaters trug. Sie bahnte sich ihren Weg zu meiner Familie, und als Direktor Caden und Mr. Botte sie sahen, traten sie beiseite und ließen sie näher kommen.

Sie schüttelte erst meinem Vater die Hand.

»Hallo, Clarissa«, sagte er. »Wie geht's dir?«

»Ganz gut«, sagte sie. »Wie geht es Ihnen und Mrs. Salmon?«

»Uns geht es gut, Clarissa«, sagte er. *Was für eine eigenartige Lüge*, dachte ich. »Würdest du dich gern zu uns setzen?«

»Hmm« – sie schaute auf ihre Hände – »ich bin mit meinem Freund da.«

Meine Mutter war in einen tranceartigen Zustand verfallen und starrte angestrengt Clarissas Gesicht an. Clarissa lebte, und ich war tot. Clarissa begann ihn zu spüren, den sich in sie bohrenden Blick, und sie wollte weg. Dann sah Clarissa das Kleid.

»Hey«, sagte sie und streckte meiner Schwester die Hand entgegen.

»Was ist, Clarissa?«, fuhr meine Mutter sie an.

»Hm, nichts«, sagte sie. Sie blickte noch einmal auf das Kleid, wohl wissend, dass sie es jetzt nie mehr würde zurückfordern können.

»Abigail?«, fragte mein Vater. Er nahm ihren Tonfall wahr, ihre Wut. Etwas stimmte nicht.

Grandma Lynn, die gleich hinter meiner Mutter stand, zwinkerte Clarissa zu.

»Mir ist nur aufgefallen, wie gut Lindsey aussieht«, sagte Clarissa.

Meine Schwester wurde rot.

Die Menschenmenge im Vestibül begann, in Bewegung zu geraten und sich zu teilen. Der Grund war Reverend Strick, der in seinem Ornat auf meine Eltern zuschritt.

Clarissa zog sich zurück, um nach Brian Nelson zu suchen. Als sie ihn entdeckt hatte, gesellte sie sich zu ihm zwischen die Gräber.

Ray Singh blieb weg. Er verabschiedete sich auf seine Weise von mir: indem er ein Bild betrachtete – ein Atelierfoto –, das ich ihm im Herbst geschenkt hatte.

Er schaute in die Augen auf diesem Foto und geradewegs durch sie hindurch auf den Hintergrund aus marmoriertem Wildleder, vor dem wir Kinder unter einer heißen Lampe sitzen mussten. Was bedeutet tot wohl, überlegte Ray. Es bedeutet verloren, es bedeutet erstarrt, es bedeutet verschwunden. Er wusste, dass niemand in Wirklichkeit so aussieht wie auf Fotos. Er wusste, er sah nicht so wild oder verängstigt aus wie auf seinen eigenen. Während er mein Bild anstarrte, wurde ihm etwas klar – dass es nicht ich war. Ich war in der Luft um ihn herum, ich war in den kalten Morgenstunden, die er mittlerweile mit Ruth verbrachte, ich war in der stillen Zeit seines Alleinseins, wenn er nicht lernte. Ich war das Mädchen, das er hatte küssen wollen. Irgendwie hätte er mich gerne befreit. Er wollte mein Foto nicht verbrennen oder wegwerfen, aber er wollte mich auch nicht mehr ansehen. Ich beobachtete ihn, als er das Bild in einen der riesigen Bände mit indischen Gedichten legte, in dem er und seine Mutter Dutzende fragiler Blüten gepresst hatten, die langsam zu Staub zerfielen.

Bei der Trauerfeier sagten sie nette Dinge über mich. Reverend Strick. Direktor Caden. Mr. Dewitt. Meine Mutter und mein Vater dagegen saßen die ganze Zeit wie betäubt da. Samuel drückte immer wieder Lindseys Hand, aber sie schien keine Notiz von ihm zu nehmen. Sie blinzelte nicht einmal. Buckley trug einen kleinen Anzug, zu diesem Anlass ausgeliehen von Nate, der im selben Jahr schon auf einer Hochzeit gewesen war. Er zappelte herum und beobachtete meinen Vater. Es war Grandma Lynn, die an jenem Tag das Wichtigste tat.

Als meine Familie sich zum letzten Kirchenlied erhob, beugte sie sich zu Lindsey und flüsterte: »Da an der Tür, das ist er.«

Lindsey schaute hinüber. Gleich hinter Len Fenerman, der jetzt doch in der Kirche war und mitsang, stand ein Mann aus der Nachbarschaft. Er war salopper gekleidet als alle anderen und trug flanellgefütterte Khakihosen und ein schweres Flanellhemd. Einen Augenblick lang glaubte Lindsey ihn zu erkennen. Ihre Blicke begegneten sich. Dann fiel sie in Ohnmacht.

Während des Tumults, der um sie entstand, glitt George Harvey lautlos zwischen die Grabsteine aus dem Revolutionskrieg hinter der Kirche und spazierte unbemerkt davon.

10

Beim Begabten-Symposion, das jeden Sommer auf Bundesstaatsebene stattfand, kamen die begabten Schüler der siebten bis neunten Klassen zu einem vierwöchigen Treffen zusammen, um, so stellte ich es mir immer vor, in den

Bäumen zu hängen und sich gegenseitig im Hirn herumzustochern. Am Lagerfeuer sangen sie Oratorien statt Volkslieder. In der Mädchendusche schwärmten sie vom Körperbau des New Yorker Tänzers Jacques d'Amboises oder von den Stirnlappen des Volkswissenschaftlers John Kenneth Galbraith.

Doch selbst die Begabten hatten ihre Cliquen. Da gab es die Naturkunde-Freaks und die Mathe-Superhirne. Sie bildeten die höchste, wenn auch in sozialer Hinsicht ein wenig verkrüppelte Stufe auf der Begabten-Leiter. Dann kamen die Geschichts-Cracks, die die Geburts- und Todesdaten jeder auch nur einigermaßen wichtigen historischen Person kannten. Kryptische, scheinbar bedeutungslose Lebensdaten vor sich hinmurmelnd, passierten sie die anderen Campteilnehmer: »1769 bis 1821«, »1770 bis 1831.« Wenn Lindsey an den Geschichts-Cracks vorbeiging, ergänzte sie: »Napoleon«, »Hegel.«

Außerdem gab es die Meister im Geheimwissen. Alle missbilligten ihre Anwesenheit bei den Begabten. Es waren Jugendliche, die einen Motor auseinander nehmen und wieder zusammensetzen konnten – ohne Diagramme oder Anleitungen. Sie begriffen die Dinge konkret, nicht theoretisch. Ihre Zensuren schienen sie nicht zu kümmern.

Samuel war solch ein Meister. Seine Helden waren Richard Feynman und sein Bruder Hal. Hal hatte die Highschool abgebrochen und betrieb jetzt die Motorradwerkstatt in der Nähe des Schlundlochs, wo er von den Hell's Angels bis zu den Senioren, die auf dem Parkplatz ihres Altersheims mit Motorrollern herumfuhren, jeden bediente. Hal rauchte, wohnte zu Hause über der elterlichen Garage und unterhielt hinten in seiner Werkstatt diverse Liebschaften.

Wenn die Leute Hal fragten, wann er denn endlich erwachsen werden würde, sagte er: »Nie.« Davon inspiriert, erwiderte Samuel, wenn die Lehrer ihn fragten, was er werden wolle: »Weiß ich nicht. Ich bin gerade erst vierzehn geworden.«

Mit fast fünfzehn wusste Ruth Connors Bescheid. Draußen in dem Aluminium-Werkzeugschuppen hinter ihrem Haus, umgeben von den Türknäufen und Eisenwaren, die ihr Vater in alten, zum Abriss vorgesehenen Häusern gefunden hatte, saß sie im Dunkeln und konzentrierte sich, bis sie Kopfschmerzen hatte. Dann rannte sie ins Haus, am Wohnzimmer vorbei, wo ihr Vater las, und hinauf in ihr Zimmer, wo sie anfallartig ihre Gedichte aufschrieb. »Susie sein«, »Nach dem Tod«, »In Stücken«, »Neben ihr« und ihr Lieblingsgedicht – ihr größter Stolz, das Gedicht, das sie zum Symposion mitnahm, so oft zusammengefaltet und wieder gefaltet, dass die Knicke beinahe Einschnitte waren –, »Der Rand des Grabes«.

Ruth musste sich zum Symposion fahren lassen, weil sie an dem Morgen, an dem der Bus losfuhr, noch mit einer akuten Gastritis im Bett lag. Sie probierte die merkwürdigsten Gemüsediäten aus und hatte am Abend zuvor einen ganzen Kopf Kohl gegessen. Ihre Mutter weigerte sich, einen Kotau vor dem Vegetarismus zu machen, den Ruth seit meinem Tod praktizierte.

»Das ist nicht Susie, Herrgott noch mal!«, pflegte sie zu sagen, wenn sie ihrer Tochter ein zentimeterdickes Steak hinknallte.

Ihr Vater fuhr sie morgens um drei zuerst ins Krankenhaus und dann zum Symposion, nachdem er unterwegs zu Hause angehalten hatte, um die Tasche zu holen, die ihre Mutter inzwischen gepackt und ans Ende der Einfahrt gestellt hatte.

Als der Wagen das Camp erreichte, suchte Ruth die Menge der Schüler ab, die sich nach Namensschildern anstellten. Sie erblickte meine Schwester in einer rein männlichen Gruppe von Meistern. Lindsey hatte es vermieden, ihren Nachnamen auf ihr Schild zu schreiben und stattdessen einen Fisch gezeichnet. Auf diese Weise log sie nicht ausdrücklich, hoffte jedoch, ein paar Kinder von Schulen aus der Umgebung kennen zu lernen, die die Geschichte von meinem Tod nicht kannten oder sie zumindest nicht damit in Verbindung brachten.

Das ganze Frühjahr über hatte sie den Anhänger, das halbe Herz, getragen, während Samuel die andere Hälfte trug. Sie stellten ihre Liebe zueinander nicht zur Schau. In den Schulfluren hielten sie sich nicht an der Hand, und sie schrieben sich keine Briefchen. Beim Mittagessen saßen sie zusammen; Samuel brachte sie nach Hause. Zu ihrem vierzehnten Geburtstag schenkte er ihr einen Napfkuchen mit einer Kerze darin. Abgesehen davon verschmolzen sie mit der nach Geschlechtern getrennten Welt ihrer Altersgenossen.

Am nächsten Morgen war Ruth zeitig auf. Wie Lindsey war auch Ruth im Camp nicht fest zugeordnet. Sie gehörte keiner bestimmten Gruppe an. Sie hatte einen Spaziergang gemacht und Pflanzen und Blumen gesammelt, für deren Identifizierung sie Hilfe brauchte. Als ihr die Namen nicht gefielen, die ihr einer der Naturkunde-Freaks nannte, beschloss sie, die Pflanzen und Blumen selbst zu benennen. Sie zeichnete ein Bild des Blattes oder der Blüte in ihr Tagebuch, schrieb hin, um welches Geschlecht es sich ihrer Meinung nach handelte, und gab ihm dann einen Namen wie »Jim« für eine Pflanze mit schlichten Blättern oder »Pascha« für eine auffälligere Blume.

Als Lindsey in den Speisesaal stolperte, stand Ruth bereits um eine zweite Portion Eier und Würstchen an. Zu Hause hatte sie riesigen Stunk gemacht wegen des Fleisches und musste sich daran halten, aber auf dem Symposion wusste keiner von dem Eid, den sie geschworen hatte.

Ruth hatte vor meinem Tod nie mit meiner Schwester gesprochen und danach auch nur, um sich beim Zusammenstoßen in den Schulfluren bei ihr zu entschuldigen. Aber sie hatte Lindsey in Samuels Begleitung nach Hause gehen und ihn anlächeln sehen. Sie beobachtete, wie meine Schwester ja zu den Pfannkuchen und nein zu allem Übrigen sagte. Sie hatte ebenso versucht, sich vorzustellen, dass sie meine Schwester wäre, wie sie sich ausgemalt hatte, dass sie ich wäre.

Während Lindsey blind die nächste freie Stelle in der Schlange einnahm, legte Ruth sich ins Zeug. »Was soll der Fisch?«, fragte sie, mit dem Kopf auf das Namensschild meiner Schwester deutend. »Bist du religiös?«

»Achte auf die Richtung des Fisches«, sagte Lindsey, die sich gleichzeitig wünschte, es gäbe Vanillepudding zum Frühstück. Der würde prima zu den Pfannkuchen passen.

»Ruth Connors, Schriftstellerin«, sagte Ruth, um sich vorzustellen.

»Lindsey«, sagte Lindsey.

»Salmon, stimmt's?«

»Bitte nicht«, sagte Lindsey, und eine Sekunde lang verspürte Ruth das Gefühl ein bisschen lebhafter – wie es war, einen Anspruch auf mich zu erheben. Wie die Menschen Lindsey anschauten und ein mit Blut bedecktes Mädchen vor Augen hatten.

Auch die Begabten, die sich sonst dadurch unterschieden, dass sie die Dinge anders angingen, teilten sich innerhalb der ersten Tage in Pärchen auf. Das waren überwiegend zwei Jungen oder zwei Mädchen – ernsthafte Beziehungen waren mit vierzehn selten –, doch dieses Jahr gab es eine Ausnahme. Lindsey und Samuel.

»K-Ü-S-S-E-N!« empfing sie, wo immer sie hinkamen. Unbeaufsichtigt und in der Hitze des Sommers wuchs etwas in ihnen wie Unkraut. Es war Lust. Ich hatte sie nie in so reiner Form verspürt oder gesehen, wie sie sich so hitzig in jemandem ausbreitete, den ich kannte. In jemandem mit derselben Erbmasse wie ich.

Sie waren vorsichtig und befolgten die Regeln. Kein Betreuer konnte sagen, er hätte mit der Taschenlampe unter das dichtere Gebüsch neben dem Jungenschlafsaal geleuchtet und Salmon und Heckler beim Rummachen erwischt. Sie vereinbarten kleine Treffen draußen hinter der Cafeteria oder an einem bestimmten Baum, in den sie hoch oben ihre Initialen geritzt hatten. Sie küssten sich. Sie wollten weitergehen, konnten aber nicht. Samuel wünschte sich, dass es etwas Besonderes wäre. Er wusste, dass es vollkommen sein musste. Lindsey wollte es einfach nur durchziehen. Es hinter sich bringen, damit sie endlich erwachsen würde – den Ort und die Zeit transzendierte. Sie stellte sich Sex vor wie ein Transportiertwerden à la *Star Trek*. Man verdunstete und fand sich nach den ein, zwei Sekunden, die es dauerte, neu zusammengesetzt zu werden, als Navigator eines anderen Planeten wieder.

»Sie tun es bestimmt«, schrieb Ruth in ihr Tagebuch. Ich hatte gehofft, dass Ruth alles niederschreiben würde. Sie berichtete ihrem Tagebuch, wie ich auf dem Parkplatz an ihr vorübergestrichen war, wie ich sie an jenem Abend berührt – buchstäblich, so empfand sie es –, nach ihr gegriffen hatte. Wie ich da ausgesehen hatte. Dass sie von mir träumte. Dass sie sich die Idee zurechtgelegt hatte, ein Geist könnte eine Art zweiter Haut für jemanden sein, eine Schutzschicht irgendwie. Dass sie, wenn sie beharrlich war, uns womöglich beide befreien konnte. Ich schaute ihr über die Schulter, während sie ihre Überlegungen aufschrieb, und fragte mich, ob ihr wohl eines Tages jemand glauben würde.

Wenn sie an mich dachte, fühlte sie sich wohler, weniger allein, stärker verbunden mit etwas, das dort draußen war. Mit jemandem, der dort draußen war. Sie sah das Maisfeld in ihren Träumen, und eine neue Welt eröffnete sich, eine Welt, in der vielleicht auch sie Fuß fassen konnte.

Sie malte sich aus, wie ich sagen würde: »Du bist wirklich eine gute Schriftstellerin«, und ihr Tagebuch entließ sie in den Tagtraum, eine so gute Schriftstellerin zu sein, dass ihre Worte die Macht hatten, mich wieder zum Leben zu erwecken.

Ich konnte auf einen Nachmittag zurückblicken, an dem Ruth ihre halbwüchsige Kusine, die ein Bad nehmen wollte, beim Auskleiden beobachtete, während Ruth auf dem Badezimmervorleger saß, ins Bad eingeschlossen, damit ihre Kusine auf sie Acht geben konnte, wie man es ihr aufgetragen hatte. Ruth hatte sich danach gesehnt, die Haut und das Haar ihrer Kusine zu berühren, sich danach gesehnt, umarmt zu werden. Ich fragte mich, ob diese Sehnsucht bei einer Dreijährigen das ausgelöst hatte, was mit acht kam. Jenes verschwommene Gefühl des Andersseins, als ob ihre Verliebtheit in bestimmte Lehrerinnen oder in ihre Kusine realer wäre als die Schwärmereien der anderen Mädchen. Die ihre umfasste ein Verlangen, das über freundschaftliche Zuneigung hinausging, sie speiste ein Begehren, das allmählich grün und gelb zu einer krokusartigen Lust erblühte, deren zarte Blütenblätter sich in die Unbeholfenheit ihrer Adoleszenz reckten. Es war nicht unbedingt so, schrieb sie in ihr Tagebuch, dass sie sich Sex mit Frauen wünschte, sondern sie wollte vielmehr für immer in ihnen verschwinden. Sich verstecken.

Die letzte Woche des Symposions wurde immer damit zugebracht, ein Abschlussprojekt zu entwickeln, das die einzelnen Schulen dann an dem Abend, bevor die Eltern kamen, um die Schüler abzuholen, in einem Wettbewerb präsentierten. Der Wettbewerb wurde erst beim samstäglichen Frühstück dieser letzten Woche angekündigt, doch die Jugendlichen hatten trotzdem schon vorher mit ihren Plänen angefangen. Es ging dabei stets um eine bessere Mausefalle, deshalb wurden die Ansprüche Jahr für Jahr höher. Keiner wollte eine Mausefalle konstruieren, die bereits gebaut worden war.

Samuel machte sich auf die Suche nach Kindern mit Zahnspangen. Er brauchte die winzigen Gummibänder, die die Kieferorthopäden austeilten. Sie sollten dazu dienen, den Führungsarm seiner Mausefalle straff gespannt zu halten. Lindsey erbettelte sich von dem ehemaligen Armeekoch saubere Aluminiumfolie. Ihre Falle sollte Licht reflektieren, um die Mäuse zu verwirren.

»Und wenn es ihnen gefällt, wie sie aussehen?«, fragte Lindsey Samuel.

»Sie können nicht besonders gut sehen«, meinte Samuel. Er streifte das Papier von den Drähten, mit denen die Müllbeutel im Camp zugebunden wurden. Wenn ein Campteilnehmer normale Gegenstände eindringlich musterte, dachte er oder sie dabei höchstwahrscheinlich über deren Nutzen für die beste aller Mausefallen nach.

»Sie sind ziemlich niedlich«, sagte Lindsey eines Nachmittags.

Lindsey hatte den Großteil des gestrigen Abends damit verbracht, mit an Schnüren befestigten Ködern Feldmäuse zu fangen und sie unter das Drahtgeflecht eines leeren Kaninchenstalls zu setzen.

Samuel beobachtete die Tiere aufmerksam. »Ich glaube, ich könnte Tierarzt werden«, sagte er, »nur würde ich sie nicht gern aufschneiden.«

»Müssen wir sie denn umbringen?«, fragte Lindsey. »Es

geht doch um eine bessere Maus*efalle*, nicht um einen besseren Mäusetod.«

»Arties Beitrag sind kleine Särge aus Balsaholz«, sagte Samuel lachend.

»Das ist eklig.«

»Das ist Artie.«

»Angeblich war er in Susie verknallt«, sagte Lindsey.

»Ich weiß.«

»Redet er über sie?« Lindsey nahm einen langen, dünnen Stock und stieß ihn durch das Geflecht.

»Er hat sich nach dir erkundigt«, sagte Samuel.

»Was hast du ihm erzählt?«

»Dass es dir gut geht, dass es dir bald besser gehen wird.«

Die Mäuse flohen immer wieder vor dem Stock in die Ecke, wo sie, ein sinnloser Versuch zu entkommen, übereinander krabbelten. »Lass uns eine Mausefalle bauen mit einer kleinen lila Samtcouch darin, und dann montieren wir oben einen Schnappriegel, durch den sich, wenn sie auf der Couch sitzen, eine Tür öffnet und kleine Käsebällchen runterfallen. Wir können es das Königreich der wilden Nager nennen.«

Samuel bedrängte meine Schwester nicht, wie es die Erwachsenen tun. Stattdessen erörterte er im Detail die Polsterung der Mäusecouch.

Bis zum Sommer hatte ich begonnen, weniger Zeit im Pavillon zu verbringen, denn ich konnte die Erde auch sehen, wenn ich über die Wiesen des Himmels spazierte. Wenn die Nacht kam, brachen die Speerwerferinnen und Kugelstoßerinnen in andere Himmel auf. Himmel, in die ein Mädchen wie ich nicht hineinpasste. Waren sie entsetzlich, diese anderen Himmel? Schlimmer als die Einsamkeit zwischen lebenden, größer werdenden Altersgenossen? Oder waren sie das, was ich mir erträumte? Wo man auf ewig in einer Norman-Rockwell-Idylle gefangen war. Wo ständig Truthahn an einen Tisch voller Familienmitglieder gebracht wurde und ein sarkastisch zwinkernder Verwandter den Vogel tranchierte.

Wenn ich zu weit lief und mir laut genug Fragen stellte, veränderten sich die Wiesen. Ich konnte hinabschauen und Pferdemais sehen, und dann hörte ich es – Gesang –, eine Art tiefes Summen und Stöhnen, das mich vor dem Abgrund warnte. In meinem Kopf pochte es, und der Himmel verdunkelte sich, und es war wieder jene Nacht, jenes immer währende, neu erlebte Gestern. Meine Seele erstarrte, wurde schwer. Auf diese Weise gelangte ich oft an den Rand meines Grabes, musste aber trotzdem hineinstarren.

Allmählich fragte ich mich, was das Wort *Himmel* bedeutete. Wenn dies der Himmel wäre, dachte ich, wirklich der Himmel, dann müssten dort meine Großeltern leben. Der Vater meines Vaters, den ich von allen am liebsten hatte, würde mich hochheben und mit mir tanzen. Ich würde nur Freude verspüren und keine Erinnerung haben, kein Maisfeld und kein Grab.

»Das kannst du haben«, sagte Franny zu mir. »Das haben eine Menge Leute.«

»Wie kommt man da hin?«, fragte ich.

»Es ist nicht so einfach, wie du vielleicht denkst«, sagte sie. »Du musst aufhören, dir bestimmte Antworten zu wünschen.«

»Das kapiere ich nicht.«

»Wenn du aufhörst zu fragen, warum du ermordet wurdest und nicht jemand anders, aufhörst, dem durch deinen Verlust entstandenen Vakuum nachzuspüren, aufhörst, dich zu fragen, was alle, die noch auf der Erde sind, empfinden«, sagte sie, »kannst du frei sein. Du musst, schlicht und einfach gesagt, die Erde preisgeben.«

Das erschien mir unmöglich.

In derselben Nacht schlich sich Ruth in Lindseys Schlafsaal.

»Ich habe von ihr geträumt«, flüsterte sie meiner Schwester zu.

Lindsey blinzelte sie verschlafen an. »Von Susie?«, fragte sie.

»Der Vorfall im Speisesaal tut mir Leid«, sagte Ruth.

Lindsey lag auf dem untersten Teil eines dreistufigen Etagenbettes. Die Bettnachbarin direkt über ihr regte sich.

»Kann ich zu dir ins Bett kommen?«, fragte Ruth.

Lindsey nickte.

Ruth kroch neben Lindsey in das schmale Stückchen Bett.

»Was ist passiert in deinem Traum?«, flüsterte Lindsey.

Ruth erzählte es ihr, wobei sie ihr Gesicht so drehte, dass Lindsey die Silhouette von Ruths Nase und Lippen und Stirn ausmachen konnte. »Ich war in der Erde«, sagte Ruth, »und Susie ging über mir durch das Maisfeld. Ich konnte spüren, wie sie über mich hinweglief. Ich rief nach ihr, aber mein Mund füllte sich mit Erde. Sie konnte mich nicht hören, egal, wie laut ich zu schreien versuchte. Dann bin ich aufgewacht.«

»Ich träume nicht von ihr«, sagte Lindsey. »Ich habe Albträume von Ratten, die an meinen Haarspitzen knabbern.«

Ruth mochte das tröstliche Gefühl, das sie neben meiner Schwester empfand – die Hitze, die ihre Körper erzeugten.

»Bist du in Samuel verliebt?«

»Ja.«

»Vermisst du Susie?«

Weil es dunkel war, weil Ruth sie nicht anschaute, weil Ruth eine nahezu Fremde war, sprach Lindsey aus, was sie fühlte. »Mehr, als sich irgendjemand vorstellen kann.«

Der Direktor der Devon Junior High wurde in einer Familienangelegenheit abberufen, und so blieb es der frisch ernannten stellvertretenden Direktorin der Chester Springs School überlassen, sich über Nacht die Aufgabe für dieses Jahr auszudenken. Sie wollte etwas anderes als Mausefallen.

KOMMT MAN MIT VERBRECHEN DURCH? WIE MAN DEN PERFEKTEN MORD BEGEHT, verkündete ihr rasch entworfenes Flugblatt.

Die Kinder waren begeistert. Die Musiker und Dichter, die Geschichts-Cracks und Künstler schwirrten durcheinander und sprudelten vor Einfällen über. Beim Frühstück schaufelten sie ihre Eier mit Speck in sich hinein und verglichen die großen ungelösten Morde der Vergangenheit miteinander oder dachten sich Alltagsgegenstände aus, die tödliche Wunden zufügen konnten. Sie begannen darüber nachzusinnen, wen sie wohl zu ermorden planen sollten. Es war alles sehr vergnüglich bis um Viertel nach sieben, als meine Schwester hereinkam.

Artie sah, wie sie sich in die Schlange einreihte. Sie wusste noch nichts, kriegte nur die Spannung mit, die in der Luft lag – und nahm an, der Mausefallen-Wettbewerb sei angekündigt worden.

Er hielt seinen Blick auf Lindsey gerichtet und sah, dass das nächste Flugblatt am Ende der Schlange über dem Besteckkasten klebte. Er lauschte einer Geschichte über Jack the Ripper, die jemand an seinem Tisch zum Besten gab. Er stand auf, um sein Tablett zurückzubringen.

Als er meine Schwester erreichte, räusperte er sich. Ich setzte meine ganze Hoffnung auf diesen unsicheren Jungen. »Schnapp sie dir«, sagte ich. Ein Gebet, das an die Erde hinunterging.

»Lindsey«, sagte Artie.

Lindsey schaute ihn an. »Ja?«

Der Armeekoch hinter der Theke hielt ihr einen Löffel voller Rührei hin, um es auf ihr Tablett zu klatschen.

»Ich bin Artie, aus der Klasse von deiner Schwester.«

»Ich brauche keine Särge«, sagte Lindsey und schob ihr Tablett den Metallrost entlang dorthin, wo es Orangensaft und Apfelsaft in großen Plastikkrügen gab.

»Was?«

»Samuel hat mir erzählt, dass du dieses Jahr Särge aus Balsaholz für die Mäuse baust. Ich will keine.«

»Sie haben die Aufgabe geändert«, sagte er.

Lindsey hatte zuvor beschlossen, den unteren Teil von Clarissas Kleid abzutrennen. Der Stoff wäre ideal für die Mäusecouch.

»Und um was geht es jetzt?«

»Willst du rausgehen?« Artie schirmte sie mit seinem Körper ab und versperrte ihr den Weg zum Besteckkasten. »Lindsey«, stieß er hervor. »Der Wettbewerb dreht sich um Mord.«

Sie starrte ihn an.

Lindsey umklammerte ihr Tablett. Sie hielt den Blick auf Artie gerichtet.

»Ich wollte es dir sagen, bevor du das Flugblatt liest«, sagte er.

Samuel kam ins Zelt gestürzt.

»Was ist los?« Lindsey blickte Samuel hilflos an.

»Die Aufgabe besteht dieses Jahr darin, den perfekten Mord zu begehen«, sagte Samuel.

Samuel und ich sahen das Zucken. Wie ihr Herz sich innerlich schüttelte. Sie war allmählich so geübt, dass die Spalten und Risse immer feiner wurden. Bald würde, wie bei einem Kartenspielertrick, keiner mehr sehen können, wie sie es tat. Sie konnte die ganze Welt ausschließen, auch sich selbst.

»Mir geht's gut«, sagte sie.

Aber Samuel wusste, dass das nicht stimmte.

Er und Artie schauten auf ihren Rücken, als sie ging.

»Ich habe versucht, sie zu warnen«, sagte Artie schwach.

Artie kehrte zu seinem Tisch zurück. Er zeichnete Spritzen, eine nach der anderen. Sein Stift drückte sich immer stärker ein, als er die Einbalsamierungsflüssigkeit in ihnen farbig ausmalte, als er die Fallkurve der herausquellenden Tropfen vollendete.

Einsam, dachte ich, *auf der Erde wie im Himmel.*

»Man tötet Menschen durch Erstechen und Aufschneiden und Erschießen«, sagte Ruth. »Das ist eklig.«

»Zugegeben«, sagte Artie.

Samuel hatte meine Schwester zu einem Gespräch weggeführt. Artie hatte Ruth mit ihrem großen, leeren Heft draußen an einem der Picknicktische gesehen.

»Aber es gibt gute Gründe zu töten«, sagte Ruth.

»Wer, glaubst du, hat es getan?«, fragte Artie. Er setzte sich auf die Bank und stemmte seine Füße auf die Verstrebung unter dem Tisch.

Ruth saß beinahe reglos da, das rechte Bein über das linke geschlagen, doch ihr Fuß wackelte unaufhörlich.

»Wie hast du davon gehört?«, fragte sie.

»Mein Vater hat es uns erzählt«, sagte Artie. »Er rief meine Schwester und mich ins Wohnzimmer und ließ uns Platz nehmen.«

»Scheiße, was hat er gesagt?«

»Zuerst sagte er, dass auf der Welt schreckliche Dinge geschehen, und meine Schwester sagte: ›Vietnam‹, und er war still, weil sie sich immer darüber streiten, wenn die Sprache darauf kommt. Aber dann sagte er: ›Nein, Schatz, es passieren schreckliche Dinge ganz in unserer Nähe, Menschen, die wir kennen.‹ Sie dachte, es ginge um eine ihrer Freundinnen.«

Ruth spürte einen Regentropfen.

»Dann brach mein Dad zusammen und sagte, ein kleines Mädchen sei ermordet worden. Ich war derjenige, der fragte, wer denn. Ich meine, als er ›kleines Mädchen‹ sagte, stellte ich mir *klein* vor, weißt du. Nicht wie wir.«

Es war definitiv einer von mehreren Tropfen, und sie begannen auf der Rotholz-Tischplatte zu landen.

»Willst du reingehen?«, fragte Artie.

»Alle anderen sind bestimmt auch drinnen«, sagte Ruth.

»Ich weiß.«

»Lass uns nass werden.«

Eine Weile saßen sie still da und beobachteten, wie die Tropfen um sie herum fielen, hörten das Geräusch auf den Blättern am Baum über ihren Köpfen.

»Ich wusste, dass sie tot war. Ich habe es gespürt«, sagte Ruth, »aber dann habe ich eine Notiz in der Zeitung meines Vaters gesehen, und da war ich mir sicher. Erst haben sie ihren Namen nicht genannt. Nur ›Mädchen, vierzehn‹. Ich bat meinen Vater um die Seite, doch er wollte sie mir nicht geben. Ich meine, wer außer ihr und ihrer Schwester war denn die ganze Woche nicht in der Schule gewesen?«

»Wer es wohl Lindsey erzählt hat?«, sagte Artie. Der Regen wurde stärker. Artie rutschte unter den Tisch. »Wir werden klitschnass«, rief er darunter hervor.

Und dann hörte der Regen so schnell auf, wie er angefangen hatte. Die Sonne kam zwischen den Zweigen des Baumes über ihr hindurch, und Ruth schaute auf und über sie hinaus. »Ich glaube, sie hört zu«, sagte sie, zu leise, um vernommen zu werden.

Auf dem Symposion sprach sich herum, wer meine Schwester war und wie ich gestorben war.

»Stell dir vor, erstochen zu werden«, sagte jemand.

»Nein, danke.«

»Ich finde es cool.«

»Denk doch mal – sie ist berühmt.«

»Schöne Art, berühmt zu werden. Ich gewinne lieber den Nobelpreis.«

»Weiß jemand, was sie werden wollte?«

»Frag doch Lindsey.«

Und sie zählten die Toten auf, die sie kannten.

Großmutter, Großvater, Onkel, Tante, einer hatte einen Elternteil, seltener war eine Schwester oder ein Bruder, die oder der jung an eine Krankheit verloren worden war – eine Herzschwäche – Leukämie – ein unaussprechliches Leiden. Keiner kannte jemanden, der ermordet worden war. Aber jetzt kannten sie mich.

Unter einem Ruderboot, zu alt und abgenutzt, um noch zu Wasser gelassen zu werden, legte sich Lindsey mit Samuel Heckler auf die Erde, und er umschlang sie.

»Du weißt, dass es mir gut geht«, sagte sie mit trockenen Augen. »Ich glaube, Artie hat versucht, mir zu helfen«, brachte sie vor.

»Du kannst jetzt aufhören, Lindsey«, sagte er. »Wir bleiben einfach hier liegen und warten, bis es ruhiger geworden ist.«

Samuels Rücken war flach an den Boden gepresst, und er drückte meine Schwester fest an sich, um sie vor der Feuchtigkeit des raschen Sommerregens zu beschützen. Ihr Atem begann den kleinen Raum unter dem Boot aufzuheizen, und er konnte es nicht verhindern – sein Penis versteifte sich in seinen Jeans.

Lindsey streckte die Hand aus.

»Entschuldige …«, setzte er an.

»Ich bin bereit«, sagte meine Schwester.

Mit vierzehn segelte meine Schwester von mir fort an einen Ort, an dem ich nie gewesen war. In den Wänden meines Geschlechts waren Schrecken und Blut, in den Wänden des ihren waren Fenster.

»Wie man den perfekten Mord begeht« war ein altes Spiel im Himmel. Ich wählte immer den Eiszapfen: Die Waffe schmilzt.

11

Als mein Vater um vier Uhr morgens aufwachte, war das Haus still. Meine Mutter lag leise schnarchend neben ihm. Mein Bruder, das einzige Kind, da meine Schwester auf dem Symposion war, lag da wie ein Stein, ein Laken über sich gezogen. Mein Vater staunte darüber, wie fest er schlief – genau wie ich. Als ich noch lebte, hatten Lindsey und ich uns oft einen Spaß daraus gemacht, in die Hände zu klatschen, Bücher fallen zu lassen und sogar Topfdeckel aufeinander zu knallen, um zu sehen, ob Buckley davon aufwachen würde.

Ehe mein Vater das Haus verließ, sah er noch einmal nach Buckley – um sich zu vergewissern, den warmen Atem auf seiner Handfläche zu spüren. Dann zog er sich seine dünnsohligen Turnschuhe und eine leichte Jogging-Kluft an. Seine letzte Aufgabe war die, Holiday das Halsband anzulegen.

Es war noch so zeitig, dass er fast seinen Atem sehen konnte. Zu dieser frühen Stunde konnte er so tun, als ob es noch Winter wäre. Als ob die Jahreszeiten nicht fortgeschritten wären.

Das morgendliche Ausführen des Hundes lieferte ihm einen Vorwand, um an Mr. Harveys Haus vorbeizulaufen. Er wurde nur geringfügig langsamer – keiner hätte es bemerkt außer mir oder Mr. Harvey, wäre er wach gewesen. Mein Vater war sich sicher, dass er, wenn er nur angestrengt genug starrte, lange genug hinschaute, die Hinweise, die er benötigte, in den Fensterflügeln, in dem grünen Anstrich, der die Schindeln bedeckte, oder auf der Einfahrt finden würde, wo zwei große, weiß bemalte Steine standen.

Im Spätsommer 1974 hatte sich in meinem Fall immer noch nichts getan. Keine Leiche. Kein Mörder. Nichts.

Mein Vater dachte an Ruana Singh: »Wenn ich sicher wäre, würde ich mir eine unauffällige Methode ausdenken und ihn umbringen.« Er hatte Abigail nichts davon erzählt, weil der Ratschlag eine Art grundsätzlichen Sinn ergab, der ihr Angst machen und sie dazu bringen würde, jemandem davon zu berichten, und er hatte den Verdacht, dieser Jemand könnte Len sein.

Seit dem Tag, an dem er Ruana Singh aufgesucht hatte und dann nach Hause gekommen war, wo er Len, auf ihn wartend, vorfand, hatte er das Gefühl, dass meine Mutter sich zu sehr auf die Polizei verließ. Wenn mein Vater etwas sagte, das den polizeilichen Theorien widersprach – oder, wie er es sah, deren Fehlen –, war meine Mutter eilig dabei, das durch die Idee meines Vaters aufgerissene Loch zu stopfen. »Len sagt, das hat nichts zu bedeuten«, oder »Ich vertraue darauf, dass die Polizei rausfindet, was passiert ist.«

Warum, fragte sich mein Vater, vertrauten die Leute der Polizei so sehr? Warum nicht dem Instinkt? Es war Mr. Harvey gewesen, und er wusste es. Was Ruana jedoch gesagt hatte, war: *wenn ich sicher wäre*. Es zu wissen, im tiefsten Inneren zu wissen wie mein Vater, war gemäß der nüchterneren Auslegung des Gesetzes kein unanfechtbarer Beweis.

Das Haus, in dem ich aufwuchs, war dasselbe Haus, in dem ich geboren wurde. Wie das von Mr. Harvey war es ein viereckiger Kasten, und deswegen hegte ich sinnlose Neidgefühle, wenn ich andere Leute besuchte. Ich träumte von Erkerfenstern und Kuppeln, Balkons und schrägen Wänden in einem Schlafzimmer im Dachgeschoss. Ich liebte die Vorstellung, es könnte in einem Garten Bäume geben, die größer und mächtiger wären als Menschen, lauschige Winkel unter Treppen, dichte Hecken, die so breit wären, dass sie innen Höhlen aus toten Zweigen hätten, in die man hineinkriechen und sich setzen könnte. In meinem Himmel gab es Veranden und Wendeltreppen, Fenstersimse mit Eisengeländern und einen Campanile, der eine Glocke beherbergte, die die Stunde schlug.

Den Grundriss bei Mr. Harvey kannte ich auswendig. Ich hatte einen warmen Fleck auf dem Fußboden der Garage erzeugt, bis ich abkühlte. Er hatte mein Blut auf seinen Kleidungsstücken und seiner Haut mit ins Haus gebracht. Ich kannte das Badezimmer. Wusste, dass meine Mutter bei uns zu Hause versucht hatte, es an Buckleys späte Ankunft anzupassen, indem sie es entlang der Oberkante der rosa Wände mit aufgemalten Schlachtschiffen schmückte. Bei Mr. Harvey waren Bad und Küche makellos. Die Kacheln waren gelb und die Fußbodenfliesen grün. Er hatte es gern kalt. Oben, wo Buckley, Lindsey und ich unsere Zimmer hatten, befand sich bei ihm fast nichts. Er hatte einen Stuhl mit gerader Lehne, auf dem er gelegentlich saß und zum Fenster hinaus auf die Highschool starrte und dem Klang der Orchesterproben lauschte, der von der Wiese herüberwehte, doch die meiste Zeit verbrachte er hinten im Erdgeschoss, in der Küche, wo er Puppenhäuser baute, im Wohnzimmer mit Radiohören oder, wenn ihn die Lust überkam, mit dem Skizzieren von Entwürfen für Verrücktheiten wie das Erdloch oder das Zelt.

Seit Monaten hatte ihn meinetwegen keiner mehr belästigt. Im Sommer sah er nur noch selten einen Streifenwagen vor seinem Haus langsamer werden. Er war schlau genug, seine Gewohnheiten nicht zu ändern. Wenn er gerade hinaus zur Garage oder zum Briefkasten ging, lief er einfach weiter.

Er stellte sich mehrere Wecker. Einen, der ihn daran erinnerte, wann er die Jalousien schließen, einen, wann er sie öffnen sollte. In Verbindung mit diesen Weckern schaltete er überall im Haus Lampen an und aus. Wenn ab und zu ein Kind vorbeikam, um für einen Schulwettbewerb Schokoladenriegel zu verkaufen oder ihn zu fragen, ob er das *Evening Bulletin* abonnieren wolle, war er freundlich, aber geschäftsmäßig, unauffällig.

Er bewahrte Gegenstände auf, die er zählte, und dieses Zählen beruhigte ihn. Es waren simple Gegenstände. Ein Ehering, ein Brief, versiegelt in einem Umschlag, der Absatz eines Schuhs, eine Brille, ein Radiergummi in der Form einer Comic-Figur, eine kleine Flasche Parfüm, ein Plastikarmband, meinen Pennsylvania-Anhänger, den Bernsteinanhänger seiner Mutter. Er holte sie nachts heraus, lange nachdem mit Sicherheit kein Zeitungsjunge oder Nachbar mehr an seine Tür klopfen würde. Er zählte die Gegenstände wie Perlen auf einem Rosenkranz. Zu manchen hatte er die Namen vergessen. Ich kannte die Namen. Der Schuhabsatz stammte von einem Mädchen namens Claire aus Nutley, New Jersey, das er überredet hatte, in den Laderaum eines Lieferwagens zu steigen. Sie war kleiner als ich. (Ich bilde mir gern ein, dass ich nicht in einen Lieferwagen gestiegen wäre. Bilde mir gern ein, dass es meine Neugier darauf war, wie er ein Erdloch hatte bauen können, das nicht in sich zusammenfiel.) Er hatte Claire den Absatz vom Schuh gerissen, bevor er sie gehen ließ. Das war alles, was er tat. Er verfrachtete sie in den

Lieferwagen und zog ihr die Schuhe aus. Sie fing an zu weinen, und das Geräusch bohrte sich in ihn wie Schrauben. Er flehte sie an, still zu sein und einfach wieder zu gehen. Barfuß und wundersamerweise, ohne sich zu beklagen, aus dem Wagen zu steigen, während er ihre Schuhe behielt. Aber das tat sie nicht. Sie weinte. Er begann, einen ihrer Absätze zu bearbeiten, indem er ihn mit seinem Taschenmesser lockerte, bis jemand an die Rückseite des Lieferwagens hämmerte. Er hörte Männerstimmen und eine Frau, die schrie, man müsse die Polizei rufen. Er öffnete die Tür.

»Was zum Teufel machen Sie da mit dem Kind?«, rief einer der Männer. Der Kumpel des Mannes fing das kleine Mädchen auf, das heulend aus dem Wagen geflogen kam.

»Ich versuche, ihren Schuh zu reparieren.«

Das kleine Mädchen war hysterisch, Mr. Harvey ganz Ruhe und Vernunft. Aber Claire hatte dasselbe gesehen wie ich – in seinem lastenden Blick –, seinen Wunsch nach etwas Unausgesprochenem, dessen Erfüllung unsere Auslöschung bedeuten würde.

Hastig reichte Mr. Harvey, während die Männer und die Frau verwirrt dastanden, unfähig zu erkennen, was Claire und ich wussten, einem der Männer die Schuhe und verabschiedete sich. Den Absatz behielt er. Er hielt den kleinen Lederabsatz gern in der Hand und rieb ihn mit Daumen und Zeigefinger – ein perfekter Talisman.

Ich kannte den dunkelsten Ort in unserem Haus. Ich war hineingeklettert und, wie ich Clarissa erzählt hatte, einen ganzen Tag, in Wirklichkeit aber nur eine Dreiviertelstunde, dort geblieben. Es war der Kriechgang im Keller. In unserem befanden sich nach unten laufende Rohre, die ich mittels einer Taschenlampe sehen konnte, sowie tonnenweise Staub. Das war's. Insekten gab es da nicht. Meine

Mutter heuerte, wie ihre eigene, beim geringsten Ameisenbefall einen Kammerjäger an.

Wenn der Wecker geklingelt hatte, der ihn daran erinnerte, die Jalousien zu schließen, und dann der nächste Wecker, der ihn daran erinnerte, die meisten Lampen auszuschalten, weil die Vororte danach schliefen, ging Mr. Harvey in den Keller hinunter, der keine Ritzen hatte, durch die Licht sickern konnte, auf das die Leute womöglich zeigten und sagten, er sei merkwürdig. Zum Zeitpunkt meiner Ermordung hatte er es schon satt, den Kriechgang aufzusuchen, aber er saß immer noch gern im Keller in einem Sessel, der dem dunklen Loch zugewandt war, das auf halber Höhe der Wand begann und bis zu den bloßliegenden Dielenbrettern seines Küchenfußbodens reichte. Oft döste er dort ein, und dort schlief er auch, als mein Vater gegen zwanzig vor fünf an dem grünen Haus vorbeikam.

Joe Ellis war ein übler kleiner Rabauke. Er hatte Lindsey und mich im Schwimmbad unter Wasser gekniffen und uns davon abgehalten, zu Badepartys zu gehen, weil wir ihn so sehr verabscheuten. Er hatte einen Hund, den er hinter sich herzerrte, ohne sich darum zu kümmern, was der Hund wollte. Der Hund war klein und konnte nicht schnell rennen, doch das war Ellis egal. Oft schlug er ihn oder hob ihn am Schwanz hoch. Eines Tages war der Hund dann verschwunden, desgleichen eine Katze, die man Ellis hatte quälen sehen. Und dann begannen Tiere aus der gesamten Nachbarschaft zu verschwinden.

Was ich entdeckte, als ich Mr. Harveys Blick in den Kriechgang folgte, waren diese Tiere, die seit über einem Jahr vermisst wurden. Die Leute dachten, es habe aufgehört, weil der Ellis-Junge auf die Militärakademie geschickt worden war. Wenn sie ihre Haustiere morgens aus dem Haus ließen, kehrten sie abends zurück. Das hielten sie für den Beweis. Niemand hätte sich einen Appetit vorstellen können wie denjenigen in dem grünen Haus. Jemanden, der Ätzkalk auf die Leichen von Katzen und Hunden streute, damit ihm möglichst bald nur ihre Knochen blieben. Dadurch, dass er die Knochen zählte und sich von dem versiegelten Brief, dem Ehering, dem Fläschchen Parfüm fernhielt, versuchte er, sich von dem abzuhalten, was er sich am meisten wünschte – im Dunkeln die Treppe hochzusteigen und sich auf den Stuhl mit der geraden Lehne zu setzen, auf die Highschool zu schauen und sich die Körper auszumalen, die zu den Stimmen der Cheerleader passten, die an Herbsttagen bei Football-Spielen rhythmisch wogten, oder die Busse von der Grundschule zu beobachten, die zwei Häuser weiter ihre Fracht entluden. Einmal hatte er einen langen Blick auf Lindsey geworfen, das einzige Mädchen in der Jungenfußballmannschaft, die nach Einbruch der Dunkelheit in unserem Viertel ihre Runden drehte.

Ich glaube, am schwierigsten war für mich die Erkenntnis, dass er jedes Mal versucht hatte, sich Einhalt zu gebieten. Er hatte Tiere getötet, unbedeutendere Leben genommen, um kein Kind zu töten.

Im August war Len so weit, dass er um seiner selbst und um meines Vaters willen Grenzen abstecken wollte. Mein Vater hatte das Revier zu oft angerufen und die Polizei frustriert und verärgert, was nicht dazu beitrug, dass jemand gefunden wurde, und nur alle gegen ihn einnahm.

Der Tropfen, der das Fass zum Überlaufen brachte, war ein Anruf in der ersten Juliwoche gewesen. Jack Salmon hatte der Vermittlung im Detail beschrieben, wie sein Hund bei einem Morgenspaziergang vor Mr. Harveys Haus stehen geblieben war und angefangen hatte zu jaulen. Egal, was Salmon getan hatte, so ging die Geschichte, der Hund wollte sich nicht vom Fleck rühren und nicht aufhören zu heulen. Es wurde ein Witz auf dem Revier: Mr. Fisch und sein Huckleberry Hound.

Len stand auf der Schwelle unseres Hauses, um seine Zigarette aufzurauchen. Es war noch früh, aber die Feuchtigkeit vom Tag zuvor hatte sich verstärkt. Die ganze Woche schon war Regen vorhergesagt worden, die Art von Gewitter, durch die sich die Gegend hervortat, doch bisher war die einzige Nässe, die Len bemerkte, die des Schweißes, der seinen Körper überzog. Er hatte seinen letzten unbeschwerten Besuch bei meinen Eltern gemacht.

Jetzt hörte er ein Summen – eine weibliche Stimme von drinnen. Er trat seine Zigarette auf dem Zement unter der Hecke aus und hob den schweren Messingtürklopfer. Die Tür ging auf, noch bevor er ihn losgelassen hatte.

»Ich habe Ihre Zigarette gerochen«, sagte Lindsey.

»Warst du das, die da gesummt hat?«

»Die Dinger werden Sie umbringen.«

»Ist dein Vater zu Hause?«

Lindsey trat beiseite, um ihn einzulassen.

»Dad!«, schrie meine Schwester ins Haus. »Len ist da!«

»Du warst weg, oder?«, fragte Len.

»Bin gerade zurückgekommen.«

Meine Schwester trug Samuels Softball-Shirt und ein Paar seltsame Jogginghosen. Meine Mutter hatte sie beschuldigt, ohne ein einziges ihrer eigenen Kleidungsstücke nach Hause zurückgekehrt zu sein.

»Deine Eltern haben dich sicher vermisst.«

»Darauf würde ich nicht wetten«, sagte Lindsey. »Ich glaube, sie waren ganz froh, dass ich ihnen nicht im Wege war.«

Len wusste, dass sie Recht hatte. Auf jeden Fall war meine Mutter ihm bei den letzten Besuchen weniger hektisch erschienen.

Lindsey sagte: »Buckley hat Sie in der Stadt, die er unter seinem Bett gebaut hat, zum Chef des Polizeidezernats gemacht.«

»Das ist eine Beförderung.«

Beide hörten im oberen Flur die Schritte meines Vaters und Buckleys flehende Stimme. Lindsey wusste, dass, worum er auch gebeten haben mochte, mein Vater es ihm schließlich gewähren würde.

Mein Vater und mein Bruder kamen, ganz Lächeln, die Treppe herab.

»Len«, sagte er, und er schüttelte Len die Hand.

»Guten Morgen, Jack«, erwiderte Len. »Und wie geht's dir heute Morgen, Buckley?«

Mein Vater griff nach Buckleys Hand und stellte ihn vor Len hin, der sich feierlich zu meinem Bruder hinunterbeugte.

»Ich habe gehört, du hast mich zum Polizeichef gemacht.«

»Ja, Sir.«

»Ich glaube nicht, dass ich den Job verdiene.«

»Sie eher als sonst jemand«, sagte mein Vater munter. Er liebte es, wenn Len vorbeischaute. Es bestätigte meinem Vater jedes Mal, dass es einen Konsens gab – eine Gruppe, die hinter ihm stand –, dass er in der ganzen Sache nicht allein war.

»Ich muss mit eurem Vater reden, Kinder.«

Lindsey brachte Buckley mit dem Versprechen, ihm Getreideflocken zu geben, nach hinten in die Küche. Sie selbst dachte an das, was Samuel ihr gezeigt hatte; es war ein Drink namens Jellyfish, zu dem neben einer Mischung aus Zucker und Gin eine Maraschinokirsche gehörte. Samuel und Lindsey hatten die Kirschen durch den Zucker und Schnaps hindurch aufgesogen, bis ihnen der Kopf wehtat und ihre Lippen rot verschmiert waren.

»Soll ich Abigail holen? Kann ich Ihnen Kaffee anbieten oder sonst irgendwas?«

»Jack«, sagte Len, »ich bin nicht mit Neuigkeiten hier – ganz im Gegenteil. Können wir uns hinsetzen?«

Ich sah zu, wie mein Vater und Len ins Wohnzimmer gingen. Das Wohnzimmer schien ein Zimmer zu sein, das in Wirklichkeit eigentlich nie bewohnt wurde. Len setzte sich auf eine Sesselkante und wartete darauf, dass mein Vater Platz nahm.

»Hören Sie, Jack«, begann er. »Es geht um George Harvey.«

Das Gesicht meines Vaters leuchtete auf. »Ich dachte, Sie sagten, Sie hätten keine Neuigkeiten.«

»Habe ich auch nicht. Ich muss Ihnen etwas mitteilen, im Namen des Reviers und in eigener Sache.«

»Ja.«

»Wir wollen, dass Sie aufhören, uns wegen George Harvey anzurufen.«

»Aber ...«

»Ich will, dass Sie damit aufhören. Es gibt nichts, wie weit wir es auch auslegen, das ihn mit Susies Tod in Verbindung bringt. Jaulende Hunde und Brautzelte sind keine Beweise.«

»Ich weiß, dass er es getan hat«, sagte mein Vater.

»Er ist merkwürdig, zugegeben, aber soweit wir wissen, ist er kein Mörder.«

»Woher wollen Sie das wissen?«

Len Fenerman redete, doch alles, was mein Vater hörte, war Ruana Singh, die sagte, was sie zu ihm gesagt hatte, und er dachte daran, wie er vor Mr. Harveys Haus gestanden und die Energie verspürt hatte, die zu ihm ausstrahlte, die Kälte im Innersten des Mannes. Mr. Harvey war zugleich undurchschaubar und die einzige Person auf der Welt, die mich getötet haben konnte. Je mehr Len es leugnete, desto sicherer wurde mein Vater.

»Sie hören also auf, Nachforschungen über ihn anzustellen«, sagte mein Vater entschieden.

Lindsey trieb sich in der Nähe der Tür herum wie an dem Tag, als Len und der uniformierte Beamte meine Mütze mit der Glocke gebracht hatten. Lindsey besaß genau so eine Mütze. Noch am selben Tag hatte sie diese zweite Mütze in aller Stille in eine Schachtel mit alten Puppen hinten in ihrem Kleiderschrank gesteckt. Sie wollte nicht, dass meine Mutter den Klang dieser perlengleichen Glöckchen je wieder hörte.

Da war unser Vater, dessen Herz, wie wir wussten, uns alle in sich trug. Uns schwer und verzweifelt in sich trug, und die Türen seines Herzens öffneten und schlossen sich mit der Schnelligkeit von Klappen an einem Instrument; die geräuschlosen Filzventile, das gespenstische Fingern, Üben und Üben und dann, unglaublich, Klang und Melodie und Wärme. Lindsey trat von ihrem Platz neben der Tür hervor.

»Ach hallo, Lindsey«, sagte Len.

»Detective Fenerman.«

»Ich habe deinem Vater gerade erzählt…«

»Dass Sie aufgeben.«

»Wenn es irgendeinen guten Grund gäbe, den Mann zu verdächtigen…«

»Sind Sie fertig?«, fragte Lindsey. Sie war plötzlich die Ehefrau für unseren Vater sowie das älteste, verantwortungsbewussteste Kind.

»Ich möchte nur, dass ihr alle wisst, dass wir jeder Spur nachgegangen sind.«

Mein Vater und Lindsey hörten sie, und ich sah sie. Meine Mutter, die die Treppe herunterkam. Buckley stürmte aus der Küche auf sie los und katapultierte sein ganzes Gewicht gegen die Beine meines Vaters.

»Len«, fragte meine Mutter und zog ihren Frottee-Morgenmantel enger um sich, als sie ihn sah, »hat Jack Ihnen Kaffee angeboten?«

Mein Vater schaute seine Frau an und Len Fenerman.

»Die Bullen werfen das Handtuch«, sagte Lindsey, fasste Buckley sanft bei den Schultern und drückte ihn an sich.

»Handtuch?«, fragte Buckley. Er rollte ein Wort immer so lange wie einen Bonbon im Mund herum, bis er genau wusste, wie es schmeckte und sich anfühlte.

»Was?«

»Detective Fenerman ist hier, um Dad mitzuteilen, dass er ihnen nicht mehr auf den Wecker fallen soll.«

»Lindsey«, sagte Len, »so würde ich es nicht ausdrücken.«

»Ist ja auch egal«, entgegnete sie. Meine Schwester wollte weg, an einen Ort, wo das Begabten-Camp fortgesetzt wurde, wo Samuel und sie oder sogar Artie, der in letzter Minute mit der Eiszapfen-als-Mordwaffe-Idee den Wettbewerb um das perfekte Verbrechen gewonnen hatte, ihre Welt beherrschten.

»Komm, Dad«, sagte sie. Mein Vater setzte langsam ein Puzzle zusammen. Es hatte nichts mit George Harvey zu tun, nichts mit mir. Es war in den Augen meiner Mutter.

In der folgenden Nacht blieb mein Vater, wie er es jetzt immer öfter tat, allein in seinem Arbeitszimmer auf. Er konnte nicht fassen, dass die Welt um ihn herum einstürzte – wie unerwartet das alles kam nach dem Ausgangspunkt der Explosion, die mein Tod gewesen war. »Ich habe das Gefühl, ich stehe im Strudel eines Vulkanausbruchs«, schrieb er in sein Notizheft. »Abigail denkt, dass Len Recht hat bezüglich Harvey.«

Während er schrieb, flackerte die Kerze im Fenster wiederholt, und trotz seiner Schreibtischlampe lenkte ihn das Flackern ab. Er lehnte sich in dem alten hölzernen Sessel zurück, den er seit dem College hatte, und hörte das beruhigende Knarren des Holzes unter sich. In der Firma registrierte er allmählich nicht einmal mehr, was von ihm verlangt wurde. Täglich war er mit Spalten voller bedeutungsloser Zahlen konfrontiert, die er mit Unternehmensansprüchen in Übereinstimmung bringen sollte. Mit einer Häufigkeit, die beängstigend war, unterliefen ihm jetzt Fehler, und er fürchtete, mehr als in den ersten Tagen nach meinem Verschwinden, dass er nicht mehr in der Lage sein würde, für seine beiden verbliebenen Kinder zu sorgen.

Er stand auf und streckte die Arme nach oben und versuchte, sich auf die Übungen zu konzentrieren, die unser Hausarzt ihm empfohlen hatte. Ich beobachtete, wie sein Körper sich auf eine überraschende Weise verrenkte, die ich nie zuvor gesehen hatte. Er hätte Tänzer sein können statt Geschäftsmann. Er hätte mit Ruana Singh am Broadway auftreten können.

Er knipste die Schreibtischlampe aus, sodass nur noch die Kerze brannte.

In seinem tiefen, grünen Sessel fühlte er sich nun äußerst behaglich. Dort sah ich ihn auch oft schlafen. Das Zimmer wie eine Gruft, der Sessel wie ein Schoß und ich, die über ihn wachte. Er starrte die Kerze im Fenster an und überlegte, was er tun sollte; wie er versucht hatte, meine Mutter zu berühren, und sie sich in Richtung Bettkante geschoben hatte. Wie sie dagegen in Gegenwart der Polizei aufzublühen schien.

Er hatte sich an das geisterhafte Licht hinter der Kerzenflamme gewöhnt, das zitternde Spiegelbild in der Fensterscheibe. Er starrte sie beide an – wirkliche Flamme und Geist – und fing an, in ein Dösen abzudriften, ließ seine Gedanken schweifen und filterte die Ereignisse des Tages.

Als er eben zur Nacht loslassen wollte, sahen wir beide dasselbe: ein weiteres Licht. Draußen.

Von weitem sah es aus wie eine Taschenlampe. Ein weißer Strahl, der sich über die Rasenflächen hinweg langsam auf die Junior High zubewegte. Mein Vater beobachtete ihn. Es war inzwischen nach Mitternacht, und der Mond war nicht voll genug, wie er es oft war, um die Umrisse der Bäume und Häuser sehen zu können. Mr. Stead, der spät abends mit einer durch seine Pedale getriebenen Lampe Fahrrad fuhr, hätte die Rasenflächen seiner Nachbarn niemals derartig entwürdigt. Es war sowieso zu spät für Mr. Stead.

Mein Vater beugte sich in dem grünen Sessel in seinem Arbeitszimmer nach vorn und schaute zu, wie sich die Taschenlampe in Richtung des brachliegenden Maisfeldes bewegte.

»Mistkerl«, flüsterte er. »Du mörderischer Mistkerl.«

Rasch nahm er aus dem Einbauschrank in seinem Arbeitszimmer eine Jagdjacke, die er seit einem unseligen Jagdausflug vor zehn Jahren nicht mehr getragen hatte, und zog sie über. Unten trat er in die Kammer im vorderen Flur und holte den Baseballschläger heraus, den er für Lindsey gekauft hatte, ehe sie Fußball vorzog.

Als Erstes schaltete er das Verandalicht aus, das sie nachts für mich anließen und das, obgleich es acht Monate her war, dass die Polizei geäußert hatte, ich würde nicht mehr lebendig gefunden werden, sie sich nicht überwinden konnten jemals zu löschen. Mit der Hand auf dem Türknauf tat er einen tiefen Atemzug.

Er drehte den Knauf und fand sich draußen auf der dunklen Veranda wieder. Schloss die Tür und stand in seinem Vorgarten, mit einem Baseballschläger und diesen Worten: *mir eine unauffällige Methode ausdenken.*

Er ging quer durch seinen Vorgarten und über die Straße und dann in den Garten der O'Dwyers, wo er das Licht zuerst gesehen hatte. Er lief an ihrem abgedunkelten Swimmingpool und der verrosteten Schaukel vorbei. Sein

Herz pumpte, aber er fühlte nichts bis auf die Gewissheit in seinem Kopf. George Harvey hatte sein letztes kleines Mädchen umgebracht.

Er erreichte den Fußballplatz. Zu seiner Rechten, tief im Maisfeld, doch nicht in der Nähe der Stelle, die er auswendig kannte – die abgesperrt und gerodet und durchkämmt und planiert worden war –, sah er das kleine Licht. Er umklammerte den Baseballschläger neben sich fester. Eine Sekunde lang nur konnte er nicht fassen, was er im Begriff war zu tun, aber dann, mit allem, was in ihm war, wusste er es genau.

Der Wind half ihm. Er fegte über den Fußballplatz längsseits des Maisfelds und peitschte ihm die Hosen um die Beine; er schob ihn gegen seinen Willen vorwärts. Alles fiel von ihm ab. Sobald er zwischen den Maisreihen war, den Blick starr auf das Licht gerichtet, übertönte der Wind seine Anwesenheit. Das Geräusch seiner die Stängel zerquetschenden Füße wurde verwischt durch das Pfeifen und Rascheln des Windes in den abgebrochenen Pflanzen.

Eindrücke, die keinen Sinn ergaben, überschwemmten ihn – das harte Gummigeräusch der Rollerskates von Kindern auf Pflasterstein, der Geruch des Pfeifentabaks seines Vaters, Abigails Lächeln, als er sie kennen lernte, wie Licht, das sein verwirrtes Herz durchbohrte –, und dann ging die Taschenlampe aus, und alles wurde gleichförmig und dunkel.

Er ging noch ein paar Schritte, dann blieb er stehen.

»Ich weiß, dass Sie da sind«, sagte er.

Ich überflutete das Maisfeld, ich schoss Feuer hindurch, um es zu beleuchten, ich schickte Gewitter aus Hagel und Blumen, aber nichts davon funktionierte, um ihn zu warnen. Ich war in den Himmel verbannt: Ich schaute zu.

»Ich bin bereit«, sagte mein Vater mit zitternder Stimme. Dieses Herz, das barst und implodierte, Blut, das durch die Flüsse in seiner Brust rauschte und dann stockte. Atem und Feuer und Lungen, die sich verkrampften, dann lösten, das Adrenalin speicherte, was übrig war. Das Lächeln meiner Mutter aus seinem Kopf verschwunden, meines an seiner Stelle.

»Niemand ist wach«, sagte mein Vater. »Ich bin hier, um es zu Ende zu bringen.«

Er hörte Wimmern. Ich hätte am liebsten einen Scheinwerfer nach unten gerichtet, wie sie es in der Schulaula taten, unbeholfen, sodass das Licht nicht immer die richtige Stelle auf der Bühne traf. Da wäre sie dann gewesen, geduckt und wimmernd, und da war sie jetzt auch, trotz ihres blauen Lidschattens und der Cowboystiefel von Bakers ihre Unterhose nässend. Ein Kind.

Sie erkannte die von Hass durchtränkte Stimme meines Vaters nicht. »Brian?«, wagte sich Clarissas bebende Stimme hervor. »Brian?« Es war Hoffnung wie ein Schutzschild.

Der Griff meines Vaters um den Schläger lockerte sich; er ließ ihn fallen.

»Hallo? Wer ist da?«

Mit Wind in den Ohren parkte Brian Nelson, die Bohnenstangen-Vogelscheuche, die Spyder Corvette seines älteren Bruders auf dem Schulparkplatz. Spät dran, immer spät dran, verschlafen im Unterricht und am Abendbrottisch, doch nie, wenn ein Junge einen *Playboy* hatte oder ein niedliches Mädchen vorüberging, niemals in einer Nacht, in der ein Mädchen draußen im Maisfeld auf ihn wartete. Trotzdem ließ er sich Zeit. Der Wind, prächtiger Deckmantel und Schutz für das, was er plante, peitschte an seinen Ohren vorbei.

Brian bewegte sich mit der riesigen Taschenlampe aus der Katastrophenausrüstung seiner Mutter unter dem

Ausguss auf das Maisfeld zu. Endlich hörte er, was er später als Clarissas Hilferufe bezeichnen sollte.

Das Herz meines Vaters war wie ein Stein, schwer in seiner Brust getragen, als er auf das wimmernde Mädchen zurannte und sich hintastete. Seine Mutter strickte ihm Fäustlinge, Susie wünschte sich Handschuhe, so kalt im Maisfeld im Winter. Clarissa! Susies alberne Freundin. Make-up, affige Marmeladen-Sandwiches und tropisch gebräunte Haut.

Er lief blind in sie hinein und stieß sie in der Dunkelheit um. Ihr Geschrei füllte sein Ohr und ergoss sich in die Leerräume seines Innern, wo es wie ein Querschläger hin- und herprallte. »Susie!«, schrie er zurück.

Brian rannte, als er meinen Namen hörte – mit Höchstgeschwindigkeit und ganz wach. Das Licht seiner Taschenlampe hüpfte über das Maisfeld, und eine helle Sekunde lang war da Mr. Harvey. Keiner außer mir sah ihn. Brians Lichtstrahl traf ihn in den Rücken, als er zwischen die hohen Stängel kroch und erneut dem Wimmern lauschte.

Und dann erreichte das Licht sein Ziel, und Brian zerrte meinen Vater hoch und von Clarissa herunter, um ihn zu verprügeln. Er schlug ihn mit der Taschenlampe aus der Überlebens-Ausrüstung auf Kopf und Rücken und Gesicht. Mein Vater schrie und jaulte und stöhnte.

Und dann sah Brian den Schläger.

Ich stieß und drängte gegen die unnachgiebigen Grenzen meines Himmels. Ich wollte die Hände ausstrecken und meinen Vater hochheben, fort, zu mir.

Clarissa rannte, und Brian holte aus. Der Blick meines Vaters begegnete dem Brians, aber er konnte kaum atmen.

»Du Wichser!« Brian war schwarz-weiß vor Verdammung.

Ich hörte Gemurmel im Schmutz. Ich hörte meinen Namen. Ich dachte, ich könnte das Blut auf dem Gesicht meines Vaters schmecken, nach ihm greifen, um mit den

Fingern über seine aufgeplatzten Lippen zu streichen, mich mit ihm in meinem Grab niederlegen.

Doch ich musste mich abwenden. Ich konnte nichts tun – eingeschlossen in meiner perfekten Welt. Das Blut, das ich schmeckte, war bitter. Beißend. Ich wünschte mir die Obhut meines Vaters, seine innige Liebe zu mir. Doch ich wünschte mir auch, dass er wegging und mich in Ruhe ließ. Eine schwache Gnade wurde mir gewährt. Zurück in dem Zimmer, wo der grüne Sessel noch warm von seinem Körper war, blies ich die einsame, flackernde Kerze aus.

12

Ich stand neben ihm im Zimmer und sah ihm beim Schlafen zu. Im Laufe der Nacht hatte sich die Geschichte entwirrt und aufgedröselt, sodass die Polizei begriff: Mr. Salmon war verrückt vor Kummer und hinaus ins Maisfeld gegangen, um Rache zu üben. Es passte zu dem, was sie von ihm wussten, zu seinen hartnäckigen Anrufen, seiner Besessenheit von dem Nachbarn und zu dem Besuch von Detective Fenerman am selben Tag, bei dem er meinen Eltern berichtet hatte, die Untersuchung meines Mordes sei sozusagen in einer Sackgasse angelangt. Es gab keine Spuren, die verfolgt werden konnten. Eine Leiche war nicht gefunden worden.

Der Chirurg musste das Knie operieren, um eine neue Kniescheibe mit einer faltenartigen Naht einzusetzen, die das Gelenk teilweise unbrauchbar machte. Während ich zuschaute, fand ich, dass die Operation einer Nähstunde glich, und ich hoffte, dass mein Vater in fähigeren Händen war, als wenn man ihn zu mir gebracht hätte. In Handarbeit war ich ungeschickt gewesen. Reißverschlussanfang oder -ende, ich hatte sie immer verwechselt.

Aber der Chirurg war geduldig gewesen. Eine Krankenschwester hatte ihm die ganze Geschichte erzählt, während er sich die Hände wusch und schrubbte. Er erinnerte sich, in der Zeitung gelesen zu haben, was mir zugestoßen war. Er war ebenso alt wie mein Vater und hatte selbst Kinder. Er erschauerte, als er die Handschuhe straff über seine Hände zog. Wie er und dieser Mann einander doch glichen. Wie sehr sie sich doch voneinander unterschieden.

In dem dunklen Krankenhauszimmer surrte eine Leuchtstoffröhre direkt hinter dem Bett meines Vaters. Als der Tag anbrach, war sie das einzige Licht im Zimmer, bis meine Schwester hereinkam.

Meine Mutter, meine Schwester und mein Bruder wachten vom Lärm der Polizeisirenen auf und kamen aus ihren Schlafzimmern herunter in die dunkle Küche.

»Geh und weck deinen Vater«, sagte meine Mutter zu Lindsey. »Nicht zu fassen, dass er das verschläft.«

Und meine Schwester war nach oben gegangen. Mittlerweile wusste jeder, wo man nach ihm suchen musste: In nur sechs Monaten war der grüne Sessel sein wahres Bett geworden.

»Dad ist nicht da!«, schrie meine Schwester, sobald sie es feststellte. »Dad ist weg, Mom! Mom! Dad ist weg!« Einen seltenen Augenblick lang war Lindsey ein verängstigtes Kind.

»Verdammt«, sagte meine Mutter.

»Mommy?«, fragte Buckley.

Lindsey stürzte in die Küche. Meine Mutter stand am Herd. Ihr Rücken war eine durchlöcherte Masse von Nerven, als sie sich daranmachte, Tee zuzubereiten.

»Mom?«, fragte Lindsey. »Wir müssen was unternehmen.«

»Verstehst du denn nicht…?«, sagte meine Mutter und blieb einen Augenblick lang mit einer wie in der Luft hängenden Dose Earl Grey stehen.

»Was?«

Sie stellte den Tee ab, schaltete die Flamme ein und drehte sich um. Dabei sah sie etwas: Buckley hatte sich an meine Schwester geklammert und lutschte unruhig an seinem Daumen.

»Er ist hinter dem Mann her und hat sich in Schwierigkeiten gebracht.«

»Wir sollten rausgehen, Mom«, sagte Lindsey. »Wir sollten ihm helfen.«

»Nein.«

»Mom, wir müssen Dad helfen.«

»Buckley, hör auf, deinen Daumen zu melken!«

Mein Bruder brach in heiße, panische Tränen aus, und meine Schwester langte nach unten, um ihn enger an sich zu ziehen. Sie blickte unsere Mutter an.

»Ich geh raus und suche ihn«, sagte Lindsey.

»Du tust nichts dergleichen«, sagte meine Mutter. »Er wird schon beizeiten nach Hause kommen. Wir halten uns da raus.«

»Mom«, sagte Lindsey, »wenn er nun verletzt ist?«

Buckley hörte lange genug auf zu weinen, um zwischen meiner Schwester und meiner Mutter hin- und herzuschauen. Er wusste, was verletzt hieß und wer hier im Haus fehlte.

Meine Mutter warf Lindsey einen bedeutungsvollen Blick zu. »Wir diskutieren nicht über deinen Vater. Du kannst raufgehen in dein Zimmer und warten oder mit mir zusammen warten. Ganz wie du willst.«

Lindsey war verblüfft. Sie starrte unsere Mutter an und wusste, was sie am liebsten tun würde: fliehen, hinausrennen in das Maisfeld, wo mein Vater war, wo ich war, wohin sich, das Gefühl hatte sie plötzlich, das Herz unserer Familie verzogen hatte. Doch Buckley stand warm an sie gedrückt.

»Buckley«, sagte sie, »lass uns wieder nach oben gehen. Du kannst in meinem Bett schlafen.«

Allmählich begriff er: Man kriegte eine Sonderbehandlung, und später wurde einem etwas Schreckliches mitgeteilt.

Als der Anruf von der Polizei kam, ging meine Mutter sofort zum Wandschrank im Flur. »Er ist mit unserem eigenen Baseballschläger verprügelt worden!«, sagte sie und griff nach ihrem Mantel, den Schlüsseln und einem Lippenstift. Meine Schwester fühlte sich einsamer als je zuvor, aber auch verantwortlicher. Buckley durfte nicht allein gelassen werden, und Lindsey konnte nicht einmal fahren. Außerdem konnte nichts einleuchtender sein. Gehörte nicht vor allem die Ehefrau an die Seite ihres Mannes?

Doch als meine Schwester endlich Nates Mutter an den Apparat bekam – der Tumult im Maisfeld hatte die ganze Nachbarschaft aufgeweckt –, wusste sie, was sie tun würde. Als Nächstes rief sie Samuel an. Innerhalb einer Stunde erschien Nates Mutter, um Buckley abzuholen, und Hal Heckler fuhr auf seinem Motorrad vor unserem Haus vor. Eigentlich hätte es aufregend sein müssen – sich an Samuels großartigen älteren Bruder zu klammern, zum ersten Mal auf einem Motorrad mitzufahren –, aber sie konnte nur an unseren Vater denken.

Meine Mutter war nicht im Krankenhauszimmer, als Lindsey eintrat; nur mein Vater und ich waren da. Sie kam näher und stellte sich an die andere Seite seines Bettes und fing leise an zu weinen.

»Daddy?«, fragte sie. »Ist alles in Ordnung, Daddy?«

Die Tür öffnete sich einen Spaltbreit. Es war Hal Heckler, ein großer, gut aussehender Mordskerl von einem Mann.

»Lindsey«, sagte er, »ich warte im Besucherbereich auf dich, falls du nach Hause gefahren werden willst.«

Er sah ihre Tränen, als sie sich umdrehte. »Danke, Hal. Wenn du meine Mutter siehst…«

»Sage ich ihr, dass du hier bist.«

Lindsey nahm die Hand meines Vaters und hielt in seinem Gesicht Ausschau nach einer Regung. Meine Schwester wurde vor meinen Augen erwachsen. Ich lauschte, als sie die Worte flüsterte, die er uns beiden vorgesungen hatte, ehe Buckley geboren wurde:

Steine und Knochen;
Schnee und Frost;
Samen und Bohnen und Apfelmost.
Wege und Zweige, ihr werdet geküsst,
Wir wissen alle, wen Daddy vermisst!
Seine zwei Fröschlein, seine Töchter, die sind's.
Wer weiß, wer weiß, ob du sie wohl find'st?

Ich wünschte, ein Lächeln hätte das Gesicht meines Vaters gekräuselt, doch er war tief untergetaucht, schwamm gegen Medikamente und Albtraum und Wachtraum an. Die Anästhesie hatte die vier Ecken seines Bewusstseins für eine Weile mit bleiernen Gewichten beschwert. Wie ein fester wächserner Überzug hatte sie ihn in die gesegneten Stunden eingesperrt, in denen es keine tote Tochter gab und kein kaputtes Knie und auch keine süße, Verse wispernde Tochter.

»Wenn die Toten mit den Lebenden fertig sind«, sagte Franny zu mir, »können die Lebenden zu anderen Dingen übergehen.«

»Und was ist mit den Toten? Wohin gehen wir?«

Sie wollte mir nicht antworten.

Len Fenerman war, gleich nachdem man den Anruf durchgestellt hatte, ins Krankenhaus geeilt. Abigail Salmon, sagte die Telefonistin, verlange nach ihm.

Mein Vater war im OP, und meine Mutter lief vor der Schwesternstation auf und ab. Sie war in ihrem Regenmantel mit nichts als ihrem dünnen Sommernachthemd darunter ins Krankenhaus gefahren. An den Füßen trug sie ihre flachen Ballerinas, die sie immer im Garten anhatte. Sie hatte sich nicht die Mühe gemacht, ihre Haare zurückzubinden, und in ihren Taschen und ihrer Handtasche fanden sich keine Gummibänder. Auf dem dunklen, nebligen Parkplatz des Krankenhauses hatte sie angehalten, um ihr Gesicht zu überprüfen, und mit geübter Hand ihren standardroten Lippenstift aufgetragen.

Als sie sah, dass Len sich vom Ende des langen, weißen Korridors her näherte, entspannte sie sich.

»Abigail«, sagte er, als er auf sie zutrat.

»O Len«, sagte sie. Ihre Miene verwirrte sich, weil sie nicht wusste, was sie als Nächstes sagen sollte. Sein Name war der Seufzer gewesen, den sie gebraucht hatte. Alles, was danach kam, waren keine Worte.

Die Schwestern in der Station wandten die Köpfe ab, als Len und meine Mutter einander an den Händen fassten. Diesen Schleier einer Privatsphäre breiteten sie gewohnheitsmäßig aus, als eine Selbstverständlichkeit, aber trotzdem konnten sie sehen, dass dieser Mann dieser Frau etwas bedeutete.

»Reden wir im Besucherbereich«, sagte Len und führte meine Mutter den Flur entlang.

Im Gehen erzählte sie ihm, dass mein Vater operiert wurde. Er berichtete ihr, was im Maisfeld geschehen war.

»Anscheinend hat er gesagt, er dachte, das Mädchen sei George Harvey.«

»Er hat Clarissa für George Harvey gehalten?« Ungläubig blieb meine Mutter direkt vor der Besucherecke stehen.

»Es war dunkel draußen, Abigail. Ich glaube, er hat nur die Taschenlampe des Mädchens gesehen. Mein Besuch heute hat wohl nicht gerade geholfen. Er ist überzeugt davon, dass Harvey mit der Sache zu tun hat.«

»Geht es Clarissa gut?«

»Nachdem ihre Kratzer behandelt wurden, hat man sie entlassen. Sie war hysterisch. Schrie und kreischte. Es war ein schrecklicher Zufall für sie als Susies Freundin.«

Hal hockte in einer abgedunkelten Ecke des Besucherbereichs, die Füße auf den Helm gestützt, den er für Lindsey mitgebracht hatte. Als er die sich nähernden Stimmen hörte, rührte er sich.

Es waren meine Mutter und ein Polizist. Er ließ sich wieder zurücksinken, sodass sein schulterlanges Haar sein Gesicht verdeckte. Er war sich ziemlich sicher, dass meine Mutter sich nicht an ihn erinnern würde.

Aber sie erkannte die Jacke als Samuels und dachte einen Moment lang: *Samuel ist hier*, dann aber: *Sein Bruder.*

»Setzen wir uns hin«, sagte Len und zeigte auf die Stuhlreihe an der gegenüberliegenden Wand.

»Ich gehe lieber«, meinte meine Mutter. »Der Arzt hat gesagt, es dauert mindestens eine Stunde, bis sie uns was sagen können.«

»Wohin?«

»Haben Sie Zigaretten dabei?«

»Das wissen Sie doch«, sagte Len, schuldbewusst lächelnd. Er musste ihre Augen ausforschen. Sie waren nicht auf ihn gerichtet. Sie schienen von etwas in Anspruch genommen, und er wünschte, er könnte hinlangen und sie packen und auf das Hier und Jetzt lenken. Auf sich.

»Dann lassen Sie uns einen Ausgang suchen.«

Sie fanden die Tür zu einem kleinen Betonbalkon nahe dem Zimmer meines Vaters. Dort befand sich eine Heizungsanlage, sodass, obgleich es beengt und ein wenig kühl war, der Lärm und der heiße Dampf des summenden Hydranten neben ihnen sie in eine Kapsel einschloss, die ihnen weit entfernt von allem erschien. Sie rauchten Zigaretten und schauten einander an, als wären sie plötzlich und ohne Vorbereitung auf eine neue Seite vorgerückt, wo um einer unverzüglichen Aufmerksamkeit willen schon ein Schlaglicht auf die bedrückende Angelegenheit geworfen worden war.

»Wie ist Ihre Frau gestorben?«, fragte meine Mutter.

»Selbstmord.«

Ihr Haar bedeckte einen Großteil ihres Gesichts, und sie erinnerte mich an Clarissa, wenn sie besonders befangen war. Wie sie sich in Gegenwart von Jungen verhielt, wenn wir ins Einkaufszentrum gingen. Dann kicherte sie immer zu viel und warf ihnen dauernd Blicke zu, um zu sehen, wohin sie guckten. Aber ich staunte auch über den roten Mund meiner Mutter mit der Zigarette, die sich davon entfernte und Rauch hinter sich herzog. Diese Mutter hatte ich nur einmal zuvor gesehen – auf dem Foto. Diese Mutter hatte uns nie gehabt.

»Warum hat sie sich umgebracht?«

»Das ist die Frage, die mich am meisten beschäftigt, wenn ich nicht mit Dingen wie dem Mord an Ihrer Tochter beschäftigt bin.«

Ein seltsames Lächeln breitete sich über das Gesicht meiner Mutter.

»Sagen Sie das noch mal«, bat sie.

»Was?« Len schaute auf ihr Lächeln und hätte am liebsten die Hand ausgestreckt und dessen Umrisse mit den Fingerspitzen nachgezeichnet.

»Der Mord an meiner Tochter«, sagte meine Mutter.

»Ist alles in Ordnung, Abigail?«

»Niemand spricht es aus. In der Nachbarschaft redet keiner davon. Die Leute nennen es die ›grässliche Tragödie‹ oder etwas in der Art. Ich möchte nur, dass jemand es mal laut ausspricht. Dass es laut gesagt wird. Ich bin bereit dafür – bisher war ich das noch nicht.«

Meine Mutter ließ ihre Zigarette auf den Beton fallen und brennen. Sie nahm Lens Gesicht in ihre Hände.

»Sag es«, sagte sie.

»Der Mord an deiner Tochter.«

»Danke.«

Und ich sah zu, wie der flache, rote Mund sich über eine unsichtbare Grenze hinwegbewegte, die sie vom Rest der Welt trennte. Sie zog Len an sich und küsste ihn langsam auf den Mund. Er schien zunächst zu zögern. Sein Körper verspannte sich, sagte NEIN, doch das NEIN wurde vage und wolkig, wurde Luft, die der Ventilator des summenden Hydranten neben ihnen ansog. Sie griff nach oben und knöpfte ihren Regenmantel auf. Er legte seine Hand auf den dünnen, gazeartigen Stoff ihres Sommernachthemdes.

Meine Mutter war in ihrer Bedürftigkeit unwiderstehlich. Als Kind hatte ich ihre Wirkung auf Männer miterlebt. Wenn wir im Supermarkt waren, boten sich die Angestellten, die die Regale bestückten, freiwillig an, die Artikel auf ihrer Einkaufsliste zu suchen, und halfen uns hinaus zum Auto. Wie Ruana Singh war sie als eine der hübschen Mütter in der Nachbarschaft bekannt; kein Mann, der sie traf, konnte ein Lächeln unterdrücken. Wenn sie eine Frage stellte, gaben ihre klopfenden Herzen nach.

Aber trotzdem war es bisher nur mein Vater gewesen, der

ihr Lachen in allen Räumen des Hauses erklingen ließ und es ihr irgendwie gestattete, sich gehen zu lassen.

Als wir klein waren, hatte mein Vater es geschafft, donnerstags immer früh von der Arbeit nach Hause zu kommen, indem er ab und zu Überstunden machte und das Mittagessen ausließ. Und während die Wochenenden der Familie gehörten, nannten sie diesen Tag ihre »Mommy-und-Daddy-Zeit«. Für Lindsey und mich war es die Brave-Mädchen-Zeit. Sie bedeutete, keinen Mucks von uns auf der anderen Seite des Hauses, wenn wir das damals spärlich eingerichtete Arbeitszimmer meines Vaters als Spielzimmer benutzten.

Gegen zwei fing meine Mutter an, uns vorzubereiten.

»Zeit zum Baden«, flötete sie, als ob sie sagte, wir könnten rausgehen zum Spielen. Und zuerst kam es uns auch so vor. Alle drei eilten wir hoch in unsere Zimmer und zogen Bademäntel an. Im Flur trafen wir uns dann – drei Mädels –, und meine Mutter nahm uns an der Hand und führte uns in unser rosa Bad.

Damals sprach sie zu uns über Mythologie, etwas, das sie studiert hatte. Sie erzählte uns gern Geschichten über Persephone und Zeus. Sie kaufte uns Bilderbücher über die altnordischen Götter, die Albträume bei uns auslösten. Sie hatte ihren Magister in Englisch – nachdem sie erbittert mit Grandma Lynn darum gekämpft hatte, so lange studieren zu dürfen – und hielt sich nach wie vor an der vagen Vorstellung fest, sie würde unterrichten, wenn wir beide alt genug wären, um allein gelassen zu werden.

Diese Badezeiten verschwimmen ineinander, ebenso wie all die Götter und Göttinnen, aber am deutlichsten erinnere ich mich daran, dass ich beobachtete, wie bestimmte Dinge meiner Mutter zustießen, während ich sie anschaute, wie das Leben, das sie sich gewünscht hatte, und dessen Verlust sie in Wellen erreichte. Als ihre Erstgeborene glaubte ich, ich sei es gewesen, die ihr all die Träume davon, was sie gern gewesen wäre, raubte.

Zuerst hob meine Mutter Lindsey aus der Wanne, trocknete sie ab und hörte sich ihr Geschnatter über Enten und Kätzchen an. Dann holte sie mich heraus, und obwohl ich versuchte, still zu sein, machte das warme Wasser meine Schwester und mich betrunken, und wir erzählten meiner Mutter alles, was uns wichtig war. Über die Jungs, die uns neckten, oder dass eine andere Familie in der Straße einen Welpen hatte und ob wir nicht auch einen haben könnten. Sie lauschte ernsthaft, als ob sie sich im Geiste die Punkte unserer Tagesordnung auf einem Steno-Block notierte, auf den sie später zurückgreifen würde.

»Nun, eins nach dem anderen«, fasste sie zusammen. »Und das heißt jetzt ein hübsches Nickerchen für euch beide!«

Sie und ich deckten Lindsey gemeinsam zu. Ich stand neben dem Bett, während sie meine Schwester auf die Stirn küsste und ihr das Haar aus dem Gesicht strich. Ich glaube, damals fing die Konkurrenz für mich an. Wer den schöneren Kuss bekam, die längere Zeit mit Mom nach dem Baden.

Zum Glück gewann ich immer. Wenn ich heute zurückblicke, erkenne ich, dass meine Mutter einsam geworden war – und zwar sehr bald, nachdem meine Eltern in das Haus gezogen waren. Ich wurde ihre engste Freundin.

Ich war zu klein, um zu verstehen, was sie eigentlich zu mir sagte, aber ich ließ mich zu gern von dem leisen Wiegenlied ihrer Worte in den Schlaf lullen. Eine der Segnungen meines Himmels ist es, dass ich zu diesen Augenblicken zurückkehren, sie noch einmal erleben und bei meiner Mutter sein kann, wie ich es nie konnte. Ich greife mit meiner Hand über das Dazwischen und nehme die Hand jener jungen, einsamen Mutter in meine.

Was sie einer Vierjährigen über die schöne Helena sagte: »Eine muntere Dame, die alles verkorkste.« Über die Begründerin der Geburtenkontrolle in den USA, Margaret Sanger: »Sie wurde nach ihrem Äußeren beurteilt, Susie. Weil sie aussah wie eine Maus, rechnete keiner damit, dass sie durchhielt.« Über die Feministin Gloria Steinem: »Ich komme mir wie ein Biest vor, aber ich wünschte, sie würde sich die Nägel schneiden.« Unsere Nachbarin: »Eine Idiotin in engen Hosen, unterdrückt von ihrem Tugendbold von einem Mann; die typische Provinzlerin, die jeden bekrittelt.«

»Weißt du, wer Persephone ist?«, fragte sie mich eines Donnerstags zerstreut. Doch ich antwortete nicht. Inzwischen hatte ich gelernt, den Mund zu halten, wenn sie mich in mein Zimmer brachte. Die Zeit für mich und meine Schwester war die im Bad, während wir abgerubbelt wurden. Dabei konnten Lindsey und ich über alles Mögliche reden. In meinem Zimmer war es Mommys Zeit.

Sie nahm das Handtuch und hängte es über den Spindelknauf meines Himmelbetts. »Stell dir unsere Nachbarin Mrs. Tarking als Persephone vor«, sagte sie. Sie zog die Kommodenschublade auf und reichte mir meine Unterhose. Sie gab mir meine Sachen stets Stück für Stück, weil sie mich nicht drängen wollte. Sie hatte früh Verständnis für meine Bedürfnisse. Wenn ich wusste, dass ich Schnürsenkel würde binden müssen, war ich nicht im Stande, meine Füße in Socken zu stecken.

»Sie trägt ein langes, weißes Gewand, wie ein über die Schultern drapiertes Laken, aber aus einem schönen glänzenden oder leichten Stoff, wie Seide. Und sie hat Sandalen aus Gold an und ist umgeben von Fackeln, das sind Lichter, die aus Flammen bestehen …«

Sie ging zur Kommode, um mein Unterhemd zu holen, und zog es mir geistesabwesend über den Kopf, statt das mir zu überlassen. Sobald meine Mutter losgelegt hatte, konnte ich es ausnutzen – wieder das Baby sein. Nie protestierte ich und behauptete, erwachsen zu sein oder ein großes Mädchen. An jenen Nachmittagen war es wichtig, meiner mysteriösen Mutter zu lauschen.

Sie schlug die Kordsamtdecke von Sears zurück, und ich flitzte hinüber auf die Wandseite. Sie schaute immer erst auf ihre Armbanduhr und sagte dann: »Nur für ein Weilchen«, und schlüpfte aus ihren Schuhen und zu mir zwischen die Laken.

Es ging für uns beide darum, sich zu verlieren. Sie verlor sich in ihrer Geschichte. Ich verlor mich in ihrem Sprechen.

Sie erzählte mir von Persephones Mutter Demeter oder von Amor und Psyche, und ich hörte ihr zu, bis ich einschlief. Manchmal weckten mich das Gelächter meiner Eltern im Nebenzimmer oder die Geräusche ihres spätnachmittäglichen Liebesspiels. Dann lag ich da im Halbschlaf und lauschte. Ich tat gern so, als befände ich mich in dem warmen Laderaum eines Schiffes aus einer der Geschichten, die mein Vater uns vorlas, und als wären wir alle auf dem Meer und die Wellen schlügen sacht an die Schiffswände. Das Lachen, die leisen Laute gedämpften Stöhnens geleiteten mich schließlich wieder hinunter in den Schlaf.

Doch dann wurde die Flucht meiner Mutter, ihre halb geplante Rückkehr in die Außenwelt, vereitelt, als ich zehn war und Lindsey neun. Ihre Periode war ausgeblieben, und sie hatte die schicksalhafte Fahrt zum Arzt unternommen. Unter der Oberfläche ihres Lächelns und ihrer Erklärungen waren Risse, die tief in ihr Inneres führten. Aber weil ich es nicht wollte, weil ich ein Kind war, ging ich ihnen lieber nicht nach. Ich schnappte mir das Lächeln wie eine Auszeichnung und betrat ein Land der Frage, ob ich Schwester eines kleinen Jungen oder eines kleinen Mädchens sein würde.

Wenn ich darauf geachtet hätte, wären mir die Signale aufgefallen. Jetzt erkenne ich die Veränderung, sehe, wie sich der Stapel Bücher auf dem Nachttisch meiner Eltern von Verzeichnissen örtlicher Colleges und Mythologie-Lexika, Romanen von James, Eliot und Dickens in die Werke des Kinderarztes Dr. Spock verwandelten. Es folgten Gartenbücher und Kochbücher, bis ich zu ihrem Geburtstag, zwei Monate vor meinem Tod, den Bewirtungsführer von *Better Homes and Gardens* für das ideale Geschenk hielt. Als sie merkte, dass sie zum drittenmal schwanger war, sperrte sie die eher mysteriöse Mutter ein. Hinter dieser Mauer seit Jahren unterdrückt, war jener bedürftige Teil von ihr gewachsen, nicht geschrumpft, und bei Len übermannte sie die Gier auszubrechen, zu zertrümmern, zu zerstören, zu annullieren. Ihr Körper führte, und in seinem Kielwasser würden die Bruchstücke sein, die ihr blieben.

Es war nicht einfach für mich, Zeugin zu sein, aber ich war es.

Ihre erste Umarmung war hastig, ungeschickt, leidenschaftlich.

»Abigail«, sagte Len, dessen Hände jetzt unter dem Mantel zu beiden Seiten ihrer Taille lagen, sodass das hauchdünne Nachthemd kaum ein Schleier zwischen ihnen war. »Denk daran, was du tust.«

»Ich habe es satt zu denken«, sagte sie. Ihre Haare schwebten über ihrem Kopf wegen des Ventilators neben ihnen – ein Glorienschein. Len blinzelte, als er sie anschaute. Wunderbar, gefährlich, wild.

»Dein Mann«, sagte er.

»Küss mich«, sagte sie. »Bitte.«

Ich sah eine Bitte um Nachsicht auf Seiten meiner Mutter. Sie bewegte sich physisch durch die Zeit, um mir zu entfliehen. Ich konnte sie nicht zurückhalten.

Len küsste sie hart auf die Stirn und schloss die Augen. Sie nahm seine Hand und legte sie auf ihre Brust. Sie flüsterte in sein Ohr. Ich wusste, was geschah. Ihre Wut, ihr Verlust, ihre Verzweiflung. Das ganze verlorene Leben, das ihr Sein verstopft hatte und jetzt auf diesem Balkon in hohem Bogen aus ihr herausstürzte. Sie brauchte Len, um die tote Tochter auszutreiben.

Er drängte sie an die verputzte Wand, während sie einander küssten, und meine Mutter hielt sich an ihm fest, als könnte es jenseits seines Kusses ein neues Leben geben.

Auf dem Heimweg von der Junior High blieb ich manchmal am Rande unseres Grundstücks stehen und sah zu, wie meine Mutter den Aufsitzmäher in Schleifen zwischen den Kiefern hindurchfuhr, und dann erinnerte ich mich daran, wie sie morgens zu pfeifen pflegte, wenn sie sich Tee machte, und wie mein Vater donnerstags nach Hause geeilt kam und ihr Ringelblumen mitbrachte und ihr Gesicht gelblich aufleuchtete vor Freude. Sie hatten sich zutiefst, auf besondere Weise, ganz und gar geliebt – fern von ihren Kindern konnte meine Mutter diese Liebe wieder beleben, aber mit uns begann sie, sich zu entfernen. Es war mein Vater, der sich im Lauf der Jahre immer mehr uns zuwandte; es war meine Mutter, die sich abwandte.

Lindsey war neben dem Krankenhausbett meines Vaters eingeschlafen, während sie seine Hand hielt. Meine Mutter, immer noch mit zerwühltem Haar, kam an Hal Heckler in der Besucherecke vorbei, Len einen Augenblick später. Mehr brauchte Hal nicht zu sehen. Er griff sich seinen Helm und ging den Korridor hinunter.

Nach einem kurzen Besuch der Damentoilette steuerte

meine Mutter das Zimmer meines Vaters an, als Hals Stimme sie innehalten ließ.

»Ihre Tochter ist da drin«, sagte er. Sie drehte sich um.

»Hal Heckler«, sagte er, »Samuels Bruder. Ich war bei der Trauerfeier.«

»Ach ja, tut mir Leid. Ich habe Sie nicht erkannt.«

»Müssen Sie ja auch nicht«, sagte er.

Eine peinliche Pause folgte.

»Also, Lindsey hat mich angerufen, und ich habe sie vor einer Stunde hergebracht.«

»Oh.«

»Buckley ist bei einer Nachbarin«, sagte er.

»Oh.« Sie starrte ihn an. In ihren Augen las er, dass sie zurück an die Oberfläche kletterte. Sie benutzte sein Gesicht für den Aufstieg.

»Geht es Ihnen gut?«

»Ich bin ein bisschen durcheinander – das ist doch verständlich, oder?«

»Vollkommen«, sagte er, langsam sprechend. »Ich wollte Ihnen nur mitteilen, dass Ihre Tochter da drin bei Ihrem Mann ist. Ich bin im Besucherbereich, falls Sie mich brauchen.«

»Danke«, sagte sie. Sie schaute zu, wie er sich umdrehte, und blieb noch einen Moment stehen, um zuzuhören, wie die abgetretenen Absätze seiner Motorradstiefel in dem mit Linoleum ausgelegten Flur widerhallten.

Jetzt fing sie sich, brachte sich mit einem Ruck dorthin, wo sie war, und vermutete keine Sekunde lang, dass genau das Hals Absicht gewesen war, als er sie begrüßte.

Im Zimmer war es dunkel; die Leuchstoffröhre hinter meinem Vater flackerte so schwach, dass sie nur die augenfälligsten Gegenstände im Raum beleuchtete. Meine Schwester saß auf einem Stuhl, den sie ans Bett geschoben hatte, ihr Kopf ruhte auf der Kante, und ihre Hand war ausgestreckt, um meinen Vater anfassen zu können. Mein Vater, tief abgetaucht, lag auf dem Rücken. Meine Mutter konnte nicht ahnen, dass ich dort bei ihnen war, dass wir zu viert waren, sehr verändert jetzt im Vergleich zu den Tagen, als sie Lindsey und mich zu Bett brachte und dann ging, um mit ihrem Ehemann, unserem Vater, zu schlafen. Nun sah sie die Bruchstücke. Sie sah, dass meine Schwester und mein Vater zu einer Einheit zusammengeschweißt waren. Sie war froh darüber.

Ich hatte ein Versteckspiel der Liebe mit meiner Mutter gespielt, als ich aufwuchs, um ihre Aufmerksamkeit und Billigung in einer Weise geworben, die bei meinem Vater nie nötig gewesen war.

Ich musste nicht mehr Versteck spielen. Als sie in dem abgedunkelten Zimmer stand und meine Schwester und meinen Vater beobachtete, wurde mir eins der Dinge klar, die den Himmel ausmachen. Ich hatte die Wahl, und ich beschloss, meine Familie in meinem Herzen nicht zu spalten.

Spät nachts war die Luft über Krankenhäusern und Altersheimen oft voller Seelen. Holly und ich schauten manchmal zu, wenn uns der Schlaf im Stich ließ. Allmählich erkannten wir, dass diese Tode anscheinend von irgendwo weit her choreografiert wurden. Nicht von unserem Himmel. Und so fingen wir an zu argwöhnen, dass es einen Ort gab, der noch allumfassender war als der, wo wir uns befanden.

Anfangs gesellte sich Franny häufig zu uns.

»Es ist eine meiner geheimen Freuden«, gestand sie. »Nach all diesen Jahren sehe ich immer noch zu gern die Seelen, die da massenhaft nach oben schweben und wirbeln und alle gleichzeitig durch die Luft toben.«

»Ich sehe nichts«, sagte ich beim ersten Mal.

»Sieh genau hin«, sagte sie, »und sei still.«

Aber ich spürte sie, ehe ich sie sah, kleine, warme Funken an meinen Armen. Dann waren sie da, Leuchtkäfer, die aufblitzten und unter Geheul wirbelnd aufblühten, während sie das menschliche Fleisch hinter sich ließen.

»Wie Schneeflocken«, sagte Franny, »keine so wie die andere und jede trotzdem von dort aus, wo wir stehen, genau wie die davor.«

13

Als Lindsey im Herbst 1974 zur Schule zurückkehrte, war sie nicht nur die Schwester des ermordeten Mädchens, sondern auch das Kind eines »Irren«, »Durchgedrehten«, »Spinners«, und das verletzte sie tiefer, weil es nicht stimmte.

Die Gerüchte, die Lindsey und Samuel in den ersten Wochen des Schuljahrs hörten, wanden sich zwischen den Reihen der Spinde auf den Fluren hindurch wie besonders hartnäckige Schlangen. Mittlerweile hatte der Strudel auch Brian und Clarissa erfasst, die zum Glück dieses Jahr beide auf die Highschool gekommen waren. An der Fairfax klammerten sich Brian und Clarissa aneinander, schlachteten aus, was ihnen widerfahren war, und benutzten dabei die Erniedrigung meines Vaters als einen Anstrich von Coolness, den sie sich geben konnten, indem sie überall in der Schule immer wieder erzählten, was sich in jener Nacht im Maisfeld zugetragen hatte.

Ray und Ruth liefen innen an der Glaswand vorbei, die auf das Freiluftfoyer hinausging. Auf den falschen Findlingen, wo die angeblich schlimmen Jugendlichen saßen, sahen sie Brian Hof halten. Sein Gang verwandelte sich in diesem Jahr von dem einer ängstlichen Vogelscheuche in ein maskulines Stolzieren. Clarissa, kichernd vor Angst und Lust, hatte ihm ihr Geschlecht offenbart und mit Brian geschlafen. Wie planlos auch immer, alle, die ich gekannt hatte, wurden erwachsen.

Im selben Jahr kam Buckley in die Vorschule und kehrte unverzüglich schwer verliebt in seine Lehrerin Miss Koekle heim. Sie hielt seine Hand so sanft, wenn sie ihn zur Toilette bringen oder eine Aufgabe erklären musste, dass ihre Anziehungskraft unwiderstehlich war. Einerseits profitierte er davon – sie schob ihm oft einen Extra-Keks oder eine weichere Sitzgelegenheit zu –, andererseits jedoch stand er dadurch über und neben seinen Mitschülern. Durch meinen Tod hob er sich ab von der einzigen Gruppe – Kinder –, in der er hätte anonym sein können.

Samuel pflegte Lindsey nach Hause zu begleiten, dann die Hauptstraße entlangzugehen und per Anhalter zu Hals Motorradwerkstatt zu fahren. Er zählte darauf, dass die Kumpel seines Bruders ihn erkannten, und erreichte sein Ziel auf den verschiedensten zusammengeflickten Motorrädern und Lastern, die Hal dann für den jeweiligen Fahrer frisierte, wenn sie damit aufkreuzten.

Unser Haus betrat er eine ganze Zeit lang nicht. Das taten nur Familienangehörige. Im Oktober fing mein Vater eben an, aufzustehen und herumzulaufen. Die Ärzte hatten ihm gesagt, dass sein rechtes Bein steif bleiben würde, aber wenn er sich streckte und weiterhin beweglich bliebe, würde es ihn nicht allzu sehr behindern. »Keine Wettrennen, aber alles andere«, sagte der Chirurg am Morgen nach der Operation, als mein Vater aufwachte und meine Schwester neben sich und meine Mutter am Fenster stehend vorfand, wo sie auf den Parkplatz hinausstarrte.

Nachdem er sich in Miss Koekles Gunst gesonnt hatte,

ging Buckley direkt nach Hause, um sich in der leeren Höhle des Herzens meines Vaters zu verkriechen. Er stellte endlose Fragen über das »nachgemachte Knie«, und mein Vater ging darauf ein.

»Das Knie stammt aus dem Weltraum«, sagte mein Vater etwa. »Sie haben Stücke vom Mond hergebracht und sie zurechtgeschnitzt, und jetzt benutzen sie sie für solche Sachen.«

»Wow«, sagte Buckley dann grinsend. »Wann kann Nate es sehen?«

»Bald, Buckley, bald«, sagte mein Vater. Aber sein Lächeln wurde schwach.

Wenn Buckley mit diesen Gesprächen zu unserer Mutter ging – »Daddys Knie ist aus Mondknochen gemacht«, erzählte er ihr oder »Miss Koekle hat gesagt, meine Farben waren besonders schön« –, so nickte sie. Sie war sich dessen bewusst geworden, was sie tat. Sie zerschnitt Möhren und Sellerie in essbare Streifen. Sie spülte Thermoskannen und Frühstücksdosen aus, und als Lindsey befand, sie sei zu alt für eine Frühstücksdose, ertappte meine Mutter sich dabei, wie sie sich richtig freute, als sie mit Wachs gefütterte Tüten entdeckte, die verhindern würden, dass das Essen ihrer Tochter durchsickerte und ihre Kleider bekleckerte. Die sie wusch. Die sie zusammenlegte. Die sie bügelte, falls nötig, und auf Bügel hängte. Die sie vom Fußboden aufhob oder aus dem Auto fischte oder aus dem nassen Handtuch befreite, auf dem Bett hinterlassen, das sie jeden Tag machte, indem sie die Decke an den Ecken einschlug, die Kissen aufschüttelte und Stofftiere draufsetzte und die Jalousien öffnete, um das Licht hereinzulassen.

In den Momenten, wenn Buckley sie aufsuchte, machte sie oft einen Tauschhandel daraus. Sie konzentrierte sich für ein paar Minuten auf ihn, dann erlaubte sie sich, von ihrem Heim und Zuhause wegzudriften und an Len zu denken.

Bis November meisterte mein Vater ein, wie er es nannte, »geschicktes Humpeln«, und wenn Buckley ihn anstachelte, vollführte er einen verdrehten Hopser, der in ihm, solange er seinen Sohn zum Lachen brachte, nicht den Gedanken aufkommen ließ, wie komisch und verzweifelt er wohl auf einen Außenseiter oder auf meine Mutter wirken mochte. Jeder außer Buckley wusste, was kam: der erste Jahrestag.

Buckley und mein Vater verbrachten die knackigen Herbstnachmittage mit Holiday draußen in dem umzäunten Garten. Mein Vater saß in dem alten eisernen Gartenstuhl, das Bein von sich gestreckt und leicht auf einen protzigen Schuhabstreifer gestützt, den Grandma Lynn in einem Antiquitätenladen in Maryland aufgetrieben hatte.

Buckley warf die quietschende Spielzeugkuh, und Holiday lief los, um sie zu holen. Mein Vater erfreute sich an dem agilen Körper seines fünfjährigen Sohnes und an Buckleys entzücktem Gelächter, wenn Holiday ihn umrannte und ihn mit der Nase anstupste oder ihm mit seiner langen rosa Zunge das Gesicht leckte. Trotzdem konnte er sich nicht von einem Gedanken freimachen: Auch das – dieser vollkommene Junge – könnte ihm genommen werden.

Es waren mehrere Gründe gewesen, seine Verletzung dabei nicht der geringfügigste, warum er sich weiterhin krankschreiben ließ. Sein Chef verhielt sich jetzt anders ihm gegenüber; dasselbe galt für seine Kollegen. Sie schlichen um sein Büro herum und blieben dann einen Meter vor seinem Schreibtisch stehen, als ob ihnen, sollten sie sich in seiner Gegenwart zu sehr entspannen, dasselbe widerfahren könnte, was ihm widerfahren war – als ob es ansteckend wäre, ein totes Kind zu haben. Keiner wusste, wie er so weitermachen konnte wie bisher, aber gleichzeitig wollten alle, dass er jegliche Anzeichen von Kummer wegschloss, ihn in irgendeine Akte legte und in eine Schublade steckte, die niemand jemals würde öffnen müssen. Er schaute regelmäßig in der Firma vorbei, und sein Chef stimmte ebenso ungezwungen zu, er könne sich noch eine Woche frei nehmen, einen Monat, wenn es sein müsse, und er schrieb das der Tatsache zu, dass er immer pünktlich und bereit gewesen war, Überstunden zu machen. Von Mr. Harvey dagegen hielt er sich fern und versuchte sogar, seine Gedanken an ihn zu zügeln. Seinen Namen nannte er lediglich in seinem Notizheft, das er in seinem Arbeitszimmer versteckte, wo meine Mutter nach einer überraschend mühelosen Übereinkunft nicht mehr aufräumte. Er hatte sich in seinem Notizheft bei mir entschuldigt. »Ich muss mich ausruhen, Schatz. Ich muss mir darüber klar werden, wie ich diesem Mann auf die Schliche komme. Ich hoffe, das verstehst du.«

Er hatte seine Rückkehr zur Arbeit aber auf den 2. Dezember festgesetzt, gleich nach Thanksgiving. Zum Jahrestag meines Verschwindens wollte er wieder im Büro sein. Funktionieren und seinen Arbeitsrückstand aufholen – an einem so öffentlichen und ablenkenden Ort, wie nur möglich. Und nicht bei meiner Mutter sein, wenn er ehrlich zu sich selbst war.

Wie gelangte er zu ihr zurück, wie sollte er sie wieder erreichen? Sie entzog sich und strebte fort – all ihre Energie war gegen ihr Zuhause gerichtet, und all seine Energie war darin. Er beschloss, seine Kräfte aufzubauen und eine Strategie zu finden, mit der er Mr. Harvey verfolgen konnte. Jemandem die Schuld zu geben war einfacher, als die wachsende Anzahl dessen, was er verloren hatte, zu addieren.

Grandma Lynn wurde zu Thanksgiving erwartet, und Lindsey hatte sich an das Verschönerungsprogramm gehalten, das Oma brieflich für sie entworfen hatte. Zuerst war sie sich albern vorgekommen, als sie sich Gurkenscheiben auf die Augen legte (gegen geschwollene Lider) oder Hafergrütze aufs Gesicht strich (um die Poren zu reinigen und überschüssiges Fett zu absorbieren) oder Eigelb ins Haar schmierte (damit es glänzte). Ihr Verbrauch an Lebensmitteln hatte sogar meine Mutter zum Lachen gebracht, dann zu der Frage, ob sie auch anfangen sollte, sich zu verschönern. Aber das dauerte nur einen Augenblick, denn sie dachte an Len, nicht weil sie in ihn verliebt war, sondern weil das Zusammensein mit ihm die schnellste Möglichkeit zu vergessen war, die sie kannte.

Zwei Wochen vor Grandma Lynns Ankunft waren Buckley und mein Vater mit Holiday draußen im Garten. Buckley und Holiday tobten in einem zunehmend wilderen Fangspiel von einem großen Haufen blanker Eichenblätter zum nächsten. »Pass auf, Buck«, sagte mein Vater. »Holiday wird noch zuschnappen.« Und so war's denn auch.

Mein Vater meinte, er würde gern etwas anderes ausprobieren.

»Lass uns mal sehen, ob dein alter Dad dich noch huckepack tragen kann, bald bist du zu groß dafür.«

Also machten sich die beiden ungeschickt in der wunderschönen Abgeschiedenheit des Gartens, wo, falls mein Vater hinfiel, es nur ein Junge und ein Hund, die ihn liebten, sehen würden, daran, zu bewerkstelligen, was sie sich beide wünschten – die Rückkehr zu einer Vater/Sohn-Normalität. Als Buckley auf dem eisernen Stuhl stand – »Jetzt hüpf mir auf den Rücken«, sagte mein Vater, sich bückend, »und halt dich an meinen Schultern fest«, ohne zu wissen, ob er die Kraft haben würde, ihn von da nach oben zu stemmen –, drückte ich im Himmel heftig die Daumen und hielt die Luft an. Im Maisfeld, ja, dort auch, aber in diesem Augenblick, in dem er das grundlegendste Gefüge ihres bisherigen Alltagslebens reparierte, sein verletztes Bein forderte, um einen Moment wie diesen zurückzugewinnen, wurde mein Vater mein Held.

»Duck dich, jetzt duck dich wieder«, sagte er, während sie durch die Türöffnungen im Erdgeschoss stapften und die Treppe hinauf, jeder Schritt ein Balanceakt, den mein Vater zustande brachte, ein Schmerz, bei dem er zusammenzuckte. Und als Holiday sie auf den Stufen überholte und mit Buckley als fröhlichem Reiter wusste er, dass er mit der Erprobung seiner Stärke das Richtige getan hatte.

Als sie beide – mit Hund – oben im Badezimmer auf Lindsey stießen, beschwerte sie sich laut quengelnd.

»Daaaaddd!«

Mein Vater stellte sich aufrecht hin. Buckley streckte die Hand aus und berührte damit die Deckenlampe.

»Was machst du da?«, fragte mein Vater.

»Wonach sieht es denn aus?«

Sie saß, in ein großes weißes Handtuch gewickelt (eins der Handtücher, die meine Mutter bleichte, der Handtücher, die meine Mutter zum Trocknen auf die Leine hängte, der Handtücher, die sie faltete und in einen Korb legte und hinauf in den Wäscheschrank brachte...), auf dem Toilettendeckel. Ihr linkes Bein war auf den Rand der Wanne gestützt und mit Rasierschaum bedeckt. In der Hand hielt sie den Rasierer meines Vaters.

»Sei nicht so schnippisch«, sagte mein Vater.

»Tut mir Leid«, sagte meine Schwester und schaute nach unten. »Ich wollte bloß ein bisschen Privatsphäre.«

Mein Vater hob Buckley hoch und über seinen Kopf. »Die Ablage, Junge, die Ablage«, sagte er, und Buckley erschauerte wegen der als Zwischenstation verbotenen Badezimmerablage, deren Kacheln seine schlammigen Füße beschmutzten.

»Jetzt hops runter.« Er tat es. Holiday machte sich über ihn her.

»Du bist zu jung, um dir die Beine zu rasieren, Schätzchen«, sagte mein Vater.

»Grandma Lynn hat mit elf damit angefangen.«

»Buckley, gehst du in dein Zimmer und nimmst den Hund mit? Ich bin gleich bei dir.«

»Ja, Daddy.«

Buckley war immer noch ein kleiner Junge, den mein Vater mit Geduld und ein bisschen Taktieren auf die Schultern nehmen konnte, damit sie ein typisches Vater/Sohn-Gespann waren. Aber jetzt sah er in Lindsey, was ihm doppelte Schmerzen verursachte. Ich war ein kleines Mädchen in der Wanne, ein Kleinkind, das an das Waschbecken gehoben wurde, ein Mädchen, das auf ewig kurz davor gewesen war, so dazusitzen wie meine Schwester jetzt.

Als Buckley weg war, wandte er seine Aufmerksamkeit meiner Schwester zu. Er würde sich seiner beiden Töchter annehmen, indem er sich einer annahm: »Bist du auch vorsichtig?«, fragte er.

»Ich habe eben erst angefangen«, sagte Lindsey. »Ich möchte allein sein, Dad.«

»Ist das dieselbe Klinge, die drin war, als du ihn aus meinem Rasieretui geholt hast?«

»Ja.«

»Nun, meine Bartstoppeln machen die Klinge stumpf. Ich hol dir eine neue.«

»Danke, Dad«, sagte meine Schwester, und da war sie wieder, seine süße, huckepack reitende Lindsey.

Er verließ das Bad und ging den Flur entlang auf die andere Seite des Hauses zum Elternschlafzimmer, das er und meine Mutter nach wie vor teilten, obgleich sie nicht mehr im selben Zimmer schliefen. Als er in die Vitrine und nach einem Päckchen mit frischen Rasierklingen griff, verspürte er ein Reißen in der Brust. Er ignorierte es und konzentrierte sich auf seine Aufgabe. Nur kurz blitzte der Gedanke auf: *Das sollte Abigail machen.*

Er brachte Lindsey die Rasierklingen, zeigte ihr, wie man sie wechselt, und gab ihr ein paar Hinweise, wie man sich am besten rasiert. »Pass auf am Knöchel und am Knie«, sagte er. »Die hat deine Mutter immer die Gefahrenzonen genannt.«

»Du kannst bleiben, wenn du willst«, sagte sie, bereit, ihn einzubeziehen. »Aber womöglich veranstalte ich eine blutige Schweinerei.« Sie hätte sich am liebsten geschlagen. »Entschuldige, Dad«, sagte sie. »Hier, ich geh da rüber – setz dich.«

Sie stand auf und setzte sich auf den Badewannenrand. Sie drehte den Wasserhahn auf, und mein Vater ließ sich auf dem Toilettendeckel nieder.

»Ist schon in Ordnung, Schatz«, sagte er. »Wir haben lange nicht mehr über deine Schwester geredet.«

»Brauchen wir ja auch nicht«, sagte meine Schwester. »Sie ist überall.«

»Deinem Bruder scheint es gut zu gehen.«

»Er klebt an dir.«

»Ja«, sagte er und merkte, dass es ihm gefiel, dieses Vater-Umwerben seines Sohnes.

»Aua«, sagte Lindsey, und ein dünnes Blutrinnsal begann, sich seinen Weg durch des weißen Schaum der Rasierkrem zu bahnen. »Was für ein Theater.«

»Drück mit dem Daumen auf den Kratzer. Das stoppt die Blutung. Du könntest dein Bein auch nur bis zum Knie rasieren«, schlug er vor. »Das tut deine Mutter auch, wenn wir nicht gerade an den Strand fahren.«

Lindsey hielt inne. »Ihr fahrt nie an den Strand.«

»Sind wir früher aber.«

Mein Vater hatte meine Mutter kennen gelernt, als sie beide in den College-Sommerferien bei Wanamaker's arbeiteten. Er hatte eben eine bissige Bemerkung darüber gemacht, wie sehr es im Aufenthaltsraum der Angestellten nach Zigaretten stank, als sie lächelte und die damals bei ihr übliche Schachtel Pall Malls hervorholte. »Eins zu null für dich«, sagte er und blieb neben ihr trotz des stinkenden Qualms ihrer Zigaretten, der ihn von Kopf bis Fuß einhüllte.

»Ich versuche gerade zu entscheiden, wem ich ähnlich sehe«, sagte Lindsey. »Grandma Lynn oder Mom.«

»Ich fand immer, dass ihr beide, du und deine Schwester, ausseht wie meine Mutter«, sagte er.

»Dad?«

»Ja.«

»Bist du immer noch überzeugt davon, dass Mr. Harvey was damit zu tun hatte?«

Es war wie ein Stock, der endlich an einem anderen Stock Funken schlägt – die Reibung wirkte.

»Ich habe keinerlei Zweifel, Schatz. Keine.«

»Warum verhaftet Len ihn dann nicht?«

Sie zog den Rasierer nachlässig nach oben und hörte mit ihrem ersten Bein auf. Dann zögerte sie, wartete.

»Ich wünschte, es wäre einfach zu erklären«, sagte er, und quälte sich die Worte heraus. Er hatte noch nie ausführlich mit jemandem über seinen Verdacht gesprochen. »Als ich ihn an diesem Tag in seinem Garten traf und wir das Zelt aufbauten – das er angeblich für seine Frau baute, die, wie ich glaubte, Sophie hieß und deren Namen sich Len als Leah notierte –, war da etwas an seinen Bewegungen, das mich überzeugte.«

»Alle finden, dass er irgendwie absonderlich ist.«

»Klar, das weiß ich«, sagte er. »Aber andererseits haben sie auch gar nicht viel mit ihm zu tun. Sie wissen nicht, ob seine Absonderlichkeit gutartig ist oder nicht.«

»Gutartig?«

»Harmlos.«

»Holiday mag ihn nicht«, brachte Lindsey vor.

»Stimmt, ich habe den Hund noch nie so heftig bellen hören. Sein Nackenfell war total gesträubt an dem Morgen.«

»Aber die Bullen glauben, du spinnst.«

»›Keine Indizien‹, das ist alles, was sie sagen. Ohne Indizien und ohne – entschuldige, Schatz – eine Leiche haben sie keinen Anhaltspunkt und keinen Grund für eine Verhaftung.«

»Was wäre denn ein Grund?«

»Irgendwas, das ihn mit Susie in Verbindung bringt, vermute ich. Wenn ihn jemand im Maisfeld oder auch nur um die Schule herumlungern gesehen hätte. Sowas in der Art.«

»Oder wenn er etwas von ihr hätte?« Sowohl mein Vater als auch Lindsey, deren zweites Bein eingeseift, aber nicht rasiert war, hatten sich erhitzt beim Reden, weil das, was abstrahlte, als die beiden Stöcke ihres Interesses Funken schlugen, die Möglichkeit war, dass ich mich irgendwo in jenem Haus befand. Mein Leichnam – im Keller, Erdgeschoss, ersten Stock, auf dem Dachboden. Um sich diese grässliche Möglichkeit nicht einzugestehen – aber ach, wenn sie zuträfe, so eklatant, so perfekt, so schlüssig als Beweis –, riefen sie sich ins Gedächtnis zurück, was ich an jenem Tag trug, erinnnerten sich daran, was ich bei mir hatte, den Frito-Bandito-Radiergummi, der mir lieb und teuer war, den David-Cassidy-Anstecker, den ich an die Innenseite meiner Tasche geheftet, den von David Bowie, den ich außen angesteckt hatte. Sie benannten all den Krimskrams und die Accessoires im Umfeld dessen, was der beste, schrecklichste Beweis wäre, den man finden konnte – meine zerstückelte Leiche, meine leeren und modernden Augen.

Meine Augen: Das Make-up, das Grandma Lynn Lindsey verpasst hatte, half, löste jedoch nicht das Problem, dass jeder in ihren Augen meine sah. Wenn sie sich zeigten – in einer aufblitzenden Puderdose, die von einem Mädchen an einem Nachbarpult benutzt wurde, als unerwartetes Spiegelbild in einer Schaufensterscheibe –, sah sie weg. Besonders schmerzhaft war es mit meinem Vater. Sie merkte aber während ihres Gesprächs, dass, solange sie bei diesem Thema verweilten – bei Mr. Harvey, meiner Kleidung, meiner Schultasche, meiner Leiche, mir –, die wach gehaltene Erinnerung an mich meinen Vater sie als Lindsey sehen ließ und nicht als tragische Mischung aus seinen beiden Töchtern.

»Du würdest also gern in sein Haus gelangen?«, fragte sie.

Sie starrten einander an, die aufflackernde Erkenntnis einer gefährlichen Idee. Aus seinem Zögern, ehe er schließlich sagte, das wäre illegal, nein, daran habe er nicht gedacht, erriet sie, dass er log. Sie wusste auch, dass er jemanden brauchte, der es für ihn übernahm.

»Du solltest dich zu Ende rasieren, Schatz«, sagte er.

Sie stimmte zu und wandte sich ab, wohl wissend, was ihr gesagt worden war.

Grandma Lynn traf am Montag vor Thanksgiving ein. Mit denselben Laser-Augen, die sofort jede Unansehnlichkeit, jeden Makel bei meiner Schwester entdeckten, nahm sie unter der Oberfläche des Lächelns ihrer Tochter etwas wahr, in ihren beschwichtigten, verlangsamten Bewegungen und in den Reaktionen ihres Körpers, wenn die Sprache auf Detective Fenerman oder die Arbeit der Polizei kam.

Als meine Mutter es am selben Abend ablehnte, sich

nach dem Essen von meinem Vater beim Aufräumen helfen zu lassen, hatten die Laser-Augen Gewissheit. Unerbittlich und zum Entsetzen aller am Tisch und zur Erleichterung meiner Schwester machte Grandma Lynn eine Ankündigung.

»Abigail, ich werde dir beim Abwaschen helfen. Es wird eine Sache zwischen Mutter und Tochter.«

»Was?«

Meine Mutter hatte darauf gezählt, dass sie Lindsey unschwer früh loswerden würde und dann den Rest des Abends über dem Ausguss verbringen konnte, langsam spülend und aus dem Fenster starrend, bis die Dunkelheit ihr das eigene Spiegelbild entgegenwarf. Die Geräusche des Fernsehers würden verklingen, und sie würde wieder allein sein.

»Ich habe mir gerade gestern die Nägel gemacht«, sagte Grandma Lynn, nachdem sie sich eine Schürze über das elegante kamelhaarfarbige Kleid gebunden hatte, »deshalb trockne ich ab.«

»Mutter, wirklich. Das ist doch nicht notwendig.«

»Es ist notwendig, glaub mir, Schätzchen«, sagte meine Großmutter. Es lag etwas Sachliches, Schroffes in dem *Schätzchen.*

Buckley führte meinen Vater an der Hand ins Nebenzimmer, wo der Fernseher stand. Sie nahmen ihre Plätze ein, und Lindsey, der eine Atempause vergönnt war, ging nach oben, um Samuel anzurufen.

Es war höchst merkwürdig anzusehen. Sehr ungewöhnlich. Meine Großmutter in einer Schürze, das Geschirrtuch hochhaltend wie das rote Tuch eines Matadors, in Erwartung des ersten Geschirrstücks, das auf sie zukam.

Sie schwiegen, während sie arbeiteten, und die Stille – die einzigen Geräusche waren das Platschen, wenn die Hände meiner Mutter in das kochend heiße Wasser eintauchten, das Klirren der Teller und das Klappern des Bestecks – erfüllte den Raum mit einer Spannung, die unerträglich wurde. Die Geräusche des Spiels von nebenan erschienen mir ebenso seltsam. Mein Vater hatte sich nie Football angesehen; Basketball war der einzige Sport, der ihn interessierte. Grandma Lynn hatte noch nie abgewaschen; Tiefkühlgerichte und Mahlzeiten zum Mitnehmen waren die von ihr gewählten Waffen dagegen.

»Ach du liebe Güte«, sagte sie schließlich. »Nimm mal.« Sie reichte die gerade gespülte Schüssel zurück an meine Mutter. »Ich möchte ein richtiges Gespräch führen, aber ich habe Angst, dass ich diese Dinger fallen lasse. Lass uns einen Spaziergang machen.«

»Mutter, ich muss …«

»Du musst einen Spaziergang machen.«

»Nach dem Abwasch.«

»Hör zu«, sagte meine Großmutter, »ich weiß, ich bin, wie ich nun mal bin, und du bist, wie du nun mal bist, also anders als ich, was dich glücklich macht, aber ich begreife, was ich sehe, und ich weiß, dass hier etwas vorgeht, das nicht koscher ist. *Capisce?*«

Das Gesicht meiner Mutter war unschlüssig, weich und verformt – fast so weich und verformt wie ihr Spiegelbild, das auf dem Spülwasser im Ausguss trieb.

»Was?«

»Ich habe einen Verdacht, und ich möchte nicht hier darüber reden.«

Bingo, Grandma Lynn, dachte ich. Ich hatte sie nie zuvor nervös erlebt.

Es würde einfach für die beiden sein, das Haus allein zu verlassen. Mein Vater würde mit seinem Knie nie daran denken, sich ihnen anzuschließen, und mein Bruder Buckley folgte meinem Vater neuerdings überall hin, wo er ging und stand.

Meine Mutter schwieg. Sie sah keine andere Möglichkeit. Als nachträglichen Einfall banden sie in der Garage ihre Schürzen ab und legten sie auf das Dach des Mustang. Mein Mutter bückte sich und hob das Garagentor hoch.

Es war noch so früh, dass sie ihren Spaziergang bei Tageslicht beginnen konnten. »Wir könnten Holiday mitnehmen«, versuchte es meine Mutter.

»Nur du und deine Mutter«, sagte meine Großmutter. »Die denkbar erschreckendste Konstellation.«

Sie waren einander nie nahe gewesen. Beide wussten es, nahmen es jedoch nicht groß zur Kenntnis. Sie machten Witze darüber wie zwei Kinder, die sich nicht besonders mögen, aber die einzigen Kinder in einem großen, sonst kinderlosen Stadtviertel sind. Jetzt stellte meine Großmutter, nachdem sie es nie versucht hatte, nachdem sie ihre Tochter stets, so schnell sie konnte, in jede ihr beliebige Richtung hatte rennen lassen, fest, dass sie sie plötzlich einholte.

Sie waren an den O'Dwyers vorbei und näherten sich dem Haus der Tarkings, ehe meine Großmutter sagte, was sie zu sagen hatte.

»Irgendwann ist mir die Galle übergelaufen«, begann sie. »Dein Vater hatte eine Langzeitaffäre in New Hampshire. Ihr Vorname fing mit einem F an, aber ich habe nie erfahren, wie sie hieß. Im Laufe der Jahre habe ich mir tausend Möglichkeiten ausgedacht.«

»Mutter?«

Meine Großmutter lief weiter, drehte sich nicht um. Sie merkte, dass die frische Herbstluft half, die ihre Lungen füllte, bis sie sich sauberer anfühlten als noch vor Minuten.

»Wusstest du das?«

»Nein.«

»Ich habe es dir wohl nie erzählt«, sagte sie. »Ich dachte,

du bräuchtest es nicht zu wissen. Jetzt aber doch, meinst du nicht?«

»Ich weiß trotzdem nicht so recht, warum du es mir erzählst.«

Sie waren zu der Straßenbiegung gekommen, die sie im Kreis herumführen würde. Wenn sie weitergingen und nicht stehen blieben, würden sie sich irgendwann vor Mr. Harveys Haus wiederfinden. Meine Mutter erstarrte.

»Mein armes, armes Schätzchen«, sagte meine Großmutter. »Gib mir deine Hand.«

Sie waren unbeholfen. Meine Mutter konnte an ihren Fingern abzählen, wie oft ihr hoch gewachsener Vater sich heruntergebeugt und sie als Kind geküsst hatte. Der kratzige Bart, der nach einem Kölnischwasser roch, das sie auch nach jahrelangem Forschen nicht identifizieren konnte. Meine Großmutter nahm ihre Hand und hielt sie fest, während sie in die andere Richtung gingen.

Sie kamen in einen Teil des Viertels, wo mehr und mehr neue Familien einzuziehen schienen. Die Anschlusshäuser nannte meine Mutter sie, wie mir einfiel, weil sie die Straße säumten, die in die Siedlung führte – das Viertel an eine Hauptstraße anschlossen, die gebaut worden war, ehe die Gemeinde eine Gemeinde wurde. Die Straße, die nach Valley Forge führte, zu George Washington und der Revolution.

»Susies Tod hat mir deinen Vater wieder in Erinnerung gebracht«, sagte meine Großmutter. »Ich habe mir nie erlaubt, richtig um ihn zu trauern.«

»Ich weiß«, erwiderte meine Mutter.

»Grollst du mir deswegen?«

Meine Mutter zögerte. »Ja.«

Meine Großmutter tätschelte den Handrücken meiner Mutter mit ihrer freien Hand. »Gut, siehst du, das ist ein kleines Stückchen.«

»Ein kleines Stückchen?«

»Etwas, das sich aus dieser ganzen Sache ergibt. Du und ich. Ein kleines Stückchen Wahrheit zwischen uns.«

Sie passierten die ungefähr vier Quadratkilometer großen Grundstücke, auf denen seit zwanzig Jahren Bäume wuchsen. Wenn auch nicht gerade hoch aufragend, waren sie doch zweimal so groß wie die Väter, die sie einst gehalten und die Erde um sie herum mit ihren Wochenend-Arbeitsschuhen heruntergetrampelt hatten.

»Weißt du, wie allein ich mich immer gefühlt habe?«, fragte meine Mutter ihre Mutter.

»Deshalb gehen wir ja spazieren, Abigail«, sagte Grandma Lynn.

Meine Mutter hatte ihren Blick konzentriert vor sich gerichtet, hielt aber weiter die Hand ihrer Mutter fest. Sie dachte an die Einsamkeit ihrer Kindheit. Dass sie, wenn sie ihre beiden Töchter dabei beobachtet hatte, wie sie zwei Pappbecher mit einer Schnur verbanden und in ihre Zimmer gingen, um sich Geheimnisse zuzuflüstern, eigentlich nie gewusst hatte, wie sich das anfühlte. Bei ihr im Haus war niemand gewesen außer ihrer Mutter und ihrem Vater, und dann war ihr Vater verschwunden.

Sie starrte auf die Wipfel der Bäume, die, Kilometer von unserer Siedlung entfernt, die höchsten Punkte in der Umgebung waren. Sie standen auf einem hohen Hügel, der nie einer Bebauung wegen abgeholzt worden war und auf dem immer noch ein paar alte Farmer wohnten.

»Ich kann nicht beschreiben, was ich fühle«, sagte sie. »Niemandem.«

Sie erreichten das Ende der Siedlung, als die Sonne gerade über dem Hügel vor ihnen unterging. Ein Augenblick verstrich, ohne dass eine der beiden sich umdrehte. Meine Mutter sah zu, wie das letzte Licht in einer Kanalisationspfütze am Ende der Straße aufflackerte.

»Ich weiß nicht, was ich tun soll«, sagte sie. »Jetzt ist alles vorbei.«

Meine Großmutter war nicht sicher, was sie mit »alles« meinte, doch sie drang nicht in sie.

»Sollen wir umkehren?«, schlug meine Großmutter vor.

»Wie?«, fragte meine Mutter.

»Nach Hause, Abigail. Nach Hause umkehren.«

Sie wandten sich um und fingen wieder an zu gehen. Die Häuser, eins nach dem anderen, identisch in der Bauweise. Nur das, was meine Großmutter als ihr Beiwerk bezeichnete, unterschied sie voneinander. Sie hatte einen Ort wie diesen nie begriffen – einen Ort, den ihr eigenes Kind sich zum Leben ausgesucht hatte.

»Wenn wir zu der Ringstraße kommen«, sagte meine Mutter, »möchte ich daran vorbeigehen.«

»An seinem Haus?«

»Ja.«

Ich sah, wie Grandma Lynn sich umdrehte, als meine Mutter sich umdrehte.

»Würdest du mir versprechen, dich nicht mehr mit dem Mann zu treffen?«, fragte meine Großmutter.

»Mit wem?«

»Mit dem Mann, mit dem du eine Beziehung hast. Darüber spreche ich doch die ganze Zeit.«

»Ich habe mit niemandem eine Beziehung«, sagte meine Mutter. Ihre Gedanken flogen wie ein Vogel von einem Dach zum nächsten. »Mutter?«, sagte sie und wandte sich um.

»Abigail?«

»Wenn ich eine Zeit lang fort müsste, könnte ich dann Daddys Hütte benutzen?«

»Hast du mir überhaupt zugehört?«

Sie konnten in der Luft etwas riechen, und wieder entschlüpften meiner Mutter ihre unruhigen, behenden Gedanken. »Da raucht jemand«, sagte sie.

Grandma Lynn starrte ihr Kind an. Die pragmatische, ordentliche Hausfrau, die meine Mutter stets gewesen war, war verschwunden. Sie war flatterhaft und zerstreut. Meine Großmutter hatte ihr nichts mehr zu sagen.

»Es sind ausländische Zigaretten«, sagte meine Mutter. »Suchen wir nach ihnen!«

Und in dem schwindenden Licht starrte meine Großmutter sie verblüfft an, während meine Mutter dem Geruch zu seiner Quelle folgte.

»Ich kehre um«, sagte meine Großmutter.

Meine Mutter dagegen lief weiter.

Sie hatte die Quelle des Rauchs bald gefunden. Es war Ruana Singh, die in ihrem Garten hinter einer hohen Tanne stand.

»Hallo«, sagte meine Mutter.

Ruana erschrak nicht, wie ich vermutet hatte. Ihre Gelassenheit war etwas Eingeübtes geworden. Sie hielt auch das überraschendste Ereignis mit einem Atemzug durch, ob nun ihr Sohn von der Polizei des Mordes bezichtigt wurde oder ihr Mann ihre Dinnerparty ablaufen ließ wie die Sitzung eines akademischen Komitees. Sie hatte zu Ray gesagt, er könne nach oben gehen, und dann war sie zur Hintertür hinaus verschwunden und nicht vermisst worden.

»Mrs. Salmon«, sagte Ruana, den berauschenden Duft ihrer Zigaretten ausatmend. In einem Schwall von Rauch und Wärme ergriff meine Mutter Ruanas ausgestreckte Hand. »Ich freue mich sehr, Sie zu sehen.«

»Veranstalten Sie eine Party?«, fragte meine Mutter.

»Mein Mann veranstaltet eine Party. Ich bin die Gastgeberin.«

Meine Mutter lächelte.

»Es ist ein komischer Ort, an dem wir beide leben«, sagte Ruana.

Ihre Blicke begegneten sich. Meine Mutter nickte. Irgendwo hinten auf der Straße war ihre eigene Mutter, sie dagegen befand sich wie Ruana auf einer ruhigen Insel fern vom Festland.

»Haben Sie noch eine Zigarette?«

»Ja, natürlich, Mrs. Salmon.« Ruana angelte in der Tasche ihrer langen, schwarzen Strickjacke und holte die Schachtel und ihr Feuerzeug hervor. »Dunhills«, sagte sie. »Ich hoffe, die schmecken Ihnen.«

Meine Mutter zündete ihre Zigarette an und reichte das blaue Päckchen mit der goldenen Folie dann wieder Ruana. »Abgail«, sagte sie, während sie ausatmete. »Bitte nennen Sie mich Abigail.«

Oben in seinem Zimmer, die Lampen aus, konnte Ray die Zigaretten seiner Mutter riechen – sie beschuldigte ihn nie, welche zu stibitzen, ebenso wenig wie er sich anmerken ließ, dass er wusste, dass sie welche hatte. Von unten hörte er Stimmen – die lauten Geräusche seines Vaters und seiner Kollegen, die sich in sechs verschiedenen Sprachen unterhielten und vergnügt über den kommenden ach so amerikanischen Feiertag lachten. Er wusste nicht, dass meine Mutter bei seiner Mutter auf dem Rasen stand oder dass ich ihn dabei beobachtete, wie er in seinem Fenster saß und den Duft ihres süßen Tabaks roch. Bald würde er sich vom Fenster abwenden und die kleine Lampe an seinem Bett anknipsen, um zu lesen. Mrs. McBride hatte ihnen gesagt, sie sollten sich ein Sonett aussuchen, über das sie gern ein Referat schreiben würden, doch während er die Zeilen derer las, die ihm in seiner *Norton-Anthologie* zur Verfügung standen, schweifte er immer wieder zu dem Augenblick ab, den er am liebsten zurückgeholt und neu gestaltet hätte. Wenn er mich bloß auf dem Gerüst geküsst hätte, wäre vielleicht alles anders gekommen.

Grandma Lynn hielt sich an den Kurs, den sie mit meiner Mutter eingeschlagen hatte, und irgendwann war es da – das Haus, das sie zu vergessen suchten, während sie doch nur zwei Häuser weiter wohnten. *Jack hat Recht*, dachte meine Großmutter. Sie konnte es sogar im Dunkeln spüren. Der Ort strahlte etwas Bösartiges aus. Sie erschauerte und begann, die Grillen zu hören und zu sehen, wie sich die Leuchtkäfer in einem Schwarm über den Blumenbeeten in seinem Vorgarten sammelten. Plötzlich kam ihr der Gedanke, dass sie einfach nur mit ihrer Tochter mitfühlen wollte. Ihr Kind lebte mitten in einem Einschlagzentrum, in das ihr keine Affäre ihres eigenen Mannes Einsicht bieten konnte. Sie würde meiner Mutter morgen früh sagen, dass die Schlüssel zur Hütte immer für sie da wären, falls sie sie brauchte.

In derselben Nacht hatte meine Mutter einen, wie ihr schien, wunderbaren Traum. Sie träumte von Indien, wo sie nie gewesen war. Da gab es orangerote Leitkegel und wunderschöne azurblaue Insekten mit Mandibeln aus Gold. Ein junges Mädchen wurde durch die Straßen geführt. Sie wurde zu einem Scheiterhaufen gebracht und in ein Laken gewickelt und auf eine aus Stöcken errichtete Plattform gelegt. Das helle Feuer, das sie verzehrte, erzeugte in meiner Mutter eine tiefe, leichte, traumhafte Seligkeit. Das Mädchen wurde bei lebendigem Leibe verbrannt, aber zuerst war da ihr Körper gewesen, sauber und intakt.

14

Eine Woche lang kundschaftete Lindsey das Haus meines Mörders aus. Sie tat genau das, was sonst *er* tat.

Sie hatte eingewilligt, das ganze Jahr mit der Jungen-Fußballmannschaft zu trainieren, eine Vorbereitung auf die Herausforderung, der sie sich, wie Mr. Dewitt und Samuel meinten, stellen sollte: der Qualifikation für das Mitspielen in der rein männlichen Highschool-Fußballliga. Und Samuel trainierte, um seine Unterstützung zu demonstrieren, mit ihr, ohne darauf zu hoffen, sich für etwas anderes zu qualifizieren als den, wie er sagte, »schnellsten Typen in Shorts«.

Rennen konnte er, wenn auch das Treten und Werfen und Bemerken eines Balls irgendwo in seiner Nähe über seinen Horizont ging. Und so war Samuel, während sie im Viertel ihre Runden drehten, Lindsey jedes Mal voraus, wenn sie einen Blick auf Mr. Harveys Haus warf, denn er gab das Tempo vor – ahnungslos, was alles andere betraf.

Von seinem grünen Haus aus schaute Mr. Harvey nach draußen. Er sah, dass sie ihn beobachtete, und allmählich wurde er kribbelig. Es war jetzt fast ein Jahr her, doch die Salmons saßen ihm nach wie vor im Nacken.

Das war auch schon in anderen Orten und Staaten geschehen. Die Familie eines Mädchens verdächtigte ihn, sonst aber niemand. Sein Gerede gegenüber der Polizei hatte er perfektioniert, eine gewisse kriecherische Unschuld, gewürzt mit Fragen über ihr Vorgehen oder nutzlosen Ideen, die er präsentierte, als ob sie helfen könnten. Den Ellis-Jungen bei Fenerman zur Sprache zu bringen war ein guter Schachzug gewesen, und die Lüge, er sei Witwer, half immer. Aus einem beliebigen Opfer, mit dem er sich kürzlich in seiner Erinnerung vergnügt hatte, schuf er eine Ehefrau, und um ihr Substanz zu verleihen, gab es immer noch seine Mutter.

Nachmittags verließ er das Haus jeden Tag ein, zwei Stunden lang. Er nahm den Proviant mit, den er benötigte, und fuhr dann hinaus zum Valley Forge Park und spazierte dort die gepflasterten Straßen und die ungepflasterten Pfade entlang, bis er sich auf einmal bei George Washingtons Blockhütte oder der Washington Memorial Chapel von Schulausflüglern umringt fand. Das gab ihm Auftrieb – diese Augenblicke, in denen die Kinder ganz begierig auf Geschichte waren, als ob sie tatsächlich ein langes, silbernes Haar aus Washingtons Perücke finden könnten, das sich an dem rauen Ende eines Holzpfostens verfangen hatte.

Gelegentlich bemerkte ihn einer der Reiseleiter oder Lehrer, wie er da stand, ein Unbekannter, wenn auch liebenswürdig, und ein fragender Blick traf ihn. Er hatte tausend Sprüche für sie auf Lager: »Ich bin früher mit meinen Kindern hergekommen.« »Hier habe ich meine Frau kennen gelernt.« Er wusste, was immer er sagte, in Verbindung mit einer imaginären Familie zu bringen, und dann lächelten ihn die Frauen an. Einmal versuchte eine attraktive, füllige Frau, ihn in ein Gespräch zu verwickeln, während der Parkwächter den Kindern etwas über den Winter 1776 und die *Battle of the Clouds* erzählte.

Da hatte er die Geschichte seiner Witwerschaft hervorgeholt und über eine Frau namens Sophie Cichetti gesprochen, die er zu seiner mittlerweile verstorbenen Ehefrau und großen Liebe machte. Sie war für diese Frau wie ein köstliches Mahl gewesen, und während er zuhörte, wie sie ihm von ihren Katzen und ihrem Bruder berichtete, der drei Kinder hatte, die sie liebte, stellte er sich vor, dass sie auf dem Stuhl in seinem Keller saß, tot.

Danach zog er sich immer, wenn er dem fragenden Blick eines Lehrers begegnete, schüchtern zurück und fuhr in einen anderen Teil des Parks. Er sah Mütter, deren Kinder noch im Kinderwagen saßen, munter die offen daliegenden Wege entlangspazieren. Er sah Schule schwänzende Teenager, die auf den ungemähten Wiesen oder auf den Pfaden im Innern schmusten. Und auf dem höchsten Punkt des Parks befand sich ein Wäldchen, an dem er manchmal parkte. Dann saß er in seinem Wagoneer und beobachtete einzelne Männer, die neben ihm anhielten und aus dem Auto stiegen. Männer in Anzügen in der Mittagspause oder Männer in Flanell und Jeans, die rasch in den Wald schritten. Manchmal warfen sie einen Blick zurück in seine Richtung – eine Frage. Wenn sie nahe genug waren, konnten diese Männer durch die Windschutzscheibe sehen, was seine Opfer sahen – seine ungezähmte und bodenlose Lust.

Am 26. November 1974 sah Lindsey, wie Mr. Harvey aus dem grünen Haus kam, und sie ließ sich langsam aus der Gruppe laufender Jungen zurückfallen. Später konnte sie behaupten, sie hätte ihre Periode bekommen, und sie hätten alle geschwiegen, sich sogar gefreut, denn dies wäre der Beweis, dass Mr. Dewitts unpopulärer Plan – ein Mädchen in der Regionalliga! – nie funktionieren würde.

Ich beobachtete meine Schwester und staunte. Sie wurde alles gleichzeitig. Eine Frau. Eine Spionin. Eine Sportlerin. Der Verfemte: Ein Mann allein.

Sie ging, eine Körperseite in vorgetäuschtem Krampf umklammernd, und scheuchte die Jungen weiter, als sie sich umdrehten, um nach ihr Ausschau zu halten. Sie ging weiter, eine Hand immer noch an der Taille, bis sie am Ende der Straße um die Ecke bogen. Mr. Harveys Grundstück war von einer Reihe hoher, dichter Kiefern gesäumt, die seit Jahren nicht mehr gestutzt worden waren. Sie setzte sich neben eine, nach wie vor Erschöpfung simulierend für den Fall, dass ein Nachbar herausschaute, und dann, als sie das Gefühl hatte, es sei der richtige Moment, rollte sie sich zu einer Kugel zusammen und wälzte sich zwischen zwei Kiefern. Sie wartete. Die Jungen hatten noch eine Runde. Sie sah sie vorbeilaufen und folgte ihnen mit ihrem Blick, als sie den leeren Parkplatz in Richtung Highschool überquerten. Sie war allein. Sie schätzte, dass sie eine Dreiviertelstunde Zeit hatte, ehe unser Vater sich zu fragen begann, wann sie wohl daheim sein würde. Es war vereinbart worden, dass Samuel sie, wenn sie mit der Fußballmannschaft der Jungen trainierte, begleiten und spätestens um fünf Uhr nach Hause bringen würde.

Die Wolken hatten den ganzen Tag schwer am Himmel gehangen, und die spätherbstliche Kälte erzeugte eine Gänsehaut auf ihren Armen und Beinen. Das Laufen mit der Mannschaft wärmte sie immer auf, aber wenn sie danach den Umkleideraum erreichte, wo sie dieselben Duschen benutzte wie das Hockey-Team, fing sie an zu zittern, bis das heiße Wasser auf ihren Körper traf. Auf dem Rasen des grünen Hauses allerdings kam ihre Gänsehaut auch von der Angst.

Als die Jungen den Weg kreuzten, kroch sie hinüber zum Kellerfenster in Mr. Harveys Haus. Sie hatte sich schon eine Geschichte ausgedacht für den Fall, dass sie erwischt werden würde. Sie jagte ein Kätzchen, das sie zwischen den Kiefern hatte hindurchflitzen sehen. Sie würde sagen, es sei grau, es sei flink, es sei auf Mr. Harveys Haus zugelaufen und sie sei ihm gefolgt, ohne nachzudenken.

Sie konnte in den Keller schauen, wo es dunkel war. Sie versuchte es mit dem Fenster, doch der Riegel war vorgeschoben. Sie würde die Scheibe zerschlagen müssen. Ihre Gedanken rasten, sie machte sich Sorgen wegen des Lärms, doch sie war zu weit gegangen, um aufzuhören. Sie dachte an meinen Vater zu Hause, der aufmerksam die Uhr neben seinem Sessel beäugte, zog ihr Sweatshirt aus und wickelte es um ihre Füße. Sie setzte sich hin, stützte ihren Körper mit den Armen ab und trat dann mit beiden Füßen einmal, zweimal, dreimal zu, bis die Scheibe zerbrach – ein gedämpftes Klirren.

Vorsichtig ließ sie sich herunter, die Wand nach einem

Tritt abtastend, aber den letzten Meter musste sie auf die Glasscherben und den Beton springen.

Der Raum wirkte sauber und ausgefegt, anders als unser eigener Keller, wo Stapel von mit Feiertagen beschrifteten Kartons – OSTEREIER UND GRÜNES GRAS, WEIHNACHTSSTERN/SCHMUCK – es nie auf die Regale zurückschafften, die mein Vater gebaut hatte.

Von draußen drang die Kälte ein, und sie spürte, wie die Zugluft in ihrem Nacken sie aus dem schimmernden Halbkreis zerbrochenen Glases heraus in die Mitte des Raumes schob. Sie sah den Sessel und daneben einen kleinen Tisch. Sie sah den großen Wecker mit Leuchtziffern, der auf dem Metallbord stand. Ich wollte ihren Blick auf den Kriechgang lenken, wo sie die Knochen der Tiere finden würde, doch ich wusste auch, dass sie, obwohl sie die Augen einer Fliege auf Millimeterpapier zeichnete und sich diesen Herbst in Mr. Bottes Biologieunterricht hervorgetan hatte, glauben würde, es wären meine Knochen. Deshalb war ich froh, dass sie nicht in ihre Nähe kam.

Trotz meiner Unfähigkeit zu erscheinen oder zu flüstern, zu stoßen oder zu drängen, fühlte Lindsey ganz von selbst etwas. Irgendetwas lud die Luft in dem kalten, feuchten Keller auf und ließ sie zurückschrecken. Sie stand nur einen Meter von dem offenen Fenster entfernt, wohl wissend, dass sie, komme was wolle, weiter hineingehen würde und dass sie sich, komme was wolle, beruhigen und konzentrieren musste, um nach Hinweisen Ausschau zu halten; aber hier und jetzt dachte sie einen Augenblick lang an Samuel, der vorauslief, glaubte, dass er sie auf seiner letzten Runde treffen würde, dann zur Schule zurückrannte, wo er sie draußen vorzufinden meinte, und dann vermutete, allerdings mit dem Anflug eines Zweifels, dass sie duschte, und deshalb würde er auch duschen und dann auf sie warten, bevor er etwas anderes unternahm. Wie lange würde er wohl warten? Während ihre Blicke die Stufen zum Erdgeschoss erklommen, ehe ihre Füße folgten, wünschte sie, Samuel wäre ihr hinterhergeklettert, hätte ihr nachgespürt und dabei, sich in ihre Gliedmaßen fügend, ihre Einsamkeit ausgelöscht. Aber sie hatte ihm absichtlich nichts erzählt – hatte niemandem etwas erzählt. Was sie tat, war jenseits der Grenzen des Erlaubten – kriminell –, und das wusste sie.

Wenn sie später daran dachte, würde sie sagen, sie hätte Luft gebraucht, und das hätte sie die Treppe hochgeführt. Kleine Flocken weißen Staubs sammelten sich auf den Spitzen ihrer Schuhe, als sie die Stufen emporstieg, doch sie bemerkte sie nicht.

Sie drehte den Knauf der Kellertür und gelangte ins Erdgeschoss. Erst fünf Minuten waren verstrichen. Vierzig blieben ihr, das glaubte sie jedenfalls. Durch die geschlossenen Jalousien sickerte noch ein bisschen Licht. Während sie, erneut zögernd, in diesem mit unserem identischen Haus stand, hörte sie den Aufprall des *Evening Bulletin* auf der Türschwelle und die Fahrradklingel des Botenjungen, die er im Vorbeifahren betätigte.

Meine Schwester sagte sich, dass sie in einer Abfolge von Zimmern und Räumen sei, die, systematisch durchkämmt, vielleicht ergaben, was sie brauchte, ihr die Trophäe lieferten, die sie unserem Vater mitbringen und sich so ihre Befreiung von mir verdienen könnte. Immer Konkurrenz, sogar zwischen der Lebenden und der Toten. Sie sah die Fliesen im Flur – dasselbe Dunkelgrün und Grau wie bei uns – und stellte sich vor, wie sie als Baby hinter mir hergekrabbelt war, als ich gerade Laufen lernte. Dann sah sie meinen kleinen Körper entzückt von ihr weg und in das nächste Zimmer rennen, und sie erinnerte sich an ihr eigenes Gefühl des Sichstreckens, als sie ihre ersten Schritte machte und ich sie vom Wohnzimmer her neckte.

Doch Mr. Harveys Haus war wesentlich leerer als unseres, und es gab keine Teppiche, die der Einrichtung Wärme verliehen hätten. Lindsey trat von den Fliesen auf die gebohnerten Kiefernholzdielen des Zimmers, das bei uns das Wohnzimmer war. Sie erzeugte Echos in dem offenen Flur; der Klang jeder ihrer Bewegungen griff nach ihr.

Sie konnte sich der Erinnerungen nicht erwehren, die auf sie einstürmten. Jede hatte einen grausamen Beigeschmack. Buckley, der auf meinen Schultern huckepack die Treppe hinunterritt. Unsere Mutter, mich festhaltend, während Lindsey neidisch zuschaute, weil ich, den silbernen Stern in meinen Händen, die Spitze des Weihnachtsbaums erreichen konnte. Wie ich das Treppengeländer herunterrutschte und sie aufforderte mitzumachen. Wie wir beide nach dem Abendessen die Witzseiten von unserem Vater erbettelten. Wie wir alle hinter Holiday herrannten, während er bellte und bellte. Und die unzähligen erschöpft lächelnden Mienen, wenn wir an Geburts- und Feiertagen und nach der Schule für ein Foto gequält unsere Gesichter verzogen. Zwei Schwestern, gleich gekleidet in Samt oder Karos oder österliches Gelb. In der Hand hielten wir Körbe mit Häschen und Eiern, die wir in Farbe getaucht hatten. Lackschuhe mit Riemen und harten Schnallen. Angestrengt lächelnd, während meine Mutter versuchte, die Kamera scharf einzustellen. Die Fotos stets verschwommen, unsere Augen knallrote Flecken. Keins dieser meiner Schwester hinterlassenen Kunstwerke zeigte der Nachwelt die Momente davor und die Momente danach, wenn wir beiden Mädchen im Haus spielten oder uns um Spielsachen stritten. Wenn wir Schwestern waren.

Dann sah sie ihn. Meinen Rücken, der in den Nebenraum flitzte. Unser Esszimmer, das Zimmer, das seine fertigen Puppenhäuser beherbergte. Ich war ein Kind, das ihr vorauslief.

Sie eilte mir nach.

Sie jagte mich durch die unteren Zimmer, und trotz ihres Fußballtrainings musste sie, als sie wieder im Flur war, nach Luft ringen. Ihr wurde schwindelig.

Ich dachte an das, was meine Mutter immer über einen Jungen an unserer Bushaltestelle gesagt hatte, der doppelt so alt war wie wir, aber erst in der zweiten Klasse. »Er weiß selbst nicht, wie stark er ist, deshalb müsst ihr in seiner Gegenwart vorsichtig sein.« Wenn jemand nett zu ihm war, nahm er ihn gern liebevoll in den Schwitzkasten, und man konnte sehen, wie diese trottelige Liebe seine Gesichtszüge überfiel und seinen Wunsch nach Berührung entfachte. Bevor er von der regulären Schule genommen und an einen Ort geschickt wurde, über den niemand sprach, hatte er ein kleines Mädchen namens Daphne hochgehoben und so heftig gedrückt, dass sie auf die Straße fiel, als er sie losließ. Ich bedrängte das Dazwischen so ungestüm, um zu Lindsey zu gelangen, dass ich auf einmal das Gefühl hatte, ich könnte sie verletzen, statt ihr, wie ich es wollte, zu helfen.

Meine Schwester setzte sich auf die breiten Stufen am Ende des Flurs, machte die Augen zu und konzentrierte sich darauf, wieder zu Atem zu kommen, auf die Frage, warum sie überhaupt in Mr. Harveys Haus war. Sie fühlte sich von etwas Schwerem umschlossen, wie eine Fliege, die in dem Netztrichter einer Spinne gefangen, in seine dicken Seidenfäden eingewickelt ist. Sie wusste, dass mein Vater ins Maisfeld gegangen war, besessen von etwas, das sich jetzt ihrer bemächtigte. Sie hatte ihm Hinweise bringen wollen, die er als Sprossen benutzen konnte, um zu ihr zurückzuklettern, die ihm Fakten lieferten, mit denen er seinen Sätzen Len gegenüber Gewicht verlieh. Stattdessen merkte sie, wie sie ihm in eine bodenlose Grube nachstürzte.

Sie hatte zwanzig Minuten.

In diesem Haus war meine Schwester das einzige lebende Wesen, aber sie war nicht allein, und ich war nicht ihre einzige Gesellschaft. Die Architektur des Lebens meines Mörders, die Leichen der Mädchen, die er hinterlassen hatte, begannen sich mir jetzt, da meine Schwester in dem Haus war, zu enthüllen. Ich stand im Himmel. Ich nannte ihre Namen:

Jackie Meyer. Delaware 1967. Dreizehn.

Ein umgekippter Stuhl, die Unterseite in den Raum zeigend. Zusammengerollt daliegend, trug sie ein gestreiftes T-Shirt und sonst nichts. Neben ihrem Kopf eine kleine Blutlache.

Flora Hernandez, Delaware 1963. Acht.

Er hatte sie nur anfassen wollen, doch sie schrie. Ein kleines Mädchen für ihr Alter. Ihre linke Socke und ein Schuh wurden später gefunden. Der Leichnam nie geborgen. Die Knochen lagen in dem irdenen Kellergeschoss eines alten Apartmentgebäudes.

Leah Fox. Delaware 1969. Zwölf.

Auf einer Couch mit Schonbezug unter einer Auffahrt zum Highway tötete er sie, ganz geräuschlos. Er schlief auf ihr ein, eingelullt durch das Geräusch der Autos, die über ihnen dahinrasten. Erst zehn Stunden später, als ein Landstreicher an die kleine Hütte klopfte, die Mr. Harvey aus ausrangierten Türen gebaut hatte, fing er an, sich mit Leah Fox' Leiche davonzumachen.

Sophie Cichetti, Pennsylvania 1960. Neunundvierzig.

Seine Vermieterin, die mittels einer Wand aus Hartfaserplatten aus ihrer Wohnung im Obergeschoss zwei gemacht hatte. Ihm gefiel das halbrunde Fenster, das dadurch entstand, und die Miete war niedrig. Doch sie redete zu viel über ihren Sohn und bestand darauf, ihm aus einem Buch mit Sonetten Gedichte vorzulesen. Er schlief mit ihr auf ihrer Seite des geteilten Raums, schlug ihr den Schädel ein, als sie anfing zu sprechen, und brachte ihre Leiche ans Ufer eines nahe gelegenen Baches.

Leidia Johnson, Buck's County, Pennsylvania. 1960. Sechs.

Er grub eine gewölbte Höhle in einen Hügel am Steinbruch und wartete. Sie war die Jüngste.

Wendy Richter. Connecticut 1971. Dreizehn.

Sie wartete vor einer Bar auf ihren Vater. Er vergewaltigte sie im Gebüsch und erdrosselte sie anschließend. Diesmal hörte er, während er wieder zu sich kam aus der Betäubung, die oft lange andauerte, Geräusche. Er drehte das Gesicht des toten Mädchens zu sich, und als die Stimmen sich näherten, biss er sie ins Ohr. »Entschuldige, Mann«, hörte er zwei betrunkene Männer sagen, die zwischen die nahen Büsche traten, um zu pinkeln.

Jetzt sah ich die Stadt aus dahintreibenden Gräbern, kalt und windgepeitscht, wohin Mordopfer in der Vorstellung der Lebenden gehen. Ich konnte sehen, wie seine anderen Opfer sein Haus bevölkerten – jene Spur von Erinnerungen, die sie hinterließen, ehe sie der Erde entflohen –, aber an jenem Tag ließ ich sie ziehen und begab mich zu meiner Schwester.

Lindsey stand sofort auf, als ich mich wieder auf sie konzentrierte. Gemeinsam stiegen wir beide die Treppe hoch. Sie fühlte sich wie die Zombies in den Filmen, die Samuel und Hal liebten. Einen Fuß vor den anderen und ausdruckslos geradeaus starrend. Sie erreichte den Raum, der bei uns das Schlafzimmer meiner Eltern war, und fand nichts. Sie drehte eine Runde durch den oberen Flur. Nichts. Dann betrat sie das, was in unserem Haus mein Zimmer gewesen war und hier das Schlafzimmer meines Mörders.

Es war das am wenigsten kahle Zimmer des Hauses, und sie bemühte sich, nichts durcheinander zu bringen. Ihre Hand zwischen die auf dem Regal gestapelten Pullover zu stecken, gefasst darauf, in ihrem warmen Innern irgendetwas zu finden – ein Messer, eine Pistole, einen von Holiday angeknabberten Filzstift. Nichts. Doch dann, als sie etwas vernahm, das sie nicht identifizieren konnte, wandte sie sich dem Bett zu und erblickte den Nachttisch und im Lichtkreis einer angelassenen Leselampe seinen Zeichenblock. Sie ging darauf zu und hörte ein weiteres Geräusch und wieder eins und reimte sich die Geräusche nicht zusammen. Ein vorfahrendes Auto. Ein Auto, das quietschend bremst. Eine zuknallende Autotür.

Sie blätterte die Seiten des Zeichenblocks um und schaute auf die pechschwarzen Skizzen von Balken und Verstrebungen oder Türmchen und Stützpfeilern und sah die Maße und Notizen, die ihr alle nichts sagten. Dann, als sie zur letzten Seite kam, meinte sie, draußen Schritte zu hören, und zwar ganz nah.

Während Mr. Harvey im Schloss der Haustür den Schlüssel drehte, sah sie die mit leichter Hand hingeworfene Bleistiftskizze auf dem Blatt vor sich. Es war eine kleine Zeichnung von Stängeln über einem ausgehobenen Loch, daneben das Detail eines Bordes und eines Schornsteins, der den Rauch eines Feuers abziehen lassen konnte, und das, was sich ihr tief einprägte: in einer spinnwebartigen Handschrift hatte er »Stolfuzsches Maisfeld« hingeschrieben. Wenn die Zeitungsartikel nach der Entdeckung meines Ellbogens nicht gewesen wären, hätte sie nicht gewusst, dass das Maisfeld einem Mann namens Stolfuz gehörte. Jetzt sah sie, was ich sie wissen lassen wollte. Ich war in diesem Loch gestorben; ich hatte geschrien und mich gewehrt und verloren.

Sie riss die Seite heraus. Mr. Harvey war in der Küche

und machte sich etwas zu essen – die Leberwurst, die er so gern mochte, eine Schüssel süßer, grüner Weintrauben. Er hörte eine Diele knarren. Er erstarrte. Er hörte noch eine, und sein Rücken erschauerte und erblühte in plötzlicher Erkenntnis.

Die Trauben fielen zu Boden und wurden von seinem linken Fuß zerquetscht, während meine Schwester sich in dem Zimmer darüber auf die Aluminiumjalousien stürzte und das störrische Fenster entriegelte. Mr. Harvey nahm zwei Stufen auf einmal, und meine Schwester schlug das Fliegengitter heraus, kletterte auf das Verandadach und rollte sich herunter, als er eben den Flur im ersten Stock erreicht hatte und auf sie zuraste. Die Dachrinne zerbrach, als ihr Körper daranprallte. Während er in sein Schlafzimmer stürmte, fiel sie in die Büsche und Dornensträucher und in den Schmutz.

Aber sie war nicht verletzt. Wunderbarerweise nicht verletzt. Wunderbar jung. Sie stand auf, als er gerade zum Fenster hinaussteigen wollte. Doch er hielt inne. Er sah sie auf den Holunder zurennen. Die aufgedruckte Nummer auf ihrem Rücken schrie ihm entgegen. 5! 5! 5!

Lindsey Salmon in ihrem Fußballtrikot.

Samuel saß bei meinen Eltern und Grandma Lynn, als Lindsey zu Hause ankam.

»O mein Gott«, sagte meine Mutter, die sie durch die kleinen, quadratischen Fenster zu beiden Seiten unserer Haustür als Erste sah.

Und bis meine Mutter sie geöffnet hatte, war Samuel herbeigeeilt, um die Lücke zu füllen, und sie lief, ohne meine Mutter oder auch nur meinen Vater anzublicken, humpelnd direkt in Samuels Arme.

»O Gott, o Gott, o Gott«, sagte meine Mutter, als sie den Schmutz und die Kratzer bemerkte.

Meine Großmutter kam und stellte sich neben sie.

Samuel legte meiner Schwester die Hand auf den Kopf und strich ihr Haar zurück.

»Wo bist du gewesen?«

Aber Lindsey wandte sich unserem Vater zu, der so klein geworden war – kleiner, schwächer als dieses Kind, das da wütete. Wie lebendig sie war, das verzehrte mich den ganzen Tag lang.

»Daddy?«

»Ja, Schätzchen.«

»Ich habe es getan. Ich bin in sein Haus eingebrochen.« Sie zitterte ein wenig und versuchte, nicht zu weinen.

Meine Mutter bellte: »Du bist was?«

Doch meine Schwester sah sie nicht an, nicht einmal.

»Das habe ich dir mitgebracht. Vielleicht ist es wichtig.«

Sie hatte die Zeichnung, zu einer festen Kugel zerknüllt, in ihrer Hand gehalten. Sie hatte ihr die Landung erschwert, aber sie war trotzdem entkommen.

Ein Satz, den mein Vater am selben Tag gelesen hatte, kam ihm jetzt in den Sinn. Er sprach ihn laut aus, während er Lindsey in die Augen schaute.

»Es gibt keine Situation, an die man sich so rasch gewöhnt wie den Kriegszustand.«

Lindsey reichte ihm die Zeichnung.

»Ich gehe Buckley abholen«, sagte meine Mutter.

»Willst du dir das hier nicht mal angucken, Mom?«

»Ich weiß nicht, was ich sagen soll. Deine Großmutter ist da. Ich muss einkaufen, kochen. Niemandem scheint klar zu sein, dass wir eine Familie sind. Wir sind eine Familie, und wir haben einen Sohn, und ich gehe jetzt.«

Grandma Lynn begleitete meine Mutter zur Hintertür, versuchte aber nicht, sie aufzuhalten.

Als meine Mutter weg war, streckte meine Schwester Samuel ihre Hand entgegen. Mein Vater sah, was Lindsey in Mr. Harveys spinnwebartiger Schrift gesehen hatte: den möglichen Entwurf meines Grabes. Er schaute auf.

»Glaubst du mir jetzt?«, fragte er Lindsey.

»Ja, Daddy.«

Mein Vater hatte – voller Dankbarkeit – einen Anruf zu erledigen.

»Dad«, sagte sie.

»Ja.«

»Ich glaube, er hat mich gesehen.«

Ich hätte mir keine größere Gnade vorstellen können als die physische Unversehrtheit meiner Schwester an jenem Tag. Als ich vom Pavillon zurückkehrte, zitterte ich noch vor Angst, die mich erfasst hatte, Angst vor der Möglichkeit ihres Verlusts auf der Erde nicht nur für meinen Vater, meine Mutter, Buckley und Samuel, sondern, egoistischerweise, ihres Verlusts auf Erden für mich.

Franny kam von der Cafeteria her auf mich zu. Ich hob kaum den Kopf.

»Susie«, sagte sie, »ich habe dir etwas zu sagen.«

Sie zog mich unter einen der altmodischen Laternenpfähle und dann heraus aus dem Licht. Sie reichte mir einen viermal zusammengefalteten Zettel.

»Wenn du dich besser fühlst, sieh ihn dir an und geh dorthin.«

Zwei Tage später führte Frannys Landkarte mich zu einem Feld, an dem ich stets vorbeigegangen war, das ich jedoch, obwohl es wunderschön war, noch nicht erforscht hatte. Auf der Zeichnung war eine gepunktete Linie, die einen Pfad anzeigte. Nervös Ausschau haltend, suchte ich nach einer Zickzacklinie in den unzähligen Reihen Weizen. Direkt vor mir sah ich sie, und während ich zwischen den Reihen hindurchzuschreiten begann, löste sich der Zettel in meiner Hand auf.

Vor mir sah ich einen alten, prachtvollen Olivenbaum.

Die Sonne stand hoch, und vor dem Olivenbaum befand sich eine Lichtung. Ich wartete nur einen Augenblick, bis ich den Weizen auf der anderen Seite von der Ankunft eines Menschen erzittern sah, der nicht über die Halme herausragte.

Sie war klein für ihr Alter, wie sie es auf Erden gewesen war, und sie trug ein Kattunkleid, das am Saum und an den Ärmelaufschlägen ausgefranst war.

Sie blieb stehen, und wir starrten einander an.

»Ich komme fast jeden Tag her«, sagte sie. »Ich höre die Geräusche so gern.«

Um uns herum, so fiel mir auf, raschelte der Weizen, wenn er sich im Wind aneinander rieb.

»Kennst du Franny?«, fragte ich.

Das kleine Mädchen nickte feierlich.

»Sie hat mir eine Landkarte für diesen Ort gegeben.«

»Dann musst du bereit sein«, sagte sie, aber sie war auch in *ihrem* Himmel, und das erforderte, dass sie herumwirbelte und ihren Rock kreisförmig um sich schwingen ließ. Ich setzte mich unter dem Baum auf die Erde und beobachtete sie.

Als sie fertig war, kam sie auf mich zu und setzte sich atemlos hin. »Ich war Flora Hernandez«, sagte sie. »Wie hast du geheißen?«

Ich sagte es ihr, und dann fing ich an zu weinen, weil es mich tröstete, ein anderes Mädchen kennen zu lernen, das er ermordet hatte.

»Die anderen werden bald hier sein«, sagte sie.

Und während Flora sich drehte, kamen weitere Mädchen und Frauen aus allen Richtungen durch das Feld. Unser Herzeleid ergoss sich ineinander wie Wasser von Becher zu Becher. Jedes Mal, wenn ich meine Geschichte erzählte, verlor ich ein bisschen, einen ganz kleinen Tropfen

Schmerz. An diesem Tag wurde mir bewusst, dass ich die Geschichte meiner Familie erzählen wollte. Denn der Schrecken auf Erden ist real, und er ist alltäglich. Er ist wie eine Blume oder wie die Sonne; er lässt sich nicht beherrschen.

15

Zunächst gebot ihnen niemand Einhalt, und das war etwas, das seine Mutter sehr genoss, ihr trällerndes Lachen, wenn sie sich von welchem Geschäft auch immer um die Ecke schlichen und sie den stibitzten Gegenstand hervorholte und ihm zeigte, sodass George Harvey in ihr Gelächter einstimmte und sie, eine Gelegenheit erspähend, umarmte, während sie mit ihrer neuesten Beute beschäftigt war.

Es war eine Erleichterung für sie beide, seinem Vater einen Nachmittag lang zu entkommen, wenn sie in die nahe Stadt fuhren, um Lebensmittel oder sonstige Dinge zu besorgen. Sie waren bestenfalls Trödler und verdienten ihr Geld damit, dass sie Alteisen und leere Flaschen sammelten und sie auf der Ladefläche des uralten Lasters von Harvey dem Älteren in die Stadt beförderten.

Als seine Mutter und er zum ersten Mal erwischt wurden, behandelte die Frau an der Registrierkasse sie mit Wohlwollen. »Wenn Sie dafür bezahlen können, dann tun Sie das. Wenn nicht, lassen Sie es fast ungebraucht auf der Theke stehen«, sagte sie munter und zwinkerte dem achtjährigen George Harvey zu. Seine Mutter zog die kleine Glasflasche Aspirin aus ihrer Tasche und stellte sie schüchtern auf die Theke. Ihr Gesicht fiel in sich zusammen. »Nicht besser als das Kind«, tadelte sein Vater sie oft.

Das Erwischtwerden wurde ein weiteres Element in seinem Leben, das Angst mit sich brachte – das Ekel erregende Gefühl, das in seinem Magen blubberte wie Eier, die in eine Schüssel geschlagen werden –, und er erkannte an der verschlossenen Miene und den harten Augen, dass eine Person, die den Gang entlang auf sie zukam, ein Angestellter des Ladens war, der eine Frau stehlen gesehen hatte.

Und so fing sie an, ihm die gestohlenen Artikel zu geben, damit er sie an seinem Körper versteckte, und er tat es, weil sie es von ihm verlangte. Wenn sie es hinaus und bis in den Laster schafften, pflegte sie mit der flachen Hand aufs Lenkrad zu schlagen und ihn ihren kleinen Komplizen zu nennen. Dann füllte sich das Fahrerhaus mit ihrer ungestümen, unvorhersehbaren Liebe, und für eine Weile – bis sie sich abgenutzt hatte und sie am Straßenrand etwas Glitzerndes erspähten, das sie auf seine, wie seine Mutter es nannte, »Möglichkeiten« hin untersuchen mussten – fühlte er sich frei. Frei und gewärmt.

Er erinnerte sich an den Rat, den sie ihm gab, als sie in Texas eine Straße entlangfuhren und daneben zum ersten Mal ein weißes Kreuz sahen. Rings herum waren Büschel frischer und verwelkter Blumen. Die Farben hatten seinen Lumpensammlerblick sofort auf sich gezogen.

»Du musst im Stande sein, die Toten zu übersehen«, sagte seine Mutter. »Manchmal gibt es nette Kinkerlitzchen, die man ihnen wegnehmen kann.«

Schon damals spürte er, dass sie etwas Verkehrtes taten. Sie stiegen beide aus dem Laster und gingen zu dem Kreuz, und die Augen seiner Mutter verwandelten sich in die zwei schwarzen Punkte, die er immer an ihr sah, wenn sie suchten. Sie fand einen Anhänger in der Form eines Auges und einen in der Form eines Herzens und hielt sie George Harvey hin.

»Ich weiß nicht, was dein Vater damit anfangen würde, aber wir können sie behalten, nur du und ich.«

Sie hatte einen geheimen Vorrat an Dingen, die sie seinem Vater nie zeigte.

»Möchtest du das Auge oder das Herz?«

»Das Auge«, sagte er.

»Ich glaube, diese Rosen sind noch frisch genug zum Mitnehmen, hübsch für den Truck.«

In dieser Nacht schliefen sie im Laster, außer Stande, die Rückfahrt dorthin zu bewältigen, wo sein Vater vorübergehend arbeitete, indem er von Hand Bretter zerteilte und spaltete.

Sie schliefen ineinander geschmiegt, wie sie es häufig taten, und machten so aus dem Inneren des Fahrerhauses ein unbequemes Nest. Seine Mutter rumorte wie ein Hund, der an einer Decke zerrt, unruhig auf ihrem Sitz herum. George Harvey hatte nach früheren Kämpfen festgestellt, dass es am besten war, schlaff dazuliegen und sich von ihr nach Belieben hin- und herschubsen zu lassen. Ehe es sich seine Mutter gemütlich gemacht hatte, schlief keiner.

Mitten in der Nacht, als er gerade von den behaglichen Innenräumen der Paläste in Bilderbüchern träumte, die er in öffentlichen Bibliotheken gesehen hatte, klopfte jemand aufs Dach, und George Harvey und seine Mutter setzten sich mit einem Ruck auf. Es waren drei Männer, die auf eine Art und Weise durchs Fenster schauten, die George Harvey wiedererkannte. Es war derselbe Blick, den sein Vater manchmal hatte, wenn er betrunken war. Er hatte einen doppelten Effekt: Er war ausschließlich auf seine Mutter gerichtet und sperrte ihn gleichzeitig aus.

Er wusste, dass er nicht aufschreien durfte.

»Sei still. Sie sind nicht deinetwegen hier«, flüsterte sie ihm zu. Er begann, unter den alten Armeedecken zu zittern, mit denen sie zugedeckt waren.

Einer der drei Männer stand vor dem Laster. Die anderen zwei schlugen von beiden Seiten auf das Wagendach ein, wobei sie lachten und die Zungen heraushängen ließen.

Seine Mutter schüttelte heftig den Kopf, doch das brachte sie bloß in Rage. Der Mann, der ihnen den Weg versperrte, fing an, mit den Hüften gegen das vordere Ende des Wagens zu schaukeln, was die anderen beiden dazu veranlasste, noch lauter zu lachen.

»Ich bewege mich ganz langsam«, wisperte seine Mutter, »und tue so, als ob ich aussteige. Ich möchte, dass du nach vorn greifst und den Zündschlüssel drehst, wenn ich es dir sage.«

Er wusste, dass ihm etwas sehr Wichtiges mitgeteilt wurde. Dass seine Mutter ihn brauchte. Trotz ihrer eingeübten Gelassenheit konnte er das Metall in ihrer Stimme hören, das Eisen, das jetzt die Furcht durchbrach.

Sie lächelte die Männer an, und während sie Hurra schrien und ihre Körper sich entspannten, schob sie mit dem Ellbogen den Schaltknüppel in die richtige Position. »Jetzt«, sagte sie monoton, und George Harvey langte nach vorn und drehte die Schlüssel. Der alte Motor des Lasters erwachte rumpelnd zum Leben.

Die Mienen der Männer veränderten sich, verloren ihre habsüchtige Freude und wurden dann, während sie ein gutes Stück zurücksetzte und sie ihr hinterherstarrten, unsicher. Sie schaltete in den ersten Gang und schrie ihrem Sohn zu: »Runter!« Er spürte, wie der Laster nur ein kleines Stück entfernt von der Stelle, wo er zusammengerollt drinnen lag, an den Körper des Mannes stieß. Dann wurde der Körper aufs Dach geschleudert. George Harvey lag eine Sekunde lang da, bis seine Mutter erneut zurücksetzte. Er hatte einen Augenblick der Klarheit gehabt darüber, wie das Leben gelebt werden sollte: nicht als Kind oder als Frau. Das war das Schlimmste, was man sein konnte.

Sein Herz hatte wild gehämmert, als er Lindsey auf den Holunderstrauch zustreben sah, doch gleich danach war er wieder ruhig geworden. Es war eine Fähigkeit, die ihn seine Mutter, nicht sein Vater, gelehrt hatte – erst in Aktion zu treten, wenn man das schlimmstmögliche Ergebnis jeder verfügbaren Entscheidung abgeschätzt hat. Er bemerkte, dass sein Notizbuch angefasst worden war und die fehlende Seite in seinem Zeichenblock. Er überprüfte den Beutel mit dem Messer. Er nahm das Messer mit in den Keller und versenkte es in dem quadratischen Loch, das in das Fundament gebohrt war. Von dem Metallregal holte er die Sammlung von Anhängern, die er von den Frauen behalten hatte. Er nahm den Anhänger mit den Umrissen Pennsylvanias und hielt ihn in der Hand. Viel Glück. Die anderen breitete er auf seinem weißen Taschentuch aus, dann verknotete er die vier Ecken miteinander, sodass ein kleiner Sack entstand, wie ihn Wanderarbeiter bei sich tragen. Er steckte die Hand in das Loch unter dem Fundament und ließ sich auf den Bauch nieder, um seinen Arm bis zur Schulter hineinzuschieben. Mit den freien Fingern seiner Hand tastete er sich vor, während er in der anderen das Säckchen hielt, bis er den rostigen Vorsprung eines Metallträgers fand, über den die Bauarbeiter den Zement gegossen hatten. Er hängte seinen Trophäenbeutel daran und zog seinen Arm heraus und stand auf. Das Buch mit den Sonetten hatte er bereits zu Beginn des Sommers in den Wäldern des Valley Forge Park vergraben, denn er entledigte sich der Beweismittel immer langsam; nicht zu langsam, wie er jetzt hoffte.

Es waren höchstens fünf Minuten verstrichen. Diese Zeitspanne konnte Schock und Wut zugeschrieben werden. Der Kontrolle dessen, was allgemein als Wertsachen gilt – seiner Manschettenknöpfe, seines Bargelds, seiner Werkzeuge. Aber mehr Zeit blieb ihm nicht, das wusste er. Er musste die Polizei anrufen.

Er steigerte sich in die richtige Stimmung hinein. Er lief kurz hin und her, atmete rasch ein und aus, und als die Vermittlung antwortete, klang seine Stimme nervös.

»Bei mir zu Hause ist eingebrochen worden. Verbinden Sie mich mit der Polizei«, sagte er und hatte schon die Eröffnung seiner Version der Geschichte parat, während er innerlich abschätzte, wie schnell er den Ort verlassen konnte und was er mitnehmen würde.

Als mein Vater auf dem Revier anrief, verlangte er Len Fenerman. Doch Fenerman war nicht aufzufinden. Man teilte meinem Vater mit, dass zwei uniformierte Beamte bereits losgeschickt worden seien, um zu ermitteln. Was sie vorgefunden hatten, als Mr. Harvey seine Tür öffnete, war ein Mann, der in Tränen aufgelöst und völlig durcheinander war und der in jeder Hinsicht, bis auf eine gewisse Aversion, die er bei den Beamten auslöste, was sie jedoch der Tatsache zuschrieben, dass er ihnen das Bild eines Mannes bot, der sich erlaubte zu weinen, rational auf die gemeldeten Ereignisse zu reagieren schien.

Obgleich die Nachricht über die Zeichnung, die Lindsey entwendet hatte, sie per Funk erreicht hatte, waren die Beamten stärker davon beeindruckt, dass Mr. Harvey unaufgefordert einwilligte, sein Haus durchsuchen zu lassen. Auch sein Mitgefühl für die Familie Salmon wirkte aufrichtig.

Den Beamten wurde unwohl zumute. Sie durchsuchten das Haus flüchtig und fanden nichts außer dem Hinweis auf etwas, das ihnen wie große Einsamkeit erschien, und ein Zimmer voller wunderschöner Puppenhäuser im Obergeschoss, wo sie das Thema wechselten und ihn fragten, wie lange er sie schon baute.

Sie bemerkten, so berichteten sie später, eine sofortige Veränderung zum Freundlichen in seinem Verhalten. Er ging in sein Schlafzimmer und holte den Zeichenblock, wobei er das gestohlene Blatt nicht erwähnte. Den Polizisten fiel seine zunehmende Wärme auf, als er ihnen die Entwürfe für seine Puppenhäuser zeigte. Die nächste Frage stellten sie sehr taktvoll.

»Sir«, sagte ein Beamter, »wir können Sie zur weiteren Befragung auch aufs Revier mitnehmen, und Sie haben natürlich das Recht auf die Anwesenheit eines Anwalts, aber –«

Mr. Harvey unterbrach ihn. »Ich beantworte gern all Ihre Fragen hier. Ich bin derjenige, dem Schaden zugefügt wurde, obwohl ich nicht die Absicht habe, das arme Mädchen zu verklagen.«

»Die junge Frau, die eingebrochen ist«, setzte der andere Beamte an, »hat etwas mitgenommen. Es war eine Zeichnung vom Maisfeld und von einer Art Bauwerk darin …«

Die Art und Weise, wie Mr. Harvey diese Information aufnahm, so sollten die Beamten Detective Fenerman später erzählen, war prompt und sehr überzeugend. Er hatte eine Erklärung, die so perfekt passte, dass sie keine Fluchtgefahr bei ihm vermuteten – hauptsächlich, weil sie nicht in erster Linie einen Mörder in ihm sahen.

»Oh, das arme Mädchen«, sagte er. Er legte die Finger an seine gespitzten Lippen. Er wandte sich seinem Zeichenblock zu und blätterte ihn durch, bis er zu einer Skizze kam, die derjenigen, die Lindsey entwendet hatte, sehr ähnlich sah.

»Hier, es war eine Zeichnung, die dieser ähnelte, stimmt's?« Die Beamten – mittlerweile sein Publikum – nickten. »Ich habe versucht, es auszuknobeln«, gestand Mr. Harvey. »Ich muss zugeben, dass mich der entsetzliche Vorfall richtig gepackt hat. Ich glaube, alle hier im Viertel haben überlegt, wie man ihn hätte verhindern können. Warum sie nichts gehört, nichts gesehen haben. Ich meine, das Mädchen muss doch geschrien haben.

»Also«, sagte er zu den beiden Männern und deutete mit einem Stift auf seine Zeichnung. »Entschuldigen Sie, aber ich denke nun mal in baulichen Begriffen, und nachdem ich hörte, wie viel Blut da im Maisfeld war und wie aufgewühlt die Erde an der Stelle war, wo man es gefunden hat, bin ich zu dem Schluss gekommen, dass vielleicht…« Er schaute sie prüfend an. Beide Beamten folgten ihm. Sie wollten ihm folgen. Sie hatten bisher keine Hinweise, keine Leiche, keine Anhaltspunkte. Womöglich hatte dieser merkwürdige Mensch eine brauchbare Theorie. »Also, dass die Person, die es getan hat, irgendetwas Unterirdisches gebaut hat, ein Loch, und dann, muss ich gestehen, habe ich angefangen, mir darüber Gedanken zu machen und es zu skizzieren, wie ich es mit den Puppenhäusern mache, und ich habe ihm einen Schornstein und ein Bord verpasst, das ist einfach meine Gewohnheit.« Er hielt inne. »Ich verbringe viel Zeit allein.«

»Und, haben Sie's rausgefunden?«, fragte einer der beiden Beamten.

»Ich glaube schon, dass ich da einigermaßen richtig liege.«

»Warum haben Sie uns nicht angerufen?«

»Das hätte ihnen die Tochter auch nicht zurückgebracht. Als Detective Fenerman mich befragte, erwähnte ich, dass ich den Ellis-Jungen verdächtigte, und das hat sich als völlig falsch rausgestellt. Ich wollte mich nicht mit weiteren Amateurtheorien einmischen.«

Die Polizisten entschuldigten sich dafür, dass Detective Fenerman am nächsten Tag noch einmal vorbeikommen würde, weil er sich höchstwahrscheinlich dasselbe Material erneut vornehmen wollte. Den Zeichenblock sehen, sich Mr. Harveys Vermutungen über das Maisfeld anhören. All das nahm Mr. Harvey als Teil seiner Bürgerpflicht hin, auch wenn eigentlich er das Opfer war. Die Beamten dokumentierten den Verlauf des Einbruchs meiner Schwester vom Kellerfenster bis zum Ausstieg aus dem Schlafzimmerfenster. Sie erörterten die Schäden, die Mr. Harvey, wie er sagte, aus eigener Tasche bezahlen wollte, wobei er sein Verständnis für den überwältigenden Kummer betonte, den der Salmon-Vater vor einigen Monaten zur Schau gestellt hatte, und der sich jetzt anscheinend auf die Schwester des armen Mädchens übertragen hatte.

Ich sah die Chancen für Mr. Harveys Ergreifung immer stärker schwinden, während ich das Ende unserer Familie, wie ich sie gekannt hatte, beobachtete, zusah, wie sie Feuer fing.

Nachdem meine Mutter Buckley von Nate abgeholt hatte, hielt sie an einem Münztelefon vor dem 7-Eleven auf der Route 30 an. Sie bat Len, sich mit ihr in einem lauten Ramschladen im Einkaufszentrum nahe dem Supermarkt zu treffen. Er brach sofort auf. Als er aus seiner Einfahrt fuhr, klingelte in seinem Haus das Telefon, doch er hörte es nicht. Er befand sich in der Kapsel seines Autos und dachte an meine Mutter, daran, wie verkehrt das alles war, und dann, dass er ihr aus Gründen, die er nicht lange genug festhalten konnte, um sie zu analysieren oder zu verwerfen, nichts abschlagen konnte.

Meine Mutter fuhr die kurze Strecke vom Supermarkt zum Einkaufszentrum und führte Buckley an der Hand durch die Glastüren zu dem in den Boden eingelassenen Kreis, wo Eltern ihre Kinder spielen lassen konnten, während sie einkauften.

Buckley war hellauf begeistert. »Die Manege! Darf ich?«, fragte er, als er seine Altersgenossen von dem Klettergerüst springen und auf dem mit Gummi ausgelegten Fußboden Purzelbäume schlagen sah.

»Hast du wirklich Lust dazu, Schatz?«, fragte sie ihn.

»Bitte«, sagte er.

Sie kaschierte es als mütterliches Zugeständnis. »In Ordnung«, sagte sie. Und er zog los in Richtung einer roten Metallrutsche. »Sei brav«, rief sie ihm nach. Sie hatte ihm nie erlaubt, hier ohne sie zu spielen.

Sie hinterließ seinen Namen bei der Aufsichtsperson, die über die Spielmanege wachte, und sagte, sie würde im unteren Geschoss neben Wanamaker's einkaufen.

Während Mr. Harvey seine Theorie über meine Ermordung darlegte, spürte meine Mutter in einem Ramschladen namens Spencer's, wie eine Hand von hinten ihre Schultern streifte. Sie drehte sich mit erwartungsfroher Erleichterung um, sah aber nur den Rücken von Len Fenerman, der sich seinen Weg aus dem Geschäft bahnte. An im Dunkeln leuchtenden Masken, schwarzen Plastikbällen mit Grimassen darauf, Schlüsselanhängern in Form von wuscheligen Trollen und einem großen, lachenden Totenschädel vorbei folgte meine Mutter ihm.

Er wandte sich nicht um. Sie folgte ihm weiter, erst aufgeregt, dann verärgert. Zwischen den einzelnen Schritten war genug Zeit zum Nachdenken, und sie wollte nicht nachdenken.

Endlich sah sie ihn eine weiße Tür aufschließen, die auf gleicher Ebene mit der Wand in diese eingesetzt war und die sie noch nie bemerkt hatte.

An den Geräuschen vor ihr in dem dunklen Korridor erkannte sie, dass Len sie in die Eingeweide des Einkaufszentrums geführt hatte – in die Luftfilteranlage oder das Pumpwerk. Es war ihr egal. In der Finsternis stellte sie sich vor, in ihrem eigenen Herzen zu sein, und die Vision einer vergrößerten Abbildung aus der Praxis ihres Arztes trat ihr vor Augen, und gleichzeitig sah sie meinen Vater in seinem papiernen Krankenhaushemd und schwarzen Socken vor sich, wie er auf der Kante des Untersuchungstisches hockte, während der Arzt ihnen die Gefahren eines Herzversagens wegen zu hohen Blutdrucks erläuterte. Als sie sich gerade dem Kummer überlassen, aufschreien und stolpern und in Verwirrung stürzen wollte, erreichte sie das Ende des Korridors. Er öffnete sich in einen riesigen Raum, drei Stockwerke hoch, in dem es sirrte und summte und der über und über mit winzigen Lämpchen ausgestattet war, die in buntem Durcheinander auf metallene Tanks und Trommeln montiert waren. Sie blieb stehen und lauschte auf ein anderes Geräusch als das ohrenbetäubende Fauchen der Luft, die aus dem Einkaufszentrum gesogen und neu aufbereitet wurde, um wieder hineingeblasen zu werden. Nichts.

Ich sah Len vor ihr. Allein in der Fast-Dunkelheit dastehend, beobachtete er sie einen Moment lang und sah das Verlangen in ihren Augen. Er bedauerte meinen Vater, meine Familie, aber er stürzte sich in diese Augen. »Ich könnte in deinen Augen ertrinken, Abigail«, hätte er am liebsten zu ihr gesagt, doch er wusste, dass er das nicht durfte.

Meine Mutter erkannte allmählich immer mehr Formen in dem glänzenden, miteinander verbundenen Gewirr aus Metall, und einen Augenblick lang spürte ich, dass der Raum begann, ihr zu genügen, dass das fremde Territorium ausreichte, um sie zu beschwichtigen. Es war das Gefühl, unerreichbar zu sein.

Wenn Len nicht seine Hand ausgestreckt und ihre Finger mit den Spitzen seiner eigenen gestreift hätte, hätte ich sie da und dort vielleicht für mich behalten. Der Raum wäre nichts weiter gewesen als ein Urlaub von ihrem Leben als Mrs. Salmon.

Aber er berührte sie, und sie drehte sich um. Trotzdem konnte sie ihn nicht richtig ansehen. Er akzeptierte ihre Abwesenheit.

In mir wirbelte es, als ich zusah und mich, nach Luft schnappend, an der Bank im Pavillon festhielt. Sie konnte ja nicht wissen, dachte ich, dass der Mann, der mich ermordet hatte, zwei Polizeibeamte zur Haustür hinausbegleitete, während sie in Lens Haare griff und er ihr mit der Hand ins Kreuz fasste und sie enger an sich zog.

Ich fühlte die Küsse, die den Hals meiner Mutter herab und auf ihre Brust regneten, wie kleine, leichte Mäusefüße und wie die fallenden Blütenblätter, die sie waren. Verderblich und wunderbar zugleich. Sie waren ein Gewisper, das sie von mir und von ihrer Familie und ihrem Kummer fortrief. Sie folgte ihrem Körper.

Als Len ihre Hand nahm und sie von der Wand weg in das Gewirr der Rohre führte, wo der Lärm über ihren Köpfen in einen Chor mündete, begann Mr. Harvey, seine Habe zusammenzupacken; mein Bruder lernte in der Manege ein kleines Mädchen mit einem Hula-Hoop-Reifen kennen; meine Schwester und Samuel lagen nebeneinander auf dem Bett, vollständig angezogen und nervös; meine Großmutter kippte im leeren Esszimmer drei Schnäpse. Mein Vater beobachtete das Telefon.

Meine Mutter riss gierig an Lens Jacke und Hemd, und er half ihr. Er schaute zu, als sie an ihren eigenen Sachen zerrte, sich ihre Strickjacke über den Kopf zog, dann ihren Trägerrock und ihren Rollkragenpulli, bis nur noch Unterhose und Hemdchen übrig blieben. Er starrte sie an.

Samuel küsste meine Schwester auf den Nacken. Sie roch nach Seife und antiseptischem Wundspray, und er wünschte sich, sogar damals schon, sie nie zu verlassen.

Len wollte etwas sagen; ich sah, dass meine Mutter bemerkte, wie sich seine Lippen teilten. Sie schloss die Augen und befahl der Welt – die Worte in ihrem Schädel schreiend –, den Mund zu halten. Sie öffnete die Augen wieder und schaute ihn an. Er schwieg, sein Mund war zusammengepresst. Sie zog sich ihr Baumwollhemd über den Kopf und trat aus ihrer Unterwäsche. Meine Mutter hatte meinen Körper, so, wie er nie werden würde. Aber sie hatte ihre eigene mondhelle Haut, ihre Ozeanaugen. Sie war ausgehöhlt und verloren und hemmungslos.

Mr. Harvey verließ sein Haus zum letzten Mal, während meiner Mutter ihr weltlichster Wunsch erfüllt wurde. Einen Ausweg aus ihrer Zerrüttung zu finden, in barmherzigem Ehebruch.

16

Genau ein Jahr nach meinem Todestag rief Dr. Singh an, um zu sagen, dass er zum Essen nicht zu Hause sein würde. Ruana machte ihre Übungen trotzdem. Wenn sie es nicht verhindern konnte, dass die Abwesenheiten ihres Mannes ihr immer wieder im Kopf herumgingen, während sie sich auf dem Vorleger auf dem einzigen warmen Fleck dehnte, den das Haus im Winter zu beherbergen schien, ließ sie sich von ihnen verzehren, bis ihr Körper sie anflehte, ihn loszulassen und sich zu konzentrieren – nach vorn gebeugt jetzt, die Arme zu den Zehen hin ausgestreckt –, sich zu bewegen, ihren Geist auszuschalten und alles zu vergessen bis auf die leichte und angenehme Sehnsucht sich dehnender Muskeln und ihres eigenen sich streckenden Körpers.

Das Fenster im Esszimmer, das fast bis zum Boden reichte, wurde nur durch die metallene Fußleiste der Heizung unterbrochen, die Ruana gern abstellte, weil die von ihr verursachten Geräusche sie störten. Draußen konnte sie den Kirschbaum sehen, dessen Blätter und Blüten alle fort waren. Das leere Vogelhäuschen schwang leicht an seinem Zweig hin und her.

Sie dehnte sich, bis ihr ganz warm war und sie sich vergessen hatte und das Haus, in dem sie sich befand, von ihr abfiel. Ihr Alter. Ihr Sohn. Die Gestalt ihres Mannes konnte sie allerdings nicht abschütteln. Sie hatte eine Vorahnung. Sie glaubte nicht, dass es eine Frau war oder auch nur eine ihn anhimmelnde Studentin, die ihn immer öfter spät nach Hause kommen ließ. Sie wusste, was es war, weil es sich um etwas handelte, das sie ebenfalls gehabt und von dem sie sich getrennt hatte, nachdem sie vor langer Zeit eine Verletzung erlitten hatte. Es war Ehrgeiz.

Sie hörte Geräusche. Holiday bellte zwei Straßen weiter, und der Hund der Gilberts antwortete ihm, und Ray rumorte oben herum. Glücklicherweise brachen im nächsten Moment Jethro Tull wieder los, die alles andere ausschlossen.

Bis auf die gelegentliche Zigarette, die sie so verstohlen wie möglich rauchte, damit sie es Ray nicht erlauben musste, lebte sie sehr gesund. Viele Frauen aus der Nachbarschaft redeten darüber, wie gut sie sich hielt, und einige hatten sie gefragt, ob sie ihnen Tipps geben könne, obgleich sie diese Bitten immer bloß als Versuche aufgefasst hatte, mit der einsamen, im Ausland geborenen Nachbarin Konversation zu machen. Doch als sie so im Schneidersitz dasaß und ihr Atem sich zu einem tiefen Rhythmus verlangsamte, konnte sie nicht vollständig loslassen. Der bohrende Gedanke, was sie denn tun sollte, wenn Ray älter wurde und ihr Mann immer mehr Überstunden machte, schlich sich in die Innenseite ihres Fußes und ihre Wade entlang bis zur Kniekehle und begann, ihr in den Schoß zu klettern.

Es läutete an der Tür.

Ruana war froh über die Ablenkung, und obwohl sie jemand war, für die Ordnung auch eine Form der Meditation war, sprang sie auf, wickelte sich einen Schal um die

Taille, der über einer Stuhllehne hing, und ging, begleitet von Rays Musik, die die Treppe herabdonnerte, zur Tür. Sie dachte nur einen Augenblick lang, dass es ein Nachbar sein könnte. Ein Nachbar, der sich beschweren wollte – die Musik –, und sie, gekleidet in ein rotes Trikot und einen Schal.

Ruth stand mit einer Einkaufstüte auf der Schwelle.

»Hallo«, sagte Ruana. »Kann ich dir behilflich sein?«

»Ich wollte zu Ray.«

»Komm rein.«

All das musste halb geschrien werden, um den Lärm von oben zu übertönen. Ruth trat in den Hausflur.

»Geh nur rauf«, rief Ruana, auf die Treppe zeigend.

Ich beobachtete, wie Ruana Ruths schlabberigen Overall, ihren Rollkragenpulli, ihren Parka musterte. *Mit ihr könnte ich anfangen,* dachte Ruana bei sich.

Ruth hatte mit ihrer Mutter im Supermarkt gestanden, als sie zwischen den Papptellern und dem Plastikbesteck Kerzen sah. In der Schule war sie sich heute deutlich bewusst gewesen, was für ein Tag es war, und obwohl das, was sie bisher getan hatte – im Bett liegen und *Die Glasglocke* lesen, ihrer Mutter dabei helfen, das aufzuräumen, was ihr Vater hartnäckig als seinen Werkzeugschuppen bezeichnete, was für sie dagegen der Schreibschuppen war, und zum Supermarkt mitgehen –, nichts mit dem Jahrestag meines Todes zu tun hatte, war sie entschlossen, etwas zu unternehmen.

Als sie die Kerzen sah, wusste sie gleich, dass sie Ray besuchen und ihn bitten würde mitzukommen. Aufgrund ihrer Zusammenkünfte auf der Kugelstoßerfläche hatten ihre Mitschüler ein Paar aus ihnen gemacht, obwohl alles aufs Gegenteil hindeutete. Ruth konnte so viele nackte Frauen zeichnen, wie sie wollte, und sich Schals um den Kopf binden und Referate über Janis Joplin schreiben und lauthals gegen die Tyrannei des Beine-und-Achselhöhlen-Rasierens protestieren. In den Augen ihrer Klassenkameraden an der Fairfax blieb sie ein sonderbares Mädchen, das dabei ertappt worden war, wie sie einen sonderbaren Jungen K-Ü-S-S-T-E.

Was keiner verstand – und sie konnten es natürlich niemandem erzählen –, war, dass es sich um ein Experiment zwischen ihnen handelte. Ray hatte nur mich geküsst und Ruth noch nie jemanden, daher waren sie gemeinsam übereingekommen, einander zu küssen und abzuwarten.

»Ich spüre nichts«, hatte Ruth hinterher gesagt, als sie unter einem Baum hinter dem Lehrerparkplatz in den Ahornblättern lagen.

»Ich auch nicht«, räumte Ray ein.

»Hast du was gespürt, als du Susie geküsst hast?«

»Ja.«

»Was?«

»Dass ich mehr wollte. In der Nacht darauf habe ich geträumt, dass ich sie wieder küsste, und mich gefragt, ob sie wohl dasselbe dachte.«

»Und Sex?«

»So weit war ich noch nicht. Jetzt küsse ich dich, und es ist nicht dasselbe.«

»Wir könnten es weiter probieren«, sagte Ruth. »Ich bin dabei, wenn du es niemandem erzählst.«

»Ich dachte, du magst Mädchen«, sagte Ray.

»Ich schlag dir was vor«, sagte Ruth. »Du tust so, als ob ich Susie wäre, und ich auch.«

»Du bist ja völlig verkorkst«, sagte Ray lächelnd.

»Heißt das, du willst nicht?«, neckte ihn Ruth.

»Zeig mir noch mal deine Zeichnungen.«

»Vielleicht bin ich verkorkst«, sagte Ruth und holte ihren Skizzenblock aus ihrer Schultasche – er war mittlerweile voller Akte, die sie, einzelne Körperteile vergrößernd oder verkleinernd und unter Hinzufügung von wegretuschierten Haaren und Falten, aus dem *Playboy* kopiert hatte –, »aber zumindest fahre ich nicht auf Zeichenkohle ab.«

Ray tanzte in seinem Zimmer herum, als Ruth eintrat. Er trug seine Brille – in der Schule versuchte er ohne sie auszukommen, weil die Gläser dick waren und sein Vater nur das preiswerteste, besonders haltbare Gestell hatte springen lassen. Er hatte ein Paar Jeans an, die zerbeult und fleckig waren, und ein T-Shirt, in dem er, wie Ruth annahm und ich wusste, geschlafen hatte.

Er hörte auf zu tanzen, sobald er sie mit der Einkaufstüte in der Tür stehen sah. Seine Hände fuhren sofort hoch und entfernten seine Brille, und dann, als er nicht wusste, was er damit anfangen sollte, winkte er ihr damit zu und sagte: »Hallo.«

»Kannst du das nicht leiser stellen?«, schrie Ruth.

»Klar!«

Als der Lärm nachließ, klangen ihr die Ohren noch eine Sekunde, und in dieser Sekunde sah sie Rays Blick flackern.

Er stand jetzt auf der anderen Seite des Zimmers, und zwischen ihnen war sein Bett, auf dem zerwühlte und zerknüllte Laken lagen und über dem eine Zeichnung hing, die Ruth aus dem Gedächtnis von mir angefertigt hatte.

»Du hast sie aufgehängt«, sagte Ruth.

»Ich finde sie wirklich gut.«

»Du und ich und sonst keiner.«

»Meine Mom findet sie gut.«

»Die ist ja heftig, Ray«, sagte Ruth und stellte die Tüte ab. »Kein Wunder, dass du so ein Freak bist.«

»Was ist in der Tüte?«

»Kerzen«, sagte Ruth. »Ich hab sie aus dem Supermarkt. Heute ist der sechste Dezember.«

»Ich weiß.«

»Ich dachte, wir könnten vielleicht ins Maisfeld gehen und sie anzünden. Uns verabschieden.«

»Wie oft kann man das?«

»War ja nur eine Idee«, sagte Ruth. »Ich geh allein.«

»Nein«, sagte Ray. »Ich komme mit.«

Ruth setzte sich in Jacke und Overall hin und wartete, bis er sein Hemd gewechselt hatte. Sie sah seinen ihr zugewandten Rücken, wie dünn er war, aber auch, dass seine Muskeln so aus seinen Armen vorzuspringen schienen, wie sie es sollten, und die Farbe seiner Haut, wie die seiner Mutter, so viel einladender als ihre eigene.

»Wir können uns ein bisschen küssen, wenn du Lust hast.«

Und er drehte sich grinsend um. Die Experimente begannen ihm zu gefallen. Er dachte dabei nicht mehr an mich – obwohl er das Ruth nicht erzählen konnte.

Es gefiel ihm, dass sie fluchte und die Schule hasste. Es gefiel ihm, wie intelligent sie war und dass sie versuchte, so zu tun, als wäre es ihr nicht wichtig, dass sein Vater Doktor war (wenn auch kein richtiger Doktor, wie sie betonte) und ihr Vater alte Häuser ausweidete oder dass die Singhs reihenweise Bücher in ihrem Haus hatten, während sie danach lechzte.

Er setzte sich neben sie auf das Bett.

»Willst du deinen Parka ausziehen?«

Sie zog ihn aus.

Und so drückte sich Ray am Jahrestag meines Todes an Ruth, und beide küssten einander, und irgendwann schaute sie ihm ins Gesicht. »Scheiße!«, sagte sie. »Ich glaube, ich spüre was.«

Als Ray und Ruth im Maisfeld eintrafen, schwiegen sie, und er hielt ihre Hand. Sie wusste nicht, ob er das tat, weil sie gemeinsam meines Todes gedachten oder weil er sie mochte. Ihr Gehirn war ein Sturm, ihr üblicher Scharfblick dahin.

Dann sah sie, dass sie nicht die Einzige war, die an mich gedacht hatte. Hal und Samuel Heckler standen, den Rücken ihr zugewandt, mit in ihre Hosentaschen gerammten Händen im Maisfeld. Auf dem Boden sah Ruth gelbe Narzissen.

»Hast du die mitgebracht?«, fragte Ruth Samuel.

»Nein«, sagte Hal, für seinen Bruder antwortend. »Die waren schon hier, als wir kamen.«

Mrs. Stead schaute vom Zimmer ihres Sohnes im Obergeschoss zu. Sie beschloss, sich ihren Mantel überzuwerfen und auf das Feld hinauszugehen. Sie versuchte nicht einmal zu überlegen, ob sie dorthin gehörte.

Grace Tarking spazierte um den Block, als sie Mrs. Stead ihr Haus mit einem Weihnachtsstern verlassen sah. Sie sprachen auf der Straße kurz miteinander. Grace sagte, sie müsse noch zu Hause vorbeischauen, würde sich dann aber zu ihnen gesellen.

Grace führte zwei Telefonate, eins mit ihrem Freund, der ein Stück entfernt in einem etwas reicheren Viertel wohnte, und eins mit den Gilberts. Sie hatten sich noch nicht von ihrer seltsamen Rolle bei der Entdeckung meines Todes erholt – als ihr treuer Labrador den ersten Hinweis darauf fand. Grace erbot sich, sie zu begleiten, denn sie waren älter, und der Gang über die Rasenflächen der Nachbarn und den holprigen Boden des Maisfeldes wäre eine Herausforderung für sie, doch ja, hatte Mr. Gilbert gesagt, er wolle mitkommen. Sie bräuchten das, sagte er zu Grace Tarking, insbesondere seine Frau – obgleich ich sehen konnte, wie bedrückt er selbst war. Er kaschierte seinen Schmerz immer damit, dass er aufmerksam seiner Frau gegenüber war. Sie hatten zwar kurz daran gedacht, ihren Hund wegzugeben, aber er war für sie beide ein zu großer Trost.

Mr. Gilbert fragte sich, ob Ray, der Besorgungen für sie erledigte und ein lieber Junge war, den man falsch beurteilt hatte, wohl Bescheid wusste, deshalb rief er bei den Singhs an. Ruana meinte, sie nehme an, ihr Sohn sei bereits da, und sie würde auch hinkommen.

Lindsey schaute aus dem Fenster, als sie Grace Tarking sah, die Mrs. Gilbert untergehakt hatte, und Graces Freund, der Mr. Gilbert stützte, während alle vier den Rasen der O'Dwyers überquerten.

»Im Maisfeld ist irgendwas los, Mom«, sagte sie.

Meine Mutter las gerade Molière, den sie im College so gründlich durchgearbeitet, seitdem jedoch nicht mehr angesehen hatte. Neben ihr lagen die Bücher, die sie als Avantgardistin gekennzeichnet hatten: Sartre, Colette, Proust, Flaubert. Sie hatte sie vom Regal ihres Schlafzimmers geholt und sich gelobt, sie im folgenden Jahr alle wieder zu lesen.

»Das interessiert mich nicht«, sagte sie zu Lindsey, »aber deinen Vater wird es interessieren, wenn er nach Hause kommt. Warum gehst du nicht nach oben und spielst mit deinem Bruder?«

Meine Schwester wartete seit Wochen pflichtbewusst ab und hofierte meine Mutter ungeachtet der Signale, die sie aussandte. Jenseits der eisigen Oberfläche war etwas. Lindsey war sich dessen sicher. Sie blieb bei meiner Mutter, setzte sich neben sie und beobachtete unsere Nachbarn draußen vorm Fenster.

Als die Dunkelheit hereinbrach, erhellten die Kerzen, die die Spätankömmlinge umsichtigerweise mitgebracht hatten, das Maisfeld. Es schien, als ob alle, die ich je gekannt oder neben denen ich von der Vorschule bis zur achten

Klasse je gesessen hatte, da wären. Mr. Botte hatte gesehen, dass etwas im Gange war, als er aus der Schule kam, nachdem er seinen Unterrichtsraum für das alljährliche Experiment zum Thema tierische Verdauung am nächsten Tag vorbereitet hatte. Er kam angeschlendert, und als er erkannte, worum es sich handelte, ging er zurück in die Schule und tätigte ein paar Anrufe. Es gab eine Sekretärin, die mein Tod sehr mitgenommen hatte. Sie kam mit ihrem Sohn. Auch einige Lehrer waren da, die nicht bei der offiziellen Trauerfeier der Schule gewesen waren.

Die Gerüchte über Mr. Harveys angebliche Schuld hatten am Abend von Thanksgiving begonnen, von Nachbar zu Nachbar die Runde zu machen. Am nächsten Nachmittag war es das einzige Thema, das alle beschäftigte – war das möglich? Konnte es sein, dass der sonderbare Mann, der so ruhig unter ihnen gelebt hatte, Susie Salmon getötet hatte? Allerdings hatte es niemand gewagt, sich bei meiner Familie nach den Einzelheiten zu erkundigen. Cousins von Freunden oder die Väter der Jungen, die ihren Rasen mähten, wurden gefragt, ob sie etwas wüssten. Jeder, der auch nur ahnen mochte, was die Polizei tat, war in der letzten Woche angesprochen worden, und so war das Gedenken an mich sowohl eine Möglichkeit, die Erinnerung an mich zu feiern, als auch eine Möglichkeit für die Nachbarn, Trost beieinander zu suchen. Ein Mörder hatte unter ihnen gelebt, war auf der Straße an ihnen vorbeigegangen, hatte Pfadfinderinnen-Kekse von ihren Töchtern gekauft und Zeitschriftenabonnements von ihren Söhnen.

In meinem Himmel schwirrte mir der Kopf vor Hitze und Energie, als immer mehr Menschen das Maisfeld erreichten und ihre Kerzen anzündeten und anfingen, ein leises, klagendes Lied zu summen, an das Mr. O'Dwyer von seinem Dubliner Großvater her eine entfernte Erinnerung hatte. Meine Nachbarn waren zunächst verlegen, doch die Schulsekretärin klammerte sich an Mr. O'Dwyer, während seine Stimme erklang, und schloss sich mit ihrer weniger melodiösen an. Ruana Singh stand in einem äußeren Kreis weit weg von ihrem Sohn. Dr. Singh hatte angerufen, kurz bevor sie ging, um zu sagen, dass er in seinem Büro übernachten werde. Andere Väter dagegen, die aus ihren Büros nach Hause kamen, parkten ihr Auto in der Einfahrt und stiegen aus, um sich ihren Nachbarn anzuschließen. Wie konnten sie arbeiten, um ihre Familien zu ernähren, und gleichzeitig aufpassen, dass ihre Kinder in Sicherheit waren? Gemeinsam sollten sie lernen, dass das unmöglich war, egal, wie viele Vorschriften sie festlegten. Was mir zugestoßen war, konnte jedem zustoßen.

Keiner hatte bei uns angerufen. Meine Familie blieb ungestört. Die undurchdringliche Barriere, die die Schindeln, den Schornstein, den Holzhaufen, die Einfahrt, den Zaun umschloss, war wie eine Schicht aus durchsichtigem Eis, die die Bäume überzieht, wenn es geregnet hat und dann friert. Unser Haus sah genauso aus wie alle anderen in der Straße, aber es war nicht genauso. Der Mord hatte eine blutrote Tür, jenseits derer sich das für alle Unausdenkliche befand.

Als der Himmel sich scheckig rosa gefärbt hatte, begriff Lindsey, was vor sich ging. Meine Mutter hob die ganze Zeit über den Blick nicht von ihrem Buch.

»Sie halten eine Zeremonie für Susie ab«, sagte Lindsey. »Hör mal.« Sie öffnete das Fenster einen Spaltbreit. Herein brauste die kalte Dezemberluft und das entfernte Geräusch von Gesang.

Meine Mutter nahm all ihre Energie zusammen. »Wir hatten die Trauerfeier«, sagte sie. »Das ist erledigt für mich.«

»Was ist erledigt?«

Die Ellbogen meiner Mutter lagen auf den Armlehnen

des gelben Ohrensessels. Sie beugte sich leicht nach vorn, sodass ihr Gesicht in den Schatten rückte und es Lindsey erschwerte, ihren Gesichtsausdruck zu erkennen. »Ich glaube nicht, dass sie da draußen auf uns wartet. Ich glaube nicht, dass das Kerzenanzünden und das, was sie sonst noch so machen, ihr Andenken ehrt. Es gibt andere Möglichkeiten, es zu ehren.«

»Zum Beispiel?«, fragte Lindsey. Sie saß im Schneidersitz auf dem kleinen Teppich vor meiner Mutter, die in ihrem Sessel saß und mit dem Finger ihre Stelle im Molière markierte.

»Ich möchte mehr sein als eine Mutter.«

Lindsey glaubte, das zu verstehen. Sie wollte mehr sein als ein Mädchen.

Meine Mutter legte den Molière auf den Kaffeetisch und rutschte auf dem Sessel nach vorn und weiter bis auf den Teppich. Darüber staunte ich. Meine Mutter saß nicht auf dem Fußboden, sie saß am Schreibtisch, um Rechnungen zu bezahlen, oder in den Ohrensesseln oder manchmal mit dem zusammengerollten Holiday neben sich auf der Couch.

Sie nahm die Hand meiner Schwester in ihre.

»Wirst du uns verlassen?«, fragte Lindsey.

Meine Mutter schwankte. Wie konnte sie sagen, was sie bereits wusste? Stattdessen log sie. »Ich verspreche, dass ich euch nicht verlassen werde.«

Am meisten wünschte sie sich, wieder das unabhängige Mädchen zu sein, das bei Wanamaker's Porzellan stapelte, die Wedgwood-Tasse mit dem Henkel, den sie abgebrochen hatte, vor ihrem Chef versteckte, davon träumte, in Paris zu leben wie de Beauvoir und Sartre, und beim Nachhausegehen an jenem Tag vor sich hinlachte über den verklemmten Jack Salmon, der ziemlich süß war, obwohl er Rauch verabscheute. Die Cafés in Paris seien voller Zigaretten, hatte sie ihm erzählt, und er schien beeindruckt. Als sie ihn zum Ende des Sommers zu sich einlud und sie sich, beide zum ersten Mal, geliebt hatten, hatte sie hinterher eine Zigarette geraucht, und aus Jux hatte er gesagt, er nähme auch eine. Als sie ihm das beschädigte blaue Gefäß reichte, damit er es als Aschenbecher benutzen konnte, verwendete sie all ihre Lieblingswörter, um die Geschichte auszuschmücken, wie sie die mittlerweile vertraute Wedgwood-Tasse zerbrochen und dann in ihrem Mantel versteckt hatte.

»Komm her, Kleines«, sagte meine Mutter, und Lindsey folgte. Sie lehnte sich mit dem Rücken an die Brust meiner Mutter, und meine Mutter schaukelte sie auf dem Vorleger unbeholfen hin und her. »Du hältst dich so gut, Lindsey; du erhältst deinen Vater am Leben.« Und sie hörten seinen Wagen in die Einfahrt einbiegen.

Lindsey ließ sich im Arm halten, während meine Mutter an Ruana Singh draußen hinter ihrem Haus dachte, rauchend. Der süße Duft der Dunhills war auf die Straße geweht und hatte meine Mutter weit weg geführt. Ihr letzter Freund vor meinem Vater hatte Gauloises geliebt. Er war ein prätentiöser kleiner Snob gewesen, dachte sie, aber zugleich auf eine gewisse Weise so überaus ernsthaft, dass sie ebenfalls überaus ernsthaft wurde.

»Siehst du die Kerzen, Mom?«, fragte Lindsey, die aus dem Fenster starrte.

»Geh deinem Vater entgegen«, sagte meine Mutter.

Meine Schwester traf meinen Vater im Windfang an, wo er seine Schlüssel und seinen Mantel aufhängte. Ja, sie würden hingehen, sagte er. Natürlich würden sie hingehen.

»Daddy!« Mein Bruder rief vom ersten Stock herunter, in den meine Schwester und mein Vater hinaufstiegen.

»Es liegt bei dir«, sagte mein Vater, als Buckley sich auf ihn stürzte.

»Ich habe es satt, ihn zu beschützen«, sagte Lindsey. »Es kommt mir nicht richtig vor, wenn er nicht dabei ist. Susie ist nicht mehr da. Das weiß er.«

Mein Bruder starrte zu ihr empor.

»Die machen eine Party für Susie«, sagte Lindsey. »Und ich und Daddy, wir nehmen dich mit.«

»Ist Mommy krank?«, fragte Buckley.

Lindsey wollte ihn nicht anlügen, aber sie hatte auch das Gefühl, es sei eine akkurate Beschreibung dessen, was sie wusste.

»Ja.«

Lindsey vereinbarte, sich unten mit meinem Vater zu treffen, nachdem sie Buckley zum Umziehen in sein Zimmer gebracht hätte.

»Ich sehe sie, weißt du«, sagte Buckley, und Lindsey schaute ihn an.

»Sie kommt und spricht mit mir und ist bei mir, wenn du beim Fußball bist.«

Lindsey wusste nicht, was sie sagen sollte, doch sie streckte die Arme aus und packte ihn und drückte ihn an sich, so wie er Holiday oft drückte.

»Du bist was ganz Besonderes«, sagte sie zu meinem Bruder. »Ich werde immer da sein, egal, was passiert.«

Mein Vater stieg langsam die Treppe hinab, die linke Hand um das Holzgeländer gekrampft, bis er den gefliesten Absatz erreichte.

Sein Herannahen war laut. Meine Mutter nahm ihren Molière und schlich sich ins Esszimmer, wo er sie nicht sehen würde. Sie las ihr Buch, in der Ecke des Esszimmers stehend, versteckt vor ihrer Familie. Sie wartete darauf, dass die Haustür auf- und zuging.

Meine Nachbarn und Lehrer, Freunde und Angehörigen umringten eine willkürlich gewählte Stelle nicht weit von der, wo ich ermordet worden war. Mein Vater, meine Schwester und mein Bruder hörten den Gesang wieder, sobald sie draußen waren. Alles in meinem Vater neigte und warf sich der Wärme und dem Licht entgegen. Er wünschte sich so sehr, dass die Köpfe und Herzen aller sich meiner erinnerten. Ich begriff etwas, während ich zuschaute: Fast jeder verabschiedete sich von mir. Ich wurde eins von vielen verschollenen kleinen Mädchen. Sie würden nach Hause zurückgehen und mich beiseite legen, ein Brief aus der Vergangenheit, der nie wieder geöffnet oder gelesen werden würde. Und auch ich konnte mich von ihnen verabschieden, ihnen alles Gute wünschen, sie irgendwie für ihre liebevollen Gedanken segnen. Für ein Händeschütteln auf der Straße, einen fallen gelassenen Gegenstand, der aufgehoben und zurückgegeben wurde, oder ein freundliches Winken aus einem entfernten Fenster, ein Nicken, ein Lächeln, einen Moment, in dem sich Blicke über dem Gekasper eines Kindes begegnen.

Ruth sah die drei Mitglieder meiner Familie zuerst und zupfte Ray daraufhin am Ärmel. »Geh und hilf ihm«, flüsterte sie. Und Ray, der meinen Vater am ersten Tag dessen kennen gelernt hatte, was sich bei dem Versuch, meinen Mörder zu finden, als lange Reise erweisen sollte, trat vor. Samuel kam ebenfalls. Wie jugendliche Seelsorger holten sie meinen Vater und meine Geschwister in die Runde, die großzügig für sie Platz machte und still wurde.

Mein Vater hatte seit Monaten das Haus nur verlassen, um zur Arbeit zu fahren oder draußen im Garten zu sitzen, und ebenso lange hatte er auch seine Nachbarn nicht gesehen. Jetzt blickte er sie an, von Angesicht zu Angesicht, bis ihm klar wurde, dass ich von Menschen geliebt worden war, die er nicht einmal erkannte. Sein Herz füllte sich, wurde wieder warm, wie es, so schien ihm, sehr lange nicht gewesen war – bis auf kurze, vergessene Momente mit Buckley, die Zufälligkeiten der Liebe, die er mit seinem Sohn erlebte.

Er blickte Mr. O'Dwyer an. »Stan«, sagte er, »Susie hat im Sommer immer vorne am Fenster gestanden und zugehört, wie Sie in Ihrem Garten sangen. Das mochte sie zu gern. Singen Sie für uns?«

Und dank der Gnade, die einem, wenn auch selten, zuteil wird und nie, wenn man sie sich am meisten wünscht – um einen geliebten Menschen vom Tode zu erretten –, zitterte Mr. O'Dwyer nur einen Augenblick bei seiner ersten Note, dann sang er laut und klar und schön.

Alle fielen ein.

Ich erinnerte mich an jene Sommerabende, von denen mein Vater sprach. Wie es eine Ewigkeit dauerte, bis die Dunkelheit kam, und ich stets hoffte, dass es damit kühler werden würde. Manchmal, wenn ich vorn im Flur am offenen Fenster stand, verspürte ich eine Brise, und mit der Brise kam die Musik von den O'Dwyers herübergeweht. Während ich Mr. O'Dwyer lauschte, der sich durch alle irischen Balladen sang, die er je gelernt hatte, begann die Brise, nach Erde und Luft zu riechen mit einem Beigeschmack von Moos, der nur eins bedeutete: ein Gewitter.

Darauf folgte eine wunderbare vorübergehende Stille, in der Lindsey in ihrem Zimmer auf der alten Couch saß und lernte, mein Vater in seinem Arbeitszimmer saß und seine Bücher las, meine Mutter unten mit einer Stickerei oder dem Abwasch beschäftigt war.

Ich zog mir dann gern ein langes Baumwollnachthemd an und ging hinaus auf die hintere Veranda, wo, während der Regen anfing, in schweren Tropfen aufs Dach zu fallen, Brisen von allen Seiten her auf die Fliegengitter zukamen und mein Nachthemd gegen mich peitschten. Es war warm und wundervoll, und dann kam der Blitz und einige Momente später der Donner.

Meine Mutter pflegte in der offenen Verandatür zu stehen und, nachdem sie ihre Standardwarnung ausgesprochen hatte – »Du wirst dir noch den Tod holen« –, zu schweigen. Gemeinsam hörten wir den Regen herunterprasseln und den Donner krachen und rochen die Erde, die sich erhob, um uns zu begrüßen.

»Du siehst unbesiegbar aus«, sagte meine Mutter eines Abends.

Ich liebte es, wenn wir, wie diesmal, dasselbe zu fühlen schienen. Ich drehte mich um und sagte: »Das bin ich.«

Schnappschüsse

Mit der Kamera, die meine Eltern mir schenkten, machte ich Dutzende von Schnappschüssen von meiner Familie. So viele, dass mein Vater mich zwang zu entscheiden, welche Filme ich entwickelt haben wollte. Als die Kosten meiner Obsession stiegen, stellte ich zwei Kartons in meinen Kleiderschrank. »Filme zum Wegschicken« und »Filme, die erst mal hier bleiben.« Es war, wie meine Mutter meinte, der einzige Hinweis auf irgendeine Form von Organisationstalent, das ich besaß.

Es gefiel mir zu gut, dass die ausgebrannten Blitzwürfel einen Augenblick markierten, der verstrichen war, einen, der jetzt für immer weg war bis auf ein Bild. Wenn sie aufgebraucht waren, nahm ich die Blitzwürfel erst in die eine, dann in die andere Hand, bis sie abgekühlt waren. Die zerrissenen Fädchen der Lampe färbten sich zu einem Blau wie geschmolzener Marmor oder räucherten manchmal das dünne Glas schwarz ein. Ich hatte den Augenblick bewahrt, indem ich meine Kamera benutzte, und so eine Möglichkeit gefunden, die Zeit zum Stillstand zu bringen und festzuhalten. Niemand konnte mir das Bild fortnehmen, denn es gehörte mir.

An einem Sommerabend im Jahre 1975 wandte sich meine Mutter meinem Vater zu und fragte:

»Hast du schon mal jemanden im Meer geliebt?«

Und er sagte: »Nein.«

»Ich auch nicht«, sagte meine Mutter. »Lass uns so tun, als ob es das Meer wäre und ich wegginge und wir uns vielleicht nie wiedersähen.«

Am nächsten Tag brach sie zur Hütte ihres Vaters in New Hampshire auf.

Im selben Sommer öffneten Lindsey oder Buckley oder mein Vater oft die Haustür und fanden auf der Schwelle einen Auflauf oder einen Napfkuchen vor. Manchmal auch einen warmen gedeckten Apfelkuchen – den hatte mein Vater am liebsten. Die Gerichte schmeckten unvorhersehbar. Die Aufläufe, die Mrs. Stead machte, waren grässlich, die Napfkuchen von Mrs. Gilbert reichlich feucht, aber genießbar. Die Apfelkuchen von Ruana: der Himmel auf Erden.

In jenen langen Nächten nach dem Weggang meiner Mutter versuchte mein Vater in seinem Arbeitszimmer, sich zu verlieren, indem er noch einmal Abschnitte aus den Bürgerkriegsbriefen von Mary Chestnut an ihren Mann las. Er versuchte, sich von jedem Vorwurf, jeder Hoffnung frei zu machen, doch das war unmöglich. Einmal brachte er ein kleines Lächeln zustande.

»Ruana Singh backt einen irren Apfelkuchen«, schrieb er in sein Notizheft.

Im Herbst ging er eines Nachmittags ans Telefon und vernahm Grandma Lynn.

»Jack«, verkündete meine Großmutter, »ich denke daran, bei euch einzuziehen.«

Mein Vater schwieg, aber die Leitung war durchsetzt von seinem Zögern.

»Ich würde mich dir und den Kindern gern zur Verfügung stellen. Ich habe mich lange genug in diesem Mausoleum herumgetrieben.«

»Lynn, wir versuchen gerade einen Neuanfang«, stammelte er. Trotzdem, er konnte sich nicht darauf verlassen, dass Nates Mutter ewig auf Buckley aufpasste. Vier Monate nachdem meine Mutter gegangen war, nahm ihre vorübergehende Abwesenheit allmählich einen Beigeschmack von Dauer an.

Meine Großmutter war beharrlich. Ich beobachtete, wie sie dem letzten Schluck Wodka in ihrem Glas widerstand. »Ich halte mich mit dem Trinken zurück bis« – hier musste sie angestrengt überlegen – »nach fünf Uhr, und«, sagte sie, »was soll's, ich höre ganz damit auf, falls du meinst, es sei notwendig.«

»Weißt du, was du da sagst?«

Meine Großmutter verspürte eine Klarheit von ihrer Telefonierhand bis hinunter in die pumpsbekleideten Füße. »Ja, das weiß ich. Glaube ich jedenfalls.«

Erst nachdem er eingehängt hatte, stellte er sich die Frage: *Wo sollen wir sie unterbringen?*

Das war für alle offensichtlich.

Im Dezember 1975 war ein Jahr verstrichen, seit Mr. Harvey seine Sachen gepackt hatte, aber es gab immer noch keine Spur von ihm. Eine Zeit lang, bis das Klebeband schmutzig war oder das Papier einriss, hängten Ladenbesitzer eine hingekritzelte Skizze von ihm in ihren Schaufenstern auf. Lindsey und Samuel zogen im Viertel herum oder hielten sich in Hals Motorradwerkstatt auf. In das Lokal, in das die anderen Jugendlichen gingen, wollte Lindsey nicht. Der Besitzer war ein Law-and-Order-Mann. Er hatte die Zeichnung von George Harvey auf die doppelte Größe vergrößert und an die Tür geklebt. Bereitwillig teilte er jedem Kunden, der nachfragte, die schauerlichen Details mit – junges Mädchen, Maisfeld, nur ein Ellbogen gefunden.

Irgendwann bat Lindsey Hal, sie aufs Polizeirevier zu fahren. Sie wollte wissen, was genau dort unternommen wurde.

An der Motorradwerkstatt verabschiedeten sie sich von Samuel, und Hal kutschierte Lindsey durch einen nassen Dezemberschnee.

Lindseys Jugend und Zielstrebigkeit hatten die Polizisten von Anfang an überrumpelt. Je mehr ihnen klar wurde, wer sie war, desto größer war der Bogen, den sie um sie machten. Hier war also dieses Mädchen, konzentriert, wütend, fünfzehn. Ihre Brüste waren vollkommene kleine Kelche, ihre Beine schlaksig, aber kurvenreich, ihre Augen wie Feuerstein und Blütenblätter.

Während Lindsey und Hal vor dem Büro des Polizeichefs auf einer Holzbank warteten, glaubte sie, auf der anderen Seite des Zimmers etwas zu sehen, das sie wieder erkannte. Es lag auf Detective Fenermans Schreibtisch, und es stach hervor wegen seiner Farbe. Was ihre Mutter immer als Zinnoberrot bezeichnet hatte, ein grelleres Rot als Rosenrot, war das klassische Lippenstiftrot, das man in der Natur selten antrifft. Unsere Mutter war stolz darauf, dass sie Zinnoberrot tragen konnte, und bemerkte jedes Mal, wenn sie sich einen bestimmten Schal um den Hals band, es sei eine Farbe, die nicht einmal Grandma Lynn zu tragen wage.

»Hal«, sagte sie, jeden Muskel angespannt, während sie das immer vertrautere Objekt auf Fenermans Schreibtisch anstarrte.

»Ja.«

»Siehst du das rote Tuch da?«

»Ja.«

»Kannst du es mir holen?«

Als Hal sie anblickte, sagte sie: »Ich glaube, es gehört meiner Mutter.«

Während Hal aufstand, um es zu holen, betrat Len hinter Lindseys Rücken das Dienstzimmer. Im selben Moment, als er merkte, was Hal da tat, tippte er Lindsey auf die Schulter. Sie und Detective Fenerman starrten einander an.

»Woher haben Sie den Schal meiner Mutter?«

Er stotterte. »Vielleicht hat sie ihn irgendwann in meinem Auto liegen lassen.«

Lindsey erhob sich und sah ihn an. Sie war scharfsichtig und steuerte schnell auf die bisher schlechteste Nachricht zu. »Was hat sie denn in Ihrem Auto gemacht?«

»Hallo, Hal«, sagte Len.

Hal hielt den Schal in der Hand. Lindsey entriss ihn ihm mit zunehmendem Ärger in der Stimme. »Wieso haben Sie den Schal meiner Mutter?«

Und obgleich Len der Ermittler war, sah Hal es zuerst – es wölbte sich über ihr wie ein Regenbogen: ein Begreifen in Prismenfarben. Ähnlich, wie es in Algebra oder im Englischunterricht passierte, wenn meine Schwester als Erste die Summe von *x* austüftelte oder ihre Klassenkameraden auf eine Doppeldeutigkeit hinwies. Hal legte Lindsey mit einer lenkenden Bewegung die Hand auf die Schulter. »Wir sollten gehen«, sagte er.

Und später weinte sie sich im Hinterzimmer der Motorradwerkstatt bei Samuel ihre Ungläubigkeit von der Seele.

Als mein Bruder sieben wurde, baute er mir ein Fort. Es war etwas, das wir beide immer hatten gemeinsam machen wollen, und etwas, zu dem mein Vater sich nicht durchringen konnte. Es erinnerte ihn zu sehr daran, wie er mit dem verschwundenen Mr. Harvey das Zelt aufgebaut hatte.

In Mr. Harveys Haus war eine Familie mit fünf kleinen Mädchen gezogen. Gelächter wehte von dem Pool, den sie im Frühling nach George Harveys Flucht hatten bauen lassen, in das Arbeitszimmer meines Vaters. Die Laute kleiner Mädchen – Mädchen, die verschont geblieben waren.

Die Grausamkeit, die das an sich hatte, wurde zu Glas, das in den Ohren meines Vaters zerschellte. Im Frühjahr 1976 – meine Mutter war fort – pflegte er das Fenster seines Arbeitszimmers auch an den wärmsten Abenden zu schließen, um das Gelächter nicht zu hören. Er beobachtete seinen einsamen kleinen Jungen zwischen den drei Weidenkätzchen-Sträuchern, der mit sich selbst redete. Buckley hatte aus der Garage leere Terrakottatöpfe geholt. Er schleppte den Schuhabstreifer von dort, wo er vergessen neben dem Haus gelegen hatte, dazu. Alles, woraus sich Mauern für das Fort errichten ließen. Mit Hilfe von Samuel und Hal und Lindsey wuchtete er zwei riesige Findlinge von der Einfahrt nach hinten in den Garten. Das war so ein unerwarteter Zugewinn, dass Samuel daraufhin fragte: »Woraus willst du das Dach machen?«

Und Buckley schaute ihn erstaunt an, während Hal im Geiste den Inhalt seiner Motorradwerkstatt durchkämmte und sich an zwei ausrangierte Wellblechplatten erinnerte, die bei ihm an der rückwärtigen Wand lehnten.

So kam es, dass mein Vater eines warmen Abends hinunterblickte und seinen Sohn nicht mehr sah. Buckley machte es sich in seinem Fort gemütlich. Auf Händen und Knien hatte er die Terrakottatöpfe hinter sich mit hereingezogen und dann ein Brett dagegengestellt, das beinahe bis zu dem welligen Dach hochreichte. Es drang gerade genug Licht ein, dass er lesen konnte. Hal hatte auf seine Bitten hin in großen, schwarzen Buchstaben DRAUSSEN BLEIBEN auf die eine Seite der Sperrholztür gesprüht.

Meistens las er die Avengers und X-Men. Er träumte davon, Wolverine zu sein, dessen Skelett aus dem härtesten Metall des Universums bestand und der sich über Nacht von jeder Verletzung erholen konnte. In den seltsamsten Augenblicken dachte er an mich, vermisste meine Stimme, wünschte sich, ich würde aus dem Haus treten und auf das Dach seines Forts klopfen und verlangen, eingelassen zu werden. Manchmal wünschte er sich, dass Samuel und Lindsey öfter da wären oder dass mein Vater mit ihm spielte, wie er es früher getan hatte. Spielte ohne jenen stets besorgten Gesichtsausdruck hinter dem Lächeln, jene verzweifelte Angst, die jetzt alles wie ein unsichtbares Kraftfeld umschloss. Aber meine Mutter zu vermissen erlaubte sich mein Bruder nicht. Er tauchte ab in Geschichten, wo schwache Menschen sich in starke Halb-Tiere verwandelten oder mit Hilfe von Röntgenaugen oder Zauberhämmern Stahl durchdrangen oder einen Wolkenkratzer erklommen. Er war der Hulk, wenn er wütend war, und ansonsten Spidey. Wenn ihm sein Herz wehtat, verwandelte er sich in etwas Stärkeres als einen kleinen Jungen, und so wurde er groß. Ein Herz, das blitzschnell zu Stein wurde, von Herz zu Stein. Während ich zuschaute, dachte ich daran, was Grandma Lynn immer sagte, wenn Lindsey und ich hinter ihrem Rücken die Augen verdrehten oder eine Grimasse schnitten. »Passt auf, was für ein Gesicht ihr zieht. Es bleibt so stehen.«

Eines Tages kam Buckley aus der zweiten Klasse mit einer Geschichte nach Hause, die er geschrieben hatte: »Es war einmal ein Junge namens Billy. Der forschte gern. Er sah ein Loch und ging rein, aber er kam nie wieder raus. Ende.«

Mein Vater war zu zerstreut, um sich etwas dabei zu denken. Meine Mutter nachahmend, heftete er das Blatt an den Kühlschrank, auf dieselbe Stelle, wo Buckleys längst vergessene Zeichnung vom Dazwischen gewesen war. Doch mein Bruder wusste, dass mit seiner Geschichte etwas nicht stimmte. Wusste es aufgrund der überraschten Reaktion seiner Lehrerin, die er aus seinen Comics kannte. Er nahm das Blatt ab und trug es in mein ehemaliges Zimmer, während Grandma Lynn unten war. Er faltete es zu einem winzigen Viereck und steckte es in das jetzt leere Innere meines Himmelbetts.

An einem heißen Tag im Herbst 1976 inspizierte Len Fenerman die große Beweismittelkiste in der Asservatenkammer. Da waren die Knochen der Tiere aus der Nachbarschaft, die er im Kriechgang von Mr. Harveys Haus gefunden hatte, sowie die Bestätigung des Labors von Spuren von Ätzkalk. Er hatte die Untersuchung geleitet, aber wie oft oder wie tief sie auch gruben, auf dem Grundstück waren keine weiteren Knochen oder Leichenteile entdeckt worden. Der Blutfleck auf dem Boden der Garage war meine einzige Visitenkarte. Len hatte Wochen, dann Monate damit zugebracht, über einer Fotokopie der Skizze zu brüten, die Lindsey entwendet hatte. Er hatte noch einmal eine Truppe aufs Feld geführt, und die Männer hatten gegraben und wieder gegraben. Schließlich fanden sie am anderen Ende des Feldes eine alte Cola-Flasche. Sie war ein solides Beweisstück: Fingerabdrücke, die Mr. Harveys Abdrücken entsprachen, die überall in seinem Haus waren, und Fingerabdrücke, die zu denen auf meiner Geburtsurkunde passten. Er hatte keinerlei Zweifel: Jack Salmon hatte von Anfang an Recht gehabt.

Doch so intensiv er auch nach dem Mann selbst suchte, es war, als ob sich George Harvey in Luft aufgelöst hätte, als er die Grundstücksgrenze überschritt. In keinem Register tauchte sein Name auf. Offiziell existierte er nicht.

Was er zurückgelassen hatte, waren seine Puppenhäuser. Also rief Len den Mann an, der sie für ihn verkaufte und von ausgewählten Geschäften und den wohlhabenden Leuten, die Nachbildungen ihrer eigenen Häuser bestellten, Aufträge entgegennahm. Nichts. Er hatte die Hersteller der Miniaturstühle, der winzigen Türen und Fenster mit facettiertem Glas und Messinggriffen angerufen und die Hersteller der Stoffsträucher und -bäume. Nichts.

Er setzte sich mit den Beweismitteln an einen kahlen Dienstschreibtisch im Keller des Reviers. Er blätterte den Stapel zusätzlicher Flugblätter durch, die mein Vater hatte anfertigen lassen. Er hatte mein Gesicht im Gedächtnis, aber er sah es sich trotzdem an. Er war zu der Überzeugung gelangt, dass die größte Hoffnung in meinem Fall vielleicht in der seit kurzem zunehmenden Bebauung der Gegend lag. In dem Boden, der dabei aufgewühlt und umgewälzt wurde, fänden sich womöglich weitere Hinweise, die ihm die benötigte Antwort lieferten.

Ganz unten in der Kiste war die Tüte mit meiner Glöckchenmütze. Als er sie meiner Mutter überreicht hatte, war sie auf dem Teppich zusammengebrochen. Er konnte immer noch nicht genau sagen, wann er sich in sie verliebt hatte. Ich wusste, dass es an dem Tag gewesen war, als er bei uns im Wohnzimmer saß und meine Mutter Strichmännchen auf Einwickelpapier zeichnete, während Buckley und Nate Fuß an Fuß auf der Couch schliefen. Er tat mir Leid. Er hatte versucht, den Mord an mir aufzuklären, und war gescheitert. Er hatte versucht, meine Mutter zu lieben, und war gescheitert.

Len betrachtete die Zeichnung vom Maisfeld, die Lindsey gestohlen hatte, und zwang sich, Folgendes einzuräumen: Aus lauter Behutsamkeit hatte er einem Mörder gestattet zu entwischen. Er konnte seine Schuld nicht abschütteln. Er wusste, auch wenn es sonst keiner tat, dass ihm, weil er an jenem Tag im Einkaufszentrum mit meiner Mutter zusammen gewesen war, George Harvey seine Freiheit zu verdanken hatte.

Er holte seine Brieftasche aus seiner Gesäßtasche und legte die Fotos aller ungelösten Fälle, an denen er je gearbeitet hatte, vor sich hin. Darunter war auch das seiner Frau. Er drehte die Fotos um. »Verschwunden«, schrieb er bei jedem auf die Rückseite. Er würde nicht mehr darauf warten, dass ein Datum die Erkenntnis des Wer oder Warum oder Wie markierte. Er würde nie ganz begreifen, wieso seine Frau sich umgebracht hatte. Er würde nie begreifen, warum so viele Kinder vermisst wurden. Er legte diese Fotos mit in meine Beweismittelkiste und schaltete in dem kalten Raum das Licht aus.

Allerdings wusste er das nicht:

Am 10. September erblickte ein Jäger in Connecticut auf dem Rückweg zu seinem Wagen etwas Glänzendes auf der Erde. Meinen Pennsylvania-Anhänger. Dann sah er, dass der Boden ringsum von einem Bären teilweise umgegraben worden war. Dadurch freigelegt waren die unverkennbaren Knochen eines Kinderfußes.

Meine Mutter hielt es nur einen Winter in New Hampshire aus, ehe sie auf die Idee kam, bis nach Kalifornien zu fahren. Es war etwas, das sie sich immer ausgemalt, aber nie getan hatte. Ein Mann, den sie in New Hampshire kennen lernte, erzählte ihr von den Jobs, die man in Weinkellereien in den Tälern nördlich von San Francisco kriegen könne. Eine Arbeit, die leicht zu bekommen, körperlicher Art und, wenn man wollte, sehr anonym sei. All das sagte ihr zu.

Der Mann hatte ebenfalls mit ihr schlafen wollen, aber

sie sagte nein. Inzwischen wusste sie, dass das kein Ausweg mehr war. Seit dem ersten Abend mit Len in den Eingeweiden des Einkaufszentrums hatte sie gewusst, dass sich zwischen ihnen keine Beziehung entwickelte. Sie spürte ihn nicht einmal richtig.

Sie packte ihre Sachen für Kalifornien und schickte meinen Geschwistern Postkarten aus jedem Ort, in dem sie anhielt. »Hallo, ich bin in Dayton. Der Staatsvogel von Ohio ist der Kardinal.« »Habe gestern Abend bei Sonnenuntergang den Mississippi erreicht. Das ist wirklich ein breiter Fluss.«

In Arizona, als sie acht Staaten weiter hinter dem entlegensten war, den sie je besucht hatte, bezahlte sie für ihr Zimmer und holte sich einen Eimer mit Eis aus dem Automaten im Flur. Am nächsten Tag würde sie nach Kalifornien gelangen, und um das zu feiern, hatte sie sich eine Flasche Sekt gekauft. Sie dachte daran, dass der Mann in New Hampshire gesagt hatte, er habe ein volles Jahr damit verbracht, Schimmel aus den riesigen Gewölben zu kratzen, die den Wein beherbergten. Er hatte flach auf dem Rücken gelegen und mit einem Messer die einzelnen Schimmelschichten abschälen müssen. Der Schimmel hatte die Farbe und Konsistenz von Leber, und wie gründlich er auch badete, zog er doch Stunden hinterher noch Fruchtfliegen an.

Sie nippte Sekt aus einem Plastikbecher und betrachtete sich im Spiegel. Sie zwang sich hinzuschauen.

Sie entsann sich, wie sie damals, an jenem ersten Silvesterabend, an dem wir alle fünf aufblieben, mit mir und meiner Schwester und meinem Bruder und meinem Vater im Wohnzimmer saß. Sie hatte den Tag so gestaltet, dass Buckley auf jeden Fall genug Schlaf bekam.

Als er im Dunkeln aufwachte, war er sich sicher, dass heute Nacht ein Besserer als der Weihnachtsmann kommen würde. Vor seinem geistigen Auge hatte er ein Bild des Feiertages schlechthin als Urknall, der ihn ins Spielzeugland befördern würde.

Stunden später, als er sich gähnend in den Schoß meiner Mutter lehnte und sie ihm mit den Fingern das Haar kämmte, verdrückte mein Vater sich in die Küche, um Kakao zu machen, und meine Schwester und ich servierten Schokoladentorte. Als die Uhr zwölf schlug und nur entferntes Kreischen zu hören war und ein paar Raketen, die in unserer Nachbarschaft abgefeuert wurden, konnte mein Bruder es nicht fassen. Enttäuschung übermannte ihn so rasch und heftig, dass meine Mutter nicht wusste, was sie tun sollte. Es erschien ihr wie eine Kleinkind-Version von Peggy Lees »Is that all there is?«, gefolgt von Heulen.

Sie erinnerte sich, dass mein Vater Buckley auf den Arm genommen und zu singen begonnen hatte. Wir anderen fielen ein. »Let ole acquaintance be forgot and never brought to mind, should ole acquaintance be forgot and days of auld lang syne!«

Und Buckley hatte uns angestarrt. Er schnappte sich die fremden Wörter wie Seifenblasen, die über ihm in der Luft schwebten. »Lang syne?«, sagte er mit verwunderter Miene.

»Was bedeutet das?«, fragte ich meine Eltern.

»Die alten Tage«, erwiderte mein Vater.

»Längst vergangene Tage«, sagte meine Mutter. Doch dann hatte sie plötzlich angefangen, die Kuchenkrümel auf ihrem Teller zusammenzuschieben.

»Hey, du mit den Ozeanaugen«, sagte mein Vater. »Bist du noch bei uns?«

Und sie erinnerte sich, dass sie seiner Frage damit begegnet war, sich zu verschließen, als hätte ihr Geist einen Wasserhahn – nach rechts drehen, und schon war sie auf den Beinen und bat mich, ihr beim Abräumen zu helfen.

Im Herbst 1976 fuhr sie, als sie Kalifornien erreichte,

direkt ans Meer und hielt dort an. Es kam ihr vor, als wäre sie vier Tage lang nur zwischen Familien hindurchgefahren – zankenden Familien, schreienden Familien, kreischenden Familien, Familien in den übernatürlichen Strapazen des Alltags –, und sie war erleichtert, durch die Windschutzscheibe ihres Autos die Wellen zu sehen. Zwangsläufig fielen ihr dabei die Bücher ein, die sie im College gelesen hatte. *Das Erwachen*. Und was einer Schriftstellerin, Virginia Woolf, widerfahren war. Damals war es ihr so wundervoll erschienen – verschleiert und romantisch – Steine in die Tasche gesteckt, in die Wellen spaziert.

Sie kletterte die Klippen hinab, nachdem sie sich ihren Pullover locker um die Taille gebunden hatte. Unten sah sie nichts außer zerklüftete Felsen und Wellen. Sie war vorsichtig, doch ich achtete mehr auf ihre Füße als auf das, was sie sah – aus Angst, sie könnte ausrutschen.

Das Verlangen meiner Mutter, diese Wellen zu erreichen, mit den Füßen ein anderes Meer auf der anderen Seite des Landes zu berühren, war alles, woran sie denken konnte – die Taufe als Ziel. Zisch, und du kannst neu anfangen. Oder glich das Leben eher dem schrecklichen Spiel im Sportunterricht, bei dem man ohne Ende in einem geschlossenen Raum hin- und herrennen und dabei Holzklötze aufheben und wieder absetzen musste? Sie dachte *hin zu den Wellen, hin zu den Wellen*, und ich beobachtete, wie ihre Füße den Weg über die Felsen fanden, und als wir die Kleine hörten, taten wir es gleichzeitig – und schauten entsetzt hoch.

Es war ein Baby am Strand.

Zwischen den Felsen befand sich eine sandige Bucht, sah meine Mutter jetzt, und auf einer Decke krabbelte ein Baby mit rosa Strickmütze und Strampler und Schühchen über den Sand. Es war mit einem weißen Stofftier – einem Lamm, glaubte meine Mutter – allein auf der Decke.

Meiner Mutter den Rücken zuwendend, während sie abstieg, stand da eine Gruppe Erwachsener – sehr offiziell und hektisch wirkend –, in Schwarz und Marineblau gekleidet, mit cool schräg aufgesetzten Hüten und Stiefeln. Dann erblickte mein Tierfotografinnenauge die Stative und die mit Metall eingefassten Alu-Folien, die, wenn ein junger Mann sie nach links oder rechts schwenkte, Licht auf die Kleine auf ihrer Decke warfen oder es von ihr abzogen.

Meine Mutter fing an zu lachen, doch nur ein Assistent drehte sich um und bemerkte sie oben zwischen den Felsen; alle anderen waren zu beschäftigt. Das sollte eine Reklame für irgendetwas werden, vermutete ich, aber wofür? Neue, frische kleine Mädchen, mit denen man seine eigenen ersetzen kann? Während meine Mutter lachte und ich zuschaute, wie ihr Gesicht sich erhellte, sah ich auch, dass es in seltsame Falten zerfiel.

Sie sah die Wellen hinter der Kleinen, und wie wunderschön und zugleich berauschend sie waren – sie konnten ganz leise auf den Strand gleiten und das Baby mit sich reißen. Und all die flotten Leute könnten der Kleinen nachjagen, aber sie würde sofort ertrinken – keiner, nicht einmal eine Mutter, die mit jedem Nerv auf eine drohende Katastrophe eingestellt war, hätte sie retten können, falls die Wellen hochgesprungen wären, falls das Leben weiterging wie üblich und eine ruhige Küste von tückischen Unfällen bombardiert wurde.

Noch in derselben Woche fand sie Arbeit in der Weinkellerei Krusoe, in einem Tal oberhalb der Bucht. Sie schrieb meiner Schwester und meinem Bruder Postkarten, randvoll mit den strahlenden Fragmenten ihres Lebens, in der Hoffnung, dass sie auf dem begrenzten Platz, den eine Postkarte bot, fröhlich klingen würde.

An ihren freien Tagen schlenderte sie durch die Straßen

von Sausalito oder Santa Rosa – winzige, teure Orte, wo jeder ein Fremder war –, und so angestrengt sie auch versuchte, sich auf das hoffnungsvoll Unbekannte zu konzentrieren, so begannen doch, sobald sie einen Geschenkladen oder ein Café betrat, die vier Wände um sie herum zu atmen wie eine Lunge. Dann spürte sie ihn, wie er die Seiten ihrer Waden empor und in ihre Gedärme kroch, den Ansturm des Kummers, die Tränen, die sich wie eine kleine, unbarmherzige Armee den vorderen Grenzen ihrer Augen näherten, und sie atmete ein, einen großen Schwall Luft, damit sie nicht in der Öffentlichkeit weinte. Sie bat in einem Restaurant um Kaffee und Toast und butterte ihn mit Tränen. Sie ging in ein Blumengeschäft und erkundigte sich nach Narzissen, und als keine da waren, fühlte sie sich beraubt. Es war so ein kleiner Wunsch – eine leuchtend gelbe Blume.

Die erste improvisierte Gedenkfeier löste in meinem Vater das Bedürfnis nach weiteren aus. Alljährlich organisierte er jetzt eine solche Feier, zu der immer weniger Nachbarn und Freunde kamen. Es gab die Stammgäste wie Ruth und die Gilberts, aber immer öfter wurden die Lücken in der Gruppe von Schülern der Highschool ausgefüllt, die, je mehr Zeit verstrich, nur noch meinen Namen kannten, und sogar den bloß als ein großes, dunkles Gerücht, das als Warnung an alle Jugendlichen heraufbeschworen wurde, die sich zu sehr als Einzelgänger erweisen mochten. Besonders Mädchen.

Jedes Mal, wenn diese Fremden meinen Namen nannten, fühlte es sich an wie ein Nadelstich. Es war nicht das angenehme Gefühl, das es sein konnte, wenn mein Vater ihn aussprach, oder wenn Ruth ihn in ihr Tagebuch schrieb. Es war das Gefühl, gleichzeitig, im selben Atemzug, zum Leben erweckt und begraben zu werden. Als ob ich im Volkswirtschaftsunterricht in eine Spalte mit wandelbaren Gütern verfrachtet worden wäre: die Ermordeten. Ein paar Lehrer, Mr. Botte zum Beispiel, erinnerten sich meiner als eines realen Mädchens. Manchmal setzte er sich in der Mittagspause in seinen roten Fiat und dachte an die Tochter, die er an die Leukämie verloren hatte. In der Ferne, weit hinter seinem Fenster, wurde undeutlich das Maisfeld sichtbar. Oft sprach er ein Gebet für mich.

In nur wenigen kurzen Jahren war Ray Singh ein so gut aussehender Junge geworden, dass ein Zauber von ihm ausging, wenn er zwischen die Menschen trat. Sein Erwachsenen-Gesicht hatte sich noch nicht völlig ausgebildet, war aber nun, da er siebzehn war, schon zu erahnen. Mit seinen langen Wimpern und den schweren Augenlidern, seinem dichten, schwarzen Haar und den zarten Gesichtszügen, die noch die eines Jungen waren, strahlte er eine verträumte Asexualität aus, die ihn sowohl für Männer als auch für Frauen attraktiv machte.

Ich betrachtete Ray mit einer Sehnsucht, die sich von der unterschied, die ich nach anderen hatte. Einer Sehnsucht, ihn zu berühren und zu umarmen, genau den Körper zu erfassen, den er mit den kältesten Blicken untersuchte. Er pflegte an seinem Schreibtisch zu sitzen und in seinem Lieblingsbuch zu lesen – *Gray's Anatomy* –, und je nachdem, was er gerade las, betastete er mit den Fingern seine Halsschlagader oder strich mit seinem Daumen über den längsten Muskel in seinem Körper – den Sartorius, der von der Außenseite seiner Hüfte bis in die Kniekehle verlief. Dabei war seine Magerkeit ein Segen für ihn, denn die Knochen und Muskeln zeichneten sich unter seiner Haut deutlich ab.

Als er seine Koffer für die Pennsylvania State University packte, hatte er seinem Gedächtnis schon so viele Wörter und deren Definitionen anvertraut, dass ich mir allmählich Sorgen machte. Wie konnte er bei all dem noch an etwas anderes denken? Die Freundschaft mit Ruth, die Liebe seiner Mutter, die Erinnerung an mich würden in den Hintergrund treten, während er Platz schuf für die Linse des Auges und ihre Hülle, die halbrunden Ohrgänge oder meine Favoriten, die Eigenschaften des Sympathikussystems.

Ich hätte mich nicht zu sorgen brauchen. Ruana durchsuchte das Haus nach etwas, irgendetwas, das ihr Sohn mitnehmen konnte, das in Größe und Gewicht *Gray's Anatomy* glich und das, so hoffte sie, die Blumenpflückerseite in ihm am Leben erhalten würde. Ohne dass er es wusste, steckte sie das Buch mit den indischen Gedichten in sein Gepäck. Darin befand sich das längst vergessene Foto von mir. Als er im Studentenwohnheim Hill House auspackte, fiel mein Bild neben seinem Bett auf den Fußboden. Wie gut er es auch sezieren konnte – die Blutgefäße in meinem Augapfel, die chirurgische Anatomie meiner Nasenfossae, die helle Färbung meiner Epidermis –, er konnte ihnen nicht ausweichen, den Lippen, die er einst geküsst hatte.

Im Juni 1977, an dem Tag, an dem ich meine Highschool-Abschlussfeier gehabt hätte, waren Ruth und Ray bereits fort. An dem Tag, an dem an der Fairfax der Unterricht endete, zog Ruth mit dem alten roten Koffer ihrer Mutter voller neuer schwarzer Kleidungsstücke nach New York City. Ray, der früher mit der Highschool fertig geworden war, hatte schon sein erstes Jahr an der Penn University hinter sich.

Am selben Tag gab Grandma Lynn Buckley in unserer Küche ein Buch über Gartenbau. Sie erzählte ihm, dass Pflanzen aus Samen entstehen. Dass Radieschen, die er verabscheute, am schnellsten wüchsen, man aber auch Blumen, die er liebte, aus Samen ziehen könne. Und sie begann, ihm die Namen beizubringen: Zinnien und Ringelblumen, Stiefmütterchen und Flieder, Nelken und Petunien und Purpurwinden.

Gelegentlich rief meine Mutter aus Kalifornien an. Meine Eltern führten hastige und beschwerliche Gespräche. Sie erkundigte sich nach Buckley und Lindsey und Holiday. Sie fragte, was das Haus mache und ob es etwas gäbe, das er ihr erzählen wollte.

»Wir vermissen dich immer noch«, sagte er im Dezember 1977, als die Blätter alle abgefallen und weggeweht oder zusammengeharkt worden waren, es jedoch bisher, obwohl der Boden darauf wartete, ihn zu empfangen, keinen Schnee gegeben hatte.

»Das weiß ich«, sagte sie.

»Was ist mit dem Unterrichten? Ich dachte, das war dein Plan.«

»War es auch«, räumte sie ein. Sie war am Telefon im Büro der Weinkellerei. Nach der Mittagsmeute war jetzt zwar weniger los, aber bald waren fünf Mietwagen mit alten Damen, sternhagelvoll, fällig. Sie schwieg, und dann sagte sie etwas, gegen das niemand, schon gar nicht mein Vater, Einwände haben konnte: »Pläne ändern sich.«

In New York wohnte Ruth in dem begehbaren Wandschrank einer alten Frau auf der Lower East Side. Es war das Einzige, was sie sich leisten konnte, und sie hatte sowieso nicht die Absicht, dort viel Zeit zu verbringen. Jeden Tag rollte sie ihren Einzelbettfuton zusammen, damit sie ein bisschen Platz zum Ankleiden hatte. Sie suchte den Schrank nur einmal täglich auf und hielt sich nie dort auf, wenn es nicht sein musste. Der Wandschrank diente zum

Schlafen und als Adresse, ein beständiger, wenn auch winziger Schlupfwinkel in der Großstadt.

Sie arbeitete als Bedienung in einer Bar und erlief sich in ihren freien Stunden jeden Zentimeter von Manhattan. Ich schaute zu, wie sie in ihren Stiefeln trotzig über den Zement stapfte in der Gewissheit, dass Frauen ermordet wurden, wo immer sie hinging. Unten in Treppenschächten und oben in wunderschönen Hochhäusern. An den Ampeln pflegte sie zu verweilen und die gegenüberliegende Straßenseite zu mustern. Sie schrieb kurze Gebete in ihr Tagebuch in den Cafés und Kneipen, in denen sie einkehrte, um die Toilette zu benutzen, nachdem sie das Billigste auf der Speisekarte bestellt hatte.

Sie war zu der Überzeugung gelangt, dass sie ein zweites Gesicht hatte, das sonst niemand besaß. Sie wusste nicht, was sie damit anfangen sollte, außer dass sie sich ausgiebige Notizen für die Zukunft machte, aber sie war furchtlos geworden. Die Welt der toten Frauen und Kinder, die sie sah, war für sie inzwischen ebenso real wie die Welt, in der sie lebte.

In der Bibliothek der Penn University las Ray etwas über alte Menschen unter dem halbfett gedruckten Titel »Die Umstände des Todes«. Es ging um eine Studie, die in Pflegeheimen durchgeführt worden war, in denen ein hoher Prozentsatz von Patienten den Ärzten und Krankenschwestern berichteten, sie sähen nachts jemanden am Fußende ihres Bettes stehen. Oft versuche diese Person, mit ihnen zu reden oder ihren Namen zu rufen. Manchmal waren die Patienten während dieser Wahnvorstellungen so erregt, dass man ihnen ein Beruhigungsmittel geben oder sie am Bett festschnallen musste.

Des Weiteren erläuterte der Text, dass diese Visionen das Resultat kleiner Schlaganfälle seien, die häufig dem Tod vorausgingen. »Was der Laie allgemein für den Todesengel hält, sollte den Angehörigen des Patienten, falls man es überhaupt mit ihnen erörtert, als eine kurze Reihe von Schlaganfällen dargelegt werden, die einen bereits jähen Verfall noch verschlimmern.«

Einen Augenblick lang, die Stelle im Buch mit dem Finger markierend, malte Ray sich aus, wie es wohl wäre, wenn er, über das Bett eines betagten Patienten gebeugt, sich dem Möglichen so weit öffnete, wie er konnte, und dann vielleicht etwas an sich vorbeistreifen fühlte, wie es Ruth vor so vielen Jahren auf dem Parkplatz widerfahren war.

Mr. Harvey war ziellos innerhalb des nordöstlichen Korridors herumgezogen, von den Außenbezirken Bostons bis hinunter zu den Nordspitzen der südlicheren Staaten, wo er leichter Arbeit fand und weniger Fragen begegnete und den gelegentlichen Versuch unternahm, sich zu bessern. In Pennsylvania hatte es ihm immer gefallen, und er hatte den lang gestreckten Staat kreuz und quer durchfahren und dabei manchmal am Highway ein Stück entfernt von unserer Siedlung hinter dem 7-Eleven übernachtet, wo zwischen dem rund um die Uhr geöffneten Laden und den Bahngleisen ein Wäldchen überlebt hatte und wo er jedes Mal, wenn er durchkam, mehr und mehr Blechdosen und Zigarettenstummel vorfand. Er fuhr immer noch gern nah an dem alten Viertel vorbei, wenn er konnte. Dieses Risiko ging er früh am Morgen oder spät nachts ein, wenn die Wildfasane, die früher hier im Überfluss vorhanden gewesen waren, die Straße überquerten und seine Scheinwerfer das hohle Glühen ihrer Augenhöhlen auffingen, wenn sie von einer Straßenseite zur anderen hüpften. Keine Teenager und kleinen Kinder wurden mehr losgeschickt, um am Rand unserer Siedlung Brombeeren zu pflücken, denn der alte Farmzaun, an dem sie so üppig gewuchert hatten, war abgerissen worden, um Platz für weitere Häuser zu schaffen. Er hatte im Laufe der Zeit gelernt, wilde Pilze zu sammeln, und labte sich manchmal an ihnen, wenn er auf den überwucherten Wiesen des Valley Forge Park übernachtete. In einer solchen Nacht sah ich ihn auf zwei Camper-Neulinge stoßen, die gestorben waren, nachdem sie die giftigen Doppelgänger von Champignons gegessen hatten. Sanft streifte er ihnen sämtliche Wertsachen vom Körper und zog dann weiter.

Hal und Nate und Holiday waren die Einzigen, die Buckley je in seine Festung ließ. Das Gras unter den Findlingen ging ein, und wenn es regnete, war das Innere des Forts eine stinkende Pfütze, aber es blieb stehen, obgleich Buckley es immer seltener benutzte, und es war Hal, der ihm schließlich vorschlug, Verbesserungen vorzunehmen.

»Wir müssen es wasserdicht machen, Buck«, sagte Hal eines Tages. »Du bist zehn – alt genug, um mit einer Dichtungspistole umzugehen.«

Und Grandma Lynn konnte einfach nicht dagegen an, sie liebte Männer. Sie ermutigte Buck, zu tun, was Hal sagte, und wenn sie wusste, dass Hal zu Besuch kam, machte sie sich fein.

»Was tust du da?«, fragte mein Vater eines Samstagmorgens, aus seinem Arbeitszimmer gelockt von dem süßen Duft nach Zitronen und Butter und goldenem Teig, der in Backformen aufging.

»Ich backe Muffins«, sagte Grandma Lynn.

Mein Vater starrte sie an, als ob sie verrückt wäre. Er war noch im Morgenmantel, sie dagegen trug, obwohl es schon um zehn Uhr vormittags über dreißig Grad waren, eine Strumpfhose und Make-up. Dann bemerkte er draußen im Garten Hal in einem Unterhemd.

»Mein Gott, Lynn«, sagte er. »Der Knabe ist jung genug …«

»Aber er ist göttlich!«

Mein Vater schüttelte den Kopf und setzte sich an den Küchentisch. »Wann sind die Liebes-Muffins denn fertig, Mata Hari?«

Len wollte den Anruf, den er im Dezember 1981 aus Delaware bekam, wo ein Mord in Wilmington mit einer Mädchenleiche in Verbindung gebracht worden war, die man 1976 in Connecticut gefunden hatte, gar nicht entgegennehmen. Ein Ermittler hatte in seinen Überstunden den Pennsylvania-Anhänger in dem Connecticut-Fall gewissenhaft zu einer Liste der bei meinem Mord verloren gegangenen Gegenstände zurückverfolgt.

»Die Akte ist abgelegt«, teilte Len dem Mann am anderen Ende mit.

»Wir wüssten gern, was Sie haben.«

»George Harvey«, sagte Len so laut, dass die Beamten an den Nachbarschreibtischen sich nach ihm umdrehten. »Das Verbrechen wurde im Dezember 1973 begangen. Das Mordopfer war Susie Salmon, vierzehn.«

»Gibt's eine Leiche von der Simon?«

»Salmon, Lachs, wie der Fisch. Wir haben einen Ellbogen gefunden«, sagte Len.

»Hat sie Familie?«

»Ja.«

»Connecticut hat Zähne. Haben Sie ihren Zahnstatus?«

»Ja.«

»Das könnte der Familie Kummer ersparen«, sagte der Mann zu Len.

Len marschierte noch einmal zu der Beweismittelkiste, die er nie wieder zu sehen gehofft hatte. Er würde meine Familie anrufen müssen. Doch er würde so lange wie möglich damit warten, bis er sicher war, dass der Ermittler in Delaware etwas in der Hand hatte.

Seit Samuel Hal vor fast acht Jahren von der Zeichnung erzählt hatte, die Lindsey gestohlen hatte, arbeitete sich Hal in aller Ruhe durch das Netzwerk seiner Motorradfahrer-Freunde, um George Harvey aufzuspüren. Aber auch er hatte sich wie Len geschworen, nichts zu melden, ehe er sicher war, dass es sich wirklich um eine Spur handelte. Und er war sich nie sicher gewesen. Als eines späten Abends ein Hell's Angel namens Ralph Cichetti, der offen darüber sprach, im Gefängnis gewesen zu sein, sagte, er glaube, seine Mutter sei von einem Mann umgebracht worden, an den sie ein Zimmer vermietet hatte, fing Hal an, seine üblichen Fragen zu stellen. Fragen, die Ausschlusscharakter hinsichtlich Größe und Gewicht und Tätigkeit hatten. Allerdings schien der Mord selbst zu unterschiedlich zu sein. Sophie Cichetti war neunundvierzig gewesen. Sie war bei sich zu Hause mit einem stumpfen Gegenstand getötet worden, und ihre sonst unversehrte Leiche hatte man in der Nähe gefunden. Hal hatte genügend Bücher über Verbrechen gelesen, um zu wissen, dass Mörder sich an ganz bestimmte für sie bedeutsame Handlungsmuster hielten. Deshalb gingen sie, während Hal die Kette an Cichettis baufälliger Harley justierte, zu anderen Themen über und schwiegen dann. Erst als Cichetti noch etwas erwähnte, sträubte sich jedes Haar in Hals Nacken.

»Der Typ hat Puppenhäuser gebaut«, sagte Ralph Cichetti.

Hal ließ sich mit Len verbinden.

Jahre verstrichen. Die Bäume in unserem Garten wurden größer. Ich beobachtete meine Angehörigen und meine Freunde und Nachbarn, die Lehrer, die ich gehabt oder in meiner Vorstellung gehabt, die Highschool, von der ich geträumt hatte. Wenn ich im Pavillon saß, tat ich so, als säße ich stattdessen auf dem obersten Ast des Ahorns, unter dem mein Bruder einen Stock verschluckt hatte und immer noch mit Nate Verstecken spielte, oder ich saß auf dem Geländer eines Treppenhauses in New York und wartete darauf, dass Ruth vorbeikam. Ich lernte gemeinsam mit Ray. Fuhr an einem warmen Nachmittag voll salziger Luft mit meiner Mutter den Pacific Coast Highway entlang. Aber ich beendete jeden Tag mit meinem Vater in seinem Arbeitszimmer.

Die Momentaufnahmen, die ich mit meinen ständigen Beobachtungen gesammelt hatte, speicherte ich im Geiste ab, und ich konnte nachvollziehen, wie ein Ereignis – mein Tod – diese Bilder mit einem einzigen Ursprung verband. Niemand hätte voraussagen können, wie mein Verlust kurze Augenblicke auf Erden verändern würde. Doch ich hielt fest an diesen Augenblicken, hortete sie. Keiner von ihnen war verloren, solange ich da war und zuschaute.

Eines Tages bei der Abendandacht, während Holly ihr Saxofon spielte und Mrs. Bethel Utemeyer einfiel, sah ich ihn: Holiday, der an einem flauschigen, weißen Samojeden vorüberrannte. Auf Erden hatte er ein hohes Alter erreicht und zu Füßen meines Vaters geschlafen, nachdem meine Mutter gegangen war, weil er ihn nicht aus den Augen lassen wollte. Er hatte dabeigestanden, als Buckley sein Fort baute, und war der Einzige, der mit auf der Veranda sein durfte, wenn Lindsey und Samuel sich küssten. Und in den letzten Jahren seines Lebens hatte Grandma Lynn ihm jeden Sonntagmorgen einen tellergroßen Erdnussbutter-Pfannkuchen gemacht, den sie flach auf den Fußboden legte, und sie war es nie müde geworden, ihm dabei zuzusehen, wie er versuchte, ihn mit der Schnauze aufzuheben.

Ich wartete darauf, dass er mich aufspürte, weil ich unbedingt wissen wollte, ob ich hier, auf der anderen Seite, immer noch das kleine Mädchen war, neben dem er geschlafen hatte. Ich musste nicht lange warten: Er war so glücklich über meinen Anblick, dass er mich umrannte.

17

Mit einundzwanzig war Lindsey vieles, was ich nie sein würde, doch ich trauerte diesen Dingen kaum noch nach. Trotzdem folgte ich ihr überallhin. Ich nahm mein College-Diplom entgegen und saß auf dem Rücksitz von Samuels Motorrad, an ihn geklammert, indem ich ihm meine Arme um die Taille schlang und mich Wärme suchend an seinen Rücken presste…

Okay, es war Lindsey, das wusste ich. Aber in ihren Anblick konnte ich mich, so stellte ich fest, mehr verlieren als in den aller anderen.

Nach der Abschlussfeier an der Temple University fuhren sie und Samuel auf seinem Motorrad zurück zum Haus meiner Eltern, nachdem sie meinem Vater und Grandma Lynn wiederholt versprochen hatten, den Sekt nicht anzurühren, der in der Satteltasche des Motorrads steckte, bis sie zu Hause ankamen. »Schließlich sind wir jetzt College-Absolventen!«, hatte Samuel gesagt. Mein Vater vertraute Samuel – Jahre waren vergangen, in denen der Junge sich stets angemessen seiner überlebenden Tochter gegenüber verhalten hatte.

Aber auf dem Heimweg von Philadelphia über die Route 30 begann es zu regnen. Leicht zunächst, kleine Nadelstiche, die bei achtzig Stundenkilometern auf meine Schwester und Samuel einprasselten. Der kühle Regen traf auf die heiße, trockene Teerdecke der Straße und ließ Gerüche aufsteigen, die unter der heißen Junisonne den ganzen Tag lang in sie eingebrannt worden waren. Lindsey genoss es, den Kopf zwischen Samuels Schulterblätter gelegt, den Duft der Straße und der struppigen Sträucher und Büsche zu beiden Seiten einzuatmen. Sie erinnerte sich daran, wie in den Stunden vor dem Unwetter der Wind all die weißen Gewänder der Absolventen aufgebläht hatte, als sie vor der Macy Hall standen. Alle hatten, einen Augenblick lang nur, ausgesehen, als würden sie gleich davonschweben.

Schließlich, knapp 13 Kilometer vor der Abfahrt, die zu unserem Haus führte, wurde der Regen so stark, dass er wehtat, und Samuel rief Lindsey zu, dass er anhalten würde.

Sie gerieten auf einen stärker zugewachsenen Teil der Straße, die Art, die man zwischen zwei Großmarktgebieten findet und die nach und nach durch ein weiteres Einkaufszentrum oder einen Autozubehörladen ganz verschwindet. Das Motorrad wackelte, kippte aber auf dem nassen Kies der Böschung nicht um. Samuel bremste das Motorrad mit den Füßen mit ab, dann wartete er, wie Hal es ihm beigebracht hatte, bis meine Schwester hinuntergeklettert war, ehe er selbst abstieg.

Er klappte das Visier seines Helms hoch und schrie ihr zu: »Das ist nicht gut hier. Ich schiebe sie unter die Bäume da.«

Lindsey folgte ihm, das Geräusch des Regens gedämpft in ihrem gepolsterten Helm. Sie bahnten sich ihren Weg durch Kies und Schlamm, traten über Äste und Müll, der sich am Straßenrand angesammelt hatte. Der Regen schien immer heftiger zu werden, und meine Schwester war froh, dass sie das Kleid, das sie zur Feier getragen hatte, gegen die Lederhose und -jacke eingetauscht hatte, die Hal ihr trotz ihrer Proteste, sie sehe darin aus wie eine Lesbe, besorgt hatte.

Samuel schob das Motorrad in das Eichengehölz nahe der Straße, und Lindsey folgte. Sie hatten sich letzte Woche beim selben Frisör in der Market Street die Haare schneiden lassen, und obwohl Lindseys Haar heller und feiner war als Samuels, hatte der Frisör ihnen identische kurze Stachelfrisuren verpasst. Als sie ihre Helme abnahmen, dauerte es nur einen Moment, bis sich die großen Tropfen, die zwischen den Bäumen hindurchsickerten, in ihren Haaren verfingen und Lindseys Wimperntusche anfing zu verlaufen. Ich sah zu, wie Samuel mit dem Daumen die Spuren von Lindseys Wange wischte. »Herzlichen Glückwunsch zum College-Abschluss«, sagte er in der Gewitterdunkelheit und bückte sich, um sie zu küssen.

Seit ihrem ersten Kuss in unserer Küche zwei Wochen nach meinem Tod wusste ich, dass er – wie meine Schwester und ich mit unseren Barbies oder bei Bobby Sherman im Fernsehen immer gekichert hatten – der einzig Richtige für sie war. Als sie in Not war, war Samuel mit allem Nachdruck für sie da gewesen, und das Band zwischen ihnen hatte sich sofort verfestigt. Sie waren gemeinsam zur Temple gegangen, Seite an Seite. Er hatte das College gehasst, und sie hatte ihn vorangetrieben. Sie hatte es geliebt, und dadurch hatte er überlebt.

»Lass uns versuchen, hier im Unterholz die dichteste Stelle zu finden«, sagte er.

»Was ist mit dem Motorrad?«

»Hal wird uns wahrscheinlich abholen müssen, wenn der Regen aufhört.«

»Scheiße!«, sagte Lindsey.

Samuel lachte und griff nach ihrer Hand, um loszulaufen. Im selben Augenblick hörten sie den ersten Donnerschlag, und Lindsey fuhr zusammen. Er packte sie fester. Der Blitz war noch in der Ferne, und der nachfolgende Donner würde lauter werden. Für sie war Gewitter nie dasselbe gewesen wie für mich. Es machte sie schreckhaft und nervös. Sie sah gespaltene Bäume vor sich und brennende Häuser und Hunde, die überall in den Vororten in Kellern kauerten.

Sie liefen durch das Unterholz, das trotz der Bäume allmählich klitschnass wurde. Obgleich erst früher Nachmittag, war es dunkel bis auf Samuels Taschenlampe. Dennoch spürten sie die Anwesenheit von Menschen. Ihre Stiefel knirschten über Blechdosen und stießen gegen leere Flaschen. Und dann, durch den dichten Pflanzenbewuchs und das Dunkel hindurch, sahen sie die zerbrochenen Fensterscheiben, die sich oben an einem alten viktorianischen Haus entlangzogen. Samuel knipste sofort die Lampe aus.

»Glaubst du, da ist jemand drin?«, fragte Lindsey.

»Es ist dunkel.«

»Es ist unheimlich.«

Sie schauten einander an, und meine Schwester sprach aus, was sie beide dachten. »Es ist trocken!«

Sie hielten sich in dem starken Regen an den Händen und rannten, so schnell sie konnten, auf das Haus zu, wobei sie bemüht waren, in dem zunehmenden Matsch nicht zu stolpern oder auszurutschen.

Als sie näher kamen, konnte Samuel die steile Schräge des Daches und das kleine Holzkreuz erkennen, das vom Giebel herabhing. Die meisten Fenster im Erdgeschoss waren mit Brettern zugenagelt worden, aber die Haustür schwang auf ihren Scharnieren hin und her und knallte dabei an die verputzte Wand im Innern. Obgleich ein Teil von ihm am liebsten draußen im Regen gestanden und die Traufe und Simse angestarrt hätte, stürzte er mit Lindsey ins Haus. Sie standen ein kleines Stück hinter der Tür, bibbernd, und schauten hinaus in den vor-vorstädtischen Wald, der sie umgab. Rasch suchte ich die Zimmer des alten Hauses ab. Sie waren allein. Keine gruseligen Monster lauerten in den Ecken, keine Landstreicher hatten hier Wurzeln geschlagen.

Mehr und mehr dieser unerschlossenen Flecken verschwanden von der Bildfläche, aber sie hatten mehr als alles andere meine Kindheit gekennzeichnet. Wir wohnten in einer der ersten Siedlungen, die auf dem ehemaligen Farmgelände errichtet worden waren – eine Siedlung, die Vorbild und Inspiration war für das, was mir jetzt als endlose Anzahl erschien –, doch meine Fantasie hatte sich stets an dem Straßenabschnitt entzündet, in dem es nicht von bunten Schindeln und Abflussrohren, gepflasterten Einfahrten und übergroßen Briefkästen wimmelte. Dasselbe galt für Samuel.

»Wow!«, sagte Lindsey. »Was glaubst du, wie alt es ist?«

Lindseys Stimme hallte von den Wänden wider, als ob sie allein in einer Kirche stünde.

»Sehen wir uns um«, sagte Samuel.

Die zugenagelten Fenster im Erdgeschoss machten es schwer, etwas zu sehen, aber mit Hilfe von Samuels Taschenlampe erkannten sie einen Kamin und eine Schutzleiste für Stühle an der Wand.

»Schau dir den Fußboden an«, sagte Samuel. Er kniete sich, sie mitziehend, hin. »Siehst du, dass er mit Nut und Feder verarbeitet ist? Die Leute hier hatten mehr Geld als ihre Nachbarn.«

Lindsey lächelte. Ebenso wie Hal nichts interessierte als das Innenleben von Motorrädern, war Samuel immer besessener vom Zimmerhandwerk.

Er strich mit den Fingern über den Boden und veranlasste auch Lindsey dazu. »Was für ein wunderbares altes Wrack«, sagte er.

»Viktorianisch?«, fragte Lindsey, ratend, so gut sie konnte.

»Es haut mich vom Stuhl«, sagte Samuel, »aber ich glaube,

es ist Gothic Revival. Mir ist die Querverstrebung an der Giebelverzierung aufgefallen, und das heißt, es wurde nach 1860 gebaut.«

»Sieh mal«, sagte Lindsey.

In der Mitte des Fußbodens hatte jemand vor langer Zeit ein Feuer gemacht.

»Das ist *wirklich* eine Tragödie«, sagte Samuel.

»Warum haben sie nicht den Kamin benutzt? In jedem Zimmer ist einer.«

Doch Samuel war damit beschäftigt, durch das Loch zu spähen, das das Feuer in die Decke gebrannt hatte, und er versuchte, die Muster des Balkenwerks entlang den Fensterrahmen auszumachen.

»Lass uns nach oben gehen«, sagte er.

»Ich fühle mich, als ob ich in einer Höhle wäre«, sagte Lindsey, während sie die Treppe hochstiegen. »Es ist so still hier drinnen, dass man den Regen kaum hört.«

Samuel schlug im Gehen mit der weichen Seite seiner Faust auf den Putz. »Hier könnte man jemanden einmauern.«

Und plötzlich ergab sich einer jener unangenehmen Augenblicke, die zu verstreichen lassen sie gelernt hatten und die ich mit Hoffnung erwartete. Es schrie geradezu nach der zentralen Frage. Wo war ich? Würde ich erwähnt, zur Sprache gebracht und meine Person erörtert werden? Meistens war die Antwort inzwischen ein enttäuschendes Nein. Es gab kein Susie-Fest mehr auf Erden.

Aber irgendetwas an dem Haus und dem Tag – Meilensteine wie Schulabschlüsse und Geburtstage bedeuteten immer, dass ich lebendiger war, höherrangig in ihren Gedanken – ließ Lindsey länger bei mir verweilen, als sie es normalerweise getan hätte. Trotzdem sagte sie nichts. Sie erinnerte sich an das rauschhafte Gefühl, das sie in Mr. Harveys Haus gehabt und seither oft verspürt hatte – dass ich irgendwie bei ihr war, in ihren Gedanken und Gliedmaßen – und mich gemeinsam mit ihr bewegte wie ein Zwilling.

Am Ende der Treppe fanden sie den Eingang zu dem Zimmer vor, zu dem sie emporgestarrt hatten.

»Ich will dieses Haus«, sagte Samuel.

»Was?«

»Das Haus braucht mich, ich spüre es.«

»Vielleicht solltest du warten, bis die Sonne rauskommt, ehe du dich entscheidest«, erwiderte sie.

»Es ist das Schönste, was ich je gesehen habe«, sagte er.

»Samuel Heckler«, spottete meine Schwester, »der Alles-Reparierer.«

»Du musst gerade reden«, sagte er.

Sie standen einen Augenblick lang schweigend da und rochen die feuchte Luft, die durch den Schornstein kam und den Raum überflutete. Trotz des Geräusches, das der Regen machte, fühlte sich Lindsey wie in einem Versteck, sicher geborgen in einem abgelegenen Winkel der Welt mit dem einen Menschen, den sie mehr liebte als alle anderen.

Sie nahm seine Hand, und ich stieg mit ihnen hinauf zum Eingang zu einem kleinen Zimmer ganz vorn. Es ragte über den Raum im unteren Geschoss hinaus, der der Hausflur gewesen sein musste, und war achteckig.

»Erker«, sagte Samuel. »Die Fenster« – er wandte sich Lindsey zu – »wenn die Fensterfront so einen winzigen Raum bildet, das nennt man einen Erker.«

»Machen sie dich an?«, fragte Lindsey lächelnd.

Ich ließ sie in Regen und Dunkelheit zurück. Ich fragte mich, ob Lindsey wohl bemerkte, dass, als sie und Samuel begannen, die Reißverschlüsse ihrer Ledersachen aufzuziehen, das Blitzen aufhörte und das Grollen in der Kehle Gottes – jener beängstigende Donner – verstummte.

In seinem Arbeitszimmer streckte mein Vater die Hand nach der Schneekugel aus und ergriff sie. Das kalte Glas an seinen Fingern tröstete ihn, und er schüttelte sie, um zuzuschauen, wie der Pinguin verschwand und dann langsam unter dem sacht fallenden Schnee wieder zum Vorschein kam.

Hal hatte es von der Abschlussfeier auf seinem Motorrad zurückgeschafft, aber statt dass das meinen Vater beruhigt hätte – immerhin war es eine gewisse Garantie dafür, dass ein Motorrad dem Unwetter trotzen und seinen Fahrer sicher nach Hause bringen konnte – schienen sich im Gegenteil die möglichen Gefahren in seiner Phantasie noch zu vervielfältigen.

Er hatte bei Lindseys Abschlussfeier etwas empfunden, was man als schmerzliches Entzücken bezeichnen könnte. Buckley hatte neben ihm gesessen und ihm pflichtbewusst souffliert, wann er zu lächeln oder sonstwie zu reagieren hatte. Oft wusste er selbst, wann, doch seine Synapsen waren mittlerweile nicht mehr so schnell wie die normaler Leute – so erklärte er es sich jedenfalls. Es war wie die Reaktionszeit in den Versicherungsfällen, die er bearbeitete. Für die meisten Menschen gab es eine durchschnittliche Anzahl von Sekunden zwischen dem Zeitpunkt, zu dem sie etwas kommen sehen – ein anderes Auto, einen Steinbrocken, der eine Böschung herunterrollt – und dem Zeitpunkt, zu dem sie reagieren. Die Reaktionszeiten meines Vaters waren länger als die meisten, als ob er sich in einer Welt bewegte, in der eine erdrückende Unausweichlichkeit ihn jeder Hoffnung auf genaue Wahrnehmung beraubt hatte.

Buckley klopfte an die halb offene Tür zum Arbeitszimmer meines Vaters.

»Komm rein«, sagte er.

»Sie kommen schon klar, Dad.« Mit zwölf war mein Bruder ernst und rücksichtsvoll geworden. Wenn er auch nicht für das Essen bezahlte oder die Mahlzeiten zubereitete, er managte das Haus.

»Du hast gut ausgesehen in deinem Anzug, Junge«, sagte mein Vater.

»Danke.« Das war meinem Bruder wichtig. Er hatte meinen Vater stolz auf ihn machen wollen und einige Zeit auf sein Äußeres verwendet, sogar Grandma Lynn morgens gebeten, ihm dabei zu helfen, seinen Pony zu schneiden, der ihm in die Augen fiel.

Mein Bruder war in der schlimmsten Phase des langsamen Erwachsenwerdens. Meistens versteckte er seinen Körper in weiten T-Shirts und schlabberigen Jeans, aber heute hatte es ihm gefallen, den Anzug zu tragen. »Hal und Grandma warten unten auf uns«, sagte er.

»Ich komme gleich runter.«

Buckley machte die Tür zu, diesmal ganz, sodass der Schnapper ins Schloss fiel.

Im Herbst hatte mein Vater den letzten Film entwickeln lassen, den ich in meinem Kleiderschrank in dem Karton mit der Aufschrift »Filme, die erst mal hier bleiben« aufbewahrt hatte, und jetzt zog er, wie er es oft tat, wenn er eine freie Minute vor dem Abendessen hatte oder etwas im Fernsehen sah oder einen Artikel in der Zeitung las, der ihm das Herz zerriss, seine Schreibtischschublade auf und nahm die Fotos behutsam in die Hand.

Er hatte mir wiederholt Vorträge darüber gehalten, dass das, was ich meine »künstlerischen Schnappschüsse« nannte, reine Verwegenheit sei, aber das beste Porträt, das er von sich hatte, war eins, das ich im Schrägformat gemacht hatte, sodass sein Gesicht das acht mal acht Zentimeter große Quadrat, wenn man es vor sich hielt, wie einen Diamanten ausfüllte.

Ich muss seinen Hinweisen zu Aufnahmewinkeln und

Komposition wohl gelauscht haben, als ich die Bilder machte, die er nun in der Hand hatte. Er hatte keine Ahnung gehabt, in welche Reihenfolge die Filme gehörten oder was sie abbildeten, als er sie entwickeln ließ. Es gab eine übermäßige Anzahl Fotos von Holiday und einige Schnappschüsse von meinen Füßen oder dem Gras. Graue, verwischte Flecken, die Vögel sein sollten, und der grobkörnige Versuch eines Sonnenuntergangs über der verschiedenfarbigen Weide. Aber irgendwann hatte ich beschlossen, Porträts von meiner Mutter zu machen. Als er den Film beim Fotohändler abgeholt hatte, setzte sich mein Vater ins Auto und starrte die Fotos einer Frau an, die er kaum noch zu kennen meinte.

Seit damals hatte er diese Fotos unzählige Male hervorgeholt, doch jedes Mal, wenn er in das Gesicht dieser Frau schaute, hatte er gespürt, wie etwas in ihm wuchs. Er brauchte lange, um zu erkennen, was es war. Erst vor kurzem hatten seine verwundeten Synapsen ihm erlaubt, es zu benennen. Er hatte sich aufs Neue verliebt.

Er verstand nicht, wie zwei Menschen, die miteinander verheiratet waren, die einander jeden Tag sahen, vergessen konnten, wie der jeweils andere aussah, doch wenn er hätte beschreiben müssen, was geschehen war, so war es genau das. Und die letzten beiden Fotos auf dem Film lieferten den Schlüssel dazu. Er war von der Arbeit nach Hause gekommen – ich entsinne mich, wie ich versucht hatte, die Aufmerksamkeit meiner Mutter zu fesseln, als Holiday bellte, der das Auto in die Garage fahren hörte.

»Er kommt ja gleich«, sagte ich. »Halt still.« Und das tat sie. Ein Teil dessen, was ich am Fotografieren liebte, war die Macht, die es mir über die Menschen auf der anderen Seite der Kamera verlieh, sogar über meine eigenen Eltern.

Aus dem Augenwinkel sah ich meinen Vater durch das Seitentor in den Garten treten. Er trug seine dünne Aktentasche, die Lindsey und ich vor Jahren einmal aufgeregt durchsucht hatten, nur um festzustellen, dass für uns wenig Interessantes darin war. Während er sie abstellte, schoss ich das letzte Einzelfoto von meiner Mutter. Schon damals hatte ihr Blick abgelenkt und besorgt gewirkt, hatte begonnen, abzutauchen und sich irgendwie zu maskieren. Auf dem nächsten Foto war die Maske beinahe, aber nicht ganz, an Ort und Stelle, und auf dem letzten, als mein Vater sich leicht vorbeugte, um sie auf die Wange zu küssen, war sie da.

»Habe ich dir das angetan?«, fragte er ihr Konterfei, während er die Bilder von meiner Mutter, die jetzt aufgereiht vor ihm lagen, anstarrte. »Wie ist das passiert?«

»Das Gewitter hat aufgehört«, sagte meine Schwester. Die Feuchtigkeit auf ihrer Haut war jetzt kein Regen mehr, sondern Schweiß.

»Ich liebe dich«, sagte Samuel.

»Ich weiß.«

»Nein, ich meine, ich liebe dich, und ich möchte dich heiraten, und ich möchte in diesem Haus leben!«

»Was?«

»Dieser grässliche, grässliche College-Scheiß ist überstanden!«, schrie Samuel. Der kleine Raum absorbierte seine Stimme, warf kaum ein Echo zurück von den dicken Wänden.

»Nein, für mich nicht«, sagte meine Schwester.

Samuel erhob sich vom Fußboden, wo er neben meiner Schwester gelegen hatte, und sank vor ihr auf die Knie. »Heirate mich.«

»Samuel?«

»Ich habe es satt, immer das Richtige zu tun. Heirate mich, und ich mache etwas Fantastisches aus diesem Haus.«

»Und wer sorgt für unseren Unterhalt?«

»Wir«, sagte er, »irgendwie.«

Sie setzte sich auf und kniete sich dann ebenfalls hin. Sie waren beide halb angekleidet und fingen an zu frieren, als ihre Hitze sich verflüchtigte.

»Okay.«

»Okay?«

»Ich glaube, ich kann«, sagte meine Schwester. »Ja, meine ich!«

Manche Klischees verstand ich erst, wenn sie mit Höchstgeschwindigkeit in meinen Himmel vordrangen. Ich hatte noch nie ein Huhn mit abgetrenntem Kopf gesehen. Es hatte mir nie viel bedeutet, außer, dass es etwas war, das so ähnlich behandelt worden war wie ich. Aber in diesem Moment rannte ich in meinem Himmel herum wie … ein kopfloses Huhn! Ich war so glücklich, dass ich immer und immer wieder laut aufschrie. Meine Schwester! Mein Samuel! Mein Traum!

Sie weinte, und er hielt sie in seinen Armen und wiegte sie.

»Bist du glücklich, Schatz?«, fragte er.

Sie nickte an seiner nackten Brust. »Ja«, sagte sie, dann erstarrte sie. »Mein Dad.« Sie hob den Kopf und blickte Samuel an. »Ich weiß, dass er sich Sorgen macht.«

»Ja«, sagte er, ein Versuch, zusammen mit ihr umzuschalten.

»Wie viele Kilometer sind es von hier bis nach Hause?«

»Sechzehn vielleicht«, sagte Samuel. »Vielleicht dreizehn.«

»Das könnten wir schaffen«, sagte sie.

»Du bist verrückt.«

»Wir haben Turnschuhe in der anderen Satteltasche.«

In Leder konnten sie nicht rennen, deshalb trugen sie ihre Unterwäsche und T-Shirts und kamen Flitzern damit so nahe wie noch nie jemand in meiner Familie. Samuel lief, wie er es seit Jahren tat, ein Stück voran, um meine Schwester zu ermuntern. Es waren kaum Autos auf der Straße, doch wenn eins vorbeifuhr, schoss aus den Pfützen am Straßenrand eine Wasserwand hoch, die die zwei keuchend nach Luft ringen ließ. Beide waren schon früher bei Nässe gerannt, aber nie in so starkem Regen. Sie machten ein Spiel daraus, wer am meisten Schutz fand, während sie Kilometer um Kilometer liefen, indem sie sich immer wieder unter überhängende Bäume duckten, auch wenn dabei Erde und Schmutz von der Straße ihre Beine bespritzten. Ab Kilometer sechs jedoch schwiegen sie und trieben ihre Füße in einem natürlichen Rhythmus an, den sie beide seit Jahren kannten, und konzentrierten sich auf das Geräusch ihres eigenen Atems und das Geräusch ihrer nassen Schuhe auf dem Pflaster.

Irgendwann, als sie durch eine der großen Pfützen platschte, denen sie nicht mehr auszuweichen versuchte, dachte Lindsey an das örtliche Schwimmbad, in dem wir Dauergäste gewesen waren, bis mein Tod die angenehm öffentliche Existenz meiner Familie zum Stillstand brachte. Es war irgendwo an dieser Straße gewesen, aber sie hob den Kopf nicht, um nach dem vertrauten Maschendrahtzaun Ausschau zu halten. Stattdessen kam ihr eine Erinnerung. Sie und ich waren unter Wasser in unseren Badeanzügen mit den gekrausten Volants. Beide hatten wir unter Wasser die Augen offen, eine neue Fähigkeit – neuer noch für sie –, und wir schauten einander an, während unsere Körper einzeln unter Wasser schwebten. Dahintreibende Haare, dahintreibende kleine Volants, die Wangen gebläht von angehaltener Luft. Dann, gleichzeitig, packten wir einander und schossen aus dem Wasser empor, seine Oberfläche durchbrechend. Wir sogen Luft in unsere Lungen – es knallte in den Ohren – und lachten gemeinsam.

Ich sah zu, wie meine schöne Schwester mit pumpenden

Lungen und flinken Beinen, die im Schwimmbad erlernte Fähigkeit noch vorhanden, rannte – wie sie sich mühte, durch den Regen hindurch zu sehen, sich mühte, in dem von Samuel vorgegebenen Tempo immer wieder die Beine zu heben, und ich wusste, dass sie nicht von mir weg- oder auf mich zurannte. Wie bei jemandem, der einen Bauchschuss überlebt hat, hatte sich die Wunde ganz allmählich geschlossen – in acht langen Jahren zu einer Narbe verflochten.

Als die zwei nur noch anderthalb Kilometer von unserem Haus entfernt waren, regnete es nicht mehr so heftig, und die Menschen begannen, wieder aus dem Fenster und auf die Straße zu schauen.

Samuel verlangsamte sein Tempo, und sie schloss sich an. Ihre T-Shirts hafteten an ihren Körpern wie Klebstoff.

Lindsey hatte gegen einen Krampf in der Seite angekämpft, doch als der Krampf nachließ, rannte sie wieder so schnell wie Samuel. Auf einmal hatte sie überall Gänsehaut und lächelte von einem Ohr zum andern.

»Wir heiraten!«, sagte sie, und er blieb abrupt stehen, riss sie in seine Arme, und sie küssten sich immer noch, als auf der Straße ein Auto an ihnen vorbeifuhr und der Fahrer hupte.

Als es bei uns zu Hause an der Tür klingelte, stand Hal in einer der alten, weißen Kochschürzen meiner Mutter in der Küche und schnitt Brownies für Grandma Lynn. Es gefiel ihm, Aufträge auszuführen, sich nützlich zu fühlen, und es gefiel meiner Großmutter, ihn zu beschäftigen. Sie waren ein gutes Team. Und Buckley, der junge Anstandswauwau, aß gern.

»Ich geh schon«, sagte mein Vater. Er hatte sich während des Regens mit Highballs aufrecht gehalten, gemixt, aber nicht maßvoll, von Grandma Lynn.

Jetzt war er lebhaft und besaß eine zarte Grazie wie ein Balletttänzer im Ruhestand, der nach langen Jahren der Sprünge auf einem Fuß das eine Bein dem anderen vorzieht.

»Ich habe mir solche Sorgen gemacht«, sagte er, als er die Tür öffnete.

Lindsey hatte die Arme über der Brust gekreuzt, und sogar mein Vater musste lachen, während er beiseite schaute und eilig die Decken hervorholte, die im Flurschrank aufbewahrt wurden. Samuel drapierte erst eine um Lindsey, dann hüllte mein Vater Samuels Schultern ein, so gut er konnte, und auf dem gefliesten Fußboden sammelten sich Pfützen. Als Lindsey sich eben ganz eingewickelt hatte, traten Buckley, Hal und Grandma Lynn in den Flur.

»Buckley«, sagte Grandma Lynn, »geh und hol Handtücher.«

»Seid ihr bei diesem Wetter Motorrad gefahren?«, fragte Hal ungläubig.

»Nein, wir sind gerannt«, sagte Samuel.

»Ihr seid was?«

»Los, ins Wohnzimmer«, sagte mein Vater. »Wir machen ein Feuer an.«

Während die beiden mit dem Rücken zum Feuer saßen, bibbernd zunächst, und die Brandys tranken, die Grandma Lynn ihnen von Buckley auf einem Silbertablett servieren ließ, hörten sich alle die Geschichte von dem Motorrad und dem Haus und dem achteckigen Zimmer mit den Fenstern an, das Samuel so begeistert hatte.

»Und das Motorrad ist okay?«, fragte Hal.

»Wir haben unser Bestes getan«, sagte Samuel, »aber wir werden es abholen müssen.«

»Ich bin bloß froh, dass ihr beide wohlauf seid«, sagte mein Vater.

»Wir sind Ihretwegen nach Hause gerannt, Mr. Salmon.«

Meine Großmutter und mein Bruder hatten auf der anderen Seite des Zimmers, weg vom Feuer, Platz genommen.

»Wir wollten nicht, dass sich jemand Sorgen macht«, sagte Lindsey.

»Lindsey wollte vor allem nicht, dass Sie sich Sorgen machen.«

Einen Augenblick lang war es still im Zimmer. Was Samuel gesagt hatte, stimmte natürlich, doch es wies allzu deutlich auf eine bestimmte Tatsache hin – dass Lindsey und Buckley dazu übergegangen waren, ihr Leben in direktem Hinblick darauf zu führen, welche Wirkung es auf einen zerbrechlichen Vater haben könnte.

Grandma Lynn fing den Blick meiner Schwester auf und zwinkerte. »Hal, Buckley und ich haben Brownies gemacht«, sagte sie. »Und ich habe Lasagne in der Tiefkühltruhe, die ich auftauen kann, wenn ihr wollt.« Sie stand auf und mein Bruder auch – bereit zu helfen.

»Ich hätte Lust auf Brownies, Lynn«, sagte Samuel.

»Lynn? Das gefällt mir«, sagte sie. »Wirst du denn auch anfangen, Jack ›Jack‹ zu nennen?«

»Vielleicht.«

Sobald Buckley und Grandma Lynn das Zimmer verlassen hatten, verspürte Hal eine neuartige Nervosität in der Luft. »Ich glaube, ich helfe mal mit«, sagte er.

Lindsey, Samuel und mein Vater lauschten den geschäftigen Geräuschen aus der Küche. Sie hörten die Uhr in der Ecke ticken, diejenige, die meine Mutter unsere »rustikale Großvateruhr« genannt hatte.

»Ich weiß, dass ich mir zu viele Sorgen mache«, sagte mein Vater.

»Das hat Samuel nicht so gemeint«, erwiderte Lindsey.

Samuel schwieg, und ich beobachtete ihn.

»Mr. Salmon«, sagte er schließlich – er war noch nicht ganz bereit, es mit »Jack« zu probieren. »Ich habe Lindsey gebeten, mich zu heiraten.«

Lindseys Herz war in ihrer Kehle, doch sie sah Samuel nicht an. Sie blickte auf meinen Vater.

Buckley kam mit einem Teller Brownies herein, und Hal folgte ihm mit Champagnergläsern, die ihm von den Fingern herabhingen, und einer Flasche 1978er Dom Perignon. »Von deiner Großmutter zum Collegeabschluss«, sagte Hal.

Grandma Lynn kam als Nächste, die Hände leer bis auf ihren Highball. Er fing das Licht auf und glitzerte wie ein Glas voll eisiger Diamanten.

Für Lindsey war es, als ob niemand außer ihr und meinem Vater anwesend wäre. »Was sagst du dazu, Dad?«, fragte sie.

»Ich würde sagen«, brachte er hervor, wobei er aufstand, um Samuel die Hand zu schütteln, »dass ich mir keinen besseren Schwiegersohn wünschen könnte.«

Beim Wort »Schwiegersohn« explodierte Grandma Lynn. »Mein Gott, oh, Schätzchen! Ich gratuliere!«

Selbst Buckley lockerte sich, glitt aus dem Knoten, der ihn gewöhnlich gefangen hielt, in eine seltene Munterkeit. Doch ich sah die feine, schwankende Linie, die meine Schwester noch an meinen Vater band. Die unsichtbare Schnur, die töten kann.

Der Champagnerkorken knallte.

»Wie ein Profi!«, sagte meine Großmutter zu Hal, der einschenkte.

Es war Buckley, der mich sah, während mein Vater und meine Schwester sich zu der Gruppe gesellten und Grandma Lynns zahllosen Trinksprüchen lauschten. Er sah mich unter der rustikalen Großvateruhr stehen und starrte. Er trank Champagner. Fäden flossen aus mir heraus, reckten sich, wedelten in der Luft. Jemand reichte ihm einen Brownie. Er hielt ihn in den Händen, aß aber nicht. Er sah meinen Körper und mein Gesicht, die sich nicht verändert hatten – das Haar immer noch in der Mitte gescheitelt, die Brust noch flach, die Hüften unentwickelt –, und wollte meinen Namen rufen. Es dauerte nur einen Augenblick, dann war ich verschwunden.

Im Laufe der Jahre setzte ich mich oft, wenn ich es satt hatte zu beobachten, hinten in die Züge, die in der Suburban Station von Philadelphia ein- und ausfuhren. Die Passagiere stiegen zu, und ich hörte, wie sich ihre Gespräche mit den Geräuschen der sich öffnenden und schließenden Zugtüren vermischten, den Ausrufen der Schaffner, die die Haltestellen ansagten, und dem Schlurfen und Stakkato von Schuhsohlen und hohen Absätzen, die erst auf Pflasterstein, dann auf Metall und dann mit einem weichen *Bums-Bums* auf die mit Teppich ausgelegten Gänge der Züge traten. Es war, wie Lindsey es in ihrem Training nannte, eine aktive Pause; meine Muskeln waren noch gespannt, meine Konzentration hatte aber bereits nachgelassen. Ich lauschte den Geräuschen und spürte die Bewegungen des Zuges, und manchmal konnte ich dabei die Stimmen derer hören, die nicht mehr auf der Erde lebten. Stimmen von anderen wie mir, von Zuschauern.

Fast alle im Himmel haben jemanden auf Erden, den sie beobachten, einen geliebten Menschen, einen Freund oder auch einen Fremden, der einmal gütig war, der ein warmes Essen oder ein strahlendes Lächeln für sie hatte, als sie es brauchten. Und wenn ich nicht selbst beobachtete, konnte ich die anderen zu denen sprechen hören, die sie auf Erden geliebt hatten: ebenso vergeblich wie ich, fürchte ich. Ein einseitiges Umschmeicheln und Belehren der Jungen, eine Einbahnstraße des Liebens und Begehrens ehemaliger Partner, eine einseitige Postkarte, die nie unterschrieben werden konnte.

Wenn der Zug stillstand oder zwischen 30th Street und Overbrook leise anfuhr, konnte ich sie Namen und Sätze sagen hören: »Sei bloß vorsichtig mit dem Glas.« »Sieh nach deinem Vater.« »Oh, schau nur, wie groß sie in dem Kleid aussieht.« »Ich komme gleich, Mutter.« »... Esmeralda, Sally, Lupe, Keesha, Frank ...« So viele Namen. Und dann wurde der Zug schneller, und dabei wuchs die Lautstärke dieser ungehörten Sätze stetig an; auf ihrem Höhepunkt, zwischen den Haltestellen, wurde der Lärm unserer Sehnsucht so ohrenbetäubend, dass ich die Augen öffnen musste.

Ich sah Frauen Wäsche aufhängen oder einsammeln, wenn ich aus den Fenstern der plötzlich stillen Züge spähte. Sie beugten sich über Körbe und breiteten dann weiße oder gelbe oder rosa Laken auf den Leinen aus. Ich zählte Männerunterwäsche und Jungenunterwäsche und die vertraute bonbonbunte Baumwolle von Kleinmädchenschlüpfern. Und das Geräusch, das ich ersehnte und vermisste – das Geräusch des Lebens –, trat an die Stelle des endlosen Nennens von Namen.

Nasse Wäsche: das Schnappen, das Ziehen, die nasse Schwere von Einzel- und Doppelbettlaken. Wirkliche Laute, die mir die erinnerten Laute aus der Vergangenheit zurückbrachten, als ich unter den tropfenden Sachen lag, um mit der Zunge Wasser aufzufangen, oder zwischen ihnen umherrannte, als wären sie Leitkegel, und Lindsey jagte oder von Lindsey hin- und hergejagt wurde. Und dazu gesellte sich die Erinnerung an meine Mutter, die uns ermahnte, mit unseren mit Erdnussbutter verschmierten Händen nicht die guten Laken anzufassen, oder die von den klebrigen Zitronendropsflecken redete, die sie auf den Hemden unseres Vaters entdeckt hatte. Auf diese Weise trafen der Anblick und Geruch des Wirklichen, des Imaginären und des Erinnerten für mich zusammen.

Nachdem ich mich an jenem Tag von der Erde abgewandt hatte, fuhr ich mit den Zügen, bis ich nur noch an eines denken konnte:

»Halt still«, sagte mein Vater, während ich das Schiff in der Flasche hielt und er die Fäden abbrannte, mit denen er den Mast hochgezogen und den Klipper auf sein blaues Meer aus Kitt entlassen hatte. Und ich wartete auf ihn und war mir der Spannung des Augenblicks bewusst, in dem die Welt in der Flasche ausschließlich von mir abhing.

18

Als ihr Vater am Telefon das Schlundloch erwähnte, war Ruth in dem begehbaren Wandschrank, den sie auf der First Avenue gemietet hatte. Sie zwirbelte sich die lange, schwarze Schnur des Apparats um Handgelenk und Arm und gab kurze, abgehackte, bestätigende Antworten. Die alte Frau, die ihr den Wandschrank vermietete, hörte gern mit, deshalb versuchte Ruth, am Telefon nicht viel zu sagen. Sie würde später von der Straße aus ein R-Gespräch zu sich nach Hause anmelden und einen Besuch planen.

Sie hatte gewusst, dass sie eine Wallfahrt dorthin machen würde, ehe die Bauunternehmer es zuschütteten. Ihre Fasziniertheit von Orten wie dem Schlundloch war ein Geheimnis, das sie ebenso bewahrte wie meine Ermordung und unser Zusammentreffen auf dem Lehrerparkplatz. All das wollte sie in New York nicht preisgeben, wo sie andere ihre betrunkenen Kneipengeschichten erzählen hörte, ihre Familien und ihre Traumata für Beliebtheit und Alkohol entwürdigen sah. Derartige Dinge, fand sie, sollten nicht herumgereicht werden wie verlogene Partygeschenke. Mit ihren Tagebüchern und ihren Gedichten hielt sie sich an einen Ehrenkodex. »Nach innen, nach innen«, pflegte sie sich leise zuzuflüstern, wenn sie den Drang verspürte, sich mitzuteilen, und sie machte dann lange Spaziergänge durch die Stadt, wo sie statt ihrer das Stolfuzsche Maisfeld vor Augen hatte oder ein Bild von ihrem Vater, der auf Stücke geborgenen alten Stucks starrte. New York lieferte eine perfekte Kulisse für ihre Gedanken. Obwohl sie sich mit entschiedenem Stampfen in ihre Straßen und Gassen stürzte, hatte die Stadt selbst sehr wenig mit ihrem Innenleben zu tun.

Sie sah nicht mehr gehetzt aus wie noch in der Highschool, aber trotzdem, wenn man ihr genau in die Augen schaute, erkannte man die sprunghafte, behende Energie, die die Leute oft nervös machte. Sie sah aus wie jemand, der ständig nach etwas oder jemandem Ausschau hielt, das oder der noch nicht eingetroffen war. Ihr ganzer Körper schien sich fragend nach vorn zu neigen, und obgleich man ihr in der Bar, wo sie arbeitete, schon gesagt hatte, sie habe schönes Haar oder schöne Hände oder, bei den seltenen Gelegenheiten, wenn einer ihrer Kunden sie hinter dem Tresen hervorkommen sah, schöne Beine, sagte keiner jemals etwas über ihre Augen.

Hastig zog sie sich schwarze Strumpfhosen, einen kurzen, schwarzen Rock, schwarze Stiefel und ein schwarzes T-Shirt an, alle fleckig, weil sie sowohl als Arbeitskleidung als auch als Alltagskleidung dienen mussten. Die Flecken sah man nur im Sonnenlicht, sodass Ruth sie immer erst später bemerkte, wenn sie in einem Straßencafé eine Tasse Kaffee trank und auf ihren Rock blickte und die dunklen Spuren von vergossenem Wodka oder Whiskey entdeckte. Der Alkohol machte das schwarze Tuch noch schwärzer. Das belustigte sie; sie hatte in ihrem Tagebuch notiert:

»Schnaps hat ebenso eine Wirkung auf Stoff wie auf Menschen.«

Sobald sie das Apartment verlassen hatte und zu einem Café auf der First Avenue unterwegs war, dachte sie sich insgeheim Gespräche mit den aufgedunsenen Schoßhunden – Chihuahuas und Spitze – aus, die die ukrainischen Frauen auf dem Schoß hielten, während sie auf ihrer Türschwelle saßen. Ruth mochte die feindseligen kleinen Hunde, die inbrünstig bellten, wenn sie vorbeiging.

Dann lief sie, schritt energisch aus, ging mit einem Schmerz, der durch die Erde nach oben und in die Ferse ihres zielstrebigen Fußes drang. Niemand grüßte sie außer Sonderlingen, und sie machte ein Spiel daraus, wie viele Straßen sie durchlaufen konnte, ohne des Verkehrs wegen stehen bleiben zu müssen. Sie verlangsamte ihren Schritt für niemanden und sezierte Gruppen von NYU-Studenten oder alte Frauen mit ihren Wäschekarren bei lebendigem Leibe, indem sie rechts und links von ihr Windstöße erzeugte. Sie stellte sich gern vor, dass die Welt ihr im Vorübergehen nachschaute, aber sie wusste auch, wie anonym sie war. Außer während der Arbeit wusste keiner, wo sie sich zu einer bestimmten Tageszeit befand, und keiner wartete auf sie. Es war eine makellose Anonymität.

Sie wusste nicht, dass Samuel meiner Schwester einen Heiratsantrag gemacht hatte, und falls es nicht durch Ray zu ihr durchsickerte, dem einzigen Menschen aus der Schulzeit, mit dem sie in Kontakt geblieben war, würde sie es auch nie erfahren. Als sie noch zur Fairfax ging, hatte sie gehört, dass meine Mutter fortgegangen war. Eine erneute Welle des Getuschels war durch die Highschool geschwappt, und Ruth hatte beobachtet, wie meine Schwester, so gut sie konnte, damit fertig wurde. Gelegentlich begegneten sich die beiden im Flur. Dann sagte Ruth ein paar unterstützende Worte, wenn sie sie äußern konnte, ohne Lindsey, wie sie glaubte, damit zu schaden, dass sie mit ihr redete. Ruth kannte ihren Status als Freak in der Schule und wusste, dass ihre eine gemeinsame Nacht auf dem Begabten-Symposion genau das gewesen war, als das es ihr erschienen war – ein Traum, in dem losgelassene Elemente außerhalb des verdammenden Regelwerks der Schule ungefragt zusammentrafen.

Doch Ray war anders. Ihre Küsse und ihr frühes Stoßen und Reiben waren Gegenstände unter Glas für sie – Erinnerungen, die sie konserviert hatte. Sie sah ihn jedes Mal, wenn sie ihre Eltern besuchte, und hatte sofort gewusst, dass es Ray sein würde, den sie zum Schlundloch mitnahm. Er würde froh sein über den Urlaub von seiner ständigen Uni-Paukerei, und wenn sie Glück hatte, würde er ihr, was er oft tat, ein medizinisches Verfahren schildern, das er beobachtet hatte. Rays Art und Weise, solche Vorgänge zu beschreiben, gab ihr das Gefühl, genau zu wissen, wie sie sich anfühlten – nicht nur, wie sie aussahen. Er konnte alles ganz plastisch für sie machen, mit kleinen verbalen Impulsen, derer er sich gar nicht bewusst war.

Auf der First Avenue in nördlicher Richtung unterwegs, konnte sie alle Orte abhaken, an denen sie früher schon stehen geblieben war, überzeugt davon, dass sie auf eine Stelle gestoßen war, wo eine Frau oder ein Mädchen ermordet worden war. Sie versuchte, sie am Ende jedes Tages in ihrem Tagebuch aufzulisten, aber oft war sie so sehr in Anspruch genommen von dem, was ihrer Meinung nach vielleicht in diesem oder jenem dunklen Hauseingang oder Gässchen geschehen war, dass sie die simpleren, offensichtlicheren Todesfälle von Frauen vernachlässigte, über die sie in der Zeitung gelesen hatte und deren Gräber sie aufsuchte.

Sie wusste nicht, dass sie im Himmel so etwas wie eine Berühmtheit war. Ich hatte den Leuten von ihr erzält, von dem, was sie tat, dass sie überall in der Stadt Augenblicke der Stille aufspürte und kleine, persönliche Gebete in ihr Tagebuch schrieb, und die Geschichte hatte sich so rasch verbreitet, dass die Frauen Schlange standen, um zu erfahren, ob sie den Ort ihrer Ermordung gefunden hatte. Sie hatte Fans im Himmel, obwohl sie mit Enttäuschung festgestellt hätte, dass diese Fans häufig, wenn sie zusammenkamen, eher einem Haufen Teenager glichen, die in eine Ausgabe von *TeenBeat* vertieft sind, als Ruths Bild von leise klagenden Stimmen, arrangiert für eine himmlische Kesselpauke.

Ich war diejenige, die ihr folgte und zuschaute, und im Gegensatz zu dem flatterhaften Chor fand ich diese Momente oft ebenso schmerzlich wie erstaunlich. Ruth sah ein Bild vor sich, und es brannte sich in ihr Gedächtnis ein. Manchmal waren es nur kurz aufblitzende Szenen – ein Sturz die Treppe herab, ein Schrei, ein Schubs, das festere Zupacken von Händen um einen Hals –, und andere Male war es, als ob in ihrem Kopf ein vollständiger Ablauf ausgesponnen würde, der genauso lange dauerte, wie das Mädchen oder die Frau zum Sterben brauchte.

Keiner auf der Straße dachte sich etwas bei dem schwarz gekleideten Downtown-Mädchen, das mitten im Midtown-Fußgängerverkehr stehen blieb. In ihrer Kunststudentinnentarnung konnte sie ganz Manhattan durchstreifen und war, wenn sie schon nicht damit verschmolz, einfach zu klassifizieren und folglich zu übersehen. Für uns dagegen erledigte sie eine wichtige Aufgabe, eine Aufgabe, die die meisten Menschen auf Erden aus lauter Angst nicht einmal in Betracht zogen.

Am Tag nach Lindseys und Samuels College-Abschluss gesellte ich mich auf ihrem Spaziergang zu ihr. Bis sie den Central Park erreichte, war es weit über die Mittagszeit hinaus, aber der Park war nach wie vor sehr bevölkert. Pärchen saßen auf dem gemähten Gras der Sheep Meadow. Ruth starrte sie an. Ihre Intensität wirkte störend an einem sonnigen Nachmittag, und wenn junge Männer mit offenen Blicken ihrer ansichtig wurden, schlugen sie die Augen nieder oder schauten beiseite.

Im Zickzack durchquerte sie den Park. Es gab offenkundige Orte, die sie aufsuchen konnte, etwa die Wäldchen, um die Geschichte der Gewalt dort zu dokumentieren, ohne auch nur zwischen den Bäumen herauszutreten, doch sie zog die Orte vor, die die Leute für sicher hielten. Die kühl schimmernde Fläche des Ententeichs, der sich in der geschäftigen Südostecke des Parks versteckte, oder den friedlichen künstlichen See, auf dem alte Männer wunderschöne handgeschnitzte Boote segeln ließen.

Sie setzte sich an einem Weg, der zum Central-Park-Zoo führte, auf eine Bank und schaute über den Kies hinweg auf Kinder mit ihren Kindermädchen und vereinzelte Erwachsene, die im Schatten oder in der Sonne lasen. Sie war müde von ihrem langen Spaziergang, holte aber trotzdem ihr Tagebuch aus der Tasche. Sie legte es offen in ihren Schoß und hielt den Stift als ihr Requisit zum Nachdenken. Es war besser, auszusehen, als wäre man mit etwas beschäftigt, wenn man in die Ferne starrte, hatte Ruth gelernt. Ansonsten kamen mit großer Wahrscheinlichkeit Männer auf einen zu und versuchten, einen anzusprechen. Zu ihrem Tagebuch hatte sie die engste und wichtigste Beziehung. Es enthielt alles.

Ihr gegenüber war ein kleines Mädchen von der Decke abgekommen, auf der ihr Kindermädchen schlief. Sie strebte auf die Büsche zu, die einen kleinen Hang säumten, bevor sie einem Zaun Platz machten, der den Park von der Fifth Avenue trennte. Als Ruth eben in die Welt der Menschen eintreten wollte, deren Leben aufeinander treffen, indem sie das Kindermädchen anrief, ermahnte eine dünne Schnur, die Ruth nicht gesehen hatte, die Nanny aufzuwachen. Sie setzte sich sofort kerzengerade hin und bellte der Kleinen den Befehl zu, zurückzukommen.

In Augenblicken wie diesen sah Ruth in allen kleinen Mädchen, die erwachsen und alt wurden, eine Art Geheimalphabet für all die, denen das nicht vergönnt war. Ihr Leben war irgendwie unentwirrbar verstrickt mit dem der Mädchen, die ermordet worden waren. In dem Augenblick, als das Kindermädchen ihre Tasche packte und die Decke zusammenrollte, sich vorbereitend auf das, was der Tag ihr als Nächstes bringen mochte, sah Ruth sie – ein kleines Mädchens, das sich eines Tages in die Büsche verirrt hatte und verschwunden war.

An den Kleidungsstücken erkannte sie, dass es vor einiger Zeit geschehen war, aber das war auch alles. Sonst war da nichts – kein Kindermädchen, keine Mutter, keine Andeutung von Nacht oder Tag, nur ein kleines Mädchen, das weg war.

Ich blieb bei Ruth. Sie schrieb es in ihr offenes Tagebuch. »Zeit? Kleines Mädchen im C.P. strebt auf Büsche zu. Weißer Spitzenkragen, vornehm.« Sie klappte das Tagebuch zu und steckte es in ihre Tasche. In Reichweite war ein Ort, der sie besänftigte. Das Pinguinhaus im Zoo.

Wir verbrachten den Nachmittag dort gemeinsam, Ruth auf der mit Teppich belegten Bank sitzend, die sich an der Längsseite des Raums entlangzog; wegen ihrer schwarzen Kleider waren nur ihr Gesicht und ihre Hände zu sehen. Die Pinguine torkelten und schnatterten und tauchten, wobei sie von den Felsen ihrer Behausung rutschten wie liebenswerte Stümper, sich unter Wasser dagegen bewegten wie Muskelpakete im Smoking. Kinder riefen und kreischten und pressten ihre Gesichter an die Scheibe. Ruth zählte die Lebenden ebenso wie die Toten, und in den engen Grenzen des Pinguinhauses hallten die Schreie der Kinder mit solcher Kraft wider, dass sie für eine kurze Weile die andere Art von Schreien übertönten.

An diesem Wochenende wachte mein Bruder wie immer früh auf. Er war in der siebten Klasse und kaufte sich sein Mittagessen in der Schule und war im Debattierklub und wurde, wie es bei Ruth der Fall gewesen war, beim Sport stets als Letzter oder Vorletzter in die Mannschaft gewählt. Er hatte sich nicht auf den Sport verlegt wie Lindsey. Stattdessen praktizierte er das, was Grandma Lynn seinen »Hang zum Hochtrabenden« nannte. Seine Lieblingslehrerin war eigentlich gar keine Lehrerin, sondern die Schulbibliothekarin, eine große, zerbrechlich wirkende Frau, die Tee aus ihrer Thermoskanne trank und erzählte, dass sie in jungen Jahren in England gelebt habe. Danach hatte er sich ein paar Monate lang einen englischen Akzent zugelegt und ein gesteigertes Interesse gezeigt, wenn meine Schwester *Meisterwerke der Bühne* sah.

Als er meinen Vater gefragt hatte, ob er den Garten in Besitz nehmen dürfe, für den meine Mutter zuständig gewesen war, hatte mein Vater gesagt: »Klar, Buck, tob dich aus.«

Und das hatte er. Er hatte sich außerordentlich, wahnsinnig ausgetobt, nachts, wenn er nicht schlafen konnte, alte Burpee-Kataloge gelesen und die wenigen Bücher durchgeblättert, die die Schulbücherei über Gartenbau vorrätig hatte. Als meine Großmutter respektierliche Reihen Petersilie und Basilikum empfohlen und Hal »ein paar Pflanzen, auf die es wirklich ankommt« – Auberginen, Melonen, Gurken, Möhren und Bohnen – vorgeschlagen hatte, fand mein Bruder, dass sie beide Recht hatten.

Ihm gefiel nicht, was er in Büchern las. Er sah keinen Grund dafür, Blumen und Tomaten und Kräuter in verschiedenen Ecken getrennt voneinander zu ziehen. Mit einem Spaten hatte er nach und nach den ganzen Garten umgegraben und meinen Vater täglich gebeten, ihm Samen mitzubringen, und mit Grandma Lynn Fahrten in den Supermarkt unternommen, wo der Lohn für seine extreme Hilfsbereitschaft beim Herbeiholen von Lebensmitteln in einem raschen Zwischenstopp in der Gärtnerei zum Besorgen einer kleinen blühenden Pflanze bestand. Jetzt wartete er auf seine Tomaten, seine blauen Margeriten, seine Petunien und Stiefmütterchen und diversen Salbeisorten. Aus seinem Fort hatte er eine Art Gartenschuppen gemacht, in dem er seine Werkzeuge und Vorräte aufbewahrte.

Meine Großmutter jedoch bereitete sich auf den Moment vor, in dem er erkannte, dass sie nicht alle auf einmal wachsen konnten, und dass manche Samen zu bestimmten Zeiten nicht keimten, dass die feinen, flaumigen Ranken der Gurken womöglich abrupt von den dicker werdenden unterirdischen Schwellungen von Möhren und Kartoffeln blockiert werden würden, dass die Petersilie vielleicht von widerspenstigerem Unkraut verdeckt werden würde und umherkrabbelnde Schädlinge die zarten Blumen befallen konnten. Aber sie wartete geduldig. Sie glaubte nicht mehr ans Reden. Das bewirkte nie etwas. Mit siebzig glaubte sie einzig und allein an die Zeit.

Buckley schleppte einen Karton mit Kleidungsstücken aus dem Keller und in die Küche, als mein Vater zum Kaffeetrinken herunterkam.

»Na, was hast du da, Farmer Buck?«, fragte mein Vater. Morgens war er immer schon am besten gelaunt gewesen.

»Ich mache Pflanzstöcke für meine Tomaten«, sagte mein Bruder.

»Sind sie denn schon rausgekommen?«

Mein Vater stand in seinem blauen Frotteebademantel und mit nackten Füßen in der Küche. Er goss sich Kaffee aus der Kaffeemaschine ein, die Grandma Lynn jeden

Morgen anstellte, und schlürfte ihn, während er seinen Sohn anschaute.

»Ich habe sie gerade eben gesehen«, sagte mein Bruder strahlend. »Sie krümmen sich nach oben wie die Finger einer Hand.«

Erst als mein Vater Grandma Lynn diese Beschreibung wiederholte, als er an der Küchentheke stand, sah er durch das hintere Fenster, was Buckley aus dem Karton geholt hatte. Es waren meine Kleider. Meine Kleider, die Lindsey nach etwas, das sie vielleicht behalten wollte, durchstöbert hatte. Meine Kleider, die meine Großmutter, als sie in mein Zimmer gezogen war, in aller Stille eingepackt hatte, während mein Vater bei der Arbeit war. Sie hatte sie mit einem kleinen Schild, auf dem lediglich AUFBEWAHREN stand, in den Keller gebracht.

Mein Vater stellte seinen Kaffee ab. Er ging durch die mit Fliegendraht vergitterte Veranda nach draußen und rief dabei Buckleys Namen.

»Was ist, Dad?« Er war gewarnt durch den Tonfall meines Vaters.

»Das sind Susies Sachen«, sagte mein Vater ruhig, als er ihn erreichte.

Buckley schaute auf mein kariertes Kleid hinunter, das er in der Hand hielt.

Mein Vater trat näher, nahm meinem Bruder das Kleid weg und sammelte dann, ohne etwas zu sagen, den Rest meiner Sachen ein, die Buckley auf dem Rasen gestapelt hatte. Während er sich schweigend dem Haus zuwandte, kaum atmend, meine Kleider an sich gedrückt, sprühte es Funken.

Ich war die Einzige, die die Farben sah. Gleich neben Buckleys Ohren, auf seinen Wangenknochen und an der Spitze des Kinns war er irgendwie ein bisschen orange, ein bisschen rot.

»Warum kann ich sie nicht benutzen?«, fragte er.

Das landete im Rücken meines Vaters wie eine Faust.

»Warum kann ich die Sachen nicht benutzen, um meine Tomaten anzubinden?«

Mein Vater drehte sich um. Er sah seinen Sohn da stehen, hinter ihm die perfekte Parzelle schlammiger, aufgewühlter, mit winzigen Schösslingen gesprenkelter Erde. »Wie kannst du mir so eine Frage stellen?«

»Du musst dich entscheiden. Es ist nicht fair«, sagte mein Bruder.

»Buck?« Mein Vater hielt meine Sachen an seine Brust gedrückt.

Ich sah, wie Buckley aufflammte und sich entzündete. Hinter ihm leuchte die Goldrutenhecke wie die Sonne; sie war jetzt doppelt so hoch wie bei meinem Tod.

»Ich habe es satt!«, heulte Buckley. »Keeshas Dad ist gestorben, und ihr geht es gut!«

»Ist Keesha eine Schulkameradin?«

»Ja!«

Mein Vater war erstarrt. Er spürte den Tau, der sich auf seinen nackten Knöcheln und Füßen gesammelt hatte, spürte den Boden unter sich vibrieren vor Möglichkeiten.

»Das tut mir Leid. Wann ist es passiert?«

»Darum geht es nicht, Dad! Du kapierst es nicht.« Buckley drehte sich auf dem Absatz um und fing an, mit dem Fuß auf die zarten Tomatenschösslinge einzustampfen.

»Buck, hör auf!«, rief mein Vater.

Mein Bruder wandte sich um.

»Du kapierst es nicht, Dad«, sagte er.

»Es tut mir Leid«, sagte mein Vater. »Das sind Susies Kleider, und es ist einfach ... Vielleicht ergibt das keinen Sinn, aber es sind ihre – etwas, das sie getragen hat.«

»Du hast den Schuh weggenommen, oder?«, sagte Buckley. Er hatte inzwischen aufgehört zu weinen.

»Was?«

»Du hast den Schuh genommen. Aus meinem Zimmer.«

»Buckley, ich weiß nicht, wovon du sprichst.«

»Ich hatte den Monopoly-Schuh aufgehoben, und dann war er verschwunden. Du hast ihn genommen! Du tust so, als ob sie nur dir gehört hätte!«

»Erzähl mir, was du sagen willst. Was ist mit dem Dad von deiner Freundin Keesha?«

»Leg die Sachen hin.«

Mein Vater legte sie behutsam auf die Erde.

»Es geht nicht um Keeshas Dad.«

»Dann sag mir, worum es geht.« Mein Vater war jetzt ganz präsent. Er kehrte zurück an den Ort, wo er nach seiner Knieoperation gewesen war, als er aus dem von Betäubungsmitteln berauschten Schlaf aufgetaucht war und seinen damals fünfjährigen Sohn neben sich sitzen sah, der darauf wartete, dass seine Augenlider flatterten, damit er »Kuckkuck, Daddy« sagen konnte.

»Sie ist tot.«

Es hörte nie auf zu schmerzen. »Das weiß ich.«

»Du verhältst dich aber nicht so. Keeshas Dad ist gestorben, als Keesha sechs war. Keesha sagt, sie denkt kaum noch an ihn.«

»Das wird sie schon noch«, sagte mein Vater.

»Und was ist mit uns?«

»Mit wem?«

»Mit uns, Dad. Mit mir und Lindsey. Mom ist gegangen, weil sie es nicht mehr ausgehalten hat.«

»Beruhige dich, Buck«, sagte mein Vater. Er war so großzügig, wie er nur konnte, während sich die Luft aus seinen Lungen in seine Brust verflüchtigte. Dann sagte eine kleine Stimme in ihm: *Lass los, lass los, lass los.* »Was?«, fragte mein Vater.

»Ich habe nichts gesagt.«

Lass los. Lass los. Lass los.

»Entschuldige«, sagte mein Vater. »Es geht mir nicht besonders.« Seine Füße waren in dem feuchten Gras unglaublich kalt geworden. Seine Brust fühlte sich hohl an, als ob Insekten in einem leeren Raum umherschwirrten. Das Echo, das darin war, trommelte in seinen Ohren. *Lass los.*

Mein Vater sank auf die Knie. Sein Arm begann zu kribbeln, als wäre er eingeschlafen. Ein Prickeln und Stechen von oben nach unten. Mein Bruder stürzte zu ihm.

»Dad?«

»Junge.« Ein Zittern war in seiner Stimme, als er nach meinem Bruder griff.

»Ich hole Grandma.« Und Buckley rannte.

Auf der Seite liegend, das Gesicht verrenkt in Richtung meiner alten Sachen, flüsterte mein Vater schwach: »Man kann nicht wählen. Ich habe euch alle drei geliebt.«

In dieser Nacht lag mein Vater in einem Krankenhausbett, angeschlossen an Monitore, die piepsten und summten. Zeit, um um die Füße meines Vaters und seine Wirbelsäule entlangzukreisen. Zeit, ihn zu beschwichtigen und zu führen. Aber wohin?

Die Uhr über seinem Bett hakte die Minuten ab, und ich dachte an das Spiel, das Lindsey und ich im Garten gespielt hatten: »Er liebt mich/er liebt mich nicht«, die Blütenblätter von Gänseblümchen zupfend. Ich hörte, wie die Uhr mir im selben Rhythmus meine beiden größten Wünsche entgegenwarf: »Stirb für mich/stirb nicht für mich, stirb für mich/stirb nicht für mich.« Ich konnte nicht anders, so schien es, als an seinem schwächer werdenden Herzen zu reißen. Falls er starb, hätte ich ihn für immer. War das ein so falscher Wunsch?

Zu Hause lag Buckley im Dunkeln in seinem Bett und

zog sich das Laken bis unters Kinn. Er hatte nicht weiter mitgedurft als in die Notaufnahme, wohin Lindsey sie im Gefolge des gellenden Rettungswagens, in dem unser Vater lag, gefahren hatte. Mein Bruder hatte gespürt, wie sich bei Lindseys Schweigen eine riesige Last der Schuld auf ihn herabsenkte. Bei ihren beiden wiederholten Fragen: »Worüber habt ihr geredet? Warum war er so aufgeregt?«

Die größte Befürchtung meines kleinen Bruders war die, dass ihn der einzige Mensch, der ihm so viel bedeutete, verlassen würde. Er liebte Lindsey und Grandma Lynn und Samuel und Hal, aber mein Vater veranlasste ihn, leise zu treten, sodass der Sohn den Vater jeden Morgen und jeden Abend behutsam leitete, als ob er ihn ohne diese Umsicht verlieren würde.

Wir standen – das tote Kind und das lebende – zu beiden Seiten meines Vaters und wünschten uns dasselbe. Ihn auf ewig für uns zu haben. Uns beide zufrieden zu stellen war eine Unmöglichkeit.

Mein Vater hatte Buckleys Zubettgehen nur zweimal in seinem Leben verpasst. Einmal, als er auf der Suche nach Mr. Harvey abends ins Maisfeld gegangen war, und jetzt, da er im Krankenhaus lag und sie ihn für den Fall eines zweiten Herzinfarkts überwachten.

Buckley wusste, dass er eigentlich zu alt war, als dass es ihm hätte etwas ausmachen dürfen, doch ich hatte Mitgefühl mit ihm. Beim Gutenachtkuss war mein Vater nicht zu übertreffen. Wenn er am Fußende des Bettes stand, nachdem er die Jalousien geschlossen und mit der Hand darüber gestrichen hatte, um sich zu vergewissern, dass sie völlig glatt herunterhingen – kein Stäbchen durfte aus der Reihe tanzen und Sonnenlicht auf seinen Sohn fallen lassen, ehe er kam, um ihn zu wecken –, bekam mein Bruder oft eine Gänsehaut auf Armen und Beinen. Die Vorfreude war so süß.

»Bereit, Buck?«, fragte mein Vater dann, und manchmal sagte Buckley: »Roger«, oder manchmal sagte er: »Abflug«, aber wenn er besonders ängstlich und zappelig auf Frieden wartete, sagte er einfach: »Ja!« Und mein Vater ergriff das dünne Baumwolllaken, das obenauf lag, vorsichtig an zwei Ecken, die er zwischen Daumen und Zeigefinger hielt. Dann hob er es mit einem Ruck hoch, sodass das hellblaue Laken (falls es Buckleys war) oder das lavendelfarbige (wenn sie meins benutzten) sich über ihm blähte wie ein Fallschirm und sanft und wunderbar langsam herabschwebte und an seiner entblößten Haut entlangstreifte – seinen Knien, seinen Unterarmen, seinen Wangen und seinem Kinn. Luft und Zudecke waren irgendwie zur selben Zeit am selben Ort – es fühlte sich an wie Befreiung und Schutz schlechthin. Es war herrlich, machte ihn verletzlich und ließ ihn zittern, und er konnte nur hoffen, dass mein Vater, wenn er ihn darum bat, ihm den Gefallen tun und es wiederholen würde. Luft und Zudecke, Luft und Zudecke – so wurde die unausgesprochene Verbindung zwischen ihnen aufrechterhalten: kleiner Junge, verwundeter Mann.

Heute Nacht lag sein Kopf auf dem Kissen, während sein Körper zur Embryoposition eingerollt war. Er hatte nicht daran gedacht, die Jalousien selbst zu schließen, und die Lichter von den benachbarten Häusern tüpfelten den Hügel. Er starrte durchs Zimmer auf die Lamellentüren seines Wandschranks, aus dem sich früher in seiner Fantasie böse Hexen gestohlen hatten, um sich zu den Drachen unter seinem Bett zu gesellen. Derartiges fürchtete er nicht mehr.

»Bitte lass Daddy nicht sterben, Susie«, flüsterte er. »Ich brauche ihn.«

Nachdem ich meinen Bruder verlassen hatte, trat ich aus dem Pavillon unter die Laternen, die herabhingen wie

Beeren, und beim Näherkommen sah ich die sich verzweigenden Backsteinpfade.

Ich ging, bis sich die Ziegel in Steinplatten verwandelten und dann in kleine, spitze Kiesel und dann in nichts außer aufgewühlter Erde, die sich kilometerweit um mich erstreckte. Ich stand da. Ich war lange genug im Himmel, um zu wissen, dass sich etwas offenbaren würde. Und während das Licht schwächer zu werden begann und sich der Himmel zu einem dunklen, süßen Blau verfärbte wie am Abend meines Todes, sah ich jemanden in mein Blickfeld kommen, so weit weg, dass ich zuerst nicht erkannte, ob es ein Mann oder eine Frau, ein Kind oder ein Erwachsener war. Doch als Mondlicht auf die Gestalt fiel, machte ich einen Mann aus, und ich rannte, verängstigt jetzt, flach atmend, so weit auf ihn zu, dass ich ihn sehen konnte. War es mein Vater? War es das, was ich mir die ganze Zeit so verzweifelt gewünscht hatte?

»Susie«, sagte der Mann, als ich mich näherte und ein Stück vor ihm stehen blieb. Er hob mir die Arme entgegen.

»Erinnerst du dich?«, fragte er.

Ich merkte, dass ich wieder klein war, sechs Jahre alt, und mich in einem Wohnzimmer in Illinois befand. Ich stellte, wie ich es damals getan hatte, meine Füße auf seine Füße.

»Granddaddy«, sagte ich.

Und weil wir ganz allein und beide im Himmel waren, war ich leicht genug, um mich so zu bewegen, wie ich mich bewegt hatte, als ich sechs war und er sechsundfünfzig und mein Vater uns zu einem Besuch bei ihm mitgenommen hatte. Wir tanzten ganz langsam zu einem Stück, das meinen Großvater auf der Erde immer zum Weinen gebracht hatte.

»Entsinnst du dich?«, fragte er.

»Barber!«

»Adagio für Streicher«, sagte er.

Aber während wir tanzten und herumwirbelten – nichts von der ruckartigen Unbeholfenheit auf Erden –, erinnerte ich mich, wie ich gesehen hatte, dass er weinte, und ihn gefragt hatte, warum.

»Manchmal weint man, Susie, auch wenn jemand, den man liebt, schon lange tot ist.« Er hatte mich an sich gedrückt, nur kurz, und dann war ich nach draußen gerannt, um in dem mir riesengroß erscheinenden Garten meines Großvaters wieder mit Lindsey zu spielen.

Wir sprachen nicht mehr in dieser Nacht, doch wir tanzten stundenlang in jenem zeitlosen blauen Licht. Ich wusste, während wir tanzten, dass auf Erden und im Himmel etwas stattfand. Eine Verschiebung. Die Art plötzlicher Beschleunigung, über die wir das eine Jahr im Naturkundeunterricht gelesen hatten. Seismisch, unmöglich, ein Bersten und Reißen von Raum und Zeit. Ich presste mich an die Brust meines Großvaters und roch seinen Altmännergeruch, die Mottenkugelversion meines eigenen Vaters, das Blut auf der Erde, den Himmel im Himmel. Die Kumquat, das Stinktier, den teuren Tabak.

Als die Musik verklang, hätte es ewig her sein können, seit wir angefangen hatten. Mein Großvater trat einen Schritt zurück, und das Licht in seinem Rücken wurde gelb.

»Ich gehe jetzt«, sagte er.

»Wohin?«, fragte ich.

»Hab keine Angst, Schätzchen. Du bist ganz nah.«

Er drehte sich um und ging davon, verflüchtigte sich rasch zu Flecken und Staub. Unendlichkeit.

19

Als meine Mutter an diesem Morgen in der Weinkellerei Krusoe eintraf, wartete eine Nachricht auf sie, hingekritzelt in dem unvollkommenen Englisch des Verwalters. Das Wort *Notfall* war jedoch deutlich lesbar, und meine Mutter überging ihr morgendliches Ritual, einen frühen Kaffee, den sie trank, während sie hinaus auf die Weinstöcke starrte, die an Reihen stabiler weißer Kreuze emporwuchsen. Sie trat in den Teil der Kellerei, der öffentlichen Verkostungen vorbehalten war. Ohne die Deckenlampe einzuschalten, machte sie das Telefon hinter der hölzernen Theke ausfindig und wählte die Nummer in Pennsylvania. Keiner nahm ab.

Dann wählte sie die Auskunft für Pennsylvania und fragte nach der Nummer von Dr. Akhil Singh.

»Ja«, sagte Ruana, »Ray und ich haben vor ein paar Stunden einen Rettungswagen vorfahren sehen. Ich nehme an, dass sie alle im Krankenhaus sind.«

»Wer war es?«

»Ihre Mutter vielleicht?«

Aber sie wusste von der Notiz, dass ihre Mutter diejenige war, die *angerufen* hatte. Es ging um eins der Kinder oder um Jack. Sie dankte Ruana und legte auf. Sie packte das schwere, rote Telefon und holte es unter der Theke hervor. Ein Stapel bunter Zettel, die sie an die Kunden verteilten – »zitronengelb = Junger Chardonnay, strohgelb = Sauvignon Blanc …« –, fiel von dort herab, wo er von dem Apparat beschwert worden war, und flatterte ihr um die Füße. Sie war, seit sie den Job hatte, immer früh gekommen, und jetzt sagte sie ein rasches Danke dafür. Danach fielen ihr nur noch die Namen der örtlichen Krankenhäuser ein, deshalb rief sie die an, in die sie ihre kleinen Kinder bei unerklärlichem Fieber oder mit nach einem Sturz möglicherweise gebrochenen Knochen gebracht hatte. Im selben Krankenhaus, in das ich einst Buckley gefahren hatte, hieß es: »In der Notaufnahme wurde ein Jack Salmon eingeliefert und ist noch hier.«

»Können Sie mir sagen, was passiert ist?«

»In welcher Beziehung stehen Sie zu Mr. Salmon?«

Sie sprach die Worte aus, die sie seit Jahren nicht ausgesprochen hatte: »Ich bin seine Frau.«

»Er hatte einen Herzinfarkt.«

Sie legte den Hörer auf und setzte sich auf die Gummi-Kork-Matten, die auf der Seite der Angestellten den Boden bedeckten. Da saß sie, bis der Schichtleiter eintraf und sie die merkwürdigen Worte wiederholte: *Ehemann, Herzinfarkt.*

Als sie später aufschaute, befand sie sich im Lieferwagen des Verwalters, und er, dieser stille Mann, der kaum jemals das Weingut verließ, bretterte auf den internationalen Flughafen von San Francisco zu.

Sie bezahlte ihr Ticket und bestieg ein Flugzeug, von dem sie in Chicago in ein anderes umsteigen musste, das schließlich in Philadelphia landen würde. Während der Flieger an Höhe gewann und sie in den Wolken begraben waren, lauschte meine Mutter fast abwesend den Glockenzeichen des Flugzeugs, die der Crew ansagten, was sie zu tun oder worauf sie sich vorzubereiten hatte, und sie hörte den Getränkewagen vorbeiwackeln, aber statt ihrer Mitreisenden sah sie den kühlen, steinernen Bogengang der Weinkellerei, hinter dem die leeren Eichenfässer aufbewahrt wurden, und statt der Männer, die oft dort drinnen saßen, um der Sonne zu entkommen, sah sie meinen Vater da sitzen, der ihr die zerbrochene Wedgwood-Tasse entgegenhielt.

Als sie zu einem zweistündigen Aufenthalt in Chicago landete, hatte sie sich genügend gefasst, um eine Zahnbürste und eine Schachtel Zigaretten zu kaufen und im Krankenhaus anzurufen, diesmal mit der Bitte, mit Grandma Lynn sprechen zu dürfen.

»Mutter«, sagte meine Mutter. »Ich bin in Chicago und bald zu Hause.«

»Gott sei Dank, Abigail«, sagte meine Großmutter. »Ich habe noch mal bei Krusoe angerufen, und die sagten, du seist zum Flughafen unterwegs.«

»Wie geht es ihm?«

»Er fragt nach dir.«

»Sind die Kinder da?«

»Ja, Samuel auch. Ich wollte dich heute anrufen und dir erzählen, dass Samuel Lindsey einen Heiratsantrag gemacht hat.«

»Das ist ja wunderbar«, sagte meine Mutter.

»Abigail?«

»Ja.« Sie konnte das Zögern ihrer Mutter hören, das eine Seltenheit war.

»Jack fragt auch nach Susie.«

Sie zündete sich eine Zigarette an, sobald sie das Terminal von O'Hare hinter sich hatte; eine Schulklasse mit kleinen Reisetaschen und Instrumentenkoffern, die mit einem leuchtend gelben Namensschild beklebt waren, strömte an ihr vorbei. HEIMAT DER PATRIOTEN stand darauf.

Es war feucht und schwül in Chicago, und die Auspuffgase der in zweiter Reihe wartenden Autos verpesteten die drückende Luft.

Sie brannte die Zigarette in Rekordzeit herunter und zündete sich eine zweite an; einen Arm hielt sie fest an die Brust gepresst, den anderen streckte sie bei jedem Ausatmen von sich. Sie trug ihre Arbeitskluft: ein Paar verblichener, aber sauberer Jeans und ein blassorangerotes T-Shirt, auf dessen Tasche WEINKELLEREI KRUSOE gestickt war.

Ihre Haut war dunkler als früher, was ihre hellblauen Augen im Gegensatz dazu noch blauer wirken ließ, und sie hatte sich angewöhnt, ihre Haare im Nacken zu einem lockeren Pferdeschwanz zusammenzubinden. Neben ihren Ohren und an den Schläfen konnte ich kleine weiße und graue Strähnen erkennen.

Sie war zwischen Vergangenheit und Zukunft hin- und hergerissen und fragte sich, wie das möglich war. Die Zeit, die sie für sich allein gehabt hatte, war gravitationsähnlich dadurch begrenzt gewesen, wann ihre Bindungen sie zurückholen würden. Und jetzt hatten sie sie zurückgeholt – mit doppelter Kraft. Eine Ehe. Ein Herzinfarkt.

Vor dem Terminal stehend, langte sie in die Gesäßtasche ihrer Jeans, wo die Männerbrieftasche steckte, die sie angefangen hatte bei sich zu tragen, als sie den Job bei Krusoe antrat, weil es einfacher war, als sich um eine unter der Theke verstaute Handtasche sorgen zu müssen. Sie schnippte die Zigarette auf die Taxispur und drehte sich um, um sich auf den Rand eines Pflanzenkastens aus Beton zu setzen, in dem Unkraut wuchs und ein einsamer, von Abgasen erstickter junger Baum.

In ihrer Brieftasche waren Fotos, Fotos, die sie sich jeden Tag anschaute. Eins davon bewahrte sie jedoch umgedreht in einem Lederfach auf, das für eine Kreditkarte gedacht war. Es war dasselbe, das im Polizeirevier in der Beweismittelkiste lag, dasselbe, das Ray in das Buch seiner Mutter mit indischen Gedichten gelegt hatte. Mein Klassenfoto, das es in die Zeitungen geschafft hatte und auf Polizeiflugblättern und in Briefkästen gelandet war.

Nach acht Jahren war es sogar für meine Mutter wie das allgegenwärtige Foto einer Berühmtheit. Sie hatte es so oft gesehen, dass ich fein säuberlich darin begraben worden war. Meine Wangen niemals röter, meine Augen niemals blauer, als sie es auf dieser Fotografie waren.

Sie nahm sie heraus und hielt sie mit der Vorderseite nach oben und leicht gewölbt in der Hand. Sie hatte immer meine Zähne vermisst – ihre kleinen, abgerundeten Auszackungen hatten sie fasziniert, als sie zusah, wie ich größer wurde. Ich hatte meiner Mutter für das Foto in jenem Jahr ein breites Lächeln versprochen, war aber angesichts des Fotografen so befangen, dass ich kaum ein verkniffenes Grinsen zustande brachte.

Sie hörte die Ankündigung des Anschlussfluges über den Lautsprecher. Sie stand auf. Als sie sich umdrehte, sah sie den winzigen, sich abquälenden Baum. Sie lehnte mein Klassenfoto an seinen Stamm und eilte durch die automatische Tür.

Auf dem Flug nach Philadelphia saß sie allein in der Mitte einer Reihe mit drei Plätzen. Sie musste zwangsläufig daran denken, dass die beiden Plätze neben ihr, wenn sie eine Mutter wäre, besetzt wären. Einer mit Lindsey. Einer mit Buckley. Aber obwohl sie, genau genommen, eine Mutter war, hatte sie irgendwann auch aufgehört, eine zu sein. Das Recht und Privileg konnte sie nicht beanspruchen, nachdem sie über ein halbes Jahrzehnt des Lebens ihrer Kinder versäumt hatte. Sie wusste inzwischen, dass das Muttersein eine Berufung ist, etwas, von dem viele junge Mädchen träumen. Aber meine Mutter hatte diesen Traum nie gehabt, und sie war auf die schrecklichste und unvorstellbarste Weise dafür bestraft worden, dass sie mich nie gewollt hatte.

Ich beobachtete sie im Flugzeug, und ich entsandte einen Wunsch in die Wolken, sie möge erlöst werden. Ihr Körper wurde schwer vor Angst vor dem, was kommen würde, doch in dieser Schwere lag auch eine gewisse Wohltat. Die Stewardess reichte ihr ein kleines, blaues Kissen, und für ein Weilchen schlief sie ein.

Als sie Philadelphia erreichten und das Flugzeug auf der Landebahn entlangrollte, musste sie sich ins Gedächtnis zurückrufen, wo sie war und welches Jahr es war. Hastig klickte sie alles durch, was sie sagen könnte, wenn sie ihre Kinder sah, ihre Mutter, Jack. Und dann, als sie endlich zitternd zum Stillstand kamen, gab sie auf und konzentrierte sich nur aufs Aussteigen.

Sie erkannte ihr eigenes Kind kaum, das am Ende der langen Rampe wartete. In den Jahren, die verstrichen waren, war Lindsey eckig geworden, dünn, jede Spur von Babyspeck verschwunden. Und neben meiner Schwester stand jemand, der wie ihr männlicher Zwilling aussah. Ein bisschen größer, ein bisschen mehr Muskeln. Sie starrte die beiden so angestrengt an, und sie erwiderten ihren Blick, dass sie den rundlichen Jungen zunächst gar nicht sah, der ein Stück weiter seitlich auf der Armlehne einer Reihe mit Wartezimmerstühlen saß.

Und dann, kurz bevor sie auf sie zuzugehen begann – denn in den ersten Momenten erschienen sie ihr reglos, unbeweglich, starr, als wären sie in einer zähflüssigen Gelatine gefangen, aus der sie nur ihre eigene Bewegung befreien könnte –, erblickte sie Buckley.

Sie fing an, die mit Teppich belegte Rampe hinabzugehen. Sie hörte Ankündigungen, die im Flughafen gemacht wurden, und sah Passagiere mit normaleren Begrüßungsworten an sich vorbeieilen. Aber es war, als betrete sie eine Zeitmaschine, als sie ihn anschaute. 1944 im Camp Winnekukka. Sie war zwölf und hatte Pausbacken und plumpe Beine; alles, was ihren Töchtern Gott sei Dank erspart geblieben war, musste jetzt ihr Sohn erdulden. So viele Jahre war sie fort gewesen, so viel Zeit, die sie nie mehr einholen konnte.

Wenn sie mitgezählt hätte, wie ich es tat, hätte sie gewusst, dass sie mit dreiundsiebzig Schritten schaffte, wovor sie fast sieben Jahre lang zu viel Angst gehabt hatte.

Es war meine Schwester, die als Erste sprach.

»Mom«, sagte sie.

Meine Mutter guckte Lindsey an und schnellte von dem einsamen Mädchen, das sie im Camp Winnekukka gewesen war, achtunddreißig Jahre vorwärts in die Gegenwart.

»Lindsey«, sagte meine Mutter.

Lindsey starrte sie an. Buckley stand jetzt auch, doch er schaute erst auf seine Schuhe und dann über seine Schulter aus dem Fenster, dorthin, wo die Flugzeuge parkten und ihre Passagiere in Ziehharmonikaröhren spien.

»Wie geht's deinem Vater?«, fragte meine Mutter.

Meine Schwester hatte das Wort *Mom* ausgesprochen und war dann erstarrt. Es schmeckte seifig und fremdartig in ihrem Mund.

»Er ist nicht in bester Verfassung, fürchte ich«, sagte Samuel. Es war der längste Satz, den bisher jemand geäußert hatte, und meine Mutter stellte fest, dass sie unverhältnismäßig dankbar dafür war.

»Buckley?«, sagte meine Mutter, wobei sie keine besondere Miene für ihn aufsetzte. Sie war einfach, wer sie war – wer auch immer das sein mochte.

Sein Kopf fuhr zu ihr herum wie eine Panzerkanone. »Buck«, sagte er.

»Buck«, wiederholte sie leise und schaute auf ihre Hände.

Wo sind deine Ringe, hätte Lindsey am liebsten gefragt.

»Sollen wir gehen?«, fragte Samuel. Alle vier betraten den langen, mit Teppich ausgelegten Tunnel, der sie vom Flugsteig ins Hauptterminal bringen würde. Sie gingen schon auf die tiefer liegende Gepäckausgabe zu, als meine Mutter sagte: »Ich habe kein Gepäck mitgebracht.«

Sie standen in einem linkischen Haufen da, und Samuel hielt nach den richtigen Schildern Ausschau, die sie zurück ins Parkhaus geleiten würden.

»Mom«, versuchte es meine Schwester erneut.

»Ich habe dich angelogen«, sagte meine Mutter, ehe Lindsey etwas hinzufügen konnte. Ihre Blicke begegneten einander, und in dem heißen Draht, der sich von einer zur anderen spann, sah ich es, ich schwöre, wie eine Ratte, die unverdaut das Innere einer Schlange aufbläht: das Geheimnis um Len.

»Wir fahren mit dem Aufzug hoch«, sagte Samuel, »dann kommen wir oben über den Laufgang zum Parkhaus.«

Samuel rief Buckley, der in Richtung eines Kaders von Sicherheitsbeamten abgedriftet war. Uniformen hatten ihre Anziehungskraft auf ihn nicht verloren.

Sie waren schon auf dem Highway, als Lindsey als Nächste sprach. »Sie wollen Buckley wegen seines Alters nicht zu Dad lassen.«

Meine Mutter drehte sich in ihrem Sitz um. »Ich schaue mal, ob man da nicht was machen kann«, sagte sie, den Blick auf Buckley gerichtet, mit dem ersten Versuch eines Lächelns.

»Leck mich«, flüsterte mein Bruder, ohne aufzusehen.

Meine Mutter erstarrte. Das Auto öffnete sich. Voller Hass und Spannung – ein reißender Strom aus Blut, der zu durchschwimmen war.

»Buck«, sagte sie, nachdem ihr gerade noch rechtzeitig sein verkürzter Name eingefallen war, »siehst du mich bitte an?«

Er funkelte sie über den Vordersitz hinweg an, bohrte seine Wut in sie.

Irgendwann drehte sich meine Mutter wieder nach vorn um, und Samuel, Lindsey und mein Bruder hörten vom Beifahrersitz die Geräusche, die sie angestrengt nicht zu machen suchte. Kleine Piepser und ein ersticktes Schluchzen. Aber auch noch so viele Tränen hätten Buckley nicht umgestimmt. Er hatte Tag für Tag, Woche für Woche, Jahr für Jahr einen unterirdischen Speicher an Hass angelegt. Tief in seinem Innern hockte der Vierjährige, dessen Herz blitzschnell von Herz zu Stein wurde, von Herz zu Stein.

»Es wird uns allen besser gehen, wenn wir Mr. Salmon gesehen haben«, sagte Samuel, und dann beugte er sich, weil sogar er es nicht aushielt, zum Armaturenbrett vor und stellte das Radio an.

Es war dasselbe Krankenhaus, in das sie vor acht Jahren mitten in der Nacht gekommen war. Ein anderes Stockwerk, in einer anderen Farbe gestrichen, doch sie spürte, wie es sie umschloss, als sie den Flur entlangging – was sie dort getan hatte. Das Drängen von Lens Körper, ihr an die rau verputzte Wand gepresster Rücken. Alles in ihr wollte wegrennen – zurückfliegen nach Kalifornien, zurück in ihr ruhiges Dasein bei der Arbeit unter Fremden. Sich in den Furchen von Baumstämmen und tropischen Blütenblättern verstecken, sicher geborgen zwischen so vielen exotischen Pflanzen und Menschen.

Die Fesseln und Oxford-Pumps ihrer Mutter, die sie vom Korridor aus sah, holten sie wieder in die Gegenwart. Eins der vielen simplen Dinge, die sie verloren hatte, indem sie so weit fortgezogen war, das ganz Alltägliche an den Füßen ihrer Mutter – ihre Solidität und Komik –, siebzigjährige Füße in lächerlich unbequemen Schuhen.

Doch als sie in das Zimmer trat, fiel alles andere – ihr Sohn, ihre Tochter, ihre Mutter – von ihr ab.

Die Augen meines Vaters waren schwach, öffneten sich aber flatternd, als er sie hereinkommen hörte. Kanülen und Drähte kamen aus seinem Handgelenk und seiner Schulter. Sein Kopf wirkte sehr zerbrechlich auf dem kleinen, quadratischen Kissen.

Sie hielt seine Hand und weinte lautlos, ließ die Tränen ungehindert fließen.

»Hallo, du mit den Ozeanaugen«, sagte er.

Sie nickte. Dieser gebrochene, geschlagene Mann – ihr Mann.

»Mein Mädchen«, stieß er schwer atmend hervor.

»Jack.«

»Da siehst du, was ich tun musste, damit du nach Hause kommst.«

»War es das wert?«, fragte sie, freudlos lächelnd.

»Das müssen wir abwarten«, sagte er.

Sie zusammen zu sehen war wie ein dürftiger Glaube, der Wirklichkeit geworden war.

Mein Vater sah einen Hoffnungsschimmer, etwa die farbigen Flecken in den Augen meiner Mutter – Dinge zum Festhalten. Dazu zählte er auch die zerbrochenen Planken und Bretter eines einstigen Schiffes, das auf etwas Größeres als es selbst gestoßen und gesunken war. Ihm blieben jetzt nur noch Überreste und Artefakte. Er versuchte, nach oben zu greifen und ihre Wange zu streicheln, aber sein Arm fühlte sich zu schwach an. Sie rückte näher und legte ihre Wange in seine Handfläche.

Meine Großmutter wusste, wie man sich mit hohen Absätzen lautlos bewegt. Auf Zehenspitzen schlich sie aus dem Zimmer. Als sie sich in ihrer normalen Gangart dem Wartebereich näherte, fing sie eine Krankenschwester mit einer Nachricht für Jack Salmon in Zimmer 582 ab. Sie hatte den Mann nie kennen gelernt, doch sie kannte seinen Namen. »Len Fenerman kommt Sie bald besuchen. Wünscht Ihnen alles Gute.« Sie faltete den Zettel säuberlich. Kurz bevor sie auf Lindsey und Buckley traf, die sich zu Samuel im Warteraum gesellen wollten, knipste sie den Metallverschluss ihrer Handtasche auf und steckte ihn zwischen ihre Puderdose und ihren Kamm.

20

Als Mr. Harvey an diesem Abend den mit Blech gedeckten Schuppen in Connecticut erreichte, sah es nach Regen aus. Vor mehreren Jahren hatte er in dem Schuppen eine junge Kellnerin umgebracht und sich dann von dem Trinkgeld, das er in ihrer Schürzentasche fand, eine neue Hose gekauft. Inzwischen würde sie verwest sein, und tatsächlich, als er sich dem Gelände näherte, begrüßte ihn kein widerlicher Gestank. Aber der Schuppen stand offen, und er konnte sehen, dass die Erde im Inneren aufgegraben worden war. Er atmete ein und trat vorsichtig in den Schuppen.

Neben ihrem leeren Grab schlief er ein.

Irgendwann hatte ich, um der Liste der Toten etwas entgegenzusetzen, damit begonnen, eine eigene Liste der Lebenden zu führen. Das tat, so bemerkte ich, Len Fenerman ebenfalls. Wenn er dienstfrei hatte, achtete er auf die jungen Mädchen und älteren Frauen und jedes weitere weibliche Wesen in dem Spektrum dazwischen und zählte sie zu den Dingen, die ihn aufrechterhielten. Das junge Mädchen im Einkaufszentrum, dessen blasse Beine zu lang geworden waren für ihr mittlerweile zu kurzes Kleid und das eine schmerzliche Verletzlichkeit besaß, die Len und mir ins Herz schnitt. Ältere Frauen, unsicher an ihren Gehhilfen, die darauf bestanden, sich das Haar in unnatürlichen Varianten der Farbe, die es in ihrer Jugend gehabt hatte, zu färben. Ledige Mütter in den Dreißigern, die in Supermärkten herumrannten, während ihre Kinder Bonbontüten aus den Regalen zerrten. Wenn ich sie sah, zählte ich. Lebendige, atmende Frauen. Manchmal sah ich die Verwundeten – diejenigen, die von Ehemännern verprügelt, von Fremden vergewaltigt worden waren, von ihren Vätern missbrauchte Kinder – und wünschte mir, ich könnte irgendwie eingreifen.

Len sah diese verwundeten Frauen ständig. Sie waren Stammgäste im Revier, aber auch wenn er sich außerhalb seines Zuständigkeitsbereichs befand, spürte er ihre Gegenwart, wenn sie näher kamen. Die Ehefrau in dem Anglerbedarfsladen hatte zwar kein blaues Auge, duckte sich aber wie ein Hund und sprach in entschuldigendem Flüsterton. Das Mädchen, das er immer auf dem Straßenstrich sah, wenn er seine Schwestern besuchte. Im Laufe der Jahre war sie magerer geworden, das Fett war aus ihren Wangen gewichen, und der Kummer hatte sich so schwer auf ihre Augen gelegt, dass sie jetzt bedrückt und hoffnungslos in ihrer vergilbten Haut hingen. Wenn sie nicht da war, machte er sich Sorgen. Wenn sie da war, deprimierte ihn das ebenso, wie es ihn belebte.

Er hatte seit langem nicht viel in meine Akte einzutragen gehabt, doch in den letzten Monaten waren zu den alten Hinweisen ein paar Punkte hinzugekommen: der Name eines weiteren möglichen Opfers, Sophie Cichetti, der Name ihres Sohnes und ein Deckname von George Harvey. Außerdem gab es noch das, was er in seinen Händen hielt: meinen Pennsylvania-Anhänger. Er schob ihn in der Beweismitteltüte mit den Fingern hin und her, bis er meine Initialen gefunden hatte. Der Anhänger war auf etwaige Spuren untersucht worden und hatte sich, außer dass er am Schauplatz des Mordes an einem anderen Mädchen entdeckt worden war, unter dem Mikroskop als unergiebig erwiesen.

Vom ersten Augenblick an, in dem er bestätigen konnte, dass der Anhänger mir gehörte, hatte er ihn meinem Vater zurückgeben wollen. Das war gegen die Vorschriften, doch er hatte ihnen nie einen Leichnam bieten können, nur ein beschmutztes Schulbuch und die Seiten aus meinem Biologieheft sowie den Liebesbrief eines Jungen. Eine Cola-Flasche. Meine Glöckchenmütze. All das hatte er katalogisiert und aufbewahrt. Aber der Anhänger war etwas anderes, und er hatte vor, ihn zurückzugeben.

Eine Krankenschwester, mit der er in den Jahren nach dem Weggang meiner Mutter zusammen gewesen war, hatte ihn angerufen, als ihr auf einer Liste der neu eingelieferten Patienten der Name Jack Salmon auffiel. Len hatte beschlossen, meinen Vater im Krankenhaus zu besuchen und ihm den Anhänger mitzubringen. In seiner Vorstellung sah Len den Anhänger als Talisman, der die Genesung meines Vaters vielleicht beschleunigte.

Zwangsläufig musste ich, während ich ihn beobachtete, an die Tonnen mit Giftmüll denken, die sich hinter Hals Motorradwerkstatt angehäuft hatten, wo das Gebüsch, das die Eisenbahngleise säumte, ortsansässigen Firmen genug Deckung bot, um dort den einen oder anderen Behälter zu entsorgen. Alles geschah unter dem Siegel der Verschwiegenheit, doch allmählich begann etwas durchzusickern. Ich hatte in den Jahren seit dem Weggang meiner Mutter gelernt, Len sowohl zu bedauern als auch zu respektieren. Er hielt sich an das Physische, wenn er versuchte, Dinge zu verstehen, die unbegreiflich waren. In dieser Hinsicht, das erkannte ich, war er wie ich.

Vor dem Krankenhaus verkaufte ein junges Mädchen kleine Narzissensträuße, deren grüne Stängel von lavendelfarbigen Bändern zusammengehalten wurden. Ich schaute zu, wie meine Mutter ihr den gesamten Bestand abkaufte.

Schwester Eliot, die sich meiner Mutter von vor acht Jahren entsann, erbot sich, ihr zu helfen, als sie sie, die Arme voller Blumen, den Flur entlangkommen sah. In einem Vorratsschrank trieb sie zusätzliche Krüge auf, und gemeinsam füllten sie und meine Mutter diese mit Wasser und stellten die Blumen überall im Zimmer meines Vaters auf, während er schlief. Schwester Eliot fand, dass meine Mutter, falls Verlust als Maßstab für die Schönheit einer Frau gelten kann, noch schöner geworden war.

Lindsey, Samuel und Grandma Lynn waren früher am Abend mit Buckley nach Hause gefahren. Meine Mutter war noch nicht dazu bereit, das Haus zu sehen. Sie konzentrierte sich ausschließlich auf meinen Vater. Alles andere würde warten müssen, vom Haus und dem schweigenden Vorwurf, den es darstellte, bis zu ihrem Sohn und ihrer Tochter. Sie brauchte etwas zu essen und Zeit zum Nachdenken. Statt in die Krankenhauscafeteria zu gehen, deren helle Lichter sie nur an all die vergeblichen Anstrengungen erinnerten, die Krankenhäuser unternehmen, um die Leute für weitere schlechte Nachrichten wach zu halten – der schwache Kaffee, die harten Stühle, die Aufzüge, die in jeder Etage anhielten –, verließ sie das Gebäude und ging den schräg nach unten und vom Eingang wegführenden Bürgersteig entlang.

Inzwischen war es draußen dunkel, und der Parkplatz, auf den sie einst mitten in der Nacht in ihrem Nachthemd gefahren war, war mit nur wenigen Autos gesprenkelt. Sie schmiegte sich in die Strickjacke, die ihre Mutter ihr dagelassen hatte.

Sie überquerte den Parkplatz, wobei sie in den dunklen Autos nach Anhaltspunkten dafür suchte, wer die Menschen im Krankenhaus sein mochten. In einem Wagen waren Kassetten über den Beifahrersitz verstreut, in einem anderen sah sie einen sperrigen Kindersitz. Es wurde zu einem Spiel für sie, in jedem Auto etwas zu entdecken. Eine Methode, um sich nicht so allein und fremd zu fühlen, als ob sie als Kind im Haus der Freunde ihrer Eltern Spionin spielte. Agentin Abigail an Einsatzleitung. Ich sehe einen struppigen Spielzeughund, ich sehe einen Fußball, ich sehe eine Frau! Da war sie, eine Unbekannte, die auf dem Fahrersitz hinter dem Lenkrad saß. Die Frau bemerkte nicht, dass meine Mutter sie anschaute, und sobald sie ihr Gesicht erblickte, richtete meine Mutter ihre Aufmerksamkeit von ihr weg auf die hellen Lichter des alten Speiselokals, das ihr Ziel war. Sie brauchte sich nicht umzudrehen, um zu wissen, was die Frau tat. Sie wappnete sich dafür, hineinzugehen. Sie kannte den Gesichtsausdruck. Es war der Gesichtsausdruck einer Frau, die sich nichts sehnlicher wünscht, als woanders zu sein als dort, wo sie ist.

Sie stand auf dem Grünstreifen zwischen dem Krankenhaus und dem Eingang zur Notaufnahme und sehnte sich nach einer Zigarette. Heute Morgen hatte sie sich keine Fragen gestellt. Jack hatte einen Herzinfarkt gehabt; sie würde heimfahren. Aber jetzt und hier wusste sie nicht mehr, was sie tun sollte. Wie lange würde sie warten, was würde geschehen müssen, ehe sie wieder abreisen konnte? Hinter sich auf dem Parkplatz hörte sie das Geräusch einer sich öffnenden und schließenden Autotür – die Frau ging hinein.

Das Lokal nahm sie wahr wie in einem Nebel. Sie setzte sich allein in eine Nische und bestellte die Sorte Essen – paniertes Steak –, die in Kalifornien nicht zu existieren schien.

Sie dachte noch darüber nach, als ein Mann direkt ihr gegenüber sie beäugte. Sie registrierte jede Einzelheit seines Äußeren. Es geschah automatisch und war etwas, das sie im Westen nicht tat. Als sie nach meiner Ermordung in Pennsylvania lebte, nahm sie, wenn sie einen fremden Mann sah, dem sie nicht traute, innerlich sofort eine Analyse vor. Das ging schneller – die Pragmatik der Angst anzuerkennen –, als sich diese Art zu denken zu verbieten. Ihr

Essen kam, paniertes Steak und Tee, und sie konzentrierte sich darauf, auf die grobkörnige Panade um das zähe Fleisch, auf den metallischen Geschmack alten Tees. Sie glaubte nicht, dass sie es länger als ein paar Tage aushalten konnte, zu Hause zu sein. Überall, wo sie hinschaute, sah sie mich, und in der Nische gegenüber sah sie den Mann, der mich womöglich ermordet hatte.

Sie aß auf, bezahlte und verließ das Lokal, ohne den Blick über Taillenhöhe zu heben. Eine an der Tür angebrachte Glocke klingelte, und sie schrak so zusammen, dass ihr Herz in der Brust hochsprang.

Sie schaffte es unversehrt über den Highway, atmete aber ganz flach, als sie erneut den Parkplatz überquerte. Der Wagen der verängstigten Besucherin stand noch da.

In der großen Eingangshalle, wo selten Leute saßen, beschloss sie, sich hinzusetzen und darauf zu warten, dass sich ihr Atemrhythmus beruhigte.

Sie würde ein paar Stunden bei ihm verbringen, und wenn er aufwachte, würde sie sich verabschieden. Sobald ihre Entscheidung getroffen war, durchflutete sie eine willkommene Kühle. Das plötzliche Erleichtertsein von Verantwortung. Ihr Ticket in ein fernes Land.

Es war schon spät, nach zehn, und sie nahm einen leeren Aufzug in den vierten Stock, wo die Lampen im Flur abgedimmt worden waren. Sie kam am Schwesterntresen vorbei, hinter dem zwei Krankenschwestern leise tratschten. Sie hörte die schwungvolle Melodie und die Schadenfreude in den unterschiedlich nuancierten Gerüchten, die die beiden austauschten, den Klang müheloser Intimität. Dann, als die eine gerade ein hohes Lachen ausstieß, öffnete meine Mutter die Tür zum Zimmer meines Vaters und ließ sie hinter sich zufallen.

Allein.

Es war, als ob die Stille eines Vakuums herrschte, als sich

die Tür schloss. Ich hatte das Gefühl, dass ich nicht hierher gehörte, dass ich gehen sollte. Aber ich war wie gebannt.

Als sie ihn da im Dunkeln schlafen sah, das nur von der Niedrigwatt-Leuchtstoffröhre am Kopfende seines Bettes erhellt wurde, erinnerte sie sich daran, wie sie im selben Krankenhaus gestanden und Schritte eingeleitet hatte, sich von ihm zu trennen.

Ich sah, wie sie die Hand meines Vaters ergriff, und dachte daran, wie meine Schwester und ich unter dem Grabsteinabdruck oben im Flur gesessen hatten. Ich war der tote, mit meinem treuen Hund in den Himmel gekommene Ritter, und sie war das Energiebündel von Ehefrau. »Wie kann man erwarten, dass ich mich für den Rest meines Lebens von einem Mann einsperren lasse, der im Tod erstarrt ist?« Lindseys Lieblingszeile.

Meine Mutter saß eine ganze Weile mit der Hand meines Vaters in ihren Händen da. Sie überlegte, wie wunderbar es wäre, auf die frischen Krankenhauslaken zu klettern und sich neben ihn zu legen. Und wie unmöglich.

Sie beugte sich tiefer hinunter. Sogar durch die Antiseptika und den Alkohol hindurch konnte sie den Grasgeruch seiner Haut riechen. Als sie unser Haus verlassen hatte, hatte sie ihr Lieblingshemd meines Vaters eingepackt, in das sie sich manchmal wickelte, nur, um etwas von ihm anzuhaben. Sie trug es nie draußen, deshalb haftete der Duft länger. Sie entsann sich einer Nacht, in der sie ihn besonders vermisst und das Hemd über ein Kissen geknöpft und sich hineingeschmiegt hatte, als wäre sie noch ein Schulmädchen.

Jenseits des geschlossenen Fensters konnte sie das entfernte Summen des Verkehrs auf dem Highway hören, doch das Krankenhaus machte für heute Abend dicht. Lediglich die Nachtschwestern erzeugten mit ihren gummibesohlten Schuhen Geräusche, wenn sie auf dem Flur vorbeigingen.

Im vergangenen Winter hatte sie zu einer jungen Frau, die samstags mit ihr am Weinprobenausschank arbeitete, einmal gesagt, in einer Paarbeziehung gäbe es immer einen, der stärker sei als der andere. »Das bedeutet aber nicht, dass der Schwächere den Stärkeren nicht liebt«, hatte sie vorgebracht. Das Mädchen schaute sie ausdruckslos an. Für meine Mutter war das Wichtige daran allerdings, dass sie sich, während sie redete, plötzlich als die Schwächere identifiziert hatte. Diese Offenbarung brachte sie völlig durcheinander. Hatte sie denn nicht all die Jahre das Gegenteil geglaubt?

Sie rückte ihren Stuhl so nahe wie möglich an seinen Kopf und legte ihr Gesicht auf den Rand seines Kissens, um ihm beim Atmen zuzuschauen, um das Zucken seines Auges unter dem Lid zu sehen, wenn er träumte. Wie konnte es sein, dass man jemanden so sehr liebte und es vor sich selbst geheim hielt, wenn man tagtäglich so weit weg von zu Hause aufwachte? Hatte sie Reklameschilder und Autobahnen zwischen sich und ihn gelegt, Straßensperren hinter sich aufgerichtet und den Rückspiegel abgerissen und geglaubt, das würde ihn verschwinden lassen? Ihr gemeinsames Leben und ihre Kinder auslöschen?

Es war so einfach, während sie ihn beobachtete und sein regelmäßiges Atmen sie beruhigte, dass sie zunächst gar nicht erkannte, was geschah. Sie begann, an die Zimmer in unserem Haus zu denken und an die in ihnen verbrachten Stunden, die sie sich so sehr bemüht hatte zu vergessen. Wie bei Früchten, die in Gläsern eingeweckt und dann vergessen wurden, schien ihr die Süße bei ihrer Rückkehr noch stärker auskristallisiert. Dort auf dem Regal waren all die Treffen und die Albernheiten ihrer frühen Liebe, der Zopf, der sich aus ihren Träumen zu flechten begann, die stabile Wurzel einer knospenden Familie. Der erste handfeste Beweis für alles. Ich.

Sie entdeckte eine neue Falte im Gesicht meines Vaters. Ihr gefiel das Silbernwerden seiner Schläfen.

Kurz nach Mitternacht schlief sie ein, nachdem sie angestrengt versucht hatte, die Augen offen zu halten. Sich an allem gleichzeitig festzuhalten, während sie in dieses Gesicht schaute, damit sie sich, wenn er aufwachte, verabschieden konnte.

Als ihre Augen geschlossen waren und sie geräuschlos nebeneinander schliefen, flüsterte ich ihnen zu:

> Steine und Knochen;
> Schnee und Frost;
> Samen und Bohnen und Apfelmost.
> Wege und Zweige, ihr werdet geküsst,
> Wir wissen alle, wen Susie vermisst...

Gegen zwei Uhr fing es an zu regnen, und es regnete auf das Krankenhaus hinab und auf mein altes Zuhause und in meinem Himmel. Auf das Blechdach des Schuppens, wo Mr. Harvey schlief, regnete es auch. Während der Regen über seinem Kopf mit winzigen Hämmern klopfte, träumte er. Er träumte nicht von dem Mädchen, dessen Überreste entfernt worden waren und jetzt analysiert wurden, sondern von Lindsey Salmon, von der 5! 5! 5!, die in die Holunderhecke krachte. Diesen Traum hatte er immer, wenn er sich bedroht fühlte. Das Aufblitzen ihres Fußballtrikots war es gewesen, mit dem sein Leben außer Kontrolle zu geraten begann.

Es war beinahe vier, als ich sah, wie mein Vater die Augen aufschlug, und sah, dass er den warmen Atem meiner Mutter auf seiner Wange spürte, noch bevor er wusste, dass sie schlief. Wir wünschten uns beide, dass er sie hätte umarmen können, aber er war zu schwach. Es gab eine andere Möglichkeit, und die wählte er. Er würde ihr erzählen, was er nach meinem Tod empfunden hatte – die Dinge, die ihm so häufig in den Sinn kamen, die jedoch außer mir niemand kannte.

Aber er wollte sie nicht aufwecken. Das Krankenhaus war still bis auf das Geräusch des Regens. Er hatte das Gefühl, dass der Regen ihm folgte, Dunkelheit und Nässe – er dachte an Lindsey und Samuel an der Haustür, durchweicht und lächelnd, nachdem sie die ganze Strecke gerannt waren, um ihn zu beruhigen. Oft merkte er, wie er sich mit wiederholten Kommandos zur Konzentration zwang. Lindsey. Lindsey. Lindsey. Buckley. Buckley. Buckley.

So wie der Regen vor den Fenstern aussah, durch die Laternen auf dem Krankenhausparkplatz in runden Flecken hervorgehoben, erinnerte er ihn an die Filme, die er als Junge gesehen hatte – Hollywood-Regen. Er schloss die Augen, während der Atem meiner Mutter beruhigend seine Wange streifte, und lauschte dem leichten Prasseln auf den schmalen, metallenen Fensterbänken, und dann hörte er das Geräusch von Vögeln – kleinen, zwitschernden Vögeln, aber er konnte sie nicht sehen. Und die Vorstellung, dass direkt vor seinem Fenster ein Nest sein könnte, wo Vogelbabys im Regen aufgewacht waren und merkten, dass ihre Mutter weg war, erweckte in ihm den Wunsch, die kleinen Tiere zu retten. Er spürte die schlaffen Finger meiner Mutter, die ihren Griff um seine Hand im Schlaf gelockert hatte. Sie war hier, und diesmal würde er sie trotz allem sein lassen, wer sie war.

In diesem Augenblick schlüpfte ich zu meiner Mutter und meinem Vater ins Zimmer. Ich war irgendwie präsent, als Person, auf eine Weise, in der ich es nie zuvor gewesen war. Ich hatte mich immer bei ihnen aufgehalten, doch nie neben ihnen gestanden.

Ich machte mich klein in der Dunkelheit, ohne zu wissen, ob ich sichtbar war. Ich hatte ihn achteinhalb Jahre lang jeden Tag für einige Stunden verlassen, so wie ich meine Mutter oder Ruth oder Ray, meinen Bruder und meine Schwester und ganz sicher Mr. Harvey verlassen hatte, er dagegen, das erkannte ich nun, hatte mich nie verlassen. Seine innige Zuneigung zu mir hatte mir immer wieder vermittelt, dass ich geliebt worden war. Im warmen Licht der Liebe meines Vaters war ich Susie Salmon geblieben – ein Mädchen, das das ganze Leben vor sich hatte.

»Ich dachte, wenn ich sehr still wäre, würde ich dich hören«, flüsterte er. »Wenn ich still genug wäre, kämst du vielleicht zurück.«

»Jack?«, sagte meine Mutter im Aufwachen. »Ich muss eingeschlafen sein.«

»Es ist wunderbar, dich wiederzuhaben«, sagte er.

Und meine Mutter schaute ihn an. Alles löste sich. »Wie schaffst du das?«, fragte sie.

»Es gibt keine Wahl, Abbie«, sagte er. »Was sollte ich sonst tun?«

»Weggehen, neu anfangen«, sagte sie.

»Hat es funktioniert?«

Sie schwiegen. Ich streckte meine Hand aus und verflüchtigte mich.

»Warum legst du dich nicht zu mir?«, sagte mein Vater. »Wir haben noch ein bisschen Zeit, ehe die Vollstreckungsbeamten kommen und dich rausschmeißen.«

Sie rührte sich nicht.

»Sie waren nett zu mir«, sagte sie. »Schwester Eliot hat mir geholfen, die Blumen ins Wasser zu stellen, als du schliefst.«

Er schaute sich um und machte ihre Umrisse aus. »Narzissen«, sagte er.

»Das ist Susies Blume.«

Mein Vater lächelte wunderschön. »Siehst du«, sagte er. »So geht es. Du lebst damit, indem du ihr eine Blume schenkst.«

»Das ist so traurig«, sagte meine Mutter.

»Ja«, sagte er, »das stimmt.«

Meine Mutter schob sich ein bisschen unsicher mit einer Hüfte auf den Rand des Krankenhausbetts, aber sie schafften es. Sie schafften es, sich gemeinsam nebeneinander auszustrecken, sodass sie sich in die Augen schauen konnten.

»Wie war es, Buckley und Lindsey wieder zu sehen?«

»Unglaublich schwer«, sagte sie.

Sie schwiegen einen Moment lang, und er drückte ihre Hand.

»Du siehst so anders aus«, sagte er.

»Älter, meinst du.«

Ich beobachtete, wie er nach einer Haarsträhne meiner Mutter griff und sie um ihr Ohr schlang. »Ich habe mich wieder in dich verliebt, als du weg warst«, sagte er.

Ich merkte, wie sehr ich mir wünschte, an Stelle meiner Mutter zu sein. Bei ihm ging es nicht um eine Rückschau und eine Liebe zu etwas, das sich nie verändern würde. Es ging darum, dass er meine Mutter für alles liebte – für ihre Zerrissenheit und ihre Flucht, dafür, dass sie genau in diesem Augenblick hier war, ehe die Sonne aufging und das Krankenhauspersonal hereinkam. Es ging darum, dass er dieses Haar mit seiner Fingerspitze streifte und sich bewusst und dennoch furchtlos in die Tiefen ihrer Ozeanaugen stürzte.

Meine Mutter konnte sich nicht dazu überwinden, »Ich liebe dich« zu sagen.

»Bleibst du?«, fragte er.

»Eine Weile.«

Das war wenigstens etwas.

»Gut«, erwiderte er. »Was hast du denn gesagt, wenn die Leute in Kalifornien dich nach deiner Familie gefragt haben?«

»Laut habe ich gesagt, ich hätte zwei Kinder. Wortlos habe ich drei gesagt. Ich hatte immer das Gefühl, ich müsste mich bei ihr dafür entschuldigen.«

»Hast du einen Ehemann erwähnt?«

Und sie schaute ihn an. »Nein.«

»Mann«, sagte er.

»Ich bin nicht zurückgekommen, um zu heucheln, Jack«, sagte sie.

»Warum bist du zurückgekommen?«

»Meine Mutter hat mich angerufen. Sie sagte, es sei ein Herzinfarkt, und ich musste an deinen Vater denken.«

»Du hast gedacht, dass ich vielleicht sterben könnte?«

»Ja.«

»Du hast geschlafen«, sagte er. »Du hast sie nicht gesehen.«

»Wen?«

»Jemand kam ins Zimmer und ging wieder. Ich glaube, es war Susie.«

»Jack?«, fragte meine Mutter, aber ihre Bestürzung war nur halbherzig.

»Erzähl mir nicht, dass du sie nicht siehst.«

Sie ließ los.

»Ich sehe sie überall«, sagte sie, vor Erleichterung aufatmend. »Sogar in Kalifornien war sie überall. In Bussen oder auf den Straßen vor Schulen, wenn ich vorbeifuhr. Manchmal sah ich ihr Haar, aber es passte nicht zu dem Gesicht, oder ich sah ihren Körper oder die Art, wie sie sich bewegte. Ich sah ältere Schwestern und ihre kleinen

Brüder oder zwei Mädchen, die wie Schwestern aussahen, und ich stellte mir vor, was Lindsey in ihrem Leben alles nicht haben würde – die Beziehung zu einer Schwester, die für sie und Buckley nicht mehr da war, und dann traf es mich wie ein Schlag, weil ich auch gegangen war. Das erstreckte sich dann auch auf dich und sogar auf meine Mutter.«

»Sie ist großartig«, sagte er, »ein Felsen in der Brandung. Ein Felsen wie ein Schwamm, aber ein Felsen.«

»Das glaube ich.«

»Wenn ich dir also erzähle, dass Susie vor zehn Minuten hier im Zimmer war, was würdest du sagen?«

»Ich würde sagen, du bist verrückt und hast wahrscheinlich Recht.«

Mein Vater langte nach oben und zog den Umriss der Nase meiner Mutter mit den Fingern nach und legte sie ihr dann auf ihren Mund. Dabei teilten sich ihre Lippen ganz leicht.

»Du musst dich runterbeugen«, sagte er. »Ich bin immer noch ein kranker Mann.«

Und ich sah zu, wie meine Eltern sich küssten. Sie behielten dabei die Augen offen, und meine Mutter war diejenige, die zuerst weinte, deren Tränen auf die Wangen meines Vaters tropften, bis auch er weinte.

21

Nachdem ich meine Eltern im Krankenhaus zurückgelassen hatte, machte ich mich zu Ray Singh auf. Wir waren zusammen vierzehn gewesen, er und ich. Jetzt sah ich seinen Kopf auf dem Kissen, dunkles Haar auf gelbem Bezug, dunkle Haut auf gelben Laken. Ich war immer in ihn verliebt gewesen. Ich zählte die Wimpern jedes geschlossenen Auges. Er war mein Beinahe gewesen, mein Was-hätte-sein-können, und ich wollte ihn genauso wenig verlassen wie meine Familie.

Auf dem kippelnden Gerüst hinter der Bühne, mit Ruth unter uns, war Ray Singh mir so nahe gekommen, dass sein Atem meinen streifte. Ich hatte die Mischung aus Nelken und Zimt riechen können, die er, wie ich mir ausmalte, jeden Morgen auf seine Getreideflocken streute, und außerdem etwas Dunkles, den dunklen Geruch des menschlichen Körpers, der mich erreichte, in dessen tiefstem Innern Organe von einer Chemie gesteuert wurden, die anders war als die meine.

Von dem Zeitpunkt an, als ich wusste, dass es passieren würde, bis zu dem Zeitpunkt, als es geschah, sorgte ich dafür, dass ich innerhalb oder außerhalb der Schule nicht allein mit Ray Singh war. Ich hatte Angst vor dem, was ich mir am meisten wünschte – einen Kuss von ihm. Dass er nicht gut genug wäre, um es mit den Geschichten aufzunehmen, die sie alle erzählten oder die ich in *Seventeen* und *Glamour* und *Vogue* las. Ich befürchtete, ich könnte nicht gut genug sein – dass mein erster Kuss Ablehnung und keine Liebe hervorrufen würde. Trotzdem sammelte ich Kussgeschichten.

»Bei deinem ersten Kuss, da klopft das Schicksal an«, sagte Grandma Lynn eines Tages am Telefon. Ich hielt den Hörer, während mein Vater meine Mutter holen ging. »Sternhagelvoll«, hörte ich ihn in der Küche sagen.

»Wenn ich es noch mal tun müsste, hätte ich etwas Umwerfendes aufgetragen – Fire and Ice zum Beispiel, aber den Lippenstift hat Revlon damals noch nicht hergestellt. Ich hätte dem Mann meinen Stempel aufgedrückt.«

»Mutter?«, sagte meine Mutter in den Schlafzimmeranschluss.

»Wir reden übers Küssen, Abigail.«

»Wie viel hast du getrunken?«

»Weißt du, Susie«, sagte Grandma Lynn, »wenn du wie eine Limone küsst, dann kriegst du Limonade.«

»Wie war es?«

»Ach, die Kussgeschichte«, sagte meine Mutter. »Die überlasse ich euch.« Ich hatte sie mir von ihr und meinem Vater immer wieder erzählen lassen, um ihre unterschiedlichen Reaktionen in Erfahrung zu bringen. Was bei mir haften blieb, war ein Bild von meinen Eltern hinter einer Wolke aus Zigarettenrauch – und ihre Lippen berührten sich in der Wolke nur zaghaft.

Einen Moment später flüsterte Grandma Lynn: »Bist du noch dran, Susie?«

»Ja, Grandma.«

Sie schwieg ein Weilchen. »Ich war in deinem Alter, und mein erster Kuss stammte von einem erwachsenen Mann. Vom Vater einer Freundin.«

»Grandma!«, sagte ich, aufrichtig schockiert.

»Du verrätst mich doch nicht, oder?«

»Nein.«

»Es war wundervoll«, sagte Grandma Lynn. »Er konnte wirklich küssen. Die Jungs, die mich küssen wollten, ertrug ich überhaupt nicht. Ich legte meine Hand flach auf ihre Brust und schob sie weg. Mr. McGahern wusste seine Lippen zu benutzen.«

»Was ist denn passiert?«

»Seligkeit«, sagte sie. »Ich wusste, dass es nicht richtig war, aber es war wundervoll – zumindest für mich. Ich habe ihn nie gefragt, was er empfand, aber ich habe ihn danach ja auch nie wieder allein gesehen.«

»Wolltest du es denn noch mal tun?«

»Ja, ich war immer auf der Suche nach diesem ersten Kuss.«

»Was war mit Granddaddy?«

»Kein großer Küsser«, sagte sie. Ich konnte das Klirren von Eiswürfeln am anderen Ende der Leitung hören. »Ich habe Mr. McGahern nie vergessen, obgleich es nur einen Augenblick dauerte. Gibt es einen Jungen, der dich küssen möchte?«

Weder mein Vater noch meine Mutter hatten mich das gefragt. Heute weiß ich, dass sie es bereits wussten, einander anlächelten, wenn sie sich ihre Erkenntnisse mitteilten.

Ich schluckte angestrengt. »Ja.«

»Wie heißt er?«

»Ray Singh.«

»Magst du ihn?«

»Ja.«

»Wo liegt dann das Problem?«

»Ich habe Angst, dass ich es nicht gut mache.«

»Susie?«

»Ja?«

»Hab einfach Vergnügen daran, Kind.«

Aber als ich an jenem Nachmittag an meinem Spind stand und Ray meinen Namen sagen hörte – diesmal hinter mir und nicht über mir –, fühlte es sich gar nicht nach Vergnügen an. Es fühlte sich auch nicht nach Nicht-Vergnügen an. Die simplen Schwarz-Weiß-Begriffe, die ich vorher gekannt hatte, trafen hier nicht zu. Ich fühlte mich, wenn ich ein Wort wählen sollte, aufgewühlt. Glücklich + Erschrocken = Aufgewühlt.

»Ray«, sagte ich, doch bevor der Name meinem Mund entschlüpft war, beugte Ray sich zu mir vor und erfasste meinen offenen Mund mit seinem. Es geschah so unvermutet, obgleich ich Wochen darauf gewartet hatte, dass ich mehr wollte. Ich wünschte mir so sehr, Ray Singh noch einmal zu küssen.

Am nächsten Morgen schnitt Mr. Connors einen Artikel aus der Zeitung aus und hob ihn für Ruth auf. Es handelte sich um eine detaillierte Zeichnung des Flanaganschen Schlundlochs und darum, wie man es auffüllen wollte. Während Ruth sich ankleidete, schrieb er dazu eine Notiz für sie. »Was für ein Blödsinn«, stand da. »Irgendwann fällt doch wieder ein armer Trottel mit seinem Auto rein.«

»Dad meint, das sei sein Ende«, sagte Ruth zu Ray, wobei sie mit dem Zeitungsausschnitt wedelte, während sie am Ende ihrer Einfahrt in Rays eisblauen Chevy stieg. »Angeblich wird unser Haus bei dem Parzellierungsvorhaben verschluckt. Hör dir das an. In diesem Artikel haben sie vier Blöcke, wie die Würfel, die man als Anfänger im Kunstunterricht zeichnet, und das soll zeigen, wie sie das Schlundloch zuschütten wollen.«

»Schön, dich zu sehen, Ruth«, sagte Ray, der im Rückwärtsgang aus der Einfahrt fuhr und dabei einen beredten Blick auf Ruths nicht befestigten Sicherheitsgurt warf.

»Entschuldige«, sagte Ruth. »Hallo.«

»Was steht in dem Artikel?«, fragte Ray.

»Schöner Tag heute, herrliches Wetter.«

»Ist ja schon gut. Erzähl mir von dem Artikel.«

Jedes Mal, wenn er Ruth nach ein paar Monaten wieder sah, wurde er an ihre Ungeduld und ihre Neugier erinnert – zwei Wesenszüge, die ihre Freundschaft begründet und erhalten hatten.

»Die ersten drei Abbildungen sind dieselben, nur mit unterschiedlichen Pfeilen, die auf unterschiedliche Stellen deuten, nämlich ›Mutterboden‹, ›geborstener Kalkstein‹ und ›sich zersetzendes Gestein‹. Über der letzten ist eine dicke Überschrift, die ›Wie man es kittet‹ heißt, und darunter steht: ›Beton füllt den Schlund, und Mörtel füllt die Risse.‹«

»Schlund?«, fragte Ray.

»Ich weiß«, sagte Ruth. »Dann ist da auf der anderen Seite noch ein Pfeil, als ob das so ein riesiges Projekt wäre, dass sie eine Sekunde innehalten müssten, damit die Leser das Konzept kapieren, und da steht: ›Dann wird das Loch mit Erde gefüllt.‹«

Ray fing an zu lachen.

»Wie eine medizinische Prozedur«, sagte Ruth. »Der Planet muss mit kniffligster Chirurgie zusammengeflickt werden.«

»Ich glaube, Löcher in der Erde beschwören ziemliche Urängste herauf.«

»Klar«, sagte Ruth. »Sie haben Schlünde, Herrgott noch mal! Hey, gucken wir uns das mal an.«

Ungefähr anderthalb Kilometer weiter die Straße entlang waren Schilder, die ein neues Bauvorhaben ankündigten. Ray bog links ab und fuhr in die ringförmig angelegten, frisch gepflasterten Straßen, wo die Bäume abgeholzt worden waren und in Abständen rot-gelbe Wimpel an taillenhoch gezogenen Drähten flatterten.

Als sie sich gerade in dem Glauben gewiegt hatten, sie seien allein bei der Erforschung der Wege, die für ein bisher unbewohntes Gelände geplant waren, sahen sie ein Stück vor sich Joe Ellis gehen.

Weder Ruth noch Ray winkten, und auch Joe nahm sie mit keiner Regung zur Kenntnis.

»Meine Mom sagt, er wohnt immer noch zu Hause und findet keinen Job.«

»Was macht er den ganzen Tag?«

»Gruselig aussehen, nehme ich an.«

»Er ist nie drüber weggekommen«, sagte Ray, und Ruth starrte hinaus auf die Reihen leerer Grundstücke, bis Ray zur Hauptstraße zurückfuhr und sie wieder die Bahngleise in Richtung Route 30 überquerten, die sie zum Schlundloch bringen würde.

Ruth hielt den Arm aus dem Fenster, um die feuchte Morgenluft nach dem Regen zu spüren. Obgleich Ray bezichtigt worden war, mit meinem Verschwinden zu tun zu haben, hatte er verstanden, warum, gewusst, dass die Polizei nur ihre Arbeit tat. Joe Ellis dagegen hatte sich nie von der Anschuldigung erholt, die Katzen und Hunde getötet zu haben, die Mr. Harvey umgebracht hatte. Er wanderte umher, blieb auf Abstand zu seinen Nachbarn und wünschte sich so sehr, Trost in der Liebe von Katzen und Hunden zu finden. Für mich war das Traurigste, dass diese Tiere die Zerrissenheit – die menschliche Unvollkommenheit – in ihm witterten und sich von ihm fern hielten.

An der Route 30 nahe dem Eels Rod Pike, eine Stelle, die Ray und Ruth in Kürze passieren würden, sah ich Len aus einem Apartment über Joes Frisörladen kommen. Er trug einen leicht bepackten Rucksack zu seinem Auto. Der Rucksack war ein Geschenk der jungen Frau, der das Apartment gehörte. Sie hatte ihn eines Tages, nachdem sie sich als Teilnehmer eines Kriminologie-Kurses am West Chester College im Revier kennen gelernt hatten, zum Kaffee eingeladen. In dem Rucksack hatte er verschiedene Sachen – einige, die er meinem Vater zeigen wollte, und einige, die keiner, der ein Kind hat, zu sehen brauchte. Zu Letzteren gehörten die Fotos von den Gräbern der geborgenen Leichen – in allen Fällen mit beiden Ellbogen.

Als er im Krankenhaus angerufen hatte, hatte ihm die Schwester mitgeteilt, Mr. Salmon habe Besuch von seiner Frau und Familie. Jetzt verdichtete sich sein Schuldgefühl, als er seinen Wagen auf den Krankenhausparkplatz fuhr und einen Augenblick lang dasaß, während die Sonne durch die in der Hitze glühenden Windschutzscheibe fiel.

Ich sah, wie Len an der Formulierung dessen arbeitete, was er sagen wollte. Im Geiste konnte er nur von einer Annahme ausgehen – dass das, was meine Eltern sich nach fast sieben Jahren, seit Ende 1975 stetig abflauenden Kontakts, am meisten erhofften, ein Leichnam war oder die Nachricht, dass Mr. Harvey gefunden worden war. Was er ihnen zu geben hatte, war ein Anhänger.

Er griff nach seinem Rucksack, schloss das Auto ab und kam an dem Mädchen mit ihren mit Narzissen nachgefüllten Eimern vorbei. Er kannte die Zimmernummer meines Vaters, deshalb machte er sich nicht die Mühe, sich am Schwesterntresen im vierten Stock anzumelden, sondern klopfte nur leise an die offene Tür meines Vaters, ehe er eintrat.

Meine Mutter stand mit dem Rücken zu ihm da. Als sie sich umdrehte, sah ich, wie ihn ihre Anwesenheit mit voller Wucht traf. Sie hielt die Hand meines Vaters. Ich fühlte mich plötzlich furchtbar einsam.

Meine Mutter schwankte ein bisschen, als sie Lens Blick begegnete, und dann begann sie mit dem leichtesten Einstieg.

»Es ist doch *immer* wieder wunderbar, Sie zu sehen«, versuchte sie zu scherzen.

»Len«, stieß mein Vater hervor. »Abbie, stellst du bitte das Bett höher?«

»Wie geht es Ihnen, Mr. Salmon?«, fragte Len, während meine Mutter auf den Knopf mit dem nach oben zeigenden Pfeil drückte.

»Jack, bitte«, verlangte mein Vater.

»Ehe Sie sich große Hoffnungen machen«, sagte Len, »wir haben ihn nicht geschnappt.«

Mein Vater war sichtlich enttäuscht.

Meine Mutter richtete die Schaumstoffkissen im Rücken und Nacken meines Vaters. »Warum sind Sie dann hier?«, fragte sie.

»Wir haben etwas gefunden, das Susie gehört«, sagte Len.

Beinahe denselben Satz hatte er verwendet, als er mit der Glöckchenmütze in unser Haus gekommen war. Er war ein fernes Echo in ihrem Kopf.

In der Nacht zuvor, als meine Mutter erst meinen Vater beim Schlafen beobachtet und mein Vater dann beim Aufwachen ihren Kopf neben sich auf dem Kissen gesehen hatte, hatten sie beide die Erinnerung an jene erste Nacht voller Schnee und Hagel und Regen abgewehrt, in der sie sich aneinander geklammert und beide ihre größte Hoffnung nicht laut geäußert hatten. Gestern war es mein Vater gewesen, der schließlich sagte: »Sie wird nie zurückkommen.« Eine klare und einfache Wahrheit, die jeder, der mich kannte, akzeptiert hatte. Aber er musste sie aussprechen, und sie musste sie von ihm hören.

»Es ist ein Anhänger von ihrem Armband«, sagte Len, »in der Form des Staates Pennsylvania mit ihren Initialen darauf.«

»Den habe ich ihr gekauft«, sagte mein Vater. »An der Thirtieth Street Station, als ich den einen Tag in die Stadt gefahren bin. Da war ein Stand, und ein Mann mit einer Schutzbrille hat umsonst die Initialen eingraviert. Lindsey habe ich auch eins mitgebracht. Entsinnst du dich, Abigail?«

»Ich entsinne mich«, sagte meine Mutter.

»Wir haben ihn neben einem Grab in Connecticut gefunden.«

Meine Eltern waren plötzlich einen Moment lang reglos – wie in Eis eingeschlossene Tiere –, in ihren offen eingefrorenen Augen die flehentliche Bitte, wer immer auch über sie hinwegging, möge sie doch bitte erlösen.

»Es war nicht Susie«, sagte Len eilig, um die Lücke zu füllen. »Es bedeutet nur, dass Harvey mit weiteren Morden in Delaware und Connecticut in Verbindung gebracht wird. Susies Anhänger haben wir in der Nähe eines Grabs außerhalb von Hartford gefunden.«

Mein Vater und meine Mutter sahen zu, als Len an dem klemmenden Reißverschluss seines Rucksacks herumfummelte. Meine Mutter strich meinem Vater das Haar zurück und versuchte, seinen Blick aufzufangen. Doch mein Vater konzentrierte sich ganz auf die Aussicht, die Len präsentierte – dass mein Mordfall wieder aufgenommen würde. Und meine Mutter, die eben angefangen hatte, festeren Boden unter sich zu spüren, musste die Tatsache verbergen, dass sie nie gewollte hatte, dass alles von neuem begann. Der Name George Harvey ließ sie verstummen. Sie hatte nie gewusst, was sie über ihn sagen sollte. Für meine Mutter bedeutete seine Ergreifung und Bestrafung eher, dass sie mit dem Feind leben, als dass sie lernen musste, ohne mich in der Welt zu sein.

Len holte eine große Plastiktüte hervor. In der untersten Ecke konnten meine Eltern das Glitzern von Gold sehen. Len reichte sie meiner Mutter, und sie hielt sie vor sich, ein Stück weg von ihrem Körper.

»Brauchen Sie den nicht, Len?«, fragte mein Vater.

»Wir haben sämtliche Tests damit durchgeführt«, sagte Len. »Wir haben dokumentiert, wo er gefunden wurde, und die erforderlichen Fotos gemacht. Vielleicht kommt der Zeitpunkt, wo ich ihn wiederhaben will, aber bis dahin können Sie ihn behalten.«

»Mach auf, Abbie«, sagte mein Vater.

Ich beobachtete, wie meine Mutter den Beutel aufhielt und sich über das Bett beugte. »Der ist für dich, Jack«, sagte sie. »Er war ein Geschenk von dir.«

Als mein Vater hineinlangte, zitterte seine Hand, und es dauerte eine Sekunde, bis er die kleinen, scharfen Ränder des Anhängers am Fleisch seiner Finger fühlte. Die Art und Weise, wie er ihn aus der Tüte zog, erinnerte mich an das Spiel »Operation« mit Lindsey, als wir klein waren. Wenn er die Ränder der Plastiktüte berührte – entsprechend dem

Metallrand des Spielbretts –, würde eine Alarmglocke ertönen, und er würde ein Bußgeld zahlen müssen.

»Wie können Sie so sicher sein, dass er die anderen Mädchen ermordet hat?«, fragte meine Mutter. Sie starrte auf den kleinen Funken Gold in der Handfläche meines Vaters.

»Nichts ist jemals sicher«, sagte Len.

Und das Echo hallte ihr erneut in den Ohren wider. Len hatte ein feststehendes Sortiment an Phrasen. Genau diese Phrase hatte mein Vater sich ausgeliehen, um seine Familie zu beschwichtigen. Es war eine grausame Phrase, die die Hoffnung ausbeutete.

»Ich glaube, ich möchte, dass Sie jetzt gehen«, sagte sie.

»Abigail?«, fragte mein Vater zweifelnd.

»Ich will nichts mehr hören.«

»Ich bin sehr froh, dass ich den Anhänger habe, Len«, sagte mein Vater.

Len lüftete einen imaginären Hut, ehe er sich zum Gehen wandte. Er hatte mit meiner Mutter, bevor sie wegging, eine bestimmte Art von Sex gehabt, Sex als einen Akt willentlichen Vergessens. Es war die Art Sex, die er immer öfter in den Zimmern über dem Frisörladen hatte.

Ich machte mich nach Süden zu Ruth und Ray auf, aber stattdessen sah ich Mr. Harvey. Er fuhr einen orangeroten Wagen, der aus so vielen unterschiedlichen Versionen desselben Typs und Modells zusammengestückelt war, dass er aussah wie Frankensteins Monster auf Rädern. Eine Gummikordel hielt die Kühlerhaube, die im Gegenwind auf- und zuklapperte.

Der Motor weigerte sich, die Höchstgeschwindigkeit auch nur um einen Hauch zu überschreiten, so angestrengt er auch aufs Gaspedal trat. Er hatte neben einem leeren Grab geschlafen, und während er schlief, hatte er von der 5! 5! 5! geträumt und war bei Tagesanbruch aufgewacht, um die Fahrt nach Pennsylvania anzutreten.

Die Umrisse von Mr. Harvey wirkten seltsam verschwommen. Jahrelang hatte er die Erinnerungen an die Frauen, die er getötet hatte, in Schach gehalten, doch nun kehrten sie eine nach der anderen zurück.

Beim ersten Mädchen war es Zufall gewesen. Er war wütend geworden und hatte sich nicht bremsen können, so jedenfalls erklärte er es sich selbst. Sie ging danach nicht mehr auf die Highschool, die sie beide besuchten, aber das kam ihm nicht komisch vor. Er hatte inzwischen so oft den Wohnort gewechselt, dass er annahm, sie sei weggezogen. Er hatte sie bedauert, diese lautlose Vergewaltigung einer Schulkameradin, sie aber nicht als etwas gesehen, das einem von ihnen beiden nachhängen würde. Es war, als hätte etwas außerhalb seiner selbst eines Nachmittags in der Kollision ihrer Körper resultiert. Danach hatte sie eine Sekunde lang vor sich hingestarrt. Ein bodenloser Blick. Dann zog sie ihre zerrissene Unterhose an und klemmte sie unter den Bund ihres Rocks, damit sie nicht herunterrutschte. Sie sprachen kein Wort, und sie ging. Er schnitt sich mit seinem Taschenmesser in den Handrücken. Falls sein Vater wegen des Bluts gefragt hätte, wäre das eine plausible Erklärung gewesen. »Siehst du«, hätte er sagen und auf die Stelle an seiner Hand zeigen können, »es war ein Unfall.«

Doch sein Vater fragte nicht, und es kam keiner, der etwas von ihm wollte. Kein Vater oder Bruder oder Polizist.

Dann sah ich, was Mr. Harvey neben sich spürte. Dieses Mädchen, das nur wenige Jahre später gestorben war, als ihr Bruder beim Rauchen einer Zigarette einschlief. Sie saß auf dem Beifahrersitz. Ich fragte mich, wie lange es wohl dauern würde, bis er sich an mich erinnerte.

Die einzigen Zeichen von Veränderung seit dem Tag, an dem Mr. Harvey mich bei den Flanagans abgeliefert hatte, waren die orangefarbigen, um das Grundstück herum aufgestellten Leitkegel. Das und der Hinweis darauf, dass das Schlundloch sich vergrößert hatte. Die Südostecke des Hauses neigte sich nach unten, und die vordere Veranda versank in aller Stille in der Erde.

Als Vorsichtsmaßnahme parkte Ray auf der anderen Seite der Flat Road unter einem Abschnitt wuchernden Strauchwerks. Trotzdem streifte die Beifahrerseite den Rand des Pflasters. »Was ist aus den Flanagans geworden?«, fragte Ray, während sie aus seinem Auto stiegen.

»Mein Vater meint, die Firma, die das Gelände gekauft hat, hat ihnen eine Abfindung gezahlt, und sie sind weggezogen.«

»Es ist unheimlich hier, Ruth«, sagte Ray.

Sie überquerten die unbefahrene Straße. Der Himmel über ihnen war hellblau, und ein paar rauchige Wolken tüpfelten die Luft. Von ihrem Standpunkt aus konnten sie die Rückseite von Hals Motorradwerkstatt jenseits der Eisenbahngleise erkennen.

»Ob die wohl immer noch Hal Heckler gehört?«, sagte Ruth. »Als Teenager war ich verknallt in ihn.«

Dann wandte sie sich dem Grundstück zu. Sie waren still. Ruth bewegte sich in stetig kleiner werdenden Kreisen auf das Loch und seinen undefinierbaren Rand zu. Ray ging hinter Ruth her, die die Führung übernommen hatte. Wenn man das Schlundloch aus der Ferne sah, wirkte es harmlos – wie eine übergroße Schlammpfütze, die eben anfing auszutrocknen. Es war von Gras- und Unkrautflecken umgeben, und dann, wenn man genau hinsah, war es, als ob die Erde zu Ende wäre und ein hell kakaobraunes Fleisch begänne. Es war weich und konvex und sog Gegenstände auf seiner Oberfläche in sich auf.

»Woher weißt du, dass es uns nicht verschluckt?«, fragte Ray.

»Wir sind nicht schwer genug«, sagte Ruth.

»Bleib stehen, wenn du das Gefühl hast, einzusinken.«

Als ich ihnen zuschaute, fiel mir ein, wie ich Buckleys Hand gehalten hatte an dem Tag, als wir den Kühlschrank versenkten. Während mein Vater mit Mr. Flanagan redete, gingen Buckley und ich bis zu der Stelle, wo die Erde sich neigte und nachgiebiger wurde, und ich hätte schwören können, dass ich spürte, wie sie unter meinen Füßen ganz leicht nachgab. Es war dasselbe Gefühl gewesen wie bei einem Spaziergang über den Friedhof unserer Kirche, bei dem ich plötzlich in die Tunnel eingebrochen war, die die Maulwürfe zwischen den Grabsteinen gegraben hatten.

Im Grunde war es die Erinnerung an eben diese Maulwürfe – und die Abbildungen von ihnen, blind, schnüffelnd, gierig, die ich aus Büchern kannte –, die mich bereitwilliger hatte akzeptieren lassen, dass ich in einem schweren Metallsafe in die Erde versenkt wurde. Jedenfalls war ich vor Maulwürfen sicher.

Ruth trippelte auf Zehenspitzen auf das zu, was sie für den Rand des Lochs hielt, während ich an das Lachen meines Vaters an jenem längst vergangenen Tag dachte. Auf dem Heimweg hatte ich nämlich eine Geschichte für meinen Bruder erfunden. Dass es unter dem Schlundloch ein ganzes Dorf in der Erde gäbe, von dem niemand wusste, und die Menschen, die dort lebten, diese Haushaltsgeräte wie Geschenke aus einem irdischen Himmel begrüßten. »Wenn unser Kühlschrank bei ihnen ankommt«, sagte ich, »werden sie uns preisen, denn sie sind ein Volk von winzigen Mechanikern, die gern Sachen reparieren.« Das Gelächter meines Vaters erfüllte das Auto.

»Ruthie«, sagte Ray, »das ist nahe genug.«

Ruths Zehen befanden sich auf dem weichen Teil des

Erdbodens, ihre Fersen auf dem harten, und als ich sie beobachtete, hatte ich das Gefühl, dass sie womöglich die Finger ausstrecken und die Arme heben und mit einem Kopfsprung eintauchen würde, um bei mir zu sein. Aber Ray trat hinter sie.

»Anscheinend«, sagte er, »rülpst der Schlund der Erde.«

Wir schauten alle drei zu, wie die Ecke von etwas Metallischem aufstieg.

»Die großartige 69er Maytag«, sagte Ray.

Doch es war keine Waschmaschine und auch kein Safe. Es war ein alter, roter Gasherd, der sich langsam bewegte.

»Hast du dir jemals überlegt, wo Susie Salmons Leiche gelandet ist?«, fragte Ruth.

Ich wäre am liebsten unter den wuchernden Sträuchern hervorgekommen, die ihr eisblaues Auto halb verdeckten, hätte die Straße überquert, wäre hinunter in das Loch und wieder hoch gelaufen und hätte sie sanft auf die Schulter getippt und gesagt: »Ich bin's! Du hast es erraten! Bingo! Tor!«

»Nein«, sagte Ray. »Das überlasse ich dir.«

»Hier verändert sich jetzt alles. Jedes Mal, wenn ich nach Hause komme, ist etwas verschwunden, das diesen Ort zu etwas Außergewöhnlichem gemacht hat«, sagte sie.

»Willst du in das Haus gehen?«, fragte Ray, aber er dachte an mich. Wie er sich verliebt hatte, als er dreizehn war. Er hatte mich auf dem Heimweg von der Schule vor sich gesehen, und es war eine Reihe simpler Dinge: mein schlecht sitzender karierter Rock, meine mit Holidays Haaren bedeckte Jacke, wie das, was für mich mein mausbraunes Haar war, die Nachmittagssonne einfing, sodass sich das Licht flüssig darüber hinwegbewegte, während wir nach Hause gingen, einer hinter dem anderen. Und dann, ein paar Tage später, als er im Sozialkundeunterricht aufgestanden war und versehentlich aus seinem Referat über

Jane Eyre statt über den Krieg von 1812 vorgelesen hatte, hatte ich ihn auf eine Weise angeschaut, die er nett fand.

Ray ging auf das Haus zu, das bald abgerissen werden würde und von Mr. Connors eines späten Abends bereits aller wertvoller Türknäufe und Armaturen entkleidet worden war, Ruth dagegen blieb am Schlundloch. Ray war schon im Haus, als es passierte. So klar wie der helle Tag sah sie mich dort neben sich stehen und auf die Stelle schauen, wo Mr. Harvey mich abgeladen hatte.

»Susie«, sagte Ruth und spürte meine Gegenwart noch deutlicher, als sie meinen Namen aussprach.

Doch ich sagte nichts.

»Ich habe Gedichte für dich geschrieben«, sagte Ruth, die wollte, dass ich bei ihr bliebe. Was sie sich ihr ganzes Leben lang gewünscht hatte, geschah, endlich. »Möchtest du nichts, Susie?«, fragte sie.

Da verschwand ich.

Ruth stand da, taumelnd, und wartete im grauen Licht der pennsylvanischen Sonne. Und ihre Frage klang mir in den Ohren: »Möchtest du nichts?«

Hals Werkstatt jenseits der Bahngleise war verlassen. Er hatte sich den Tag frei genommen und war mit Samuel und Buckley zu einer Motorradausstellung in Radnor gefahren. Ich sah, wie Buckleys Hände über die geschwungene Vorderradverkleidung eines roten Minibikes strichen. Bald war sein Geburtstag, und Hal und Samuel beobachteten ihn. Hal hatte meinem Bruder Samuels altes Altsaxofon schenken wollen, doch da war meine Grandma Lynn eingeschritten. »Er braucht was, auf das er eindreschen kann, Schätzchen«, meinte sie. »Spar dir das subtile Zeug.« Also hatten Hal und Samuel zusammengelegt und meinem Bruder ein Schlagzeug aus zweiter Hand gekauft.

Grandma Lynn war im Einkaufszentrum, wo sie versuchte, schlichte, aber elegante Kleider zu finden, die zu tragen sie meine Mutter überreden konnte. Mit durch jahrelange Praxis geübten Fingern zog sie ein marineblaues Kleid aus einem Ständer mit schwarzen. Ich sah, dass sich die Frau neben ihr vor Neid grünlich verfärbte.

Im Krankenhaus las meine Mutter meinem Vater aus einem *Evening Bulletin* von gestern vor, und er schaute zu, wie sich ihre Lippen bewegten, und hörte nicht richtig hin. Lieber hätte er sie geküsst.

Und Lindsey.

Ich sah, wie Mr. Harvey am helllichten Tage in mein altes Viertel einbog; es kümmerte ihn nicht mehr, wer ihn entdeckte, er verließ sich auf seine gewohnte Unsichtbarkeit – hier, in der Nachbarschaft, wo so viele gesagt hatten, sie würden ihn nie vergessen, hätten ihn immer sonderbar gefunden, hätten gleich geargwöhnt, dass die tote Ehefrau, über die er mit wechselnden Namen sprach, eins seiner Opfer gewesen war.

Lindsey war allein zu Hause.

Mr. Harvey fuhr an Nates Haus im Anschlussviertel der Siedlung vorüber. Nates Mutter pflückte die verwelkten Blüten aus ihrem nierenförmigen Blumenbeet im Vorgarten. Sie schaute auf, als das Auto vorbeikam. Sie sah das unbekannte, zusammengeflickte Gefährt und nahm an, es gehörte dem College-Freund eines der älteren Kinder, die den Sommer über zu Hause waren. Sie hatte Mr. Harvey nicht auf dem Fahrersitz gesehen. Er bog nach links in die untere Straße ab, die in einer Schleife dorthin führte, wo er früher gewohnt hatte. Holiday winselte zu meinen Füßen, dasselbe angsterfüllte leise Hecheln, das er von sich zu geben pflegte, wenn wir ihn zum Tierarzt fuhren.

Ruana Singh wandte ihm den Rücken zu. Ich sah sie durch das Fenster zum Esszimmer, wo sie Stapel neuer Bücher alphabetisch sortierte und in sorgfältig geordnete

Regale stellte. In den Gärten hinter den Häusern waren Kinder auf Schaukeln oder mit Springstöcken oder solche, die sich gegenseitig mit Wasserpistolen jagten. Ein Viertel voller potenzieller Opfer.

Er fuhr um die Kurve am Fuße unserer Straße und passierte den kleinen städtischen Park, dem gegenüber die Gilberts wohnten. Sie waren beide drinnen, Mrs. Gilbert mittlerweile gebrechlich. Dann sah er sein ehemaliges Haus, nicht mehr grün, obwohl es für meine Familie und mich immer »das grüne Haus« sein würde. Die neuen Besitzer hatten es in einem Ton zwischen Lavendel und Mauve gestrichen und einen Pool gebaut und gleich daneben, nahe dem Kellerfenster, einen Pavillon aus Rotholz, der von Kletterefeu und Kinderspielzeug überquoll. Die Blumenbeete vor dem Haus waren durch Steinplatten ersetzt worden, als der Gehweg verbreitert wurde, und die vordere Veranda hatte jetzt eine frostsichere Verglasung, hinter der er eine Art Büro sah. Aus dem Garten hörte er das Lachen von Mädchen, und eine Frau, die einen Sonnenhut trug, trat mit einer Baumschere aus der Haustür. Sie starrte den Mann an, der in seinem orangeroten Wagen saß, und spürte einen Stoß in ihrem Innern – den Übelkeit erregenden Stoß der Leere. Sie drehte sich abrupt um, ging wieder hinein und beäugte ihn durch ihr Fenster. Wartend.

Er fuhr ein paar Häuser weiter die Straße entlang.

Da war sie, meine kostbare Schwester. Er konnte sie hinter dem Fenster im Obergeschoss unseres Hauses sehen. Sie hatte sich das Haar ganz kurz geschnitten und war in den vergangenen Jahren dünner geworden, aber es war wirklich sie, die da an dem Zeichenbrett saß, das sie als Schreibtisch benutzte, und ein Psychologie-Buch las.

In dem Augenblick sah ich sie die Straße entlangkommen.

Während er die Fenster meines alten Zuhauses musterte und sich fragte, wo die anderen Mitglieder meiner Familie waren – ob mein Vater noch humpelte –, sah ich, wie die letzten Überbleibsel der Tiere und der Frauen Mr. Harveys Haus verließen. Sie schritten gemeinsam voran. Er beobachtete meine Schwester und dachte an die Laken, die er über die Pfosten des Brautzeltes drapiert hatte. Er hatte meinem Vater an jenem Tag direkt in die Augen gestarrt, als er meinen Namen aussprach. Und der Hund – der vor seinem Haus immer gebellt hatte –, der Hund war inzwischen bestimmt tot.

Lindsey bewegte sich hinter dem Fenster, und ich beobachtete, wie er sie beobachtete. Sie stand auf und drehte sich um, trat tiefer in das Zimmer an ein deckenhohes Bücherregal. Sie langte nach oben und zog ein weiteres Buch hervor. Als sie zum Schreibtisch zurückkehrte und sein Blick auf ihrem Gesicht verweilte, war in seinem Rückspiegel plötzlich ein Streifenwagen zu sehen, der hinter ihm langsam die Straße entlangkam.

Er wusste, dass er ihnen nicht davonfahren konnte. Er saß in seinem Auto und setzte die letzten Überreste der Miene auf, die er Amtspersonen seit Jahrzehnten zeigte – die Miene eines höflichen Mannes, den sie vielleicht bemitleideten oder verachteten, aber nie beschuldigen würden. Während der Beamte sich mit seinem Wagen neben ihn schob, schlüpften die Frauen durch die Fenster, und die Katzen schmiegten sich an seine Knöchel.

»Haben Sie sich verfahren?«, fragte der junge Polizist, als er auf einer Höhe mit dem orangeroten Wagen war.

»Ich habe früher hier gewohnt«, erwiderte Mr. Harvey. Ich war erschüttert. Er hatte sich für die Wahrheit entschieden.

»Wir haben einen Anruf gekriegt, verdächtiges Fahrzeug.«

»Ich habe gesehen, dass in dem ehemaligen Maisfeld gebaut wird«, sagte Mr. Harvey. Und ich wusste, dass sich ein Teil von mir den anderen anschließen, in Stücken herabstürzen könnte, sodass jeder Körperteil, auf den er Anspruch erhoben hatte, in seinem Auto herunterregnen würde.

»Sie erweitern die Schule.«

»Ich fand gleich, dass das Viertel wohlhabender wirkt«, sagte Mr. Harvey nachdenklich.

»Vielleicht sollten Sie jetzt weiterfahren«, sagte der Beamte. Er war peinlich berührt von Mr. Harvey in seinem zusammengeflickten Auto, doch ich sah, dass er sich die Nummer aufschrieb.

»Ich wollte niemanden erschrecken.«

Mr. Harvey war ein Profi, aber das kümmerte mich in dem Moment nicht. Mit jedem Straßenabschnitt, den er zurücklegte, konzentrierte ich mich auf Lindsey, die drinnen ihre Lehrbücher las, auf die Fakten, die von den Seiten hoch in ihr Gehirn sprangen, darauf, wie intelligent sie war und wie intakt. Auf dem College hatte sie beschlossen, Therapeutin zu werden. Und ich dachte an die Mischung in der Luft, die unser Vorgarten war, Tageslicht, eine überempfindliche Mutter und ein Polizist – es war eine Verkettung glücklicher Umstände, die meine Schwester bisher beschützt hatte. Jeder Tag ein Fragezeichen.

Ruth erzählte Ray nicht, was passiert war. Sie gelobte sich, es erst in ihr Tagebuch zu schreiben. Als sie auf dem Rückweg zum Auto die Straße überquerten, sah Ray etwas Violettes in dem Gebüsch auf halber Höhe eines hohen Erdwalls, den Bauarbeiter dort abgeladen hatten.

»Das ist Immergrün«, sagte er zu Ruth. »Ich schneide ein bisschen davon für meine Mutter ab.«

»Klar, lass dir Zeit«, sagte Ruth.

Ray tauchte in das Unterholz neben der Fahrerseite ab

und kletterte hinauf zu dem Immergrün, während Ruth am Wagen stand. Ray dachte nicht mehr an mich. Er dachte an das Lächeln seiner Mutter. Die sicherste Methode, ihr eins zu entlocken, war die, wild wachsende Blumen zu finden, sie ihr mitzubringen und zuzuschauen, wie sie sie presste, wobei sie zunächst ihre Blütenblätter flach auf das Schwarz-Weiß von Wörterbüchern oder Nachschlagewerken legte. Ray stieg auf den Gipfel des Walls und verschwand auf der anderen Seite in der Hoffnung, noch mehr Blumen zu finden.

Erst da spürte ich ein Kribbeln entlang der Wirbelsäule, als ich seinen Körper so plötzlich auf der anderen Seite verschwinden sah. Ich hörte Holiday, dem die Angst tief und leise in der Kehle saß, und mir wurde klar, dass es nicht Lindsey gewesen sein konnte, wegen der er gewinselt hatte. Mr. Harvey erklomm die Spitze des Eels Rod Pike und erblickte das Schlundloch und die orangeroten Leitkegel, die zu seinem Auto passten. Dort hatte er eine Leiche entsorgt. Er erinnerte sich an den Bernsteinanhänger seiner Mutter und daran, dass er noch warm gewesen war, als sie ihn ihm reichte.

Ruth sah die in den Wagen gestopften Frauen in blutroten Gewändern. Sie begann, auf sie zuzugehen. Auf derselben Straße, an der ich begraben worden war, fuhr Mr. Harvey an Ruth vorbei. Alles, was sie sehen konnte, waren die Frauen. Dann: Blackout.

Das war der Augenblick, in dem ich zur Erde fiel.

22

Dass Ruth auf der Fahrbahn zusammenbrach, bekam ich mit. Dass Mr. Harvey unbeachtet, ungeliebt, ungebeten entschwirrte – das entging mir.

Hilflos kippelte ich, mein Gleichgewicht war weg. Ich stürzte durch den offenen Eingang des Pavillons, über den Rasen und die entlegenste Grenze des Himmels, wo ich all die Jahre gelebt hatte.

Ich hörte Ray in der Luft über mir schreien, seine Stimme ein Klangbogen. »Ruth, ist alles in Ordnung?« Und dann griff er nach ihr und packte sie.

»Ruth, Ruth«, rief er. »Was ist passiert?«

Und ich war in Ruths Augen, und ich schaute hoch. Ich konnte die Wölbung ihres Rückens auf dem Pflaster spüren und Kratzer unter ihren Kleidern, wo die scharfen Ränder von Kieselsteinen das Fleisch aufgerissen hatten. Ich nahm mit allen Sinnen wahr – die Wärme der Sonne, den Geruch des Asphalts –, doch ich konnte Ruth nicht sehen.

Ich hörte Ruths Lungen blubbern, fühlte einen Schwindel in ihrem Magen, aber auch die Luft, die noch ihre Lungen füllte. Dann Spannung, die den Körper streckte. Ihren Körper. Darüber Ray, seine Augen – grau, pulsierend, die ohne Hoffnung links und rechts auf der Straße nach Hilfe Ausschau hielten, die nicht kam. Er hatte Mr. Harveys Auto nicht gesehen, sondern war mit einem Strauß Feldblumen für seine Mutter begeistert durch das Gebüsch gekrochen, und da war Ruth, die auf der Fahrbahn lag.

Ruth drängte von innen gegen ihre Haut, sie wollte heraus. Sie kämpfte darum, ihren Körper zu verlassen, und ich war jetzt drinnen, rang mit ihr. Ich zwang sie zurück, wollte jenes göttlich Unmögliche, aber sie wollte raus. Es gab nichts und niemanden, der sie daran hindern konnte, fortzufliegen. Ich schaute zu, wie ich es so oft vom Himmel aus getan hatte, doch diesmal war es ein verwischter Fleck neben mir. Es waren Lust und Zorn, die emporstrebten.

»Ruth«, sagte Ray. »Kannst du mich hören, Ruth?«

Kurz bevor sie ihre Augen schloss und alle Lichter ausgingen und die Welt außer sich war, sah ich in Ray Singhs graue Augen, auf seine dunkle Haut, auf die Lippen, die ich einst geküsst hatte. Dann strich Ruth, wie eine Hand, die sich aus einem festen Griff lockert, an ihm vorbei.

Rays Blick zog mich vorwärts, während das Beobachten aus mir herausströmte und einem erbärmlichen Verlangen Platz machte: auf dieser Erde wieder lebendig zu sein. Nicht von oben zuzuschauen, sondern – das Allersüßeste – dabei zu sein.

Irgendwo in dem blauen Dazwischen hatte ich sie gesehen – Ruth, die mich streifte, als ich zur Erde fiel. Aber sie war nicht der Schatten einer menschlichen Gestalt, kein Geist. Sie war ein gescheites Mädchen, das alle Regeln übertrat.

Und ich war in ihrem Körper.

Ich hörte eine Stimme, die mich vom Himmel her rief. Es war Frannys. Sie rannte auf den Pavillon zu und rief dabei meinen Namen. Holiday bellte so laut, dass sich seine Stimme überschlug und sich hinten in seinem Rachen ohne Unterbrechung um sich selbst drehte. Dann waren Franny und Holiday auf einmal verschwunden, und alles war still. Ich spürte etwas, das mich am Boden hielt, und ich spürte eine Hand in meiner. Meine Ohren waren wie Meere, in denen das, was ich gekannt hatte, Stimmen, Gesichter, Tatsachen, allmählich ertranken. Zum ersten Mal, seit ich gestorben war, öffnete ich die Augen und sah graue Augen, die meinen Blick erwiderten. Ich regte mich nicht, während mir langsam dämmerte, dass das herrliche Gewicht, das mich beschwerte, das Gewicht des menschlichen Körpers war.

Ich versuchte zu sprechen.

»Lass es«, sagte Ray. »Was ist passiert?«

Ich bin gestorben, hätte ich am liebsten gesagt. Wie sagt man: »Ich bin gestorben und jetzt wieder unter den Lebenden?«

Ray hatte sich hingekniet. Um ihn und auf mir waren die Blumen verstreut, die er für Ruana gepflückt hatte. Ich konnte ihre leuchtende elliptische Form vor dem Hintergrund von Ruths dunklen Kleidern ausmachen. Und dann drückte Ray mir sein Ohr auf die Brust, um zu hören, ob ich atmete. Er legte einen Finger auf die Innenseite meines Handgelenks, um meinen Puls zu überprüfen.

»Bist du in Ohnmacht gefallen?«, fragte er, als er mich für lebendig befunden hatte.

Ich nickte. Ich wusste, dass mir diese Gnade auf Erden nicht ewig gewährt sein würde, dass Ruths Wunsch nur vorübergehend in Erfüllung ging.

»Ich glaube, es ist alles in Ordnung«, versuchte ich es, aber meine Stimme war zu leise, zu weit entfernt, und Ray hörte mich nicht. Meine Augen, die ich öffnete, so weit ich konnte, waren fest auf seine gerichtet. Etwas drängte mich abzuheben. Ich dachte schon, ich schwebte wieder in den Himmel, kehrte zurück, doch ich versuchte bloß aufzustehen.

»Ruth«, sagte Ray. »Beweg dich nicht, wenn du dich schwach fühlst. Ich kann dich zum Auto tragen.«

Ich lächelte ihn mit eintausend Watt an. »Mir geht's gut«, sagte ich.

Zögernd, mich genau beobachtend, ließ er meinen Arm los, hielt meine andere Hand jedoch weiterhin fest. Er stand zusammen mit mir auf, und die Feldblumen fielen aufs Pflaster. Im Himmel verstreuten die Frauen Rosenblütenblätter, als sie Ruth Connors sahen.

Ich sah, wie sich ein verblüfftes Lächeln auf seinem schönen Gesicht ausbreitete. »Dir geht's also wieder gut«, sagte er. Vorsichtig kam er nahe genug, um mich zu küssen, sagte aber, er wolle nur überprüfen, ob meine Pupillen gleich groß seien.

Ich spürte das Gewicht von Ruths Körper, das köstliche Wippen von Brüsten und Schenkeln, aber auch eine schreckliche Verantwortung. Ich war eine Seele, die auf die Erde zurückgekehrt war. Ein Kurzurlaub vom Himmel, den ich geschenkt bekommen hatte. Ich zwang mich dazu, so aufrecht wie möglich zu stehen.

»Ruth?«

Ich versuchte, mich an den Namen zu gewöhnen. »Ja«, erwiderte ich.

»Du hast dich verändert«, sagte er. »Irgendwas ist anders.«

Wir standen fast mitten auf der Fahrbahn, doch dies war mein Augenblick. Ich hätte es ihm so gern erzählt, aber was sollte ich sagen? »Ich bin Susie, ich habe nur wenig Zeit.« Ich hatte zu viel Angst.

»Küss mich«, sagte ich stattdessen.

»Was?«

»Hast du keine Lust?« Ich hob meine Hände an sein Gesicht und spürte die leichten Stoppeln eines Bartes, der vor acht Jahren noch nicht da gewesen war.

»Was ist mit dir passiert?«, fragte er bestürzt.

»Manchmal fallen Katzen aus dem zehnten Stock eines Hochhauses und landen auf den Füßen. Man glaubt es nur, wenn man es gedruckt sieht.«

Ray starrte mich verwirrt an. Er beugte sich herunter, und unsere Lippen berührten sich zärtlich. Ich fühlte seinen kühlen Mund im tiefsten Innern. Noch ein Kuss, kostbare Gabe, erschlichenes Geschenk. Seine Augen waren mir so nahe, dass ich in dem Grau die grünen Flecken sah.

Ich ergriff seine Hand, und wir gingen schweigend zurück zum Auto. Ich merkte, dass er zurückblieb, an meinem Arm zerrte, während wir Händchen hielten, und Ruths Körper musterte, um sich zu vergewissern, dass sie aufrecht gehen konnte.

Er öffnete die Beifahrertür, und ich glitt auf den Sitz und stellte meine Füße auf den mit Teppich belegten Boden. Als er auf seiner Seite einstieg, schaute er mich noch einmal eindringlich an.

»Was ist los?«, fragte ich.

Wieder küsste er mich leicht auf die Lippen. Was ich mir so lange gewünscht hatte. Der Augenblick verlangsamte sich, und ich sog ihn in mich ein. Die Berührung seines Mundes, seine feinen Bartstoppeln, die mich streiften, und das Geräusch des Kusses – das kurze Schnalzen, als unsere Lippen sich trennten, nachdem sie sich aufeinander gedrückt hatten, und dann das grausamere Sichlösen. Es hallte wider, dieses Geräusch, in dem langen Tunnel der Einsamkeit und des Sichbegnügens damit, die Berührungen und Liebkosungen anderer auf der Erde zu beobachten. Ich war noch nie so berührt worden. Ich war nur von Händen verletzt worden, denen jede Zärtlichkeit fehlte. Aber nach meinem Tod hatte ein Mondstrahl meinen Himmel erhellt, der wirbelnd blinkte – Ray Singhs Kuss. Irgendwie wusste Ruth davon.

Mir pochte der Kopf bei dem Gedanken, dass ich mich in Ruth versteckte – dass es, wenn Ray mich küsste oder unsere Hände sich trafen, mein Verlangen war, nicht Ruths, dass *ich* an die Ränder ihrer Haut drängte. Ich konnte Holly sehen. Sie lachte mit in den Nacken geworfenem Kopf, und dann hörte ich Holiday klagend heulen, denn ich war wieder dort, wo wir beide einst gelebt hatten.

»Wohin möchtest du?«, fragte Ray.

Und das war eine so umfassende Frage, die Antwort so unermesslich. Ich wusste, dass ich nicht Mr. Harvey hinterherjagen wollte. Ich sah Ray an und wusste, wozu ich da war. Um mir ein Stück vom Himmel zu holen, das ich nie kennen gelernt hatte.

»Zu Hal Hecklers Motorradwerkstatt«, sagte ich entschlossen.

»Was?«

»Du hast gefragt.«

»Ruth?«

»Ja?«

»Darf ich dich noch mal küssen?«

»Ja«, sagte ich und wurde rot.

Er beugte sich herüber, und erneut begegneten sich unsere Lippen, und da war sie, Ruth, die alten Männern in Baskenmützen und schwarzen Rollkragenpullovern Vorträge hielt, während sie Feuerzeuge in die Luft reckten und in rhythmischem Singsang ihren Namen riefen.

Ray lehnte sich zurück und schaute mich an. »Was ist los?«, fragte er.

»Wenn du mich küsst, sehe ich den Himmel«, sagte ich.

»Wie sieht es denn da aus?«

»Es ist für jeden anders.«

»Ich will Einzelheiten«, sagte er lächelnd. »Fakten.«

»Schlaf mit mir«, sagte ich, »dann erzähle ich dir davon.«

»Wer bist du?«, fragte er, doch ich merkte, dass er noch nicht wusste, was er da fragte.

»Der Motor ist warm«, sagte ich.

Er packte die glänzende Chromstange neben dem Lenkrad, und dann fuhren wir – so normal wie der Tag –, ein Junge und ein Mädchen nebeneinander. Die Sonne blitzte in dem geborstenen Glimmerschiefer des alten, zusammengeflickten Straßenbelags auf, als er wendete.

Wir fuhren hinunter zum Fuß der Flat Road, und ich zeigte auf den Feldweg jenseits des Eels Rod Pike, der zu einer Stelle hinaufführte, wo wir die Bahngleise überqueren konnten.

»Hier wird sich bald alles verändern«, sagte Ray, während er über den Schotter und auf den Feldweg schoss. Die Eisenbahnschienen erstreckten sich bis nach Harrisburg in der einen Richtung und Philadelphia in der anderen, und an ihnen entlang wurden Häuser abgerissen, und alteingesessene Familien zogen aus und Industrieunternehmen ein.

»Wirst du hierbleiben«, fragte ich, »wenn du mit dem Studium fertig bist?«

»Das tut doch keiner«, sagte Ray. »Das weißt du.«

Ich war nahezu geblendet davon, von dieser Möglichkeit, der Vorstellung, dass ich, wenn ich auf Erden geblieben wäre, diesen Ort hätte verlassen und mir einen anderen aussuchen können, dass ich hätte hingehen können, wo es mir gefiel. Und da fragte ich mich, ob es wohl im Himmel ebenso war wie auf der Erde. War das, was mir gefehlt hatte, eine Wanderlust, die vom Loslassen herrührte?

Wir fuhren auf den schmalen Streifen gerodeter Erde, der sich seitlich an Hals Werkstatt entlangzog. Ray bremste und hielt an.

»Wieso hier?«, fragte er.

»Denk dran«, sagte ich, »wir sind auf Erkundungsfahrt.«

Ich führte ihn zur Rückseite der Werkstatt und langte über den Türrahmen, bis ich den dort versteckten Schlüssel ertastete.

»Woher hast du das gewusst?«

»Ich habe schon Hunderte von Leuten ihre Schlüssel verstecken sehen«, sagte ich. »Um das zu erraten, muss man kein Genie sein.«

Drinnen war es so, wie ich es in Erinnerung hatte, der Geruch nach Motorradöl schwer in der Luft.

»Ich glaube, ich möchte duschen«, sagte ich. »Warum machst du es dir nicht gemütlich?«

Ich ging am Bett vorbei und knipste mit der Kordel das Licht an – all die winzigen weißen Lämpchen über Hals Bett glitzerten, die einzige Beleuchtung bis auf das trübe Licht, das durch das kleine Hinterfenster fiel.

»Wohin willst du?«, fragte Ray. »Woher kennst du das hier?« Seine Stimme hatte einen Unterton von Panik, den sie einen Augenblick zuvor noch nicht gehabt hatte.

»Lass mir bloß ein bisschen Zeit, Ray«, sagte ich. »Dann erkläre ich es dir.«

Ich ging in das kleine Badezimmer, ließ die Tür aber einen Spaltbreit offen. Während ich Ruths Kleider auszog und darauf wartete, dass sich das Warmwasser erhitzte, hoffte ich, dass Ruth mich sehen konnte, ihren Körper sah, wie ich ihn sah, seine vollkommene, lebendige Schönheit.

Es war feucht und muffig im Bad, und die Wanne war fleckig nach all den Jahren, in denen Wasser in ihren Abfluss gelaufen war. Ich trat in die alte Wanne mit den Klauenfüßen und stellte mich unter das Wasser. So heiß ich es auch einstellte, mir war immer noch kalt. Ich rief Rays Namen. Ich bat ihn hereinzukommen.

»Ich kann dich durch den Duschvorhang sehen«, sagte er, den Blick abwendend.

»Macht nichts«, sagte ich. »Das finde ich gut. Zieh dich aus und komm zu mir.«

»Susie«, sagte er, »du weißt, dass ich nicht so bin.«

Mein Herz blieb stehen. »Was hast du gesagt?«, fragte ich. Durch den weißen, durchscheinenden Futterstoff, der Hal als Vorhang diente, starrte ich Ray an – er war eine dunkle Gestalt mit hundert kleinen Nadelstichen aus Licht, die ihn umgaben.

»Ich sagte, ich bin nicht so.«

»Du hast mich Susie genannt.«

Es herrschte Schweigen, und dann, einen Augenblick später, zog er den Vorhang zurück, darauf bedacht, nur mein Gesicht anzuschauen.

»Susie?«

»Komm zu mir«, sagte ich, und Tränen stiegen mir in die Augen. »Bitte komm zu mir.«

Ich schloss die Augen und wartete. Ich steckte meinen Kopf unter die Dusche und spürte, wie das heiße Wasser auf meinen Wangen und in meinem Nacken, auf meinen Brüsten und meinem Bauch und meinem Unterleib prickelte. Dann hörte ich ihn herumfummeln, hörte, wie seine Gürtelschnalle auf den kalten Zementboden traf und Kleingeld aus seinen Hosentaschen fiel.

Ich hatte dasselbe Gefühl von Vorfreude, das ich manchmal als Kind gehabt hatte, wenn ich auf dem Rücksitz lag und die Augen schloss, während meine Eltern fuhren, sicher, dass wir zu Hause sein würden, wenn das Auto hielt, dass sie mich hochheben und hineintragen würden. Es war eine Vorfreude, die dem Vertrauen entsprang.

Ray zog den Vorhang zurück. Ich wandte mich ihm zu und öffnete die Augen. An der Innenseite meiner Oberschenkel verspürte ich ein wunderbares Ziehen.

»Alles in Ordnung«, sagte ich.

Langsam trat er in die Wanne. Zuerst berührte er mich nicht, doch dann, zögernd, zeichnete er eine kleine Narbe an meiner Seite nach. Wir schauten gemeinsam zu, wie sich sein Finger über das Band der Wunde bewegte.

»Ruths Unfall beim Volleyball, 1975«, sagte ich. Ich erschauerte wieder.

»Du bist nicht Ruth«, sagte er, das Gesicht voller Staunen.

Ich ergriff die Hand, die das Ende des Schnittes erreicht hatte, und legte sie unter meine linke Brust.

»Ich beobachte euch beide seit Jahren«, sagte ich. »Ich möchte, dass du mit mir schläfst.«

Seine Lippen teilten sich, um zu sprechen, aber was ihm jetzt auf der Zunge lag, war zu seltsam, um es laut auszusprechen. Er strich mit dem Daumen über meine Brustwarze, und ich zog seinen Kopf an mich. Wir küssten uns. Das Wasser strömte zwischen unseren Körpern herab und nässte das spärliche Haar auf seiner Brust und seinem Bauch. Ich küsste ihn, weil ich Ruth sehen wollte und Holly und weil ich wissen wollte, ob sie mich sehen konnten. Unter der Dusche konnte ich weinen, und Ray konnte meine Tränen küssen, ohne genau zu wissen, warum ich sie vergoss.

Ich berührte und betastete ihn am ganzen Körper. Ich schmiegte meine Handfläche um seinen Ellbogen. Ich zupfte mit den Fingern an seinem Schamhaar. Ich nahm den Körperteil in die Hand, den Mr. Harvey in mich gestoßen hatte. In meinem Kopf sagte ich das Wort *sanft*, und dann sagte ich das Wort *Mann*.

»Ray?«

»Ich weiß nicht, wie ich dich nennen soll.«

»Susie.«

Ich legte ihm meine Finger auf die Lippen, damit er nicht weiter nachfragte. »Erinnerst du dich an das Briefchen, das du mir geschrieben hast? Erinnerst du dich, dass du dich den Mohren nanntest?«

Einen Augenblick lang standen wir beide da, und ich beobachtete, wie das Wasser über seine Schultern perlte und dann hinabglitt.

Ohne noch etwas zu sagen, hob er mich hoch, und ich schlang meine Beine um ihn. Er trat aus dem Wasserstrahl, um sich auf dem Rand der Wanne abzustützen. Als er in mir war, packte ich sein Gesicht und küsste ihn so ungestüm, wie ich konnte.

Nach einer Minute machte er sich los. »Erzähl mir, wie es dort aussieht.«

»Manchmal sieht es aus wie die Highschool«, sagte ich atemlos. »Ich bin zwar nie dorthin gegangen, aber in meinem Himmel kann ich in den Klassenzimmern ein Freudenfeuer machen oder die Flure auf- und abrennen und dabei so laut schreien, wie ich will. Doch es sieht nicht immer so aus. Es kann auch aussehen wie Nova Scotia oder Tanger oder Tibet. Es sieht wie alles aus, was du dir je erträumt hast.«

»Ist Ruth auch da?«

»Sie übt sich gerade in der freien Rede, aber sie kehrt zurück.«

»Kannst du dich selbst dort sehen?«

»Momentan bin ich hier«, sagte ich.

»Aber du wirst bald wieder weg sein.«

Ich wollte nicht lügen. Ich neigte den Kopf. »Ich glaube, ja, Ray.«

Dann liebten wir uns. Wir liebten uns in der Wanne und im Schlafzimmer und unter den Lampen und den nachgemachten, im Dunkeln leuchtenden Sternen. Während er sich ausruhte, küsste ich ihn aufs Rückgrat und segnete jeden Muskelknoten, jeden Leberfleck, jedes Muttermal.

»Geh nicht«, sagte er, und seine Augen, jene strahlenden Juwelen, schlossen sich, und ich verspürte den flachen Atem seines Schlafs.

»Ich heiße Susie«, flüsterte ich, »Nachname Salmon, Lachs, wie der Fisch.« Ich legte meinen Kopf auf seine Brust und schlief neben ihm ein.

Als ich die Augen aufmachte, war das Fenster uns gegenüber dunkelrot, und ich fühlte, dass nicht mehr viel Zeit war. Die Welt draußen, die ich so lange beobachtet hatte, lebte und atmete auf derselben Erde, auf der ich mich jetzt befand. Doch ich wusste, dass ich nicht hinausgehen würde. Ich hatte diese Auszeit genommen, um mich zu verlieben. Mich in eine Art Hilflosigkeit zu verlieben, die ich im Tode nicht empfunden hatte – die Hilflosigkeit, lebendig zu sein, den dunkel leuchtenden Jammer des Menschseins – in dem man sich vortastet, in Ecken herumtappt und die Arme dem Licht entgegenstreckt. All das Teil einer Navigation im Unbekannten.

Ruths Körper wurde schwächer. Ich stützte mich auf einen Arm und sah Ray beim Schlafen zu. Ich wusste, ich würde bald gehen müssen.

Als er kurz darauf die Augen öffnete, schaute ich ihn an und zeichnete die Umrisse seines Gesichts mit den Fingern nach.

»Denkst du jemals an die Toten, Ray?«

Er blinzelte und blickte mich an.

»Ich studiere Medizin.«

»Ich meine keine Leichen oder Krankheiten oder kollabierte Organe, ich meine das, worüber Ruth spricht, ich meine uns.«

»Manchmal denke ich an sie«, sagte er. »Ich habe immer mehr über sie wissen wollen.«

»Wir sind hier, weißt du«, sagte ich. »Ständig. Du kannst mit uns reden und an uns denken. Es muss nicht traurig oder beängstigend sein.«

»Darf ich dich noch mal anfassen?« Er schüttelte sich die Laken von den Beinen, um sich aufzusetzen.

In dem Augenblick sah ich etwas am Fußende von Hals Bett. Es war wolkig und reglos. Ich versuchte, mir einzureden, es sei ein Streich, den das Licht mir spielte, eine Masse von Staubteilchen in der untergehenden Sonne. Aber als Ray nach mir griff, spürte ich nichts.

Ray beugte sich zu mir und küsste mich leicht auf die Schulter. Ich fühlte es nicht. Ich kniff mich unter der Decke. Nichts.

Die wolkige Masse am Fußende des Bettes begann jetzt, Gestalt anzunehmen. Während Ray aus dem Bett schlüpfte und dastand, sah ich Männer und Frauen den Raum bevölkern.

»Ray«, sagte ich, kurz bevor er das Bad erreichte. Ich hätte gern »ich werde dich vermissen« gesagt oder »geh nicht« oder »danke«.

»Ja.«

»Du musst Ruths Tagebücher lesen.«

»Das werde ich auf jeden Fall«, sagte er.

Ich schaute durch die schattenhaften Gestalten der Geister hindurch, die am Fußende des Bettes eine Masse bildeten, und sah, dass er mich anlächelte. Sah, wie sein wunderschöner, fragiler Körper sich umdrehte und durch die Tür schritt. Eine zarte und unvermittelte Erinnerung.

Während der Dampf aus dem Badezimmer wogte, machte ich mich langsam auf zu dem kleinen Kinderschreibtisch, wo Hal Rechnungen und Unterlagen stapelte. Ich musste wieder an Ruth denken, daran, dass ich das nicht vorausgesehen hatte – die wunderbare Möglichkeit, von der Ruth seit unserem Zusammentreffen auf dem Parkplatz geträumt hatte. Stattdessen erkannte ich, dass es die Hoffnung war, auf die ich im Himmel und auf der Erde gesetzt hatte. Der Traum, Tierfotografin zu werden, der Traum, in der Junior High einen Oscar zu gewinnen, der Traum, Ray Singh noch einmal zu küssen. Was nicht alles geschieht, wenn man träumt!

Vor mir sah ich ein Telefon und nahm den Hörer ab. Ohne nachzudenken, wählte ich die Nummer von Zuhause, wie bei einem Schloss, dessen Kombination man erst kennt, wenn man die Wählscheibe betätigt.

Beim dritten Läuten nahm jemand ab.

»Hallo?«

»Hallo, Buckley«, sagte ich.

»Wer ist da?«

»Ich bin's, Susie.«

»Wer ist da?«

»Susie, Schatz, deine große Schwester.«

»Ich kann nichts hören«, sagte er.

Ich starrte den Apparat eine Minute lang an, dann spürte ich sie. Das Zimmer war voll von jenen schweigsamen Geistern. Unter ihnen waren Kinder wie Erwachsene. »Wer seid ihr? Wo kommt ihr alle her?«, fragte ich, aber was meine Stimme gewesen war, erzeugte kein Geräusch mehr. Das merkte ich. Ich saß da und beobachtete die anderen, Ruth dagegen lag ausgestreckt über dem Schreibtisch.

»Kannst du mir ein Handtuch zuwerfen?«, rief Ray, nachdem er das Wasser abgedreht hatte. Als ich nicht antwortete, zog er den Vorhang zurück. Ich hörte, wie er aus der Wanne stieg und zur Tür kam. Er sah Ruth und rannte auf sie zu. Er berührte sie an der Schulter, und sie wachte verschlafen auf. Sie schauten einander an. Sie brauchte nichts zu sagen. Er wusste, dass ich nicht mehr da war.

Ich erinnerte mich, wie ich einmal mit meinen Eltern und Lindsey und Buckley mit dem Rücken voran im Zug in einen dunklen Tunnel gefahren war. So fühlte es sich an, als ich zum zweiten Mal die Erde verließ. Der Bestimmungsort irgendwie unausweichlich, die vorbeihuschenden Ansichten oft gesehen. Doch diesmal wurde ich begleitet, nicht entrissen, und ich wusste, dass wir eine lange Reise zu einem sehr entlegenen Ort unternahmen.

Die Erde wieder zu verlassen war leichter, als es das Zurückkommen gewesen war. Ich sah zwei alte Freunde, die sich im Hinterzimmer von Hals Motorradwerkstatt schweigend umarmten, beide noch nicht bereit, laut auszusprechen, was ihnen widerfahren war. Ruth war erschöpfter und zugleich glücklicher als je zuvor. Ray fing gerade erst an, das, was er erlebt hatte, und die sich daraus ergebenden Möglichkeiten zu erfassen.

23

Am nächsten Morgen stahl sich der Duft des Gebäcks seiner Mutter die Treppe hinauf in Rays Zimmer, wo er und Ruth beieinander lagen. Ihre Welt hatte sich über Nacht verändert. So einfach war das.

Nachdem sie Hals Werkstatt verlassen und dabei darauf geachtet hatten, alle Spuren ihrer Anwesenheit zu tilgen, waren Ray und Ruth schweigend zu Ray nach Hause gefahren. Später am Abend, als Ruana die beiden im Schlaf aneinander geschmiegt und voll bekleidet vorfand, war sie froh, dass Ray zumindest diese eine seltsame Freundin hatte.

Gegen drei Uhr morgens wachte Ray auf. Er setzte sich hin und schaute Ruth an, ihre langen, schlaksigen Gliedmaßen, ihren wunderschönen Körper, den er geliebt hatte, und verspürte, wie ihn eine plötzliche Wärme durchflutete. Er wollte sie gerade berühren, da fiel ein Mondstrahl durch jenes Fenster, durch das ich ihn so viele Jahre lang hatte dasitzen und lernen sehen, auf den Fußboden. Er folgte ihm. Dort auf dem Boden stand Ruths Tasche.

Leise glitt er vom Bett und ging zu ihr hinüber. Drinnen war ihr Tagebuch. Er holte es heraus und begann zu lesen:

»An den Spitzen der Federn ist Luft und unten am Kiel: Blut. Ich halte Knochen hoch; ich wünschte, dass sie wie Glasscherben Licht einfangen könnten… trotzdem versuche ich, diese Stücke zusammenzusetzen, sie richtig zu ordnen, ermordete Mädchen wieder lebendig zu machen.«

Er blätterte weiter:

»Penn Station, Toilettenkabine, Kampf, der zum Waschbecken führte. Ältere Frau.

Häuslicher Vorfall. Avenue C. Mann und Frau.

Dach an der Mott Street, heranwachsendes Mädchen, erschossen.

Zeit? Kleines Mädchen im C.P. strebt auf Büsche zu. Weißer Spitzenkragen, vornehm.«

Ihm wurde unglaublich kalt, aber er las weiter und schaute erst auf, als er hörte, wie Ruth sich regte.

»Ich habe dir so viel zu erzählen«, sagte sie.

Schwester Eliot half meinem Vater, sich in den Rollstuhl zu setzen, während meine Mutter und Schwester im Zimmer herumliefen und die Narzissen einsammelten, um sie mit nach Hause zu nehmen.

»Schwester Eliot«, sagte er. »Ich werde Ihre Freundlichkeit nie vergessen, aber ich hoffe, es dauert ein Weilchen, bis wir uns wiedersehen.«

»Das hoffe ich auch«, sagte sie. Sie schaute auf meine Angehörigen, die unbeholfen im Zimmer herumstanden. »Buckley, deine Mutter und Schwester haben keine Hand frei. Du bist dran.«

»Lenk vorsichtig, Buck«, sagte mein Vater.

Ich sah zu, wie sich die vier den Flur entlang auf den Fahrstuhl zubewegten, Buckley und mein Vater als Erste, während Lindsey und meine Mutter, die Arme voller tropfender Narzissen, ihnen folgten.

In dem Aufzug, der sie nach unten brachte, starrte Lindsey in die Trichter der leuchtend gelben Blüten. Ihr fiel ein, dass Samuel und Hal am Nachmittag der ersten Gedenkfeier gelbe Narzissen im Maisfeld gefunden hatten. Sie hatten nie erfahren, wer sie dort hingelegt hatte. Meine Schwester sah die Blumen an und dann meine Mutter. Sie merkte, dass der Körper meines Bruders den ihren berührte und dass unser Vater, der in dem glänzenden Krankenhausrollstuhl saß, müde, aber glücklich aussah, weil er nach Hause kam. Als sie die Lobby erreichten und die Türen aufgingen, wusste ich, dass sie dazu bestimmt waren, dort zu sein, alle vier zusammen, allein.

Während Ruanas Hände vom vielen Apfelschälen nass wurden und anschwollen, fing sie an, sich im Geiste das Wort vorzusagen, das sie seit Jahren verdrängte: *Scheidung*. Es war etwas an der nachlässigen Innigkeit in der Haltung von Ray und Ruth, das sie endlich befreit hatte. Sie konnte sich nicht erinnern, wann sie zum letzten Mal gleichzeitig mit ihrem Mann zu Bett gegangen war. Er kam ins Zimmer wie ein Gespenst und schlüpfte wie ein Gespenst zwischen die Laken, fast ohne sie zu zerknittern. Er war nicht lieblos auf die Weise, von der im Fernsehen und in den Zeitungen immer die Rede ist. Seine Grausamkeit lag in seiner Abwesenheit. Selbst wenn er kam und sich zu ihr an den Tisch setzte und die von ihr zubereitete Mahlzeit aß, war er nicht vorhanden.

Sie hörte das Geräusch laufenden Wassers aus dem Badezimmer über sich und wartete eine ihrer Meinung nach taktvolle Zeit lang ab, ehe sie hinaufrief. Meine Mutter hatte heute Morgen angerufen, um ihr dafür zu danken, dass sie mit ihr gesprochen hatte, als sie aus Kalifornien anrief, und Ruana hatte beschlossen, einen Apfelkuchen vorbeizubringen.

Nachdem sie Ruth und Ray jeweils einen Becher Kaffee gereicht hatte, verkündete Ruana, es sei schon spät und sie wolle, dass Ray sie zu den Salmons begleitete, wo sie beabsichtigte, leise zur Tür zu laufen und einen Kuchen auf die Schwelle zu stellen.

»Puh, wie spießig«, stieß Ruth hervor.

Ruana starrte sie an.

»Entschuldige, Mom«, sagte Ray. »Wir hatten gestern

einen ziemlich heftigen Tag.« Doch er fragte sich, ob seine Mutter ihm wohl je glauben würde.

Ruana wandte sich der Küchentheke zu und brachte einen der beiden warmen gedeckten Apfelkuchen, die sie gebacken hatte, zum Tisch, wo ihr Duft in einem dampfenden Nebel aus den in die Kruste gestochenen Löchern aufstieg. »Frühstück?«, fragte sie.

»Sie sind eine Göttin!«, sagte Ruth.

Ruana lächelte.

»Esst, so viel ihr wollt, dann könnt ihr euch anziehen und beide mitkommen.«

Ruth schaute Ray an, während sie sagte: »Ich muss woanders hin, aber ich komme später vorbei.«

Hal brachte das Schlagzeug für meinen Bruder herüber. Er und meine Großmutter waren sich einig. Wenn es auch noch Wochen hin war, bis Buckley dreizehn wurde, er brauchte es. Samuel hatte Lindsey und Buckley meine Eltern allein aus dem Krankenhaus abholen lassen. Es würde eine zweifache Heimkehr für sie sein. Meine Mutter war achtundvierzig Stunden am Stück bei meinem Vater geblieben, während derer sich die Welt für sie und für andere verändert hatte und sich, das sage ich jetzt, immer und immer wieder verändern würde. Es gab keine Möglichkeit, das aufzuhalten.

»Ich weiß, wir sollten nicht zu früh anfangen«, sagte Grandma Lynn, »aber welches Gift wollt ihr, Jungs?«

»Ich dachte, wir halten uns an Champagner«, sagte Samuel.

»Das tun wir später«, sagte sie. »Jetzt biete ich einen Apéritif an.«

»Ich glaube, den lasse ich aus«, sagte Samuel. »Ich trinke was zusammen mit Lindsey.«

»Hal?«

»Ich muss Buck das Schlagzeugspielen beibringen.«

Grandma Lynn äußerte sich nicht zu der fragwürdigen Enthaltsamkeit bekannter Jazz-Größen. »Wie wär's dann mit drei spritzigen Gläsern Wasser?«

Meine Großmutter zog sich in die Küche zurück, um die Getränke zu holen. Ich hatte sie nach meinem Tode lieber gewonnen als je auf Erden. Ich wünschte, ich könnte sagen, dass sie in diesem Augenblick in der Küche beschloss, mit dem Trinken aufzuhören, doch ich erkannte, dass das Trinken ein Teil dessen ausmachte, was sie war. Wenn das Schlimmste, was sie auf Erden hinterließ, ein Vermächtnis alkoholgetränkten Beistandes war, so war das für mein Empfinden ein gutes Vermächtnis.

Sie trug das Eis von der Kühltruhe zum Ausguss und prasste mit den Würfeln. Sieben in jedes hohe Glas. Sie ließ den Wasserhahn laufen, damit das Wasser so kalt wie möglich war. Ihre Abigail würde wieder nach Hause kommen. Ihre merkwürdige Abigail, die sie liebte.

Doch als sie aufschaute und durchs Fenster blickte, hätte sie schwören können, ein junges Mädchen zu sehen, das die Kleidung ihrer Jugend trug und vor Buckleys Gartenschuppen-Fort saß und ihren Blick erwiderte. Im nächsten Moment war das Mädchen verschwunden. Sie schüttelte es ab. Es war ein geschäftiger Tag. Sie würde niemandem davon erzählen.

Als das Auto meines Vaters in die Einfahrt bog, fragte ich mich, ob ich hierauf gewartet hatte, auf die Heimkehr meiner Familie, nicht mehr zu mir, sondern zueinander, in meiner Abwesenheit.

Mein Vater sah in dem nachmittäglichen Licht irgendwie kleiner aus, aber seine Augen hatten einen dankbaren Ausdruck wie seit Jahren nicht mehr.

Meine Mutter ihrerseits glaubte mehr und mehr, dass

sie es womöglich überleben würde, wieder zu Hause zu sein.

Alle vier stiegen gleichzeitig aus. Buckley kam von der Rückbank nach vorn, um meinem Vater zu helfen, mehr, als vielleicht nötig war, vielleicht auch, um ihn vor meiner Mutter zu beschützen. Lindsey schaute über die Motorhaube hinweg ihren Bruder an – ihr gewohnheitsmäßiger Kontrollmechanismus war nach wie vor in Betrieb. Sie fühlte sich verantwortlich, ebenso wie mein Bruder, ebenso wie mein Vater. Und dann drehte sie sich um und sah, dass meine Mutter sie anblickte, das Gesicht beschienen von dem gelblichen Licht der Narzissen.

»Was ist?«

»Du bist der Mutter deines Vaters wie aus dem Gesicht geschnitten«, sagte meine Mutter.

»Hilf mir mit dem Gepäck«, erwiderte meine Schwester.

Gemeinsam traten sie an den Kofferraum, während mein Bruder meinen Vater den Weg zur Haustür entlangführte.

Lindsey starrte in das Dunkel des Kofferraums. Sie wollte nur eines wissen.

»Wirst du ihm wieder wehtun?«

»Ich werde alles versuchen, es zu vermeiden«, antwortete meine Mutter, »aber keine Versprechungen diesmal.« Sie wartete, bis Lindsey aufschaute und sie ansah, ihr Blick eine Herausforderung wie die Blicke eines Kindes, das schnell groß geworden, schnell gerannt ist seit dem Tag, an dem die Polizei gesagt hatte, zu viel Blut in der Erde, Ihre Tochter/deine Schwester ist tot.

»Ich weiß, was du getan hast.«

»Ich bin gewarnt.«

Meine Schwester hob die Tasche heraus.

Sie hörten jemanden rufen. Buckley kam auf die vordere Veranda gerannt. »Lindsey!«, sagte er, sein ernstes Selbst vergessend, sein schwerer Körper voller Schwung. »Schau dir an, was Hal mir geschenkt hat!«

Er trommelte. Und er trommelte und trommelte und trommelte. Und Hal war der Einzige, der nach fünf Minuten immer noch lächelte. Alle anderen hatten einen Blick auf die Zukunft erhascht, und die war laut.

»Ich glaube, es ist jetzt an der Zeit, ihn mit dem Besen bekannt zu machen«, sagte Grandma Lynn. Hal gehorchte.

Meine Mutter hatte Grandma Lynn die Narzissen gegeben und war fast sofort hinaufgegangen, die Toilette als Vorwand nutzend. Jeder wusste, wo sie hinwollte: in mein altes Zimmer.

Sie blieb in der Tür stehen, als stünde sie am Rande des Pazifik. Es war immer noch lavendelfarben. Die Einrichtung war bis auf einen Sessel mit verstellbarer Rückenlehne von meiner Großmutter unverändert.

»Ich liebe dich, Susie«, sagte sie.

Diese Worte hatte ich so oft von meinem Vater gehört, dass sie mich jetzt schockierten; ich hatte, ohne es zu wissen, darauf gewartet, sie von meiner Mutter zu hören. Sie hatte Zeit gebraucht, um zu erkennen, dass diese Liebe sie nicht zerstören würde, und ich hatte ihr, das wusste ich jetzt, diese Zeit gelassen, sie ihr lassen können, denn davon hatte ich reichlich.

Sie bemerkte ein Foto auf meiner alten Kommode, das Grandma Lynn in einen Goldrahmen gesteckt hatte. Es war das allererste Foto, das ich je von ihr gemacht hatte – mein geheimes Porträt von Abigail, bevor ihre Familie erwachte und sie Lippenstift auftrug. Susie Salmon, Tierfotografin, hatte eine Frau eingefangen, die auf ihren dunstigen Vorortrasen hinausstarrte.

Sie ging ins Bad, wo sie geräuschvoll den Wasserhahn betätigte und die Handtücher durcheinander brachte. Sie sah sofort, dass ihre Mutter diese Handtücher gekauft hatte – kremweiß, eine lächerliche Farbe für Handtücher, und mit Monogramm – ebenfalls lächerlich, fand meine Mutter. Aber dann lachte sie ebenso bereitwillig über sich selbst. Sie fing an, sich zu fragen, was ihr ihre Politik der verbrannten Erde in all den Jahren genützt hatte. Ihre Mutter war liebevoll, wenn sie auch trank, zuverlässig, wenn auch eitel. Wann war es angemessen, nicht nur die Toten, sondern auch die Lebenden loszulassen – sie akzeptieren zu lernen?

Ich war nicht im Badezimmer, in der Wanne oder im Wasserhahn; ich hielt nicht Hof in dem Spiegel über ihrem Kopf oder stand als Miniaturausgabe auf der Spitze jeder Borste von Lindseys oder Buckleys Zahnbürste. Irgendwie, ich konnte mir nicht erklären, warum – hatten sie einen Zustand der Seligkeit erreicht? Waren meine Eltern für immer wieder zusammen? Hatte Buckley angefangen, über seine Probleme zu sprechen? Würde das Herz meines Vaters ganz gesund werden? –, hatte ich die Sehnsucht nach ihnen hinter mir gelassen, das Bedürfnis, dass sie sich nach mir sehnten. Obgleich ich mich immer noch nach ihnen sehnen würde. Und sie sich nach mir. Immer.

Unten führte Hal das Gelenk von Buckleys Hand, die den Griff des Besens hielt. »Jetzt streich damit leicht über die kleine Trommel.« Und Buckley tat es und schaute zu Lindsey auf, die ihm gegenüber auf der Couch saß.

»Ganz schön cool«, sagte meine Schwester.

»Wie eine Klapperschlange.«

Das gefiel Hal. »Genau«, sagte er, wobei ihm Visionen von seiner Jazzcombo, der größten aller Zeiten, im Kopf herumtanzten.

Meine Mutter kam auch nach unten. Als sie das Zimmer betrat, sah sie zuerst meinen Vater. Wortlos versuchte sie ihm mitzuteilen, dass es ihr gut ging, dass sie die Luft noch atmen konnte, mit der großen Höhe fertig wurde.

»Okay, Leute!«, rief meine Großmutter aus der Küche. »Samuel will was sagen, also setzt euch hin!«

Alle lachten, und ehe sie sich in ihr verschlosseneres Selbst zurückzogen – weil diese Zusammenkunft schwer für sie war, auch wenn sie sie sich gewünscht hatten –, trat Samuel neben Grandma Lynn ins Zimmer. Sie trug ein Tablett mit Champagnerflöten, die darauf warteten, gefüllt zu werden. Er warf Lindsey einen kurzen Blick zu.

»Lynn wird mir beim Einschenken helfen«, sagte er.

»Davon versteht sie was«, erwiderte meine Mutter.

»Abigail?«, sagte Grandma Lynn.

»Ja?«

»Es ist schön, dich zu sehen.«

»Dann mal los, Samuel«, sagte mein Vater.

»Ich wollte sagen, dass ich glücklich bin, hier mit euch allen zusammen zu sein.«

Aber Hal kannte seinen Bruder. »Das reicht nicht, du Versschmied. Buck, der Besen.« Diesmal ließ Hal Buckley ohne seine Hilfe spielen, und mein Bruder begleitete Samuel.

»Ich wollte sagen, dass ich froh bin, dass Mrs. Salmon wieder zu Hause ist, und dass es mir eine Ehre ist, ihre wunderschöne Tochter zu heiraten.«

»Hört, hört!«, sagte mein Vater.

Meine Mutter stand auf, um Grandma Lynn das Tablett abzunehmen, und gemeinsam verteilten sie die Gläser.

Während ich meinen Angehörigen beim Champagnerschlürfen zuschaute, dachte ich daran, wie ihr Leben von meinem Tod voran- und zurückgetrieben worden war und nun, als ich sah, dass Samuel den wagemutigen Schritt tat, Lindsey in einem Zimmer voller Familienangehöriger zu küssen, hoch über ihn hinweggetragen wurde.

Dies waren die delikaten Gebeine, die im Zuge meiner Abwesenheit entstanden waren: Verbindungen – manche zart, manche um einen hohen Preis geknüpft, aber oft großartig –, zu denen es nach meinem Verschwinden kam. Und ich begann, die Dinge auf eine Weise zu sehen, die mich die Welt ohne mich darin begreifen ließ. Die Ereignisse, die mein Tod bewirkte, waren lediglich die Knochen eines Körpers, der in unvorhersehbarer Zukunft wieder intakt sein würde. Der Preis für das, was ich jetzt als diesen wunderbaren Körper sah, war mein Leben gewesen.

Mein Vater schaute die Tochter an, die da vor ihm stand. Die Schattentochter war verschwunden.

Mit dem Versprechen, dass Hal ihm nach dem Essen Trommelwirbel beibringen würde, legte Buckley Besen und Schlägel weg, und alle sieben marschierten langsam durch die Küche ins Esszimmer, wo Samuel und Grandma Lynn mit dem guten Geschirr gedeckt hatten, um ihr Markenzeichen zu servieren, Stouffer's Tiefkühl-Lasagne und Tiefkühl-Käsekuchen von Sara Lee.

»Da ist jemand an der Tür«, sagte Hal, der durch das Fenster einen Mann sah. »Es ist Ray Singh!«

»Lass ihn rein«, sagte meine Mutter.

»Er geht schon wieder.«

Alle bis auf meinen Vater und meine Großmutter, die im Esszimmer zusammenblieben, machten sich daran, ihm nachzulaufen.

»Hallo, Ray!«, sagte Hal, der die Tür öffnete und dabei fast in den Apfelkuchen trat. »Warte doch!«

Ray drehte sich um. Seine Mutter saß bei laufendem Motor im Auto.

»Wir wollten nicht stören«, sagte Ray jetzt zu Hal. Lindsey und Samuel und Buckley und eine Frau, in der er Mrs. Salmon erkannte, drängten sich auf der Veranda.

»Ist das Ruana?«, rief meine Mutter. »Bitte sie doch herein.«

»Nein, das ist schon in Ordnung«, sagte Ray und machte keine Anstalten, näher zu kommen. *Ob Susie wohl zuschaut?*, fragte er sich.

Lindsey und Samuel lösten sich aus der Gruppe und kamen auf ihn zu.

Meine Mutter war inzwischen den Weg zur Einfahrt entlanggegangen und beugte sich ins Autofenster, um mit Ruana zu reden.

Ray sah seine Mutter an, als sie die Wagentür aufmachte, um ins Haus zu gehen. »Keinen Apfelkuchen für uns beide«, sagte sie zu meiner Mutter, während sie den Weg hoch spazierten.

»Arbeitet Dr. Singh?«, fragte meine Mutter.

»Wie üblich«, antwortete Ruana.

Sie sah Ray zusammen mit Lindsey und Samuel ins Haus treten. »Werden Sie wieder stinkende Zigaretten mit mir rauchen?«

»Abgemacht«, sagte meine Mutter.

»Willkommen, Ray, setz dich«, sagte mein Vater, als er ihn durchs Esszimmer kommen sah. Er hatte einen speziellen Ort in seinem Herzen für den Jungen, der seine Tochter geliebt hatte, doch Buckley stürzte sich auf den Stuhl neben ihm, ehe sonst jemand zu ihm gelangte.

Lindsey und Samuel holten zwei Stühle aus dem Wohnzimmer und stellten sie an die Anrichte, um sich dort hinzusetzen. Ruana saß zwischen Grandma Lynn und meiner Mutter, und Hal saß allein an einem Tischende.

In diesem Augenblick wurde mir klar, dass sie nicht merken würden, wann ich verschwand, ebenso wenig, wie sie gemerkt hatten, dass ich manchmal auf einem bestimmten Zimmer gelastet hatte. Buckley hatte mit mir gesprochen und ich mit ihm. Selbst wenn ich nicht wusste, dass ich mit ihm redete, hatte ich es getan. Ich manifestierte mich in jeder Erscheinungsform, in der sie mich sehen wollten.

Und da war sie wieder, allein auf einem Gang durchs Maisfeld, während alle anderen, die mir wichtig waren, zusammen in einem Zimmer saßen. Sie würde mich immer spüren und an mich denken. Das wusste ich, doch es gab nichts mehr, das ich tun konnte. Ruth war ein von Geistern verfolgtes Mädchen gewesen, und nun würde sie eine von Geistern verfolgte Frau sein. Ersteres per Zufall, Letzteres durch eigenen Entschluss. Alles, die Geschichte meines Lebens, stand ihr zur Verfügung, falls sie sie erzählen wollte, und sei es nur einem einzelnen Menschen.

Gegen Ende des Besuchs von Ruana und Ray fing Samuel an, von dem Haus im Gothic-Revival-Stil zu reden, das er und Lindsey an einem überwucherten Abschnitt der Route 30 entdeckt hatten. Als er Abigail im Detail davon berichtete, ihr beschrieb, wie er gespürt hatte, dass er Lindsey einen Heiratsantrag machen und dort mit ihr leben wollte, fragte Ray plötzlich: »Hat es im hinteren Zimmer ein großes Loch in der Decke und tolle Fenster über der Haustür?«

»Ja«, sagte Samuel, während mein Vater beunruhigt reagierte. »Aber das lässt sich reparieren, Mr. Salmon. Da bin ich ganz sicher.«

»Es gehört Ruths Dad«, sagte Ray.

Einen Augenblick lang waren alle still, dann fuhr Ray fort:

»Er hat einen Kredit aufgenommen, um alte Häuser wie das da zu kaufen, die noch nicht zum Abriss vorgesehen sind. Er will sie restaurieren.«

»Mein Gott«, sagte Samuel.

Und ich war fort.

Gebeine

Man merkt nicht, dass die Toten verschwinden, wenn sie wirklich beschließen, einen zu verlassen. Das soll man auch nicht. Man spürt sie höchstens als ein Wispern oder als eine zurückweichende Woge des Gewispers. Ich würde es mit einer Frau vergleichen, die in einem Hörsaal oder einem Theater ganz hinten sitzt und die niemandem auffällt, bis sie hinausschlüpft. Und nur diejengen, die selbst der Tür nahe sind, merken etwas; für die Übrigen ist es wie eine unerklärliche Brise in einem geschlossenen Raum.

Grandma Lynn starb etliche Jahre später, doch ich habe sie hier noch nicht gesehen. Ich stelle mir vor, wie sie sich in ihrem Himmel mit Tennessee Williams und Dean Martin mit Mint Juleps einen andudelt. Wenn sie bereit ist, wird sie kommen, ganz bestimmt.

Ehrlich gesagt, schleiche ich mich gelegentlich immer noch fort, um meine Familie zu beobachten. Ich kann nicht dagegen an, und manchmal denken sie noch an mich. Sie können nicht dagegen an.

Nachdem Lindsey und Samuel geheiratet hatten, setzten sie sich in das leere Haus an der Route 30 und tranken Champagner. Die Zweige der Bäume waren in die Fenster im Obergeschoss gewachsen, und sie kauerten darunter, wohl wissend, dass die Äste würden beschnitten werden müssen. Ruths Vater hatte versprochen, ihnen das Haus zu verkaufen, wenn Samuel dafür als sein erster Angestellter in einem Restaurierungsbetrieb mit seiner Arbeitskraft bezahlte. Bis zum Ende des Sommers hatte Mr. Connors das Grundstück mit Hilfe von Samuel und Buckley gerodet und einen Trailer aufgestellt, der ihm tagsüber als Büro und Lindsey abends als Studierzimmer dienen sollte.

Anfangs war es ungemütlich, da sanitäre Anlagen und

Strom fehlten und sie zum Duschen zu ihren Eltern fahren mussten, doch Lindsey vergrub sich ins Lernen, und Samuel vergrub sich ins Aufstöbern von Türknäufen und Lampen aus der richtigen Ära. Es überraschte alle, als Lindsey feststellte, dass sie schwanger war.

»Es kam mir doch gleich so vor, als wärst du dicker geworden«, meinte Buckley lächelnd.

»Du musst gerade reden«, sagte Lindsey.

Mein Vater träumte davon, dass er eines Tages vielleicht ein weiteres Kind lehren könnte, Flaschenschiffe zu lieben. Er wusste, dass damit Traurigkeit und Freude verbunden sein würden, dass es ihn stets an mich erinnern würde.

Ich würde gern sagen, dass es hier wunderschön ist, dass ich für alle Zeiten in Sicherheit bin und Sie das eines Tages auch sein werden. Aber in diesem Himmel geht es nicht um Sicherheit, ebenso wenig, wie es in seiner Barmherzigkeit um handfeste Realität geht. Wir haben unseren Spaß.

Wir schaffen Dinge, die die Menschen verblüffen und dankbar machen, zum Beispiel Buckleys Garten, der sich das eine Jahr in einem verrückten Gewirr von Pflanzen entfaltete, die alle gleichzeitig blühten. Ich tat das für meine Mutter, die, nachdem sie sich zum Bleiben entschlossen hatte, wieder mit dem Garten konfrontiert war. Sie staunte über all die Blumen und Kräuter und knospenden Gräser. Staunen, das tat sie oft nach ihrer Rückkehr – über die überraschenden Wendungen, die das Leben nimmt.

Und meine Eltern verschenkten meine restlichen Besitztümer an die Heilsarmee, zusammen mit Grandma Lynns Sachen.

Sie teilten ihre Gefühle für mich. Zusammen zu sein, an die Toten zu denken und über sie zu reden wurde ein vollkommen normaler Teil ihres Lebens. Und ich lauschte meinem Bruder Buckley, wenn er Schlagzeug spielte.

Aus Ray wurde Dr. Singh, »der echte Doktor in der Familie«, wie Ruana gern sagte. Und er erlebte immer mehr Augenblicke, denen er sich nicht ungläubig verschloss. Obwohl er umgeben war von seriösen Chirurgen und Wissenschaftlern, die über eine Welt in Schwarz-Weiß herrschten, hielt er an dieser Möglichkeit fest: dass die winkenden Fremden, die den Sterbenden manchmal erschienen, nicht das Resultat von Schlaganfällen waren, dass er Ruth mit meinem Namen angesprochen und dass er mich tatsächlich geliebt hatte.

Wenn er jemals zweifelte, rief er Ruth an. Ruth, die von einem Wandschrank in ein wandschrankgroßes Apartment in der Lower East Side aufgestiegen war. Ruth, die immer noch nach einer Form suchte, in der sie aufschreiben konnte, wen sie sah und was sie erlebt hatte. Ruth, die sich wünschte, dass alle glaubten, was sie wusste: dass die Toten wirklich mit uns reden, dass in der Luft zwischen den Lebenden Geister tanzen und sich bewegen und mit uns lachen. Sie sind der Sauerstoff, den wir atmen.

Nun bin ich an dem Ort, den ich den weiten, weiten Himmel nenne, weil er all meine einfachsten Wünsche erfüllt, aber auch die bescheidensten und grandiosesten. Das Wort, das mein Großvater benutzt, ist *Trost.*

Es gibt also Kuchen und Kissen und Farben zuhauf, doch unter dieser eher augenfälligen Patchworkdecke finden sich andere Orte, etwa ein stiller Raum, in dem man jemandem die Hand halten kann und nichts zu sagen braucht. Keine Geschichte erzählen muss. Keine Behauptungen aufstellen. Wo man, so lange man will, am äußersten Rande seiner Haut leben kann. Dieser weite, weite Himmel umfasst Flachkopfnägel und den weichen Flaum junger Blätter, wilde Achterbahnfahrten und entwischte Murmeln, die hinunterfallen, in der Luft hängen und einen dann an einen Ort bringen, den man sich in seinen Träumen im kleinen Himmel nie hätte vorstellen können.

Eines Nachmittags schaute ich mir mit meinem Großvater die Erde an. Wir beobachteten Vögel, die von Wipfel zu Wipfel der höchsten Kiefern in Maine flogen, und teilten die Gefühle der Vögel, wenn sie landeten, dann losflogen und wieder landeten. So gelangten wir nach Manchester und in ein Lokal, an das mein Großvater sich aus der Zeit erinnerte, als er geschäftlich an der Ostküste zu tun gehabt hatte. Es war heruntergekommen in den vergangenen fünfzig Jahren, und nach kurzer Bestandsaufnahme wollten wir gehen. Doch in dem Augenblick, in dem ich mich abwandte, sah ich ihn: Mr. Harvey, der aus einem Greyhound-Bus stieg.

Er ging in das Lokal und bestellte an der Theke einen Kaffee. Für Uneingeweihte sah er nach wie vor ganz alltäglich aus, nur nicht um die Augen herum, aber er trug seine Kontaktlinsen nicht, und keiner nahm sich mehr die Zeit, hinter seine dicken Brillengläser zu schauen.

Während eine ältere Kellnerin ihm einen Styroporbecher mit kochend heißem Kaffee reichte, hörte er über der Tür hinter sich eine Glocke klimpern und verspürte einen kalten Luftzug.

Es war ein junges Mädchen, das in den letzten Stunden ein paar Reihen vor ihm gesessen, Walkman gehört und die Songs mitgesummt hatte. Er setzte sich an die Theke, bis sie von der Toilette zurück war, und folgte ihr dann nach draußen.

Ich beobachtete, wie er ihr durch den schmutzigen Schnee am Rande des Lokals und zur Rückseite der Bushaltestelle nachging, wo sie, vom Wind geschützt, eine rauchen wollte. Als sie dort stehen blieb, gesellte er sich zu ihr.

Sie erschrak nicht einmal. Er war einfach nur ein langweiliger, schlecht gekleideter alter Mann.

Im Geiste überschlug er sein Vorhaben. Der Schnee und die Kälte. Die tiefe Schlucht, die direkt vor ihnen abfiel. Die leeren Wälder auf der anderen Seite. Und er fing ein Gespräch mit ihr an.

»Lange Fahrt«, sagte er.

Zuerst blickte sie ihn an, als könnte sie nicht fassen, dass er sie ansprach.

»Hm mmmm«, machte sie.

»Allein unterwegs?«

In diesem Moment bemerkte ich die Eiszapfen, die in einer langen, üppigen Reihe über ihnen hingen.

Das Mädchen trat seine Zigarette mit dem Absatz aus und wandte sich zum Gehen.

»Wichser«, sagte sie und ging mit großen Schritten davon.

Einen Augenblick später fiel der Eiszapfen. Seine schwere Kälte brachte Mr. Harvey aus dem Gleichgewicht, sodass er stolperte und nach vorn stürzte. Es würde Wochen dauern, bis der Schnee in der Schlucht so weit geschmolzen war, dass er wieder zum Vorschein kam.

Nun will ich aber noch von jemand ganz Besonderem erzählen:

Hinter ihrem Haus legte Lindsey einen Garten an. Ich sah zu, wie sie das lange, dicht bepflanzte Blumenbeet jätete. Ihre Finger krümmten sich in den Handschuhen, als sie an die Patienten dachte, die sie jeden Tag in ihrer Praxis empfing – wie sollte sie ihnen helfen, die Karten richtig zu deuten, die das Leben ihnen ausgeteilt hatte, wie ihren Schmerz lindern? Ich erinnerte mich, dass die einfachsten Dinge oft diejenigen waren, die sich trotz ihrer, wie ich fand, großen Geistesgaben ihrem Verständnis entzogen. So brauchte sie zum Beispiel ewig, bis ihr klar wurde, dass ich immer freiwillig das Gras an der Hecke schnitt, weil ich dann bei der Gartenarbeit mit Holiday spielen konnte. Dabei fiel ihr Holiday ein, und ich folgte ihren Gedanken. Dass es in wenigen Jahren an der Zeit sein würde, ihrem Kind einen Hund zu besorgen, wenn das Haus erst einmal eingerichtet und umzäunt war. Dann dachte sie daran, dass es heutzutage Geräte mit Peitschenschnur gab, die eine Hecke in Minuten von Pfosten zu Pfosten trimmen konnten – was uns Stunden des Murrens gekostet hatte.

Jetzt kam Samuel zu Lindsey heraus, und da war sie in seinen Armen, mein süßes Dickerchen, das Baby, geboren zehn Jahre nach meinen vierzehn Jahren auf der Erde: Abigail Suzanne. Klein-Susie für mich. Samuel legte Susie neben den Blumen auf eine Decke. Und meine Schwester, meine Lindsey, bewahrte mich im Gedächtnis, dem richtigen Ort für mich.

Und in einem kleinen Haus sieben Kilometer entfernt hielt ein Mann seiner Frau mein schlammverkrustetes Armband mit den Anhängern hin.

»Schau mal, was ich auf dem alten Industriegelände gefunden habe«, sagte er. »Einer von den Bauarbeitern hat gesagt, dass sie das ganze Grundstück planieren wollen. Sie haben Angst vor weiteren Schlundlöchern wie dem, das die Autos verschluckt hat.«

Seine Frau goss ihm ein Glas Wasser ein, während er das winzige Fahrrad und den Ballettschuh, den Blumenkorb und den Fingerhut betastete. Er hielt das schlammige Armband vor sich, als sie sein Glas vor ihn hinstellte.

»Das kleine Mädchen ist inzwischen bestimmt erwachsen«, sagte sie.

Beinahe.

Nicht ganz.

Ich wünsche euch allen ein langes und glückliches Leben.

Danksagungen

Dank schulde ich meinen leidenschaftlichen ersten Lesern: Judith Grossman, Wilton Barnhardt, Geoffrey Wolff, Margot Livesey, Phil Hay und Michelle Latiolais. Desgleichen dem Workshop an der University of California in Irvine.

Denen, die sich spät dazugesellten, aber für herrlichste Erfrischungen sorgten: Teal Minton, Joy Johannessen und Karen Joy Fowler.

Den Profis: Henry Dunow, Jennifer Carlson, Bill Contardi, Ursula Doyle, Michael Pietsch, Asya Muchnick, Ryan Harbage, Laura Quinn und Heather Fain.

Bleibender Dank an: Sarah Burnes, Sarah Crichton und die wunderbare MacDowell Colony.

Ein Alleswisser-Ehrenabzeichen für meine Informanten: Dee Williams, Orren Perlman, Dr. Carl Brighton und das unentbehrliche Rechercheteam Bud und Jane.

Dank auch an mein verlässliches Dreiergespann, dessen stärkende Freundschaft und dessen Immer-wieder-Lesen neben Tapioka und Kaffee das sind, was mich täglich in Schwung hält: Aimee Bender, Kathryn Chetkovitch, Glen David Gold.

Und ein *wau!* für Lilly.